Chant de l'aube

Les Troubadours Tome 1

1150: Narbonne

Traduit de l'anglais par
Marine Sander et Valentin Translation

The 13th Sign
ISBN 979-10-96459-14-8

Ce livre est disponible sur la plupart des sites de vente en ligne.
Publié pour la première fois en version originale en 2011

Conception de la couverture par Jessica Bell
Images © LadyMary, Gordana Sermek, Jean Gill

LES TROUBADOURS, TOME 1

Lauréat du Global Ebooks Award dans la catégorie Meilleure Fiction Historique

« *Convaincant, captivant, mémorable* » – Lela Michael, *S.P.Review*

« *Chant de l'aube mêle romance historique, intrigue et aventure dans un récit qui ravit le cœur et l'imagination.* » – Autumn Birt, *Born of Water*

« *Jean Gill est une experte en intrigue historique.* » – C.M.T. Stibbe, *Chasing Pharoahs*

« *Dès que j'ai terminé ce tome, j'ai brûlé d'impatience de découvrir le suivant. J'ai hâte de lire d'autres livres de cette auteure extrêmement talentueuse.* » – Deb McEwan, *Beyond Death*

« *Un livre formidable ! L'histoire est tellement prenante avec ses intrigues politiques, ses ennemis armés d'arbalètes, son poison et ses incendies, ses potins croustillants parmi les dames de compagnie, et j'en passe !* » – Molly Gambiza, *A Woman's Weakness*

« *Ce roman a tout ce qu'il faut, de l'Histoire à l'amour.* » – Shirley McLain, *Dobyn's Chronicles*

PUBLIÉ PAR JEAN GILL EN ANGLAIS

Novels

Someone to Look Up To: a dog's search for love and understanding *(The 13th Sign)* 2016

Natural Forces

Book 2 Arrows Tipped with Honey *(The 13th Sign)* 2020
Book 1 Queen of the Warrior Bees *(The 13th Sign)* 2019

The Troubadours Quartet

Book 5 Nici's Christmas Tale: A Troubadours Short Story *(The 13th Sign)* 2018
Book 4 Song Hereafter *(The 13th Sign)* 2017
Book 3 Plaint for Provence *(The 13th Sign)* 2015
Book 2 Bladesong *(The 13th Sign) 2015*
Book 1 Song at Dawn *(The 13th Sign)* 2015

Love Heals

Book 2 More Than One Kind *(The 13th Sign)* 2016
Book 1 No Bed of Roses (*The 13th Sign)* 2016

Looking for Normal (teen fiction/fact)

Book 1 Left Out *(The 13th Sign)* 2017
Book 2 Fortune Kookie *(The 13th Sign)* 2017

Non-fiction/Memoir/Travel

How Blue is my Valley *(The 13th Sign)* 2016
A Small Cheese in Provence *(The 13th Sign)* 2016
Faithful through Hard Times *(The 13th Sign)* 2018
4.5 Years – war memoir by David Taylor *(The 13th Sign)* 2017

Short Stories and Poetry

One Sixth of a Gill *(The 13th Sign)* 2014

From Bedtime On *(The 13th Sign)* 2018 (2nd edition)
With Double Blade *(The 13th Sign)* 2018 (2nd edition)

Translation (from French)
The Last Love of Edith Piaf – Christie Laume *(Archipel)* 2014
A Pup in Your Life – Michel Hasbrouck 2008
Gentle Dog Training – Michel Hasbrouck *(Souvenir Press)* 2008

À Kaye et son John
qui connaissent le véritable sens du mot romance
et qui ne trouveront dans ce livre que des hauts faits – rien de bas !

CHAPITRE UN

Elle se réveilla avec une migraine lancinante, des crampes aux jambes et une étrange sensation de chaleur le long de son dos. La chaleur sembla bouger lorsqu'elle étira ses membres endoloris le long des bordures du fossé. Elle prit son temps avant d'ouvrir les paupières, alourdies par le manque de sommeil. Le soleil s'était levé depuis deux heures et elle s'éveilla avec la conscience douloureuse que le choix de ses quartiers de nuit lui avait été imposé.

— Je suis encore en vie. Je suis ici. Je ne suis personne, murmura-t-elle.

Elle se souvint qu'elle avait un plan, mais la fille qui avait élaboré ce plan était morte. Elle devait être morte et le rester. Alors, qui était-elle désormais ? Il lui fallait un nom.

Un grognement derrière elle attira son attention. La sensation de chaleur dans son dos, accompagnée d'une épaisse fourrure blanche et d'une odeur de laine mouillée, était aisément identifiable. La jeune fille repoussa la masse solide appartenant à un chien gigantesque, qui se déplaça suffisamment pour la laisser s'extirper du fossé où ils s'étaient blottis ensemble contre le bord. Elle le reconnut assez facilement, bien qu'elle n'ait pas la moindre idée du moment où il l'avait rejointe dans la terre. Un pique-assiette régulier avec les autres bâtards, qui portaient tous le nom de « Allez, ouste ! » ou pire. Mais celui-ci, impossible de ne pas le reconnaître. C'était l'un des chiens de montagne élevés pour garder les moutons, avec sa fourrure au poil blanc hirsute, bringé par endroits au dos et aux oreilles. Seulement, il n'y avait pas moyen de le faire rester avec le troupeau, peu importe ce que l'on essayait pour y parvenir. Il se rendait joyeusement aux champs, mais retournait au château à la moindre occasion. Peut-être avait-il pensé qu'elle était en route pour aller s'occuper des moutons et qu'il ferait bien de l'accompagner afin de ne rien rater.

— Bon à rien de chien, lança-t-elle avec un léger coup de pied dans sa direction. Pas fichu d'accomplir la seule tâche qu'on lui confie. Tout le monde dit que tu aimes trop les gens pour rester dans les champs avec les moutons. Eh bien, je vais t'apprendre quelque chose à propos des gens, sale bon à rien de bâtard. Personne ne veut de toi.

Elle sentit les larmes lui piquer les yeux et, d'un geste impatient, les essuya sur ses joues avec sa main boueuse.

— Si tu l'as cassée, tu vas sentir ma botte, crois-moi.

Elle s'agenouilla sur le bord du fossé pour récupérer un objet entièrement enveloppé dans une bande de brocart.

Elle avait compté sur la nuit pour s'échapper, mais à l'heure qu'il était, les recherches avaient dû commencer. Si Gilles avait bien fait son travail, ils trouveraient ses restes ensanglantés avant d'avoir la moindre chance de la retrouver, bien vivante et en colère. S'il avait trop bien caché les indices, en revanche, ils risquaient de se lancer dans des recherches jusqu'à la retrouver pour de bon. Si les fausses pistes étaient trop flagrantes, alors cela ne cesserait jamais. Et elle ne reverrait plus jamais Gilles de sa vie. Elle frissonna, même si la journée promettait déjà la chaleur printanière caractéristique du sud. De toute façon, elle ne reverrait plus jamais Gilles, songea-t-elle. Il connaissait les risques aussi bien qu'elle. Et si cela devait être fait, alors elle était bien la fille de sa mère et elle ne l'oublierait jamais – « Jamais ! » dit-elle à voix haute – peu importe que l'on essaie de le lui faire oublier. Désormais, elle n'était plus une enfant, mais une jeune femme de seize printemps.

Tout autour d'elle, le soleil projetait de longues ombres sur les vignobles dénudés et des bourgeons faisaient leur apparition sur les souches des vignes encore vierges de feuilles. Telles des rangées de chats rabougris torturés sur des barbelés, les souches noueuses attendaient leur heure. Qu'elle était devenue morbide ces derniers mois ! L'hiver avait été trop long, en compagnie de personnes qui trouvaient amusant de discuter des méthodes de torture. Il valait mieux regarder vers l'avenir. D'ici quelques semaines, les vignes commenceraient à verdir et, deux mois plus tard, la croissance spectaculaire de l'été exploserait de toute part, mais pour l'instant, tout avait encore la couleur grise de l'hiver.

Il n'y avait pas de refuge dans les vignobles d'avril. La route s'étendait droit devant en direction de Narbonne et, derrière elle, retournait vers Carcassonne, criblée de nids-de-poule creusés par le rude hiver de 1149.

Le long de cette route unissant l'est et l'ouest, et sur la voie Domitienne ralliant le nord et le sud, circulait la sève de la région, le commerce et les traités, les mariages et les armées, les escortes envoyées par la vicomtesse de Narbonne et les meurtriers contre lesquels ils assuraient la protection. La jeune fille savait tout cela et pouvait dresser une liste d'au moins cinquante sorts pires que la mort, qui ne représentaient pas seulement une possibilité, mais une issue probable après une nuit passée dans un fossé. Ce qu'elle avait oublié, c'était que dès l'instant où elle s'était relevée dans ce paysage dégagé, à la lumière du jour, elle pouvait voir à des kilomètres à la ronde… et être vue.

Elle se retourna vers Carcassonne en se mordant la lèvre. Il était déjà trop tard. Elle n'aurait pas dû dormir dans un fossé sur le bas-côté de la route et elle s'en remémora la raison principale en même temps que lui parvenait le fracas de nombreux souliers, accompagnés de chariots à en juger par le bruit. Le réveil et la marche seraient probablement plus dangereux encore que le sommeil, et cela commençait déjà.

La jeune fille se tint bien droite, épousseta sa jupe pleine de boue et serra fort son paquet de brocart contre sa poitrine. Elle savait que suivre l'instinct qui la poussait à s'enfuir en courant ne servirait à rien face aux mercenaires sauvages ou, dans le meilleur des cas, aux marchands suspicieux qui se dirigeaient assurément dans sa direction. Elle était chanceuse d'avoir passé une nuit paisible – tout du moins, c'était l'impression que la nuit lui avait laissée en comparaison avec la sombre perspective qui l'attendait. Quelle idiote elle avait été en se jetant d'un danger vers un autre, oubliant les règles élémentaires de la survie sur la route. Courir ferait d'elle une proie et elle chercha désespérément une alternative. Dans sa tenue ordinaire, débraillée et sale, elle était aussi invisible qu'elle pouvait souhaiter l'être. Aucun voleur ne se retournerait sur son passage ni ne songerait qu'elle avait une bourse à dérober, et encore moins une rançon chez elle. Aucune raison de la déranger.

Ce qu'elle ne pouvait dissimuler, en revanche, ordinaire ou non, c'était qu'elle était une femme, jeune et seule, de surcroît. Elle en avait appris les conséquences à la manière forte, à l'âge de cinq ans, lorsqu'elle avait suivi un chat dans la forêt. Non qu'il se soit produit quoi que ce soit dans la forêt, où elle avait perdu de vue le chat pour apercevoir la courte queue blanche d'un lapin disparaître derrière un arbre, comme elle avait tenté de l'expliquer à son père lorsqu'il l'avait trouvée. Sa main de fer avait coupé court à ses mots, afin de lui apprendre à obéir dans son propre intérêt, ponctuée d'une description détaillée des horreurs auxquelles elle avait échappé.

Tout ce qui ne s'était pas passé dans les taches de lumière, sur les brindilles craquant sous la voûte de feuilles et d'aiguilles vertes, venait hanter ses cauchemars. Les visages balafrés et les rires lui donnaient la chair de poule alors qu'elle courait se cacher pour finir par être toujours découverte. Jusqu'alors, elle avait obéi, et cela n'avait pas servi ses intérêts. Quelle idiote elle avait été ! Mais c'était fini, désormais elle prendrait ses jambes à son cou et elle se cacherait. On ne la découvrirait pas.

Elle se redressa de toute sa hauteur. Non, mauvaise idée. Au lieu de cela, elle s'avachit, se rendant aussi quelconque que possible, et chercha de la main, à travers la fente de sa robe, juste en dessous de sa hanche droite, son autre option au cas où une langue trop bien pendue viendrait à son aide. Le manche s'ajusta dans sa main et ses doigts s'enroulèrent autour, rassurés. Le poignard était bien en sécurité dans son fourreau, soigneusement attaché à son jupon avec les liens de calicot qu'elle avait laborieusement cousus dans le tissu à la lueur secrète des bougies. Elle faisait pleinement confiance à sa lame, consciente du soin minutieux que son frère accordait à ses armes. Quant à sa capacité à l'utiliser, seule l'occasion pourrait en être juge. Et après cela, ce serait Dieu, d'une façon ou d'une autre.

À présent, le tintement des harnais et le bruit sourd des sabots en approche étaient si retentissants qu'elle entendait à peine le léger grognement à ses côtés. Le chien se tenait sur ses pattes, prêt à affronter le danger. Il rejeta la tête en arrière, laissant monter l'aboiement profond de ceux de sa race face au loup. La jeune fille se signa et le premier cheval fit son apparition.

Dragonetz évalua leur progression. Cela faisait sept jours qu'ils étaient partis de Poitiers et qu'ils se trouvaient sur la route, et nombre d'entre eux avaient protesté contre cet empressement indigne. Un tel cortège de palanquins, chariots et chevaux était contraint de voyager lentement, et pourtant ils avaient réduit à la plus grande simplicité leurs escales de nuit, se reposant à l'abbaye auprès de vassaux loyaux et renforçant ainsi leurs liens. À l'exception de Toulouse, bien entendu, où Aliénor avait insisté pour une « visite de courtoisie », avec un sourire aussi poli que celui d'un chien montrant les crocs. Il lui avait fallu user de toute sa diplomatie pour la convaincre de ne pas ordonner à son messager d'annoncer la « Comtesse de Toulouse » parmi ses nombreux titres de noblesse, mais elle avait trouvé un millier d'autres façons de rappeler au jeune comte qui elle était.

Cela n'était pas chose aisée d'être au service d'Aliénor, reine de France, mais il lui concéderait bien cela : on ne s'ennuyait jamais. Dieu merci, elle avait décidé d'insulter Toulouse par la brièveté de son séjour. Dans le cas contraire, il n'aurait pas pu être tenu responsable des victimes qui en auraient découlé. Encore deux jours de voyage et ils se trouveraient à Narbonne en sécurité avec Ermengarda. Il pourrait alors relâcher sa vigilance pour se contenter de la surveillance habituelle, continuellement à l'affût du moindre mouvement à proximité d'Aliénor.

Il prit conscience de l'effervescence derrière lui, des roues qui s'arrêtaient, des voix qui s'élevaient, et il ralentit, mettant presque son cheval à l'arrêt, dans l'attente de la voix impérieuse qui ne manquerait pas de retentir. Aliénor s'était lassée du palanquin. Juchée sur son palefroi favori, elle s'arrêta à ses côtés. Il inclina la tête.

— Ma Dame.

Elle avait beau être reine de France, il avait juré fidélité à l'Aquitaine et à son duché à l'instar de tous les natifs de cette région. La France n'occupait que la deuxième place.

— Divertissez-moi, ordonna-t-elle à son compagnon, faisant tournoyer ses boucles d'oreille en perle.

L'idée que se faisait la reine d'une tenue simple pour voyager consistait peut-être à un bracelet de moins, une teinte légèrement moins rouge sur son visage délicatement maquillé et un diadème de substitution orné de pierres précieuses, mais elle ne faisait guère d'autres compromis. La fourrure venant border sa robe aurait pu être échangée contre une armée de mercenaires. C'était tout à fait normal, lui aurait-elle répondu s'il avait émis un doute quant à la sagesse de faire étalage de son statut sur la route. Elle avait peut-être été trop gâtée dans son enfance, mais on lui avait inculqué qu'un duc d'Aquitaine se devait d'imposer le respect aussi bien en se pavanant et faisant état de ses largesses que par une poigne de fer. Elle avait bien appris la leçon. En Aquitaine, on l'adorait. La France, cependant, était un tout autre pays et l'on y faisait les choses différemment.

— Un beau jour, commença-t-il, une jolie dame aux cheveux d'un roux doré, montée sur un palefroi blanc entre Carcassonne et Narbonne, inconsciente du danger qui la guettait plus loin sur la route…

Elle rit. Les perles de son diadème brillaient, ses boucles d'oreille assorties dansaient. Quelques cheveux d'un roux doré s'échappèrent de leur filet et de leurs rouleaux sous son voile. Chez Aliénor, tout n'était qu'envie d'action.

— Nous avons voyagé sur des routes bien plus dangereuses que celle-ci, mon ami.

Elle faisait référence à leur expédition deux ans plus tôt, lorsqu'ils avaient pris la croix et la route de Damas, chemin pavé de bonnes intentions, mais qui avait terminé en enfer aussi assurément qu'ils auraient pu l'imaginer. Une croisade lancée dans l'enthousiasme et achevée dans la honte. Ils avaient tous les deux une bonne raison d'enterrer ce qu'ils avaient vécu ensemble et il ne répondit rien.

Elle reprit :

— N'aimeriez-vous pas avoir affaire à des monstres, des dragons et des ogres plutôt qu'à Toulouse et ses nourrices ?

Son sourire s'assombrit de nouveau.

— Ou à ces vautours de Francs, abattant sur moi leur piété chrétienne ? Savez-vous comment je trouve Paris ? Noire, blanche et grise, les cieux du nord, les habits ternes, les esprits mornes. Toute la couleur s'évapore de ma vie, mois après mois, et je ne peux pas continuer ainsi.

— Il le faut, ma Dame. C'est votre droit de naissance et votre malédiction. Vous le savez.

— Je ne peux exercer mon droit de naissance alors que je suis reléguée à la broderie et à l'art des jardins. Cela m'est insupportable.

— Le pouvoir ne clame pas toujours sa présence, ma Dame, et chacun des deux cents hommes armés derrière vous sur cette route en représente un millier de plus, prêts à mourir sous vos ordres. Chaque mot que vous prononcez porte le poids de ces hommes.

— Dites cela à mon époux, le moine ! fut sa réponse amère.

Son compagnon était suffisamment avisé pour ne pas répondre à une telle trahison, surtout de la bouche d'une épouse.

— Oh, comme je rêve d'être enfin libre du sac et de la cendre, de pouvoir écouter le son du luth sans avoir à pincer les lèvres, de ne plus devoir écouter Clairvaux, ce religieux décharné qui invoque le châtiment de Dieu face aux actes de Satan.

— Clairvaux, fit son compagnon d'un ton songeur. Bernard de Clairvaux, je me demande bien quelle était cette histoire à son sujet. Non, je ne dois pas la mentionner, pas devant une dame.

— Oh, mais vous le devez, mon ami espiègle, c'est exactement ce dont j'ai besoin, des rumeurs. Plus elles sont viles, mieux c'est.

— De viles rumeurs ? À propos du saint Clairvaux ? Comment cela pourrait-il être possible ? De toute façon, c'est une vieille histoire, vous l'avez certainement déjà entendue auparavant, la taquina-t-il.

— Je souhaite l'entendre de nouveau, lui ordonna-t-elle.

— Comme ma Dame voudra. Mais ne rejetez pas la faute sur moi si vous faites des cauchemars.

— Je fais déjà des cauchemars. Et Clairvaux est le moindre d'entre eux, maudit soit son derrière d'oie pelée.

— Vous avez volé la meilleure partie de mon récit, ma Dame, qui concerne en effet son derrière d'oie pelée.

— Racontez-la tout de même.

— Un jour...

Elle lui coupa la parole :

— Pas de farces de troubadours. Ne rendez pas cette fripouille romanesque. Il ne le mérite pas.

— Eh bien, donc, même Bernard de Clairvaux a un beau jour été un jeune homme, et son corps était souple, musclé, ferme, hâlé et…

— Un peu de décence !

— Vous préférez que j'omette certains détails du corps d'un jeune homme ? Je venais à peine de commencer.

— La seule partie ferme du corps de cet homme, ce sont ses genoux, car il se repose constamment sur eux. Et cela a toujours été le cas, peu importe son âge. Non, je ne souhaite pas écouter de description le concernant en tant que beau jeune homme. La suite de l'histoire, je vous prie.

— Il me faudra mentionner une certaine partie de l'anatomie de ce jeune homme, ma Dame, car c'est là l'origine de toute cette histoire et du problème, du point de vue de Bernard. Il s'était arrêté dans une auberge et fut servi par une jeune et jolie servante, la peau aussi diaphane que de la dentelle, les cheveux aussi dorés que…

— Oui, oui, une jolie fille. Continuez !

— … et le pauvre Bernard découvrit qu'une certaine partie de son anatomie préférait suivre sa propre volonté plutôt que celle de Dieu. Horrifié par cette droiture inappropriée dans la seule situation où il eût préféré être moins rigide, il se précipita hors de l'auberge comme s'il était possédé par un démon, déchira ses vêtements et se jeta dans l'eau glacée de la fontaine du village, mettant fin à la sédition de son corps tremblant saisi de frissons. Ainsi se termine le seul moment où Bernard de Clairvaux se demanda quelle serait la sensation d'un corps chaud contre le sien. Dorénavant, son corps serait gouverné par un régime austère.

— Cela n'est pas vrai, dit Aliénor à regret. Il n'a jamais retiré ses vêtements.

— Ma Dame, comment pouvez-vous remettre en cause ma parole ?

— Votre parole en tant que chevalier ou votre parole en tant que troubadour, conteur de récits scandaleux ?

— La seconde, ma Dame, consentit-il en soupirant. Mais ne

trouvez-vous pas que cela dresse un portrait ma foi satisfaisant : le moine nu et tremblant dans la fontaine ?

— Trait pour trait, acquiesça-t-elle, mais je ne suis pas Bernard de Clairvaux et par moments je me demande, moi aussi, ce que cela ferait de ressentir une chaleur humaine contre mon propre corps.

Si c'était une invitation, rien ne laissait paraître qu'il l'avait prise pour telle et elle en revint au sujet plus croustillant.

— Et avez-vous entendu l'autre histoire, où il se précipita dans la rue, hurlant que quelqu'un voulait le détrousser… ?

— … or c'était un pécheur qui en avait après sa virginité !

— Ce devait être un pécheur aveugle et bien désespéré !

Par-dessus son épaule, Aliénor s'adressa aux quatre dames d'honneur qui se tenaient à une distance respectable.

— Mes Dames, venez vous joindre à nous. Nous rabaissons un sinistre personnage. Plus on est de fous, plus on rit.

Alors que les autres chevaux se bousculaient pour tourner autour de la Reine, l'attention de son compagnon se porta sur la route devant eux où un léger mouvement prit la forme, à n'en pas douter, d'une silhouette humaine.

— Messire ?

L'alerte fut donnée par l'un de ses hommes en première ligne.

Il avait perdu son sourire lorsqu'il ordonna :

— Ma Dame, vous devez vous rabattre avec vos dames. Tenez-vous au milieu. Aucune personne saine d'esprit ne cheminerait seule sur cette route. Il y a certainement un piège plus loin.

Il avançait déjà, distribuant des ordres sur son passage et rejoignant son avant-garde triée sur le volet. Un coup d'œil dans son dos lui apprit avec satisfaction qu'Aliénor avait déjà disparu au milieu d'un épais bouclier d'hommes armés.

Les épées tirées, les rênes serrées dans la main, ils s'approchèrent de la silhouette solitaire sur le bord de la route, qui semblait rapetisser à mesure qu'ils avançaient.

— C'est une femme, mon Seigneur, s'exclama son second.

— Soyez sur vos gardes, Danton, une femme peut avoir une bande d'assassins sous la main aussi bien qu'un homme.

Mais il y avait aussi peu de chance de cacher des hommes dans les vignobles alentour, à ciel ouvert, que derrière une taupinière. Il rangea son épée et le signal fut transmis derrière eux dans une vague de soulagement.

Le commandant s'arrêta auprès de la jeune fille qui se tenait parfaitement immobile. À ses côtés, un chien imposant grognait de façon agressive. La procession tout entière s'immobilisa derrière son chef et Danton sauta de sa selle, l'épée tirée, le regard fixé sur le chien.

— Non, s'exclama la jeune fille par réflexe.

Elle s'avança, interposant un bras téméraire entre l'épée de Danton et le chien qui grognait. Son autre bras tenait fermement une sorte de gros paquet contre sa poitrine.

— Non, accepta le commandant sans quitter la fille des yeux. Danton, je pense que le cabot apprécierait d'avoir un peu d'espace pendant que nous délibérons pour savoir si nous lui trancherons la gorge ou non.

Danton recula, mais conserva son épée sous la main. Il était évident pour tout le monde que son chef ne parlait pas que du chien.

— Voyez-vous, dit-il tout en douceur, nous ne pouvons pas être certains que vous n'allez pas vous enfuir à travers champs, puis nous dépasser et préparer vos amis malfaiteurs à nous couper la tête et dérober nos biens. Et nous ne pouvons pas laisser une telle chose se produire.

La jeune fille le regarda, abasourdie.

— Mais, il n'y a que moi !

Des yeux couleur topaze, comme ceux des léopards à Alexandrie, des ombres vertes et des abysses boueux, des étincelles alors qu'il ne devrait se trouver que de la peur. Des yeux topaze et des cheveux noirs, aussi soyeux que les tentes des armées mauresques. La peau d'olive comme une esclave, lisse et parfaite, sans aucune marque. Ses habits évoquaient une servante, mais pas le feu qui brûlait dans son regard.

D'une voix encore plus basse, il lui dit :

— Nous ne pouvons pas prendre un tel risque, ce qui ne laisse que deux possibilités.

Elle ne bougea pas, mais il aperçut le mouvement de sa gorge gracile lorsqu'elle déglutit.

— Ou bien Danton, ici présent, est autorisé à exercer son devoir et faire usage de son épée…

Elle ne flancha pas, ne parla pas. Intéressant. Le courage physique associé au bon sens de ne pas le provoquer.

— ... Ou nous nous verrons contraints à vous inviter à vous joindre à nous.

Fronçait-elle les sourcils ? Décidément, il y avait là un mystère à percer.

— Mais que se passe-t-il donc ?

À cheval, Aliénor s'avança à côté du commandant.

— Pouvons-nous continuer notre route ?

— Nous le pouvons, ma Dame, dès que vous m'aurez dit si je dois passer cette servante au fil de l'épée ou l'entasser avec le reste de nos bagages.

Le temps d'un battement de cœur, il songea qu'il avait mal jugé sa reine et que son côté sauvage l'emporterait sur son humanité. Aliénor dévisagea la fille. Après une pause insoutenable comme une centaine de coups de couteau, Aliénor déclara, sur un ton qui forçait le respect, rappelant à chacun pourquoi ils la suivaient :

— Elle cache quelque chose. Des habits de servante tout crottés, seule au bord d'un fossé sur la route la plus fréquentée d'Occitanie... Qui es-tu et que fais-tu ici ?

La fille baissa le regard, mais ne dit rien.

— Non ! Ne la frappez pas, s'exclamèrent en même temps le commandant et Aliénor afin d'éviter que Danton ne la corrige pour ce qu'il estimait une preuve d'insolence envers la reine.

— Si l'on vous demande de la frapper, vous devrez vous occuper du chien en premier, pas en second, je crois que vous en conviendrez, ajouta le commandant sans qu'il soit nécessaire de le préciser, alors que le chien mordait dans le vide, à l'endroit où Danton avait bien failli se trouver.

— Tout à fait, renchérit Aliénor, son regard impitoyable au même niveau que la fille. Comme tu peux le voir, il est dangereux de m'ignorer, et cela indique une certaine culpabilité. Qu'y a-t-il dans ce paquet ?

— Mes possessions, murmura la jeune fille.

— Eh bien, ce n'était pas si difficile à dire, n'est-ce pas ?

Aliénor plissa les yeux.

— Maintenant, ouvre-le, lui ordonna-t-elle.

La fille hésita et la voix d'Aliénor se fit plus sévère encore :

— Ouvre-le toi-même, sinon Danton tue le chien, ce qu'il est parfaitement disposé à faire. Puis nous l'ouvrirons de force pendant que tu seras très brutalement retenue par les bras. Et ensuite, ce sera pire encore. Me suis-je bien fait comprendre ?

En guise de réponse, la fille déposa le brocart sur la pierre brute. Lorsqu'elle s'abaissa, ses cheveux se dégagèrent de son cou et le commandant revint sur sa première impression. Sa peau n'était pas dénuée de défauts : une blessure mal cicatrisée balafrait la peau claire de son épaule gauche. D'après son œil aguerri, c'était une blessure intentionnelle, faite par le fouet plutôt que par la lame. Avec délicatesse, elle déballa son objet précieux, le dévoilant sur le brocart déployé.

L'instrument de musique ainsi révélé était en bois rougeâtre, tellement poli que la silhouette de la fille se reflétait faiblement dans la caisse profonde en forme de poire. Trois cercles d'émail incrusté aux tons crème venaient marquer le bois, chacun orné d'arabesques et de points entrelacés. Huit cordes, des frettes, un chevillier incliné pour l'accorder.

— Al-Oud, fit-il dans un souffle.

Elle semblait perplexe :

— C'est une mandore.

— Volée, manifestement.

L'une des dames de compagnie s'était avancée. À première vue, elle n'était pas moins éblouissante que sa maîtresse, mais là où la parure d'Aliénor ne servait qu'à mettre en valeur la reine elle-même, cette dame semblait diminuée par ses attributs. Son visage maquillé avait l'air d'un masque, ses froufrous en fourrure étaient trop imposants, comme pour compenser une qualité inférieure, ses boucles d'oreille en pierres précieuses trop brillantes, une simple copie pour des yeux avisés.

— Coupez-lui la main, qu'on en finisse.

— Quel a été votre raisonnement pour arriver à cette conclusion ? demanda Aliénor à voix basse.

Personne ne remit en question sa volonté de la juger et, si tel était le verdict, que le châtiment soit celui qui avait été proposé. Personne ne doutait que la main de la fille soit le prix à payer pour son larcin.

D'aucuns auraient trouvé cette punition clémente, car un tel instrument était un véritable trésor. S'ils n'étaient pas en plein voyage, la jeune fille aurait servi d'exemple, elle aurait pu être enfermée dans une cage, puis torturée par l'assistance avant l'étape suivante, une mort longue et lente. Personne ici n'aurait tressailli face à une telle nécessité, bien que certains l'eussent appréciée plus que d'autres. Cependant, ils étaient sur la route et il n'y avait pas de temps pour une telle réflexion.

— Ma Dame, comment une servante aurait-elle pu mettre la main sur une chose aussi précieuse, sauf par un acte malhonnête ? C'est visiblement une servante, à en juger par ses atours. Et une seule raison me vient à l'esprit quand je me demande ce que fait une femme seule sur cette route ! Je pense qu'elle a volé cet instrument et s'est enfuie, offrant son cul en attendant de vendre ses autres biens sur le marché. Elle n'a même pas été capable de vous dire son nom, ma Dame ! De quelle autre preuve de culpabilité pourriez-vous bien avoir besoin ?

Les yeux de la fille s'embrasèrent, mais elle se contenta de ramasser la mandore et de la serrer contre son cœur. Le regard d'Aliénor rencontra celui de son commandant alors que les doigts de la main gauche de la jeune fille trouvaient leur place naturelle sur les frettes. Elle porta l'instrument dans la position qu'ils avaient observée un millier de fois, dans toutes les salles de banquet du monde civilisé.

— La preuve est simple, déclara Aliénor. Si l'instrument t'appartient, joue quelque chose pour nous, jeune fille.

Au milieu des cliquetis et du piaffement des chevaux agités, des murmures des voyageurs impatients de passer leur chemin et des chants des oiseaux en ce romantique mois d'avril, la fille ferma les yeux. Elle fit vibrer les cordes, accorda le chevillier et se racla la gorge. Puis elle chanta un arpège. La douceur des simples *ut ré mi fa sol la* était déjà prometteuse, mais lorsqu'elle ouvrit les paupières et ajusta sa voix au son des cordes dans une harmonie parfaite, tout le monde se tut. Les célèbres paroles de l'Aubade, la Chanson de l'Aube, flottèrent telles des fleurs de pommier dans la brise, et le chien s'allongea, en silence, aux pieds de la chanteuse.

Sur la couche auprès de sa blonde,
Le chevalier suspend ses lèvres.
'Ma mie, ma douce, qu'allons-nous faire ?
Le jour approche, la nuit s'enfuit
L'heure vient d'aller chacun son chemin
Toute une journée votre cœur loin du mien.
Si seulement l'aube ne poignait pas,
Si la nuit nous épargnait la peine
D'un nouvel adieu, de cette petite mort
Qui nous laisse assez pour mourir encore.
Le veilleur sonne l'heure de l'aube
Me mandant d'affronter le jour,
M'exilant vers un matin teinté
Du deuil de vous avoir quittée.
Où que j'aille, sachez ma mie,
Que repos jamais ne m'échoira
Sans l'étreinte amoureuse de vos bras.
Puissiez-vous aimer votre nuit davantage.
Ma mie, ma douce, qu'allons-nous faire ?
Le jour approche, la nuit s'enfuit
L'heure vient d'aller chacun son chemin
Toute une journée votre cœur loin du mien.'

Les dernières notes de la mandore restèrent suspendues dans les airs, plaintives, tandis que Danton rengainait son épée.

— Tu as répondu aux accusations de vol et je te juge innocente, déclara soudain Aliénor, rompant le charme par sa voix mesurée. Qu'as-tu donc à me dire, pour refuser de me donner ton nom ?

— J'ai bien un nom à vous donner, ma Dame. Mon nom de chanteuse est Estela de Matin.

— Alors, Estela de Matin ce sera. Un musicien de talent est toujours le bienvenu à ma cour, que ce soit un homme ou une femme. Si tu souhaites te joindre à nous, nous pourrons explorer à ta convenance les mystères qui t'entourent.

Si la fille aperçut la poigne de fer dissimulée sous le gant de cette « invitation », elle n'en laissa rien paraître et esquissa une révérence d'approbation avant de ranger son instrument dans son brocart.

— Qu'en pensez-vous ? demanda Aliénor au commandant.

— Jolie voix, mais creuse, fut son verdict. Il lui manque la maturité nécessaire à cette chanson.

— Qu'est-ce qui t'a poussée à choisir celle-ci, parmi toutes les chansons qui existent ? demanda Aliénor à la jeune fille qui avait baissé les yeux, cachant son visage empourpré.

Lorsqu'elle releva la tête, ce fut pour croiser le regard du commandant.

— J'aime cette chanson, répondit-elle simplement. C'est l'œuvre d'un véritable maître et elle m'a semblé appropriée. J'ai pensé que tout le monde la connaîtrait…

Sa voix faiblit.

— Tu as bien choisi, lui confia Aliénor. En effet, nous connaissons bien cette chanson, n'est-ce pas ?

— Parfaitement, ma Dame.

Le commandant s'excusa et ramena son cheval dans les rangs.

Un homme corpulent et barbu, aux cheveux noirs en bataille, s'avança sur sa monture :

— Ma Dame, on m'envoie pour la fille.

— Emmenez-la, Raoulf, et assurez-vous qu'elle soit à son aise.

Raoulf descendit de cheval et fit un pas vers Estela, mais le chien se leva aussitôt.

— Non, le chien, lui dit-elle. Pars ! Tu n'es pas mon chien ! Je ne veux pas de toi ! Va-t'en d'ici !

Le chien la regarda, mais il ne fit aucun mouvement. Elle s'approcha de Raoulf, qui la hissa sur sa selle avec sa mandore, aussi aisément qu'une poupée, avant de monter derrière elle. Une petite botte décocha un coup aux tibias d'Estela sur son passage, accompagnée d'un : « Je suis navrée » à mi-voix, qui respirait le poison et une forte odeur de musc. Estela se souviendrait longtemps de ce parfum, mais pour l'instant, c'était le dernier de ses soucis. Elle avait encore une question à résoudre avant de s'abandonner à la fatigue écrasante, aussi bien physique que mentale.

— Qui est votre commandant ? demanda-t-elle à Raoulf.

— Vous n'allez tout de même pas prétendre ne pas le savoir, fut sa réponse énigmatique.

— Je suis sincère, insista-t-elle.

— Dragonetz los Pros, bien entendu, déclara-t-il comme si cela tombait sous le sens.

Et cela aurait dû.

— Je l'imaginais plus âgé, répondit-elle.

Dragonetz, le chevalier d'Aliénor, qui avait gagné son titre « los Pros », « le Vaillant », en tant que croisé, alors que bien d'autres étaient rentrés chez eux avec des surnoms tels que « culotte brune ». Dragonetz, le Maître Troubadour, le compositeur de la chanson qu'elle avait eu l'impudence d'entonner devant lui. Et quelles inepties elle avait sorties ! Il avait certainement pensé qu'elle l'avait fait exprès ! Ses joues la brûlaient et elle fut ravie quand on la déchargea comme un vulgaire sac de grains sur un simple matelas dans un chariot. Lorsque Raoulf la recouvrit d'un couvre-lit avec ses mains calleuses, lui suggérant de se reposer, elle répondit par réflexe :

— Merci, Gilles.

Et elle se laissa porter vers un sommeil profond par la cadence cahoteuse du chariot.

CHAPITRE DEUX

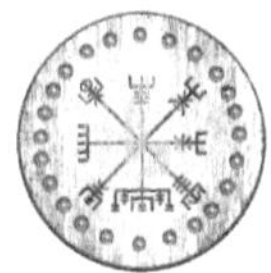

Ermengarda, vicomtesse de Narbonne, jeta un œil distrait par la fenêtre étroite, au-dessus de la muraille de la ville, vers le fleuve de l'Aude, en crue à cause des pluies hivernales et de la fonte des neiges dans les montagnes. Encore quelques semaines de plus et il serait temps pour les moutons de quitter les plaines et de retourner vers les hauteurs pour le pâturage d'été. Les conséquences de l'hiver rigoureux étaient calculées chaque jour dans les grands livres des clercs, qui en faisaient un rapport consciencieux à leur maîtresse. Ils n'avaient aucune autre option, car Ermengarda connaissait jusqu'au moindre solidus que recelaient ses caisses. Si Narbonne était la ville la plus riche d'Occitanie, c'était en grande partie grâce à sa souveraine.

Aujourd'hui, cependant, Ermengarda avait des problèmes plus urgents et personnels. Le lendemain, les prochains jours ou la semaine suivante, en fonction du déroulement de leur voyage, elle attendait la duchesse d'Aquitaine avec tout son cortège de dames de compagnie et de soldats armés. Le Palais se préparait depuis des semaines. L'entreposage des céréales, du vin et des jambons ; le balayage des salles et la répartition d'herbes odorantes ; l'ajout de paille et d'abreuvoirs autour des écuries vides. Aucun détail n'était pris à la légère, qu'il s'agisse des armoiries de Narbonne sur les épais rideaux fraîchement accrochés aux fenêtres des appartements d'Aliénor ou des fioles de parfum oriental sur le rebord des baignoires.

Comme les canards. Ermengarda observait un petit groupe de canards colverts qui semblait suivre le courant tout en pataugeant de toute la force de leurs petites pattes. Patauger, c'était ce qu'ils continueraient à faire aussi longtemps qu'Aliénor honorerait Narbonne de sa présence, à la condition que Narbonne nourrisse, loge et divertisse les quatre cents membres de son personnel. Ermengarda soupira. Ce n'était pas le bon moment. En plus de l'hiver désastreux, ses citoyens souffraient encore de l'échec cuisant de la deuxième croisade. Un échec que les rumeurs avaient beau jeu de mettre sur le dos d'Aliénor.

Narbonne dépendait du commerce, et le commerce dépendait de la confiance et de la sûreté. Les capitaines devaient pouvoir prendre la mer et quitter la sécurité de leur port sans craindre d'être attaqués par des pirates génois au sortir de la baie, avec la certitude qu'ils se ravitailleraient et répareraient les navires endommagés tout en achetant des marchandises mauresques dans les comptoirs à épices *Oltra mar*. En plus des voies maritimes, les routes terrestres devaient être protégées des voleurs et des brigands. Et voilà dans quelle situation ils se trouvaient ! Chaque jour, ses capitaines et ses marchands rapportaient de nouveaux problèmes à Ermengarda : de paisibles commerçants emprisonnés, torturés et défigurés en représailles contre les chrétiens ; des routes sûres bloquées par les conditions météorologiques et des saboteurs. Partout, l'équilibre pour lequel elle avait tant travaillé sombrait dans la folie. Bientôt, la saison du commerce commencerait pour de bon et elle devrait utiliser toutes ses relations pour réparer les dégâts du mieux possible.

Alors, que ressentait-elle à la perspective de recevoir Aliénor ? La dernière fois qu'elles s'étaient vues, c'était avant la croisade. Aliénor brûlait de passion pour cette nouvelle aventure et Ermengarda restait sur sa réserve, tel un spectre lors d'un mariage, une mégère répandant rancœurs et mauvais présages par ses mises en garde et ses réticences. Elle avait eu raison, mais elle n'en éprouvait aucune satisfaction à présent. Elle hésitait à juger Aliénor aussi sévèrement que la plupart. Cette femme élégante, de dix ans son aînée, avait ébloui la jeune Ermengarda de quatorze ans par son intelligence et son goût exquis, partageant avec elle le privilège de ses secrets sur les hommes les plus influents du pays, en plus des recettes bien gardées de ses fards à joues. Elle l'avait considérée comme une amie... et c'était encore le cas.

Pourtant, même à quatorze ans, Ermengarda avait sa propre connaissance durement acquise au sujet des hommes – et des femmes – puissants, et elle n'avait jamais oublié que l'autorité d'Aliénor, aussi vaste que soit son royaume, dépendait d'une association délicate avec le roi de France, Louis, alors qu'Ermengarda *était* Narbonne. Il ne faisait aucun doute que l'Aquitaine appartenait à Aliénor, mais dans quelle mesure Aliénor appartenait-elle à l'Aquitaine ? Son regard s'était porté sur la France, et à en croire les rumeurs, cela ne lui suffisait toujours pas.

Les rumeurs. Ermengarda les recueillait avec le compte-rendu quotidien de ses comptes. Impossible qu'Aliénor ait accompli la moitié des choses qu'on lui attribuait ou qu'on lui reprochait *Oltra mar*, outre-mer. Mais tout de même, le rôle qu'elle y avait joué lui valait jusqu'à vingt vers dans les toutes dernières chansons, dont certaines versions avaient été formellement interdites à l'occasion de sa prochaine visite. Les histoires dépeignant Aliénor à cheval, les seins nus avec ses Amazones pour abattre les Infidèles, l'auraient peut-être amusée, mais en tant qu'hôtesse, Ermengarda ne souhaitait pas encourager des chants sur la « putain d'Antioche », où les visites rendues par Aliénor dans le lit de son oncle devenaient de plus en plus obscènes. Quant à savoir si elle avait effectivement partagé la couche de son oncle, cela faisait partie des nombreux détails qu'Ermengarda saurait tirer au clair après avoir revu Aliénor. Cela s'était-il produit ? C'était plus probable aux yeux d'Ermengarda que le récit de l'armée d'Amazones. Il était important de connaître les surnoms que l'on vous donnait. Ermengarda savait parfaitement qu'elle était « la commerçante » et qu'Aliénor était « la putain ». Dans une certaine mesure, elle serait toujours une commerçante, reconnut Ermengarda.

Ses pensées coulaient avec l'Aude. La sérénité apparente des canards avait été de courte durée. Cinq colverts s'attaquaient sauvagement pour tenter de s'accoupler avec la seule femelle. Ermengarda observa deux mâles, en plein combat, qui maintenaient la femelle sous l'eau dans la frénésie de leur accouplement au risque de la noyer. *Fais attention, Aliénor, fais très attention. Tous les amants ne se mettent pas à genoux.*

Un coup respectueux à la porte attira son attention. Il était temps de s'occuper de la vitrine et de s'assurer que Narbonne soit à la hauteur, au moindre détail près, de sa réputation de joyau de la Méditerranée. Elle espérait qu'Aliénor aurait le bon sens d'envoyer des cavaliers en éclaireurs pour annoncer sa venue, un jour au moins avant l'assaut. Bien sûr, se dit-elle. Elle sourit. Ce serait ce charmant Dragonetz qui serait envoyé en avance. Et très certainement, il se souviendrait du genre de courtoisie qui la mettait de bonne humeur.

— Rabbin Abraham ben Isaac, vous pouvez entrer, annonça-t-elle.

Revenons-en aux affaires.

— As-tu envoyé des messagers pour prévenir Dame Ermengarda ? demanda Dragonetz à Raoulf, pendant qu'ils vérifiaient les chariots et les chevaux sur le pâturage qui entourait le château de Douzens.

Seule une poignée de personnes et d'animaux seraient choisis pour passer la nuit en sécurité entre les murs et Dragonetz tenait visiblement à s'assurer que le groupe qui resterait dehors soit aussi bien protégé que possible.

— Michel la Fouine et Gervais sont partis cet après-midi avec ton message, Messire. Cette nuit, nous ferons halte à Douzens, demain soir avec les moines blancs de Fontfroide. Nous devrions arriver à Narbonne vers midi passé le mercredi.

— Brave homme. Espérons que la route se poursuive sans encombre. Et au sujet de la fille ? Que vas-tu faire avec elle ?

Raoulf pinça les lèvres, réfléchissant :

— Je peux aller te la chercher si tu as un peu de temps pour folâtrer…

Il ressentit une soudaine pression dans son dos, une pointe de fer qui suggérait qu'il en avait dit bien assez. Mais il était loin d'avoir tout dit.

— Tu es un homme, tu ne peux pas continuer ainsi.

Le point de pression se fit plus net et Raoulf prit soin de ne pas bouger.

— Éloigne cette maudite chose, Dragonetz, à moins d'avoir vraiment l'intention de poignarder une personne qui te connaissait alors que tu n'étais encore qu'un morveux pleurnicheur.

— Je te conseille de ne pas mettre à l'épreuve ma patience avec ta sagesse de cloaque. Tu es trop lent pour m'empêcher de t'infliger une leçon, sur tes habits si ce n'est sur ta peau.

Dragonetz rengaina sa dague dans son fourreau bien caché.

— L'époque où je pleurnichais. Merci de me l'avoir rappelée. Sauf si, bien sûr, tu faisais référence à ma conduite plus récente ?

Raoulf aurait largement préféré la dague à ces mots acérés.

— C'en est assez, Dragonetz ! Laisse cela derrière toi. Ce qui est arrivé est arrivé. Des personnes meurent à la guerre et tu ne peux pas te le reprocher éternellement.

Grossière erreur, pensa-t-il dès qu'il eut prononcé ces paroles. Il avait tort s'il croyait que l'intonation de son seigneur ne pouvait pas être plus glaciale.

— Merci pour cet autre rappel. Comme je l'ai bien fait comprendre, je pense, j'apprécie toujours ton opinion au sujet de ma conduite.

Raoulf savait qu'il valait mieux ne pas interrompre ce silence. Au milieu des cliquetis des harnais et du métal, du grincement de la meule de bois, de l'agitation humaine, une chanson flotta jusqu'au campement, portée par une voix de soprano limpide non loin de la rivière.

Raoulf marquait son approbation ou donnait de brèves instructions alors qu'ils faisaient le tour de chaque chariot. Il indiquait les seaux vides et les hommes se précipitaient pour abreuver les chevaux. Un regard vers Dragonetz suffisait à corriger quiconque aurait le malheur de croire que cet arrêt était la fin du trajet.

— Alors ? lança Dragonetz, la mâchoire crispée avec encore une plus grande sévérité.

— Alors quoi, Messire ? répliqua Raoulf.

— Il me semble t'avoir posé une question.

— La fille.

— Tout à fait. C'est une question militaire, pas une question d'homme.

— Tant pis pour toi.

Raoulf ne put y résister, mais il enchaîna rapidement :

— Je ne pense pas qu'elle serve d'appât pour les voleurs, mais ce n'est pas pour autant qu'elle dit la vérité. Je suis certain qu'elle est seule. C'est une bonne chose, ça veut dire qu'on ne va pas nous trancher la gorge au prochain virage. Dans le même temps, ce n'est pas une bonne nouvelle. Pourquoi est-elle seule ? Ses mains laissent croire qu'il ne s'agit pas d'une servante. Je pense que tout ce qu'elle connaît du monde lui vient des chansons et des voyageurs qui sont passés par là où elle vivait. Je ne pense pas qu'elle en soit partie jusque-là. Elle a l'air innocente, couvée, sous ses airs de donneuse de leçons. Elle ne te connaissait même pas. À sa façon de chanter, il est évident qu'il ne s'agit pas d'une fille ordinaire. Elle était épuisée lorsque je l'ai allongée dans le chariot en lui donnant une couverture. Elle m'a appelé Gilles.

— Un amant, un mari… songea Dragonetz. Quelqu'un qui viendra à sa recherche. Quelqu'un qui voudra une indemnité pour la marchandise abîmée.

— Moi, je ne l'ai pas abîmée ! Pas encore, rétorqua Raoulf. J'attendais d'abord tes instructions, mais si tu ne souhaites pas qu'elle…

— Et tu ne le souhaites pas non plus. Ni aucun de nos hommes. Il s'agissait d'un ordre. Si elle n'est pas ce qu'elle paraît être, nous devons nous montrer encore plus vigilants à ce qu'elle ne soit *pas* abîmée par l'un d'entre nous. J'exige qu'elle soit chaperonnée par les dames.

— Uniquement d'un point de vue militaire ?

— Uniquement. J'aurai bien assez de problèmes avec les divertissements politiques de Dame Aliénor sans y ajouter un châtelain furieux venu des bois à ma poursuite.

— Ce n'est pas un amant, si tu veux mon avis. Ni un époux, ce Gilles. Elle avait beau être fatiguée, elle savait encore que c'était moi, ou plutôt quelqu'un comme moi, à son service en quelque sorte. Oui, quelqu'un comme moi.

— Existe-t-il seulement quelqu'un comme toi ? fit Dragonetz avec dérision. Que Dieu nous vienne en aide.

— Merci, Messire.

— Raoulf, n'es-tu jamais las des personnes qui te sous-estiment ? Le grand ours noir dans l'ombre du jeune Dragonetz ?

— As-tu déjà vu un ours attraper un poisson, Monsieur ? Plus on pense que je suis lent, plus j'en apprends et plus aisément je peux les attraper.

Il hésita avant d'ajouter :

— Il y a quelque chose dont je souhaiterais te faire part…

— Quoi, encore autre chose ? Merci Seigneur que la fin de ce trajet soit proche s'il fait naître en toi autant de pensées. Eh bien, continue. Tu ferais mieux de cracher le morceau, maintenant que tu t'es lancé.

Raoulf était conscient de la nécessité de choisir ses mots soigneusement, mais il finit par lâcher de but en blanc :

— Connais-tu Dame Fortune et sa roue ?

Dragonetz acquiesça impatiemment.

— Eh bien, je ne te conseille pas de t'attacher à cette dame pendant l'ascension, sinon elle ne te lâchera pas lors de la chute. Alors, si tu es attaché, je te recommande de te défaire de tes liens.

L'agitation s'essoufflait sur le campement alors que les hommes s'installaient pour discuter autour des feux de camp dans la lumière décroissante. Les rayons roses du soleil couchant illuminaient les armures et les épées abandonnées çà et là. Il aurait fallu qu'un assaillant soit inconscient ou bénéficie d'une force incroyable pour prendre le risque d'affronter deux cents guerriers et un bastion des templiers, même pour une attaque surprise. La garde était solide, il n'y avait aucun signe de danger où que ce soit. Dragonetz soupira.

— Tu te préoccupes pour moi, Raoulf, je le vois bien !

Bien qu'il se soit exprimé avec conviction, Raoulf répondit comme s'il s'agissait d'une question. Ses cheveux noirs emmêlés s'écartèrent de son visage en voletant lorsqu'il baissa le regard vers Dragonetz, les yeux rouge sang dans le soleil couchant.

— J'ai prêté serment, Messire.

Les deux hommes se défièrent du regard et ce fut Raoulf qui détourna le sien en premier.

— Tu prendras le deuxième tour de garde, ordonna Dragonetz.

Ils savaient tous deux que si des ennuis venaient à se présenter, ce serait probablement à ce moment-là.

— Je ferais mieux d'aller peaufiner mes charmes avant le dîner avec nos invités.

— Il n'y aura aucun danger, Messire.

— Que tu continues à le croire, Raoulf, est l'une des nombreuses différences entre nous. À demain.

— Messire.

Dragonetz regarda son large dos s'éloigner. Il entendit le commentaire grossier de Raoulf et les rires qui fusèrent alors qu'il se mêlait aux autres soldats. Malheureusement, il devrait se séparer de Raoulf. Cet homme était devenu un frein. Dragonetz refusait d'être aimé par quiconque, homme, femme ou enfant. Plus jamais. Il allait en effet se défaire de ses liens, tous ses liens, même avec la dame que Raoulf avait désignée par le nom de Fortune. Mais tout d'abord, il avait des affaires à conclure.

Elle devait donc désormais se donner le prénom d'Estela. Elle s'aspergea le visage au ruisseau, qui perdait déjà la chaleur emmagasinée sous le soleil de l'après-midi. En aval, les hommes emmenaient leurs chevaux boire, s'affairant tranquillement dans la routine du campement. L'éternel groupe de chiens que l'on retrouvait dans tous les lieux habités était venu quémander des restes auprès des feux de camp. S'il y avait une fourrure blanche parmi les teintes de noir et de marron, Estela ne la remarqua pas.

À ses côtés, les autres femmes se trempaient les pieds et les bras, discutant lessive et baisers. Il n'y aurait de temps pour rien de tout cela tant qu'ils ne seraient pas arrivés à Narbonne, où elles se rattraperaient.

Guillelma ne lui prêtait pas la moindre attention tout en parlant à ses amies, mais la fille savait que même si la servante décharnée lui avait été sympathique, c'était également sa geôlière. Non pas qu'Estela ait le moindre endroit où s'échapper, ni même l'envie de s'enfuir. C'était apaisant de se laisser porter, de suivre Guillelma et faire « des choses de femmes », d'avoir du pain à manger et de l'eau à boire. Peut-être serait-elle servante, après tout, songea-t-elle. De la lessive et des baisers.

Était-il possible de commencer sa vie à seize ans ? Il le fallait. « Estela de Matin », l'étoile du matin, pouvait être qui elle souhaitait. Elle ne serait pas la première *trobairitz* à se cacher derrière le nom qu'elle s'était choisi. Au diable la lessive. Elle serait aussi célèbre que Cercamon, « Cherche-monde », et personne ne se préoccuperait de ce qu'elle avait été par le passé. L'enfance de Cercamon était enterrée avec lui. Peu importe qu'il ait été un jeune servant ou le fils d'un châtelain, personne ne le savait ni ne s'en préoccupait, mais tout le monde chantait ses chansons et son nom traverserait les époques.

Estela entonna le chant de Cercamon, « *Ab lo pascor m'es bel qu'eu chan'* », « À Pâques, c'est une joie de chanter ». Elle rougit en prenant conscience que les conversations avaient cessé et qu'elle était le centre de l'attention.

— Je vous l'avais dit, déclara Guillelma aux autres, comme si elle venait de remporter un pari. Ne t'arrête pas, ma mignonne, c'est charmant. Tu es une vraie bouffée d'air frais.

— Continue, l'encouragea une dame dont le corps semblait sur le point de déborder à tout moment de sa robe pimprenelle rêche.

Alors que le soleil brunissait les collines lointaines, les femmes, telles des statues dorées assises près de l'eau rose et or, écoutèrent le solo de sa voix mélancolique. Inéluctablement, la chanson s'assombrit, évoquant l'infidélité et le deuil. Lorsqu'Estela en fut rendue aux vers :

Miels li fora ja non nasqes
Enans qe'l failliment fezes
Don er parlat tro en peitau

Le soleil se coucha et Guillelma frissonna.

— C'est ravissant, mais nous ferions mieux de nous mettre au sec et au chaud.

Interrompue, Estela s'arrêta sur une fausse note qui ébranla son corps tout entier. Elle cligna des yeux, encore perdue dans l'univers de la chanson. Guillelma la prit par le bras et l'accompagna vers le chariot qui semblait contenir les maigres possessions de la femme. Une fois qu'elles furent enfin seules, Guillelma secoua la tête et lança un regard furieux à Estela :

— Tu vas te faire tuer, c'est sûr !

Estela se contenta de la regarder, les yeux écarquillés.

— Et tu n'as pas la moindre idée de ce que je veux dire, n'est-ce pas ? chuchota Guillelma. Chanter qu'elle aurait mieux fait de ne pas naître plutôt que d'être une pécheresse.

Estela continuait de l'observer, perplexe.

— Et que les gens en parlent jusqu'à Poitiers. À qui penses-tu que cette chanson fait référence ? Et que crois-tu qu'elle ferait si elle t'entendait la chanter ?

La réponse se fit jour dans son esprit et Estela eût préféré ne pas comprendre. Poitiers, la capitale d'Aquitaine.

— Mais je n'ai rien fait ! s'exclama-t-elle.

— Alors, tout va bien. Tu n'as rien fait.

Sa voix avait retrouvé son détachement habituel.

— Restons-en là. Tu n'as rien fait. Et nous ne t'avons pas entendue. Nous ne pouvons qu'espérer de tout notre cœur que cela restera ainsi ! Mais je ne serai pas avec toi ce soir alors, garde ta bouche bien fermée et apprends tout ce que tu peux, et vite.

— Que voulez-vous dire ?

— Dame Aliénor s'est mis en tête que tu devrais dîner avec le grand monde dans le donjon ce soir. À la table inférieure, bien entendu, mais l'on m'a tout de même demandé de te rendre convenable.

Elle fronça les sourcils et dévisagea Estela :

— On ne saurait faire d'une buse un épervier, si tu veux mon avis, mais nous ferons notre possible.

— Vous sauriez me rendre… convenable ? demanda Estela sans savoir comment lui poser la question avec tact.

Guillelma rejeta la tête en arrière et éclata de rire sans retenue :

— Tu veux dire, comment une paysanne comme moi serait capable de te faire passer pour une dame ?

Estela rougit.

— Sache, ma chère, que cette paysanne s'occupe de la garde-robe de la reine. Quand nous ne sommes pas sur la sainte route des semaines durant, cette paysanne se pomponne un peu, elle aussi. Mais en effet, c'est mon aiguille et non mes charmes qui m'a menée jusqu'ici.

— Je suis désolée.

Estela était incapable de croiser son regard.

— Comme je l'ai dit, tu vas te faire tuer. Mais tu pourrais tout de même t'amuser un peu en attendant.

Elle fit signe à Estela de monter dans le chariot et la jeune fille découvrit des boîtes ouvertes remplies de corsets, de chaussures, de fourrures, de coiffes. Guillelma semblait trouver de l'ordre dans ce chaos et elle disparut à moitié dans un coffre en marmonnant :

— Doré, jaune… écarlate trop ostentatoire… joli, mais trop discret… impossible…

Lorsqu'elle remonta à la surface, Guillelma tenait trois robes qu'elle posa sur un tas tout en cherchant un fourreau et un corset. Elle ajouta au tout cinq paires de bottes en cuir souple après avoir évalué en un coup d'œil la pointure approximative d'Estela. Une fois que ses propres vêtements furent tombés à ses pieds, accompagnés de claquements de langue et de remarques bougonnes – « ajusté ici, aucune chair sur cette fille, rien du tout » –, Estela se demanda ce que l'on attendait d'elle, et quelles erreurs elle pourrait encore commettre.

— Et si l'on me demande de chanter ? balbutia Estela. Que devrais-je faire ?

— Chanter, se contenta de répondre Guillelma. Si tu souhaites obtenir l'avis d'une paysanne, continua-t-elle en levant les yeux de la botte qu'elle était en train de lacer, ne prends pas ton instrument avec toi et rends-toi invisible. Dans le pire des cas, tu connais déjà deux chansons que tu ne devrais pas chanter, alors je tenterais ma chance avec une troisième. Qui sait, même pour toi, la troisième pourrait être la bonne.

Oh, mon Dieu. Elle avait oublié Dragonetz et il serait là lui aussi.

Et Aliénor et leurs invités templiers. Mon Dieu, y aurait-il le moindre problème avec « Assatz es or' oimai q'eu cha », « il est l'heure de chanter » ? Elle repassa les paroles dans sa tête. Une référence à Saint-Jean. Cela ne devrait pas heurter les chevaliers, si ? Bon, c'était décidé ! Jamais chanter n'avait été aussi compliqué.

Les soirées d'avril étaient encore assez fraîches pour que la chaleur des bûches ardentes dans la grande cheminée soit plus que bienvenue. Des ombres vacillaient sur les murs en pierre, projetées par les torches allumées par intervalles dans les appliques autour de la grande salle. La Commanderie de Douzens avait moins de vingt ans, mais c'était une construction militaire rudimentaire qui recevait rarement des invités de ce rang. Heureusement, les caves bien remplies, les cuisines dotées d'un personnel suffisant et les tables chargées de pain frais et de jambon confirmaient amplement la réputation hospitalière des templiers. Depuis la table d'honneur, Aliénor balayait du regard sa compagnie.

Ses yeux dérivèrent vers les tables privées d'accès au sel. Elle y remarqua sa petite protégée, assise en silence parmi les employés de maison de rang moins élevé, et elle vit d'un bon œil ses cheveux noirs brillants sur une robe couleur fauve. À côté d'elle, elle reconnut le couvre-chef distinctif d'un Maure à la peau foncée, sans nul doute ramené de la dernière croisade. Les yeux d'Estela étaient baissés, ne montrant aucune préférence pour tel compagnon ou tel autre. Il n'y aurait pas de musique ce soir, mais Aliénor n'était pas impatiente de révéler sa nouvelle étoile. Dragonetz pourrait d'abord dégrossir la jeune femme. Elle prendrait plaisir à observer le visage d'Ermengarda lorsqu'elle entendrait cette voix. C'était certainement le destin qui avait amené un tel joyau sur son chemin et elle avait l'intention de le mettre en valeur.

Elle continua son examen de l'assemblée. Plusieurs chevaliers de la Confrérie et quelques petits propriétaires de terres rattachées à la Commanderie, accompagnés de leurs épouses ou sœurs. À la table d'honneur, le Maître, Pierre Radels, le visage rouge et en sueur à cause de l'effort physique, du vin ou des deux à la fois ; les commandeurs adjoints, Izarn de Molières et Bernard de Roquefort, un autre frère influent, Bernard de Casul Revull ; deux de ses dames, Philippa et Sancha. Cette dernière affichait un déploiement de perles bleues et de satin écarlate à faire grincer des dents, qui ne s'accordaient pas entre eux et encore moins avec le rouge brillant des atours d'Aliénor. Et puis, bien sûr, il y avait Dragonetz.

Le chevalier d'Aliénor était un modèle de courtoisie. Il inclinait la tête en échangeant deux mots avec l'une des dames, trois mots avec l'autre, puis lors d'une longue discussion animée avec le Maître. Aliénor sourit. Il n'y avait aucun doute quant à l'intérêt de Dragonetz et elle devina, des rares paroles qu'elle parvenait à entendre, qu'il creusait afin d'obtenir des informations sur l'énergie hydraulique et les moulins, une récréation pour lui, sans aucun doute.

— Ma Dame, nous ne pouvons pas laisser Damas et Édesse aux mains des Infidèles.

Izarn attendait sa réponse et Aliénor retourna à son devoir.

Il n'y aurait pas de récréation pour elle.

— C'est pour cela que j'ai pris la croix, répliqua-t-elle. Nous n'avons pas oublié nos terres de l'autre côté de l'océan, bien que la leçon que nous y avons reçue soit difficile. Cela doit affermir nos mains et nos pensées pour une autre entreprise plus fructueuse.

— C'est exactement ce que je pense, ma Dame. Peut-être pourriez-vous faire parvenir certaines de nos suggestions au roi Louis.

Si Aliénor sourcilla en constatant qu'elle était prise pour une simple messagère, elle n'en montra pas le moindre signe. Elle approfondissait sa découverte et son analyse des forces et de l'allégeance des chevaliers de Salomon.

Le Maître se pencha en toute confidentialité vers Dragonetz, qui lui versa un autre verre de vin, du bon vin rouge des Corbières locales, fruité et chaleureux :

— Vous devriez vous joindre à nous, Dragonetz.

— J'ai envisagé cette possibilité. La dernière fois qu'on me l'a proposée.

— Vous devriez, insista Radels.

— Le vœu de pauvreté me chagrinait un peu, dit Dragonetz en faisant tournoyer le vin dans sa timbale en argent, le regard espiègle.

Radels se contenta de rire.

— Nous aurions dû obtenir un royaume entier à la mort d'Alphonse, mais nous ne nous en sommes pas trop mal tirés en l'état.

Dragonetz connaissait bien la déroute subie seize ans plus tôt lorsqu'Alphonse le Batailleur, Roi d'Aragon et de Navarre, était mort sans héritier, laissant l'ensemble de ses biens aux templiers. Ainsi, l'homme riche avait acheté son billet d'entrée pour l'au-delà en se rendant hostile à tous ceux qu'il avait laissés derrière lui dans ce monde. Avec sagesse, les chevaliers avaient négocié leur retrait de leur héritage, évitant des décennies de guerre sanglante et ajoutant encore à leurs richesses légendaires. D'après un Radels dont la langue se déliait de plus en plus, Douzens avait gagné sa part du butin, dont des vassaux très intéressants que Dragonetz se jurait de ramener dans la conversation, après une ou deux questions au Maître tant qu'il pourrait encore en tirer une réponse lucide.

— Et je suis certain que vous continuerez de bien vous en sortir, avec un tel sens des affaires, assura Dragonetz à l'homme dont les sens, en cet instant, étaient plutôt tournés vers les affaires au fond de son verre. Peut-être pourrez-vous m'éclairer sur un point. Admettons qu'un homme ait en sa possession une reconnaissance de dettes des frères d'Antioche, et qu'il souhaite acheter des terres dans la région, une telle note serait-elle acceptable par le vendeur ?

La lueur dans les yeux de Radels laissait entendre qu'il n'avait pas encore dérivé au point de ne pas comprendre la situation. Tant mieux.

— Une reconnaissance d'une certaine valeur, j'imagine ?

— En effet.

— Eh bien, cela dépend du vendeur, si c'est un templier, un associé ou tout autre.

— Supposez que chacune de ces options soit une possibilité.

— Si, par exemple, vous… pardon, je veux dire, l'homme en question venait à acheter, entre autres, une parcelle dans l'Aude où un moulin pourrait être construit…

Dragonetz reconnut la pique de son interlocuteur et se demanda quelle quantité de vin il lui faudrait encore pour émousser cet esprit.

Bien plus, de toute évidence. Il vida le reste de vin dans leurs deux verres et fit signe au serviteur de remplir le pichet.

— Si cet homme venait à acheter ses terres à la Confrérie, sa reconnaissance de dettes vaudrait autant que de l'or d'al-Andalus.

Dragonetz hocha la tête, concentré.

— Et si cet homme venait à approcher notre confrérie voisine de l'Abbaye, qui pourrait également avoir de telles terres en vente…

Dragonetz but une gorgée en réfléchissant. Il en venait enfin à ce qui l'intéressait !

— Eh bien, ils pourraient être disposés à accepter cette reconnaissance si elle était accompagnée d'une signature personnelle, disons, d'un Commandeur local, histoire de rendre la devise encore plus souple que de l'argent. Mais soyez assuré qu'ils dépouilleraient cet homme, au nom de Dieu et de l'Abbaye.

Voilà que le vin faisait son effet.

— Au nom de Dieu et de la Commanderie, cet homme pourrait-il obtenir une bonne affaire ? s'enquit en douceur Dragonetz.

— En effet.

— Et dans le troisième cas ? Celui d'un achat auprès d'une personne sans aucun lien avec la Confrérie ?

Radels pinça les lèvres.

— C'est plus délicat. Certains hommes d'affaires comprennent les bénéfices de nos reconnaissances de dettes, particulièrement s'ils savent lire. D'autres restent à la traîne et préfèrent du bétail et des droits de pêche. Croyez-moi, Dragonetz, le jour viendra où les billets à ordre deviendront chose commune et universelle.

— Mais en attendant ?

— En attendant, la reconnaissance de dettes promet à son détenteur que la somme établie lui sera payée et toute Commanderie l'honorera en effectif. Donc, si cet homme a besoin de payer en poids d'argent, il devra me présenter la reconnaissance de dettes en bonne et due forme.

Dragonetz avait étudié les options une centaine de fois au cours de leur voyage. Il ne lui manquait que les informations fournies par Radels pour prendre une décision. Il savait ce qu'il voulait, il savait qui le détenait et il savait comment l'obtenir. En retour, il n'avait dévoilé que le strict nécessaire. Cela n'avait pas été une mauvaise soirée pour les affaires. Il étira ses longues jambes sous la table et soulagea ses muscles endoloris par la selle et le banc en bois.

— Une note personnelle d'un Commandeur serait en effet une grande faveur, reprit Radels, les yeux brillants. Cela pourrait s'arranger.

— Et, bien entendu, en guise de remerciement au Commandeur,

nous pourrions conclure l'autre achat dont nous avons discuté. Je vous donne ma parole, oublions ce sujet houleux.

— Vous ne le regretterez pas. Faites-moi apporter la reconnaissance de dettes et je vous en délivrerai une nouvelle à somme réduite, avec ma caution personnelle pour la note.

— Ainsi soit-il. Maintenant, dites-moi où ce vin excellent est produit et comment convaincre ma Dame de rester ici au lieu d'envahir Narbonne, où les broderies et les modes vestimentaires m'endormiront certainement la cervelle. Et, pour l'amour de Dieu, pas d'histoires de croisades, si vous souhaitez que je reste éveillé.

Radels rit et n'eut pas besoin d'autre encouragement pour vanter les délices de son domaine. Longtemps après avoir convenu que le vin se mariait parfaitement avec l'étrange goût salé d'un fromage bleu des caves de Roquefort, que Radels présentait avec ferveur comme un trésor local, Dragonetz s'excusa et se joignit au mouvement de la foule, de plus en plus libre autour de la grande salle. Une fois le repas terminé, on y cherchait certaines conversations particulières. Après une brève révérence à Aliénor, Dragonetz lui confia :

— Je vais faire part de vos souhaits à la fille, ma Dame. Je vous prie de m'excuser. Je vérifierai le campement avant de m'accorder le sommeil que cette nuit voudra bien m'offrir.

Elle lui fit un signe de la main et sourit en guise d'approbation, aussi détendue que s'ils étaient seuls tous les deux, tout en sachant pertinemment que le moindre geste serait remarqué et analysé.

Estela ne pouvait pas ignorer l'approche de Dragonetz. Il était tranquille et poli, mais personne ne se mettait en travers de son chemin. Les conversations cessèrent à ses côtés dès qu'il arriva.

— Ma Dame, la salua-t-il.

Elle rougit.

— Puis-je ?

Il attendit son accord et prit une place qui s'était libérée comme par magie sur le banc à côté d'elle. Presque tendrement, il continua :

— Voilà qui est mieux. Je ne vois pas pourquoi vous devriez vous tordre le cou pour me regarder. Dame Aliénor souhaite que je vous donne des cours de musique. Nous serons rendus à Narbonne après-demain et nous pourrons commencer, mais si vous souhaitez monter à cheval avec moi demain, nous pourrons nous organiser. Savez-vous monter à cheval ?

— Oui.

Sa voix était encore plus douce et plus basse lorsqu'il reprit :

— Al-Hisba al-Andalus.

Elle le regarda, stupéfaite, et se rendit compte que ce n'était plus à elle qu'il s'adressait, mais au Maure, bien qu'il se soit à peine tourné vers lui.

— Messire, lui répondit l'homme.

— Sais-tu qui je suis ?

— Oui.

— Il semblerait que je t'aie acheté.

Le visage de l'homme resta dénué de toute expression, ses pommettes saillantes, son nez crochu et ses lèvres fermes mouchetées d'or dans la lumière oscillante des torches.

— Il n'y a qu'un seul souci, continua Dragonetz. Il me manque ton accord.

— Vous n'en avez pas besoin.

La réponse était un simple fait, affirmé comme n'importe quel autre.

— Pourtant j'en ai besoin, vois-tu.

Dragonetz conservait une voix basse. Il sourit et regarda Estela. Pour un œil extérieur à la scène, il semblait tenir une conversation avec elle. Elle était hypnotisée, comme une biche surprise dans les bois.

— Je ne voudrais pas t'emmener sans ton consentement.

Ses yeux étaient toujours portés sur Estela et elle frissonna. Le fin duvet sur sa nuque se hérissa.

— Si je refuse, je serai puni.

Même Estela savait ce que cela signifiait. Ce choix n'en était pas un, tout comme le sien, songea-t-elle. Entre le marteau et l'enclume.

Mais le marteau prit de nouveau la parole :

— Si tu refuses, je leur dirai que je me suis trompé dans mes calculs, que je ne peux pas me permettre un nouvel homme, pas plus qu'une petite affaire qui m'occupe – aucun reproche ne te sera fait.

Le blanc dans les yeux du Maure brilla, rencontrant le noir indéchiffrable de son regard.

— Si telle est la volonté d'Allah, ainsi soit-il.

— Sois prêt à partir demain matin après la Tierce. Al-Hisba al-Andalus, ajouta-t-il, songeur. L'homme d'Andalousie. Quel est ton nom ?

— Cela, vous ne l'avez pas acheté, mon Seigneur.

Estela retint son souffle. Il ne pouvait y avoir qu'une seule réaction possible face à une telle insolence. Dragonetz expira fortement, puis il rit.

— Sois là demain, déclara-t-il, les yeux toujours tournés vers Estela.

Il se leva brusquement pour s'éloigner en bout de la table et discuter avec plusieurs des hommes rattachés à la Commanderie, des métayers et petits propriétaires terriens.

Le temps qu'Estela réfléchisse à ce qu'elle aurait dû dire, Dragonetz avait quitté la salle. Le Maure aussi.

CHAPITRE TROIS

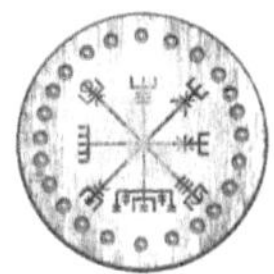

Estela avait mal dormi de nouveau. Son matelas de paille était plutôt confortable et les ronflements de Guillelma ne constituaient qu'un bruit de fond, tout comme les grognements et les mouvements des deux autres femmes qui partageaient leur chariot. Elle avait somnolé par intermittence au cours de la journée, mais habituellement cela ne l'aurait pas empêchée de rattraper le sommeil dont elle avait tant besoin, surtout maintenant qu'elle n'avait plus à craindre qu'on la poursuive. Non, les problèmes se trouvaient dans sa tête, où les pensées se succédaient comme des souris prises de panique lorsque le chat était lâché parmi elles. *Tu voulais être trobairitz. Tu rêvais d'apprendre auprès des meilleurs. Pourquoi as-tu l'impression d'être une enfant réprimandée ? Parce qu'il te traite comme une moins que rien ? Parce qu'il t'utilise comme couverture ? Comme un jongleur lançant une balle dans les airs d'une main tout en faisant apparaître une rose par magie de l'autre. Comme s'il t'avait lancée dans les airs tout en faisant des tours de magie avec le Maure. Qu'était-ce donc que toute cette histoire ? Et pourtant, il t'a fait confiance pour observer sans rien dire. Tu as la chance de te produire à la cour. Mais si ta voix et tes doigts venaient à te trahir ? Si tu n'étais pas assez douée ? Et pourquoi te regardait-il de la sorte ?* Cette complicité la troublait tout autant que l'intensité de deux yeux noirs fixes, dont le but n'était autre que de l'envoyer sur une fausse piste. On l'avait leurrée. Mais à quel sujet ?

Elle entendit l'appel de la prière de prime, imagina les chevaliers dans leur procession silencieuse vers leur chapelle. Quelle vie ce doit être que de faire partie d'un ordre, de suivre les règles, d'obéir sans poser de question ? Un instant, elle imagina le soulagement de se laisser aller, d'abandonner la responsabilité de sa vie, la responsabilité de la vie même, pour quelque chose de plus grand. Manifestement, la pauvreté et la chasteté semblaient être son destin, alors pourquoi cela ne serait-il pas dans un couvent ? Le gris précédant l'aube définissait les contours de ce qui se trouvait dans le chariot, les femmes et les bagages. Il devait y avoir autre chose ! Un vers traversa l'esprit d'Estela alors que Guillelma s'agitait.

Aissi-m te amors franc
Qu'alor mon cor no-s vire…

« L'amour détient mon cœur, si pur et droit,
Que je ne vois nul autre que toi. »

Connaîtrait-elle un jour un tel amour véritable, qui lui appartiendrait à elle seule, ou cela n'existait-il que dans les chants ? Elle soupira. Au moins, elle avait les chansons, jusqu'à ce que Dragonetz détruise cela également, bien sûr. Non qu'elle songe à se dérober à son invitation. Elle avait assez d'expérience pour savoir qu'en n'essayant pas, l'on échouait à coup sûr, et une invitation de Dragonetz était une convocation à laquelle elle devait se présenter. Les premiers rayons du soleil se frayèrent un chemin sous les rideaux improvisés et Estela se joignit à Guillelma dans sa routine matinale, pendant que tout autour d'elle, les soldats enfilaient péniblement leurs hauberts en cottes de mailles et leurs coiffes, les servants transportaient des casseroles et ravivaient les feux, et les chevaux étaient conduits vers le fleuve avant d'être sellés.

Lorsque le dernier feu fut éteint, que le dernier couteau et que la dernière bouteille d'eau furent remisés dans un chariot de provisions, et lorsque Guillelma eut assuré à Estela une centaine de fois que sa mandore était bien rangée avec les bijoux précieux d'Aliénor, le groupe fut prêt à lever le camp. Quand Aliénor et ses dames firent enfin leur apparition, offrant tous les compliments de rigueur à leurs hôtes, Dragonetz fit signe à l'avant-garde et une nouvelle journée sur la route commença. Cette fois, Aliénor choisit de voyager sur un palanquin en compagnie de l'une de ses dames, tandis que les autres suivaient son exemple dans des chariots bien plus luxueux que celui où Estela avait passé la nuit.

Une brise vint rafraîchir les joues d'Estela et elle en oublia de protéger son visage du soleil, profitant de l'exercice physique avec Guillelma et les autres femmes en queue de procession. Les vignobles firent place à des bosquets, puis une campagne plus vallonnée. En suivant le rythme de la marche, Estela perdit la notion du temps. Encore une fois, ce fut en entendant les discussions cesser qu'elle prit conscience de la présence de Dragonetz avant qu'il n'apparaisse sous ses yeux en personne, juché sur un destrier noir différent du palefroi de la veille, conduisant une jument grise paisible.

— Ma Dame, fit-il en se penchant vers elle avant de sauter au bas sa selle. Souhaiteriez-vous vous joindre à moi ? Guillelma ?

Il tendit les rênes des deux chevaux à Guillelma. Le destrier regimba nerveusement devant cette nouvelle situation.

— Du calme, mon Seda, dit-il pour apaiser le cheval. Il est resté attaché à un chariot trop longtemps et il a besoin de son maître, expliqua-t-il à Estela.

Dragonetz se pencha et joignit ses mains en coupe. Sans y réfléchir, Estela plaça sa botte sur la marche qu'on lui proposait, comme elle l'avait toujours fait, et se hissa d'un côté de la selle. Guillelma lui confia les rênes du cheval gris et elle les prit aisément dans sa main droite, sans quitter l'étalon des yeux.

— Il est magnifique, comme de la soie.

Seda était grand et présentait une belle ossature, avec une robe noire chatoyante. Bien sûr, là où un palefroi marcherait à l'amble au cours d'un long voyage, Seda était fait pour les tournois, trop nerveux pour être monté pendant plusieurs kilomètres. Cela reviendrait à utiliser la soie dont il tirait le nom pour laver la vaisselle. Vraisemblablement, Dragonetz pensait avoir besoin de son destrier à la fin du voyage. Peut-être ne voulait-il pas l'abandonner. Un tel cheval valait plus que les terres de la plupart des hommes.

Dragonetz caressa le cou du cheval, en arrière, le long du muscle saillant.

— Il est magnifique, convint-il en se hissant en selle avant de se tracer un chemin vers l'avant.

La jument n'eut pas besoin de pression sur le flanc pour suivre tranquillement le grand cheval noir. Estela laissa sa monture prendre les commandes.

— Tou, lança Dragonetz par-dessus son épaule lorsqu'Estela lui demanda le nom de son cheval.

« Tou ». Doux.

— Eh bien, Tou, murmura-t-elle. On dirait bien que nous sommes ensemble désormais.

Ils se firent un passage vers le front de la grande procession, avec une avant-garde de cinq soldats devant eux qui surveillaient la route. Ils avaient déjà laissé passer des marchands et leurs chariots, et échangé brièvement quelques informations avec une troupe de la patrouille d'Ermengarda en route vers Carcassonne. Estela ressentit une pointe de déception en voyant que le Maure était là également, à les attendre sur un cheval qui ressemblait beaucoup au sien. Elle avait presque espéré recevoir toute l'attention, tout autant qu'elle la redoutait, et la douche froide fut cinglante lorsque Dragonetz déclara avec courtoisie :

— Al-Hisba al-Andalus est disposé à partager ses connaissances avec vous. Je vous prie de bien vouloir m'excuser.

À ces mots, il se retourna et se fondit dans la masse du groupe. Elle pouvait entendre sa voix, énergique lorsqu'il vérifiait auprès de ses hommes si tout allait bien, légère et rieuse lorsqu'il s'adressait à Aliénor et ses compagnes, puis plus rien.

Dans le silence, le Maure prit la parole, dans une autre langue d'abord, puis en occitan :

Ce qui est passé ne peut être changé
Les regrets n'apportent que douleur
Et rien ne peut être arrangé
Alors, ne perdez pas vos heures

Les mots touchèrent Estela en plein cœur. On eût dit qu'il avait lu ses pensées les plus secrètes et lui avait donné tous les conseils dont elle avait besoin en un quatrain. Intriguée en dépit d'elle-même, Estela se repassa en mémoire son répertoire de chansons. Elle pensait toutes les connaître, tout du moins les plus célèbres. Enfin, tandis qu'al-Hisba al-Andalus continuait son chemin en silence sur son cheval, Estela admit sa défaite :

— De qui s'agit-il ?

Al-Hisba al-Andalus sourit.

— Omar Khayyam, Omar le fabricant de tentes, le grand poète perse.

— Mais je n'ai jamais entendu parler de lui !

— Vous voulez dire que vous avez entendu parler de tous les autres poètes perses ? Et des rythmes d'al-Andalus que nous chantons ?

— Aurais-je dû ?

Son apparente provocation cachait le sentiment soudain d'ignorance que ressentait Estela, une sensation découverte au cours des deux derniers jours et qui lui avait été inconnue jusque-là. Elle qui avait toujours été fière de ses connaissances ! Le monde était plus vaste qu'elle ne le pensait. Elle pouvait se morfondre et prétendre que la petite cage dans laquelle elle vivait contenait tout ce qu'elle désirait, ou bien franchir la porte ouverte et prendre son envol, et qu'importe si elle échouait dans les premiers temps.

— Racontez-moi tout au sujet d'al-Andalus, dit-elle.

— *Tout* requerrait peut-être un autre voyage, ma Dame, mais sachez qu'il y a des centaines d'années, lorsque mon peuple est venu d'*Oltra mar,* comme vous l'appelez, vers al-Andalus, votre Andalousie, nous avons amené nos livres, nos poètes, nos ingénieurs, nos docteurs, nos astronomes et notre musique. Par où souhaiteriez-vous que je commence ? demanda-t-il attisant sa curiosité.

— Les livres ? fit Estela.

— Avez-vous entendu parler de la grande bibliothèque de Cordoue ?

— Je sais ce qu'est une bibliothèque, s'empressa de répondre Estela. Voyez-vous, il y a une bibliothèque à Avignon qui compte deux mille livres.

Elle voulait l'impressionner et elle fut satisfaite par sa longue pause.

Enfin, il reprit :

— Ma Dame, la grande librairie de Cordoue possédait quatre cent mille livres.

Ce fut à son tour de garder le silence.

— Je ne peux pas imaginer un si grand nombre, déclara-t-elle.

— C'est la même différence qu'il y a entre les moutons de ces champs…

En effet, des troupeaux de bêtes aux pattes maigres et au lainage abondant paissaient dans les pâturages alentour.

— … et les étoiles au ciel.

— Avez-vous vu tous ces livres ?

— Cordoue a été détruite, mais il reste d'autres bibliothèques, à Tolède, à Séville.

— J'aimerais tant voir tous ces livres ! Je sais lire, annonça Estela, consciente qu'il s'agissait d'un talent rare, d'autant plus parmi les femmes.

— En arabe, ma Dame ? lui demanda-t-il avec douceur en guise de réponse.

— Monsieur Dragonetz connaît-il l'arabe ? rétorqua-t-elle.

Si elle espérait récupérer sa confiance en soi, sa tentative était vouée à l'échec.

— Oui, ma Dame. Pour lire les textes anciens sur la médecine, l'astronomie ou la musique, l'arabe est nécessaire.

— La musique.

Estela revint résolument sur le sujet dont elle possédait quelques connaissances. Elle estimait que c'était également celui dont elle pourrait tirer le plus d'enseignements.

— Je suis certaine que Monsieur Dragonetz vous a expliqué que je chantais et que je jouais de la mandore.

— Une mandore, al-Oud, confirma al-Hisba al-Andalus.

— C'est ce qu'il a dit ! s'exclama Estela, se remémorant l'instant où son instrument avait été dévoilé devant Dragonetz et Aliénor.

— Messire a beaucoup voyagé. Oui, ce que vous appelez une mandore était connu à l'origine sous le nom d'Oud. Huit cordes ? s'enquit-il.

Estela n'était que trop ravie de se lancer dans une discussion au sujet des accords, des variations musicales et des rythmes qu'elle parvenait à réaliser avec sa musique.

Elle se laissa emporter par les nouvelles possibilités qu'al-Hisba al-Andalus lui avait présentées, si bien qu'au retour de Dragonetz, elle se sentit déçue. Mais elle n'avait aucune inquiétude à se faire. Loin de gâcher la conversation, Dragonetz l'orienta sur les paroles et les formes poétiques, jusqu'à ce qu'Estela sente son cerveau sur le point d'exploser. Comme s'il l'avait perçu, Dragonetz aborda le sujet de l'énergie hydraulique et de la construction de moulins. Comme elle n'avait aucune place dans cet échange de plus en plus technique, Estela autorisa ses pensées à s'évader librement, bercée par le paysage où se distinguaient des moutons, des bois, le soleil et le ciel bleu. Afin d'avoir une meilleure vue, elle retint Tou en arrière un instant et se déporta à côté des deux hommes, leur tournant le dos pour inspirer l'air du matin.

Elle ne sentit pas venir le coup par-derrière qui la fit tomber de son cheval, accompagné d'un cri, « al-Hisba ! », et d'un hennissement. Elle sentit Seda se cabrer à ses côtés et le frisson de panique qui ébranla Tou alors qu'elle était éjectée de sa selle. Des sifflements retentirent alentour. Plus tard, elle comprendrait que sa position en amazone sur la selle lui avait probablement sauvé la vie, ou tout du moins, avait empêché ses membres de s'enchevêtrer et de se casser lors de sa chute. Par instinct, elle lança ses mains en avant pour amortir sa chute avant que son visage ne vienne heurter les graviers tassés. L'onde de choc remonta dans ses deux bras, lui tordant les poignets. Ses paumes s'enflammèrent en éraflant le sol rugueux et elle se recroquevilla momentanément, trop proche des sabots effarouchés. Un dernier élan d'énergie la poussa vers le bas-côté de la route. Elle resta là, allongée, hors d'haleine. Le souffle court, elle s'efforça de comprendre ce qui se passait.

La procession fit halte, les chevaux agités par la peur. On s'époumonait :

— Que se passe-t-il ?

Des ordres furent aboyés en retour. Un soldat tenait les rênes du cheval d'al-Hisba et de Tou en essayant de les apaiser, mais ce ne fut pas la vue de Tou qui retourna l'estomac d'Estela. Al-Hisba al-Andalus et Dragonetz étaient penchés au-dessus d'un corps noir qui convulsait dans la poussière. Al-Hisba avait dégainé une longue épée recourbée. L'espace d'un instant, Estela crut qu'il allait assassiner Dragonetz, puis elle comprit. Al-Hisba porta sa main à l'encolure de l'étalon et Seda devint inerte, sans qu'il soit besoin d'employer l'épée.

La flèche en métal qui dépassait de sa tête avait achevé ce qu'elle avait commencé, l'œuvre d'une arbalète.

— Rejoins ton Dieu, mon ami, déclara le Maure en caressant le cou arqué encore brillant de vie alors que les yeux de Seda s'éteignaient.

Al-Hisba rangea son arme et secoua la tête face à Dragonetz, qui demeura droit et muet avant de se tourner vers ses hommes :

— Un ? Dix ? Trois cents ? Combien sont-ils, pour l'amour de Dieu ? Que diable fichent Arnaut et ses hommes ? Ils cueillent des marguerites ?

Son intonation faisait concurrence à la lame acérée d'al-Hisba. Raoulf, le visage livide, fut le seul à oser répondre :

— Ils sont partis à sa poursuite dans la campagne, Messire. J'attends le signal.

Il hésita.

— Qu'est-ce qui t'a alerté ? Tu sais ce qu'ils trouveront, n'est-ce pas ?

D'une main négligente, Dragonetz étala de la boue et du sang sur son front.

— Une seule personne, reconnut-il. Il va probablement survivre à l'affrontement. Jusqu'à ce que je lui règle son compte.

Le silence sembla glacer jusqu'aux rayons de soleil.

— Quand on a tiré le premier carreau, je l'ai vu étinceler. J'imagine cinq ou six carreaux à la minute environ. Rien d'impossible pour un arbalétrier un tant soit peu compétent, capable de manier son arme avec légèreté. S'il y avait eu plus de tireurs, nous aurions reçu davantage de carreaux. Un seul arbalétrier, cela signifie une seule cible…

Raoulf fouillait déjà les environs pour trouver d'autres carreaux. Il leva le regard :

— Un assassinat. Ton assassinat.

— C'est ce que je suppose, confirma Dragonetz avec calme.

Deux hommes ramassèrent une flèche et Raoulf en ajouta une troisième et une quatrième.

— Cinq, déclara-t-il.

Dragonetz hocha la tête.

— Espérons que les cueilleurs de marguerites réussiront à mettre la main sur cet homme vivant. Je veux savoir qui, je veux savoir pourquoi et je veux un autre cheval.

Sans un regard vers Seda, il tourna les talons et donna l'ordre que le corps de l'étalon soit déplacé sur le côté. Quelqu'un apporta le palefroi qu'il avait monté la veille et attendit.

Estela s'était remise sur pieds. Les jambes tremblantes, elle épousseta sa robe en lambeaux et prit soudain conscience des dégâts sur son propre corps. Il ne semblait pas qu'elle ait survécu à un désarçonnement, mais plutôt que les coups de sabot bien portés ne constituaient qu'une partie de la rossée qu'elle venait de subir.

Lorsque Dragonetz porta son attention sur elle, elle dut se concentrer pour rester debout.

— Je suis désolé d'avoir été si brusque, lui dit-il. Il n'y avait pas d'autre choix.

— Vous m'avez sauvé la vie.

En prononçant ces mots, la pleine mesure de ce qui aurait pu se produire la frappa de plein fouet et elle chancela, attrapant le bras qu'il tendit pour la soutenir

— Je vous ai presque coûté la vie.

Il y avait dans ses mots une austérité qu'elle ne comprenait pas. Elle prit les rênes de Tou et s'appuya contre le cheval, rompant le contact d'avec Dragonetz.

— Vous devriez vous allonger.

Bien qu'il ait parlé sans la moindre critique dans la voix, Estela se sentit piquée et se ressaisit.

— Il vaudrait mieux que je remonte à cheval, déclara-t-elle. Peut-être pourriez-vous m'aider à me hisser.

Il soutint son regard pendant un long moment, la mine impassible. Puis, sans plus chercher à la convaincre du contraire, Dragonetz joignit ses mains en coupe. S'il remarqua sa grimace lorsqu'elle atterrit sur la selle avec moins de grâce qu'à l'accoutumée, il n'en laissa rien paraître. Il monta sur son propre palefroi et partit devant pour rejoindre son avant-garde de six hommes, qui revenaient des bois en tirant une charge sur le sol, attachée à l'un des chevaux.

En vue du groupe, mais hors de portée de voix, Dragonetz rejoignit Arnaut et ses hommes au galop, les atteignant avant qu'ils ne soient sur la route. Seul Arnaut pouvait l'entendre quand il dit à voix basse :

— Dégagez vos pieds des étriers.

Pour la deuxième fois de la matinée, Dragonetz éjecta quelqu'un de sa selle. Cette fois, ce fut un coup violent porté à l'estomac. Arnaut atterrit directement sur le dos, étendu à même le sol parsemé de touffes d'herbes. Ses hommes restèrent en retrait, maintenant une distance de sécurité d'avec le poing ganté de fer.

— Maintenant, dis-moi pourquoi tu as ignoré une arbalète dans les bois, et ne me fais pas perdre mon temps en feignant de ne pas l'avoir vue.

Arnaut s'assit, plié en deux.

— Espèce de fou furieux, s'exclama-t-il. Tu aurais pu me briser les jambes.

— Seulement si tu n'avais pas obéi aux ordres.

Arnaut leva ses yeux gris clair vers les siens :

— Voilà ta réponse.

— Tu obéissais à des ordres.

Cela n'avait aucun sens. Dragonetz ne voyait qu'une seule personne dont les ordres puissent avoir de l'importance pour Arnaut. Ses hommes étaient triés sur le volet, ce qui ne signifiait qu'une chose :

— Des ordres qui venaient de moi, déclara-t-il sombrement.

— Oui. Hier soir au dîner. Un message de ta part transmis par un serviteur. Ton mot de passe et tes instructions pour continuer la route. « Arbalétrier amical », c'étaient les mots exacts, « ne dis rien ».

— Ce serviteur a probablement quitté Douzens depuis longtemps. J'espère que tu pourras également m'expliquer pourquoi l'arbalétrier amical, qui aurait pu répondre à des questions primordiales, est désormais un cadavre écrasé qui impose un effort inutile au cheval de Martis.

— Il a répondu aux questions. J'ai dû le tuer.

Cette fois, Arnaut était incapable de regarder Dragonetz dans les yeux.

Cela n'avait pas de sens. Des ordres qu'il n'avait pas donnés, des réponses qui ne pouvaient pas lui être adressées en personne.

— Viens-en au fait, lui dit Dragonetz.

— Aliénor.

Le nom avait été prononcé d'une voix si basse que Dragonetz crut l'avoir mal entendu, mais il ne pouvait y avoir aucune erreur lorsqu'il répéta une deuxième fois :

— Aliénor a donné l'ordre de te faire assassiner. Nous nous sommes précipités dans les bois lorsque nous avons vu les carreaux voler et entendu tes cris. Nous n'avons trouvé que l'arbalète abandonnée et l'herbe tassée à l'endroit où il s'était assis pour tirer. Il n'a fait presque aucun effort pour essayer de s'enfuir, convaincu que nous le laisserions partir. Cet homme, fit-il en désignant le corps d'un mouvement de tête, nous a donné le gage de survie d'Aliénor.

— Et le gage était correct, conclut Dragonetz.

— Sans ambiguïté possible. Son sceau. Cet homme était absolument certain qu'il suivait les ordres de ma Dame, et sa dernière expression lorsque je l'ai tué a été l'incrédulité. Les yeux d'un mourant ne mentent pas.

Dragonetz n'hésita qu'une seconde.

— C'est ce qu'il croyait. Tout comme tu pensais avoir reçu mes ordres. Faux, dans les deux cas, ou volés.

— C'est ce que l'on dirait.

— Mais la tentative vient de l'intérieur.

— C'est pourquoi j'ai dû le tuer. Peu importe ce qui s'est passé, les pistes se trouvent à Douzens et il n'en savait pas plus que ce qu'il m'a dit. D'autres discussions n'auraient servi qu'à fragiliser notre assemblée. Il n'aurait pas pu garder le silence ! lâcha-t-il.

— En effet. Tes hommes ?

— Ils tiendront leur langue et accepteront ce que je leur dirai.

— Et toi ?

— Je tiendrai ma langue et j'accepterai ce que tu me diras. À condition que tu ne me frappes plus.

— Préférerais-tu que je laisse ton père te punir pour ton incompétence ?

Arnaut grimaça.

— Seigneur, j'aimerais mieux que tu me frappes de nouveau.

Dragonetz fit signe aux cinq autres hommes de les rejoindre.

— Détachez ce cadavre sans valeur, pour l'amour de Dieu ! dit-il à Martis. En principe, vous devriez vous trouver à sa place, bande d'ivrognes inutiles, stupides et aveugles. Vous avez de la chance qu'il n'y ait d'autre mort que celle d'un cheval. Cela aurait pu être ma Dame Aliénor.

— Monsieur, vous pensez qu'il s'agissait d'une tentative d'assassinat de Dame Aliénor ? demanda l'un des hommes.

— Vous avez déjà entendu qu'il s'agissait d'une tentative pour m'assassiner. Quelle valeur ai-je donc ? Utilisez les petits cerveaux que vos maudits parents vous ont donnés.

— Vous êtes le Commandeur de ma Dame, par conséquent, vous tuer constitue une menace envers elle et son séjour à Narbonne ?

Dragonetz leva les yeux au ciel.

— Le Seigneur soit loué ! Ce serait très gênant pour moi si une telle tentative venait à réussir, alors j'aurai la peau du prochain crétin parmi vous qui me décevra. Est-ce bien clair ?

Après un dernier regard attentif à la dépouille humaine abandonnée là où la corde avait été coupée, il déclara :

— Laissez-le ici. Il est à l'écart du chemin. Maintenant, retournez à votre poste avant qu'une centaine d'archers anglais n'apparaissent dans les bois devant nous.

Tous, à l'exception d'Arnaut, galopèrent pour doubler la procession et reprendre leur position à l'avant.

— Fais-tu confiance au Maure ? demanda alors ce dernier.

— Non.

Perdant patience à énoncer des évidences, Dragonetz triturait nerveusement ses rênes.

— Il n'y a aucune manière simple de poser cette question, commença Arnaut, mais je dois en avoir le cœur net. Fais-tu confiance à Dame Aliénor ?

— Tu n'as pas besoin de le savoir.

Dragonetz se retourna brusquement pour rejoindre le reste de la troupe :

— Mais je ne fais confiance à personne, pas même à toi. Alors, maintenant, reprends ta position, et dis à Raoulf que tu as tué l'homme dans ton engouement juvénile.

Arnaut grimaça et partit au galop. Dragonetz le vit ralentir aux côtés de Raoulf. Lorsque le poing implacable du père frappa le fils au bras,

Dragonetz eut un sourire qui s'estompa rapidement. Trop de personnes se souciaient de lui, et les uns des autres, tous otages de Dame Fortune. Faisait-il confiance à Aliénor ? Autant qu'il avait confiance en lui-même, songea-t-il amèrement. Autant qu'il avait confiance en lui-même.

Chaque bosse sur la route faisait comprendre à Estela que ses courbatures et ses hématomes ne feraient qu'empirer le lendemain. Si seulement elle avait sa collection de baumes. Une compresse de consoude et de l'onguent d'arnica feraient toute la différence.

— J'ai de l'huile de thym dans mes bagages, ma Dame. Cela vous soulagera.

Cette fois, Estela ne vit aucune magie dans la perspicacité du Maure qui semblait avoir lu ses pensées. Sa douleur devait être manifeste.

— Oui, cela pourrait être utile. Merci.

— Nous nous arrêterons bientôt pour déjeuner.

Dieu merci ! Estela serra les dents, puisant dans ses réserves pour trouver la force de continuer. Son esprit agité ne l'aidait pas. Elle ne cessait d'imaginer ce qu'elle n'avait pas vu, sans relâche, autant que ce qu'elle avait vu : Dragonetz, qui avait sauté brusquement, les poussant au bas de leurs chevaux ; l'étalon noir qui se cabrait ; le coup fatal ; les yeux de Seda vitreux comme des miroirs embués. Elle prit la parole, pour interrompre ses pensées autant que pour obtenir une réponse :

— Les animaux n'ont pas d'âme.

— C'est ce qu'enseigne votre Église, sembla confirmer al-Hisba.

— Mais pas la vôtre.

— Non. Pour moi, tous les êtres vivants contiennent une part d'Allah.

— Tous les êtres vivants meurent. Cette arbalète, elle était destinée à Messire Dragonetz.

Et elle aurait pu me toucher…

— Peut-être. Et peut-être n'était-elle pas destinée à Messire Dragonetz. Pour une fois, un chrétien obéissait peut-être aux règles de sa propre Église. Peut-être n'utilisait-il pas une arbalète contre un autre chrétien.

Elle songea aux conséquences de ses propos.

— Quelqu'un souhaite-t-il votre mort ?

— Y a-t-il des fleurs au printemps ?

Elle dut se contenter de sa réponse énigmatique, mais la question fit écho en elle. Elle se la posait, elle aussi. *Quelqu'un souhaite-t-il ta mort ? Oh, oui.* Ils ne s'embarrasseraient pas des lois de l'Église, c'était certain. Et il n'y aurait pas besoin d'autant de personnes que de fleurs au printemps pour y parvenir. Sans doute ne l'avaient-ils pas encore rattrapée.

Lorsqu'ils firent halte pour le déjeuner, Estela laissa Guillelma s'occuper d'elle, en utilisant l'huile de thym d'al-Hisba. Sans ménagement, elle frictionna les genoux et les bras d'Estela. Cela piquait chaque fois qu'elle entrait en contact avec la peau éraflée.

— La chute était moins douloureuse que les soins, se plaignit-elle.

Guillelma l'ignora.

— Regardez cette robe… déchirée ! Les entailles sont peut-être à la mode, mais pas les haillons ni la saleté. Je peux bien trouver des vêtements pour vous, mais deux fois par jour, pour les jeter après les avoir portés, voilà qui a de quoi vous appauvrir avant la fin de la semaine et je n'en ai aucune envie !

Elle continua de marmonner, bruit de fond apaisant qui permit à Estela d'oublier les événements de la journée, se contentant de suivre les ordres. On lui intima de lever une jambe, un bras, de s'allonger « dix minutes seulement ». Le chariot roulait de nouveau lorsqu'Estela se réveilla. Décidément, mon sort semble être de rester dans un chariot toute la journée, pensa-t-elle avec regret. Mais le repos et les soins prodigués l'avaient suffisamment soulagée pour qu'elle pût sauter hors du chariot, libérer Tou et terminer la route à dos de cheval, dans la compagnie silencieuse du Maure. Une dernière ascension, à flanc de colline boisée, et l'abbaye de Fontfroide apparut.

Cette fois, Estela, Guillelma et nombre de femmes partagèrent un dortoir dans l'abbaye. Plus grande et mieux équipée pour recevoir des invités que la commanderie de Douzens, elle dédiait un bâtiment entier à cette fin spécifique. Les proportions gracieuses des cloîtres et des voûtes élevées n'impressionnèrent guère Estela, trop fatiguée et endolorie pour s'intéresser à l'âme de l'architecture, question que l'abbé eût débattue avec joie s'il n'était, lui aussi, occupé à d'autres tâches.

Tandis que l'on allouait des chambres à une partie des compagnons d'Aliénor et que les moins privilégiés dressaient le camp hors de l'abbaye, le moine en blanc étudiait une reconnaissance de dettes à la somme rondelette. Ensuite, il discuta des conditions précises du contrat d'achat de terres et de droits sur la rivière, parvint à un accord et ordonna à son copiste d'en rédiger les termes. Il prit la main droite qui lui était offerte et la serra afin de sceller l'accord, gage de bonne foi courtois et moderne, certes, mais qui fut confirmé le plus rapidement possible par une preuve que lui préféraient les ordres monastiques : deux signatures sur deux parchemins identiques, devant témoins.

Il n'y eut aucun témoin, en revanche, plus tard dans la nuit, lorsqu'un homme se rendit seul à la chapelle, un parchemin glissé dans son pourpoint. Il esquissa une révérence, puis s'agenouilla devant l'autel, décoré aux couleurs violettes du carême. Des heures durant, le chevalier observa une veille silencieuse, la tête inclinée. Il ne prononça qu'un seul mot :

— Seda.

S'il pensait aux doctrines religieuses, la question que se posait Dragonetz n'était pas de savoir si les chevaux avaient une âme, mais plutôt si les hommes en avaient une.

CHAPITRE QUATRE

Quelles que soient ses contusions, rien n'aurait pu empêcher Estela de monter à cheval à l'occasion de sa première découverte de Narbonne, mais elle pouvait difficilement reprendre la position privilégiée qu'elle avait occupée en première ligne la veille. Au lieu de quoi, elle essayait d'éviter les bousculades de la foule de gens d'armes, femmes et serviteurs, certains à cheval, d'autres à pied, qui fermaient la marche. L'état d'esprit avait radicalement changé. Si pendant le voyage les gens d'armes avaient été appliqués à leur surveillance attentive et les autres plus détendus, à présent les premiers se détendaient tandis que les autres s'animaient dans le faste du cortège.

Estela perçut une exclamation commune avant qu'elle ne puisse apercevoir, à travers la foule, la grande Porte de Perpignan dressée devant elle. Elle sentit sa propre respiration marquer un arrêt. La porte était si large que six hommes armés s'engouffraient de front sous l'arche trois fois plus haute que les chevaliers montés à cheval. Au-dessus se trouvait une tour, construite dans le mur fortifié. Aliénor était en tête de cortège avec ses dames d'honneur, entourée d'un espace respectueux. Estela entendit des acclamations lorsque la reine franchit la porte et disparut dans l'obscurité.

Les hommes et les chariots se bousculaient pour trouver leur position à l'approche des murailles, où les chevaliers de la ville étaient postés auprès des péagers et présentaient leurs hommages aux visiteurs. Des marchands et des enfants va-nu-pieds étaient sortis pêle-mêle pour voir le spectacle. Leurs cris de joie perdirent en enthousiasme lorsque la queue de la procession passa la porte. Estela se dévissa le cou afin d'observer l'édifice en pierre, de curieuses évocations lointaines de têtes de taureaux et de chariots, de croissants de lune et de parchemins dans les diverses niches, avant d'être avalée à son tour par les rues sombres et étroites de la ville, passant sans véritablement les voir devant de grandes maisons soutenues les unes par les autres.

Après une infinité de ruelles en enfilade, Estela fut désorientée en apercevant de nouveau les murailles. On eût dit que la procession quittait Narbonne. Elle cligna des yeux dans la lumière crue de l'extérieur, éblouie par les reflets de la rivière qui constituait le prochain obstacle. Comme une illusion d'optique, d'autres murailles identiques, avec un portail plus simple cette fois, leur faisaient face de l'autre côté du pont. Perplexe, Estela fut précipitée avec le reste du cortège devant d'autres marchands enthousiastes et employés échappant un instant à leurs tâches pour observer le spectacle. Elle se retrouva à nouveau dans l'obscurité, mais cette fois, un virage sur la droite lui fit apparaître un bâtiment hors du commun. Le Palais d'Ermengarda était plus incroyable que tout ce qu'Estela ait jamais vu et, sur les marches, se trouvait un comité d'accueil d'une centaine de Narbonnais ou plus. Depuis leur entrée par la porte sud, le bruit avait eu le temps de circuler et de parvenir au Palais. Il ne faisait aucun doute qu'ils étaient attendus.

À la tête de ses citoyens se trouvait une silhouette dorée, irradiant comme si les rayons du soleil émanaient d'elle au lieu d'être reflétés par sa coiffe et sa tenue. Estela prit soudain conscience de l'affligeante banalité de sa propre robe du soir à Douzens. Son jaune fauve aurait paru pâle comme un pissenlit fané à côté de ce tissu doré, de ces broderies scintillantes à l'image de l'or véritable qui composait le jonc retenant son voile. D'après Estela, les bordures en fourrure blanche de sa robe étaient en hermine, choisie pour sa douceur, qui tranchait avec les rares aperçus de peau légèrement empourprée. Même de loin, Estela pouvait deviner la beauté délicate, rose et dorée, de la vicomtesse de Narbonne. Elle se sentit soudain grossière, avec sa peau brune, plus qu'elle ne l'avait été lorsqu'elle s'était trouvée en présence du teint clair et de la chevelure rousse d'Aliénor. Il était impensable que la peau laiteuse d'Ermengarda arbore les taches de rousseur qui entachaient les poignets d'Aliénor après des jours sur la route. Il ne faisait aucun doute que de grandes quantités de pâte au citron seraient utilisées lors de son séjour royal à Narbonne. Estela soupira, consciente que même si elle frictionnait sa peau jusqu'à l'os, elle garderait la même teinte olive qui lui avait échu à la naissance.

D'un geste du bras droit, Ermengarda fit signe aux tambours et aux trompettes, et ce fut au tour d'Aliénor de ravir tous les regards. À sa gauche se trouvait l'Oriflamme écarlate de Saint-Denis, fanion dont les bords en flammes dansaient avec la brise. À sa droite, le lion passant regardant d'Aquitaine, sur fond de gueules, observait la foule avec dédain, miroitant à chaque mouvement. Au pied des marches, entourée de ses dames d'honneur et de ses chevaliers, Aliénor laissa l'envolée de notes annoncer son arrivée. Le début conventionnel de la fanfare enchaîna avec un passage célèbre, hommage à une chanson de troubadour composée par Dragonetz pour Aliénor. La reine salua cet hommage d'un hochement de tête à la foule et offrit un mouvement de la main gracieux à son chevalier, qui se tenait à ses côtés. Puis les trompettes s'unirent à nouveau, amorçant le dernier crescendo sur une note harmonieuse. Alors que l'écho retentissait contre la pierre, Aliénor s'éleva avec souplesse, comme si elle volait dans les airs en direction d'Ermengarda, suivie de près par ses porte-étendards.

Le silence qui s'ensuivit fut encore plus marquant que la fanfare et Estela sentit sa gorge se serrer, émue d'être témoin d'un tel événement. Dans les années à venir, les enfants qui lançaient des coups d'œil furtifs, cachés entre les jambes de leurs parents et jouant des coudes pour avancer et jouir d'une meilleure vue, relateraient cette cérémonie à leurs propres enfants. Ils leur raconteraient le jour où Ermengarda de Narbonne accueillit la reine de France et son cortège. Aussi merveilleuse que soit à leurs yeux Aliénor, auréolée de ses légendes de croisades et de politiques du nord, ces mêmes enfants assureraient à leur auditoire que leur dame Ermengarda était en tout point son égale, comme Narbonne était l'égale du royaume de France. Être Narbonnais, c'était vivre au cœur du monde civilisé. Estela faillit se joindre aux acclamations de la foule. Sans doute ses yeux brillaient-ils tout autant que les autres. Autour d'elle, les inconnus se souriaient, murmurant toutes sortes d'éloges qui pourraient se résumer par le mot « merveilleux ».

Ainsi, la France vint à Narbonne. Les marches lui donnaient l'avantage, mais Ermengarda eut la délicatesse envers Aliénor de descendre à sa rencontre afin que les deux souveraines se croisent à mi-chemin, leurs longues traînes recouvrant plusieurs marches. Escortées par leurs gardes rapprochées, les deux femmes échangèrent une étreinte, d'abord solennelle, puis teintée d'une affection qui semblait sincère. À présent qu'Aliénor se trouvait au même niveau qu'elle, on remarquait qu'elle était plus grande, mais l'immobilité royale d'Ermengarda attirait autant le regard que les mouvements vif-argent d'Aliénor. La robe émeraude de cette dernière rivalisait avec les broderies dorées d'Ermengarda, ourlée de volants en dentelle là où l'autre femme portait de la fourrure. Sa couronne ne manquait ni d'or ni de pierres précieuses, des émeraudes assorties à sa robe, et des émeraudes sur les bagues et les bracelets étincelants, alors que les bras expressifs d'Aliénor évoquaient un voyage sous le soleil et les meilleurs auspices, en dépit de quelques anecdotes à raconter.

Éblouie, Estela secoua la tête pour se ressaisir. Égalité en tout honneur, un point partout, estima-t-elle, comme les commis comptant les points dans une joute sans vainqueur. Autrefois, quand elle était petite fille, Gilles lui avait appris une leçon magistrale. Il l'avait autorisée à venir avec lui à la forge et, alors que l'on ferrait son cheval, il lui avait parlé des armes qui attendaient d'être forgées et réparées. Il s'était attardé sur l'une d'elles en particulier, puis il avait murmuré à l'oreille du forgeron, obtenant un grognement en guise de réponse avant de ramasser deux couteaux. L'un était orné de pierres brillantes autour de la garde et arborait des motifs finement ouvragés. L'autre était simple et présentait une entaille sur le tranchant, qui venait interrompre la lame. Le choix fut vite fait ! Estela était jeune et choisit le plus joli. Bien entendu, il se plia lorsqu'elle essaya de couper du pain comme on le lui avait indiqué. Elle observa le forgeron qui aiguisait la lame du couteau quelconque pour obtenir une lame à nouveau parfaite, puis elle grignota le morceau de pain qu'elle venait de trancher aussi facilement que de l'air.

Quelques semaines plus tard, elle était prête pour sa deuxième leçon. Lorsque Gilles lui proposa un nouveau couteau orné de pierres précieuses et un second, brut et sans ornements, elle choisit le plus simple sans la moindre hésitation. Il rit et, de nouveau, Estela testa les couteaux, lançant les deux lames en arc de cercle pour les ficher la pointe la première dans un cadre de porte en bois. C'était un jeu de précision auquel Estela se livrait depuis l'âge de cinq ans. Le couteau rutilant s'était enfoncé si profondément dans le bois qu'Estela dut le faire pivoter pour le dégager, mais malgré cela, la lame demeura parfaite, au contraire du couteau quelconque, si vieux et fragile qu'il se brisa.

— Alors ? lui avait demandé Gilles.

— Alors, c'est impossible à deviner, avait-elle répondu d'un ton boudeur.

— Pourtant, tu as découvert les différences chaque fois, ajouta Gilles. Réfléchis-y.

Elle y réfléchissait encore, et plutôt deux fois qu'une, huit ans plus tard. Sa destinée avait croisé celle d'Aliénor. Ce qui brillait était-il d'or ou de glaise ? Le lion d'Aquitaine ondula de nouveau dans une bourrasque. Sa patte relevée à la manière d'un chien confiant sembla soudain porter un coup mortel, assené par des griffes acérées. Peut-être le jaune fauve ne se comparait-il pas aux pissenlits fanés, après tout.

Estela était lassée de toute cette agitation. Le Palais était dix fois, cent fois plus vaste que la forteresse dans laquelle elle avait grandi, et ses dépendances constituaient tout ce qu'elle avait vu de la Cité jusqu'alors. Elle se joignit à l'effort, transportant des boîtes et des denrées depuis les chariots jusqu'à la grande cuisine et les antichambres, où d'autres servants les triaient avant de les emporter ailleurs. Contrairement aux autres, elle n'avait aucune idée de ce qu'elle était censée faire et ce fut presque un soulagement lorsque Guillelma, à présent vêtue d'une robe d'un brun grisâtre et d'une coiffe, austères mais respectables, exprima sa désapprobation et lui indiqua qu'elle devait rallier sa propre chambre afin d'y déballer ses affaires.

— Bien évidemment, tu n'as rien à déballer en réalité, caqueta

Guillelma en la prenant par le bras pour la guider à travers les affaires que transportait en tous sens une foule de corps invisibles. Mais je ferai envoyer tout ce dont tu auras besoin dans ta chambre. Tu devras te comporter comme une dame, car c'est ce que souhaite la duchesse.

Estela remarqua que, pour Guillelma, Aliénor était toujours la duchesse d'Aquitaine avant d'être la reine de France.

— Si ma Dame souhaite te faire briller pour Narbonne, eh bien, tu brilleras.

Le doute envahit sa voix.

— Tu sais te comporter comme une dame, n'est-ce pas ?

— Oui.

Ce qui ne signifiait pas qu'elle le ferait constamment, se promit Estela.

— Une chambre rien que pour moi ? s'enquit-elle.

— Je sais. Je l'ai vérifié par moi-même lorsqu'on me l'a annoncé, mais c'est exact. J'ai pour ordre de ma Dame de te traiter comme la jongleuse de Dragonetz. C'est ce que tu vas être.

Estela réprima la brève amertume qu'elle ressentit face à cette description de sa vie, se remémorant que, trois jours plus tôt, c'eût été son rêve d'être la jongleuse de l'un des plus grands troubadours du pays. Tous les compositeurs n'étaient pas de grands interprètes, et les meilleurs troubadours étaient souvent accompagnés des meilleurs chanteurs, des jongleurs qui ne composaient pas eux-mêmes, mais qui interprétaient le travail de l'autre. Voilà donc où elle en était. Considérée en tant que chanteuse, habillée, nourrie et logée par un mécène royal, sur le point de travailler avec le troubadour qu'elle admirait déjà bien avant de le rencontrer. Alors, pourquoi diable était-elle déçue ?

Les marches en pierre montaient en colimaçon, tournaient, franchissaient de bas linteaux pour repartir de plus belle jusqu'à atteindre enfin la chambre désignée d'Estela. De bonnes dimensions, balayée et parsemée de lavande, de menthe pouliot et de romarin, comme elle le devina après avoir humé l'air. Efficace contre les puces, les mites et les maladies. Elle s'assit sur la couverture en fourrure et sentit le mouvement somptueux des plumes dans le matelas. Un coffre vide était ouvert, prêt pour ses habits, avec deux tabourets contre le mur et une banquette de fenêtre en guise d'alternative.

Estela observa le panorama que lui offrait la fenêtre étroite, frissonnant agréablement lorsque la brise chatouilla sa peau. Elle se trouvait au-dessus de l'entrée du Palais et pouvait apercevoir les personnes qui se hâtaient en contrebas, comme des fourmis chargées de miettes emportant leur cargaison à l'intérieur du nid. Parmi eux se trouvait Guillelma. Elle semblait se disputer à côté du chariot de cuisine, où des fûts et des rations de pain étaient emportés par un groupe avant d'y être reposés par un autre. Il faudrait un certain temps avant qu'Estela ne puisse déballer ses affaires, comme on le lui avait ordonné, et elle avait besoin de se soulager.

Elle n'avait aucune raison d'abuser du pot de chambre sous son lit et elle rebroussa chemin dans le couloir avant de tourner sur la droite, pénétrant dans les latrines dans le renfoncement du mur. Là, elle utilisa le trou qui surplombait la rivière. Elle était sur le point de retourner à sa chambre lorsqu'elle décida qu'une exploration des lieux s'avérerait plus intéressante. Tournant non à gauche, mais à droite, et mémorisant soigneusement le tracé des étroits couloirs de pierre, elle remarqua le lave-mains et l'eau à son niveau, puis elle passa son chemin.

Des marches descendant vers une porte sur sa gauche suggéraient qu'il s'agissait d'un passage public plutôt que d'une chambre privée. Elle ouvrit l'épaisse porte en chêne qui grinça sur ses gonds, pour s'aventurer dans l'obscurité d'un passage étroit et sombre, plus semblable à un caveau qu'à un couloir. Elle continua, espérant que le passage soit relié à un chemin plus large, mais il se révéla au contraire de plus en plus sombre, s'éloignant de la porte en sinuant. Songeant qu'il ne menait nulle part, elle s'apprêtait à faire demi-tour lorsqu'elle entendit des voix éloignées, sous forme d'écho, certes, mais des voix tout de même, et elle persévéra. Le passage se poursuivait encore tandis que les voix s'amplifiaient, à tel point qu'Estela en oublia de revenir sur ses pas. Elle trouverait bien une sortie en suivant les éclats de voix.

Lorsqu'elle parvint à discerner tous les mots prononcés par les deux voix féminines qu'elle n'eut aucun problème à identifier, elle tourna à l'angle du couloir, croyant tomber nez à nez avec les femmes. Au lieu de cela, sa seule récompense fut une petite fente lumineuse dans le mur à sa droite. Elle y approcha son œil en comprenant qu'elle avait découvert un hagioscope, judas de prédilection des seigneurs suspicieux.

Il y avait un judas chez elle, caché derrière une tapisserie sur le mur du grand salon, à l'étage, que son père avait fait construire afin de pouvoir quitter la salle principale avec sa nouvelle épouse. Il ne devait rien s'y passer sans qu'il le sache, si bien que le judas avait été intégré à l'architecture. Estela pinça les lèvres en songeant à tout ce que son père n'avait pas voulu savoir, en se remémorant le jour où on lui avait montré l'autre judas.

Dans la salle de l'étage inférieur, où elle apercevait des brocarts luxueux et de solides bancs de chêne, deux femmes étaient assises, visiblement seules à en juger par la franchise de leurs propos.

— Dragonetz prétend que l'on a attenté à sa vie au moyen d'une arbalète, en essayant de m'inculper comme meurtrière.

Il était impossible de se méprendre sur l'intonation d'Aliénor. Ermengarda était tout aussi directe, sans perdre de temps en marques de compassion féminine :

— Qui ?

— La liste est longue, répondit-elle en haussant les épaules, et vous le savez aussi bien que moi.

L'autre femme agita une main expressive tout en dressant la liste des suspects :

— Toulouse, commença-t-elle, qui trône sur ce qui devrait être mon domaine, et qui serait assis plus confortablement encore si on le débarrassait de cette épine sous son pied.

— Vous l'exaspérez donc à ce point ? Comment est-il, notre nouveau comte ? J'ai entendu dire que vous aviez fait appel à lui, au cours de votre voyage.

— Il a quinze ans.

Aliénor écarta le comte de Toulouse d'un autre geste évasif.

— Sa voix a tout juste mué et il compense cela avec un penchant pour la persécution. Il a une certaine rancœur contre les cathares et il provoque déjà de l'agitation parmi les partisans de la religion de Rome.

— Je ne suis guère plus âgée, lui rappela une voix faible.

— Vous êtes née à Narbonne. Il s'accroche comme un enfant cupide à ce que son père a volé à ma grand-mère.

— Et que vous aimeriez récupérer. Ce qui fait de vous une menace.

Ermengarda marqua une pause en y réfléchissant. Le silence évoquait l'intime relation entretenue par les deux femmes tout autant que leurs paroles libres. Absorbée par son écoute indiscrète, Estela n'entendit que trop tard le froissement dans son dos et ne put éviter la main ferme qui se plaqua sur sa bouche ni le bras qui la retint.

— Ne bougez pas, lui ordonna-t-on alors qu'elle se débattait.

Néanmoins, elle reconnut Dragonetz en se retournant et elle s'apaisa.

Tout du moins sembla-t-elle s'apaiser jusqu'à ce qu'elle sente son bras droit s'aventurer dans ses jupons et un peu plus avant. Profitant de sa distraction, elle lui mordit la main gauche, qui lui tomba de la bouche alors qu'elle décochait un coup de coude dans son estomac, de toutes ses forces, esquissant un pas de côté qui lui permettrait de se retourner et de poursuivre sur sa lancée, avec le genou ou le pied. Mais il fut trop rapide, et même avec un seul bras, parvint à l'immobiliser contre son corps.

— Sauvageonne, lâcha-t-il.

En voyant ce qu'il tenait dans son autre main, elle comprit qu'elle avait mal compris ses intentions.

— Je devrais vous tuer, déclara-t-il en tenant la dague d'Estela contre sa gorge. Avant que ceci ne se plante dans le dos de ma Dame.

Sa position contre son corps atténua la force de sa répartie, mais elle réussit à prononcer d'une voix étouffée :

— Eh bien, allez-y, si vous êtes assez bête pour cela. Vous pensez bien que je l'aurais déjà utilisée, à l'heure qu'il est, si telle eût été mon intention !

Il la libéra si brusquement qu'elle s'effondra contre le mur.

— J'aurais dû vous tuer la première fois que je vous ai vue, murmura-t-il.

Puis il ajouta mystérieusement :

— Il est trop tard désormais.

Dans la lumière tamisée, elle vit qu'il portait son doigt à ses lèvres avant d'entendre Aliénor par-dessus les battements de son cœur :

— Et si quelqu'un savait que je porte l'héritier du trône ? Combien s'ajouteraient à la liste ?

Estela sentit que l'on appuyait la garde de sa dague dans sa paume.

— Vous venez de recevoir une arme plus vive, soupira Dragonetz. Soit je vous tue, soit je vous fais confiance.

Estela ne dit rien, mais rangea sa dague dans son fourreau, sous ses jupons, tout ouïe pour la conversation qui se déroulait sous leurs pieds.

La nouvelle était trop importante pour s'en tenir à des félicitations.

— Encore combien de temps ? demanda Ermengarda.

— En octobre, le roi pourra annoncer à ses sujets que son devoir a été accompli.

— Les choses vont-elles si mal que cela entre vous ?

— Vous savez que nous avons demandé à notre cher pape un divorce en automne ?

— Et au lieu de cela, il a apaisé Louis qui craignait d'avoir attisé la colère de Dieu par votre union entre cousins, puis Innocent a béni votre mariage et votre couche. Oui, j'en ai entendu parler.

— Si seulement Louis me *connaissait* ! S'il n'était pas un saint, mais plutôt un homme ! Il me regarde avec ses grands yeux et redoute de me toucher sans la permission de tout un aréopage d'évêques. Autant être mariée à un chiot ! Il m'a fallu des mois pour le convaincre que notre mariage était contraire à Dieu, seule issue que j'aie pu trouver pour m'en sortir ! Et maintenant, le pape lui-même m'a condamnée à une vie entière !

— Mais cela…

Estela imagina le coup d'œil d'Ermengarda sur le ventre bien dissimulé d'Aliénor, qui s'arrondissait sous ses robes volumineuses.

— Cela change tout.

— Oui, je serai la mère du roi de France ! Et alors, nous verrons !

— Vous pensez donc que quelqu'un pourrait en avoir eu vent, que l'on aurait tenté de tuer Dragonetz ? Pour vous atteindre ? Cela n'a aucun sens. Pourquoi ne pas vous tuer à la place ?

— Et si c'était la prochaine étape ? Cela serait plus facile avec Dragonetz hors jeu.

— Qu'en pense-t-il ?

— Il pense qu'un complot s'est tramé à Douzens, impliquant un membre de notre groupe, mais il n'en est pas certain. En fait, hésita-t-elle avant de continuer. En fait, il a même envisagé que cela puisse être votre œuvre, étant donné que vous connaissiez tous les détails du voyage et que le pouvoir de Narbonne sur les bourses des templiers eût très bien pu faire employer un tel homme.

Près d'Estela, Dragonetz étouffa un rire :

— Doux Seigneur, qu'elle est douée ! J'ai presque failli croire que j'avais prononcé une telle idiotie. Voilà une belle manière de nous dresser l'un contre l'autre, Ermengarda et moi, et elle tenait à ce que je le sache !

— J'ai aussi peu de raisons de justifier mes actes que de souhaiter votre mort.

Le ton d'Ermengarda restait modéré, mais s'il était froid jusqu'à présent, il était maintenant de nature à faire geler la mer.

— Je dois admettre que j'ai bien envie d'ordonner de faire abattre Dragonetz à l'arbalète, reprit-elle, mais l'envie me passera, sans nul doute. Par simple curiosité, pourquoi exactement aurais-je voulu orchestrer un assassinat contre le protecteur en chef de mon amie et alliée ?

— N'y songez plus.

Aliénor chassa cette idée saugrenue.

— J'ai répondu à Dragonetz qu'il s'agissait d'une idée folle. Ces jours-ci, il ne pense à rien d'autre qu'aux routes commerciales et aux inventions.

— Bravo, fit Dragonetz à mi-voix, admiratif, si près d'Estela qu'elle pouvait sentir son souffle sur sa peau. D'une pierre deux coups. Me décrédibiliser et rappeler à Ermengarda que ses routes de commerce sont précaires après les croisades.

— Que le tir ait été destiné à Dragonetz lui-même reste une possibilité, une querelle personnelle, ajouta Ermengarda en redirigeant la conversation vers un terrain plus sûr.

— En effet. C'est un homme complexe, acquiesça Aliénor.

— Ce n'est pas un saint et il n'est pas du genre à attendre l'approbation d'un aréopage d'évêques s'il désire quelque chose, ou quelqu'un.

— C'est ce que j'ai ouï dire.

Aliénor demeurait imperturbable.

— Et en parlant d'évêques, tout en haut de ma liste, si vous étiez visée par un assassinat, ma chère amie, se trouveraient les membres du clergé. Le pape a peut-être béni votre mariage, mais votre heureuse nouvelle entraînera de nombreuses déceptions, bien cachées, naturellement. Il y a Clairvaux, ce qui fait entrer en jeu tous les moines blancs, et vous étiez logée chez eux hier soir. Quant à l'archevêque Suger, il serait libre de conseiller à Louis une reine plus convenable si vous n'étiez plus là. Comme nous l'avons dit tantôt, la liste est longue et je renforcerai la garde auprès de vous. Si je venais à recevoir la moindre information utile, je vous le ferais immédiatement savoir.

— Le faire savoir à Dragonetz, cela revient à me le faire savoir.

— En effet, murmura le principal intéressé auprès d'Estela, non sans ironie.

Aliénor se pencha pour prendre la main d'Ermengarda.

— Maintenant, parlons commerce. Avez-vous reçu les biens que je vous ai fait envoyer depuis *Oltra mar* ?

— Les sacs de sucre ? Oui, et je pense que vous avez raison. Cela se conserve mieux que le miel et constitue un excellent édulcorant. Nos marchands s'emploient d'ores et déjà à organiser de futurs achats.

— Je savais que cela vous plairait ! Dès l'instant où j'y ai goûté, j'ai pensé que vous pourriez en faire bon usage et que vous devriez avoir les moyens d'en faire commerce dès que possible. On l'utilise constamment par-delà les océans. Maintenant, dites-moi, quelles sont les nouvelles de Tortose ?

— Le commerce exige une certaine confiance, soupira Ermengarda. Et le monde se trouve dans la tourmente. Même al-Andalus est en pleine agitation. Auparavant, les marchands s'y trouvaient en sécurité, qu'importe leur religion. Désormais, la situation est délicate pour les chrétiens, et même pour les juifs. Le rabbin Abraham ben Isaac m'a confié que le quartier juif était rempli de juifs hispaniques que les Maures musulmans ne laissaient plus en paix en al-Andalus. Ils sont en quête d'une nouvelle vie ici. Nous n'avons toujours pas terminé d'estimer les coûts de la dernière croisade.

— Et c'est ce que nous ferons jusqu'à reprendre le contrôle d'Édesse et de tout Antioche !

— Je serais heureuse de mettre la main sur du coton et des tapis ! Mais dites-moi, chevauchiez-vous véritablement seins nus à la tête d'une horde d'amazones contre Édesse ?

Le rire d'Aliénor lui répondit, vibrant de malice.

— Nous n'avons même pas affronté Édesse, déclara-t-elle sur un ton plus amer. Louis a estimé que Damas prévalait.

Estela sentit qu'on lui tirait le poignet et elle n'eut d'autre choix que de revenir en arrière dans le passage, à la suite de Dragonetz, jusqu'à ce que les voix se fondent en un écho indistinct entre les murs avant de se taire complètement. Ils émergèrent tous deux de l'autre côté de la porte, dans la cage d'escalier baignée par la lumière du jour.

— Vous n'avez rien entendu, déclara Dragonetz en la foudroyant du regard. Vous n'étiez pas là. Vos leçons débuteront dès demain. Je vous ferai envoyer un homme afin de vous accompagner. Apportez votre mandore.

Sur ce, il disparut, alors même qu'Estela venait de trouver quoi lui répondre. Les choses se passeraient-elles toujours de la sorte ?

Absorbée dans ses pensées, elle rebroussa chemin jusqu'à sa chambre où Guillelma l'attendait, le visage rougi, visiblement énervée. Il lui faudrait des heures pour trier les chemises et les voiles, les robes et les bottes, et pour comparer le brillant des citrines et des topazes avant qu'Estela ne parvienne à lisser ses plumes hérissées.

CHAPITRE CINQ

Abraham ben Isaac, également connu sous le nom de *Raabad,* une version abrégée de son titre de rabbin, s'intéressait aux implications des événements récents. Il venait tout juste de conclure une réunion entre les neuf membres du conseil rabbinique et il n'avait jamais entendu de querelles de cette sorte depuis le temps qu'il vivait à Narbonne. Il était vrai que l'afflux de juifs séfarades d'al-Andalus avait perturbé l'équilibre de la communauté. Les nouveaux venus avaient des façons de prier différentes des leurs et, plus déroutant encore, leur propre interprétation de la mise en pratique du culte dans leur quotidien.

Au cours de ces années, tous les neuf avaient étudié la *Halakha,* la Loi juive. Sous la conduite de Raavad, ils avaient fait prospérer les familles et les fortunes au sein de la communauté, mais voilà que désormais, ils en étaient revenus aux désaccords et aux rivalités. Pire encore, des tensions au cœur de la ville entre les chrétiens et les juifs, les chrétiens et les musulmans, et même les juifs et les musulmans menaient à un débordement d'incidents isolés.

Oy vey, la jeunesse ! Raavad leva ses bras vers le ciel et fit part de sa frustration à son Dieu. La jeune génération – que Yahweh les bénisse tous – affirmait qu'il était injuste que les lois de Narbonne soient discriminantes envers eux. Peu importe le nombre de fois où les aînés leur demandaient :

— Aimes-tu ta famille ? Prospères-tu ? Traverses-tu les rues sans que l'on te frappe ou te crache dessus ?

Les jeunes en voulaient toujours plus. De l'équité ! Cela faisait longtemps que Raavad était revenu de ces illusions. Ils n'avaient pas la moindre idée de la chance qu'ils avaient de vivre sous le règne d'Ermengarda de Narbonne et non de Raymond de Toulouse, qui rendait déjà la vie difficile à la communauté juive et dont les rumeurs laissaient présager du pire.

Toutefois, il y avait des limites à la protection qu'Ermengarda accordait à son peuple ainsi qu'à leurs droits à Narbonne. Elle avait clairement fait savoir que, si les troubles actuels continuaient, quelqu'un devrait payer, de manière sanglante et publique, et que ce ne seraient pas des chrétiens qui danseraient au bout d'une corde d'après la justice tirée de l'Ancien Testament. Par respect envers lui, Ermengarda lui avait fait une immense faveur en lui proposant de nommer dès à présent les juifs qui seraient jugés coupables et tiendraient lieu d'exemples, si elle venait à recevoir une nouvelle plainte au sujet d'un quelconque sabotage ou départ d'incendie. Raavad et Ermengarda avaient souri ensemble en évoquant certains sabotages : des souris lâchées dans la cave où un marchand particulièrement revêche conservait ses fruits, des trous « accidentels » dans des tonneaux à vin, des éclosions de mites qui grignotaient des tapis dont toute la lavande séchée avait disparu. On réglait de tels incidents par de rapides dédommagements, mais l'atmosphère de méfiance grimpait en flèche. Sans confiance, il n'y avait pas de commerce. Ermengarda ne faisait pas mystère de ce qu'une absence de commerce signifierait pour Narbonne et tous ses citoyens et voyageurs, qu'ils soient chrétiens, maures ou juifs.

Quant aux incendies, en revanche, personne n'avait souri lorsqu'on avait lancé une torche par l'embrasure de la porte d'une boutique. Une absence de commerce ralentirait Narbonne pendant des mois, peut-être des années, mais un feu la brûlerait tout entière en une heure, avec la plupart de ses habitants.

— Je ne dispose pas de cent ans pour reconstruire Narbonne ! s'était-elle exclamée auprès de lui. Croyez-moi, je me fiche de savoir qui allumera la prochaine torche ou de quoi la victime en question se sera rendue coupable. Il sera crié sur tous les toits que le criminel est juif et qu'il paiera pour son crime ! Me comprenez-vous bien ?

Ses yeux s'étaient embrasés avec toute la ferveur de cet incendie imaginaire sur les toits de Narbonne, dans une gerbe d'étincelles et de cendres projetées sur ses sujets en émoi.

Aurait-il dû lui dire que cela n'était pas juste ? Aurait-il dû lui demander pourquoi le châtiment devrait tomber sur un juif ? Il n'en avait pas besoin. Il comprenait parfaitement le rôle d'un bouc émissaire. Il comprenait également la difficulté pour Ermengarda de conserver l'équilibre précaire qui permettait à une minorité de vivre en paix à Narbonne. Non, en de telles circonstances, ce n'était jamais la majorité qui payait, pas si un souverain souhaitait la paix. La seule alternative qui s'offrait, lorsque la situation s'envenimait à ce point, était celle d'une tuerie de masse, comme Raymond l'envisageait de toute évidence, ou des exemples publics, comme suggérés par Ermengarda. Pas exactement. Sur ce point, il était injuste. En réalité, Ermengarda avait avancé un troisième choix. Elle leur avait offert à tous les deux la possibilité d'une action préventive, et c'était ainsi qu'il avait présenté la question aux neuf membres du conseil, escamotant l'alternative. Il n'avait pas eu besoin de leur expliquer à quel point l'heure était grave.

Maudite soit la croisade, maudite soit la haine attisée et maudits soient ces nouveaux mots qui s'immisçaient dans les relations de tous les jours. La veille encore, il avait entendu un chant de troubadour dans les rues, des paroles de croisade ferventes à propos d'un « lavage » consistant à nettoyer le monde de ses impuretés. Atterré lorsqu'il avait compris que c'étaient ses coreligionnaires qui faisaient partie des ordures à nettoyer lors de cette purification, il en avait craché le goût infect de sa bouche afin de ne jamais l'oublier. Où cela s'arrêterait-il ?

Il savait pertinemment que le goût en était d'autant plus amer qu'il leur était en tout point semblable. Il dresserait la liste de vingt noms qu'Ermengarda lui réclamait. Chaque homme y figurant serait coupable et condamné si le besoin venait à se présenter – le besoin d'Ermengarda. Elle avait contrecarré sa première pensée en lui précisant que son propre nom ne serait pas accepté. Hormis le fait qu'il était trop important pour que l'on puisse se passer lui, personne ne croirait qu'il était criminel et elle ne voulait pas faire de martyrs. Sa pensée suivante fut réduite à néant, elle aussi, lorsqu'Ermengarda lui fit savoir qu'aucun pardon ne pourrait être acheté, qu'il n'y aurait pas d'échappatoire d'Ad Fiurcas, où les potences jalonnaient le chemin de la léproserie. Raavad s'était incliné pour marquer son assentiment. La vitesse à laquelle les noms s'étaient succédé dans son esprit l'avait couvert de honte. Bien sûr, il devrait choisir des fauteurs de trouble, et bien entendu, ce devaient être des immigrants tout juste arrivés parmi les juifs séfarades d'al-Andalus.

Si la liste était utilisée, les juifs d'al-Andalus la considéreraient comme une nouvelle preuve de la persécution chrétienne dont ils faisaient l'objet, et sa propre communauté se croirait coupable et estimerait le mériter. Tout le monde l'accepterait. À l'exception de quelques mères, épouses et sœurs, naturellement, c'était inévitable. Peut-être même pourrait-il mobiliser de l'aide pour les familles endeuillées. Si cela venait à se produire. Il dresserait cette liste afin de protéger sa communauté, sans qu'elle en soit consciente. Seul Yahweh le saurait, et il ne le jugerait pas plus sévèrement qu'il ne se jugeait déjà lui-même.

Le visage fermé, seul dans son sanctuaire intérieur, Raavad donna un tour de clé dans la serrure d'un coffre en bois, glissa la main sous les vêtements qui y étaient soigneusement pliés et en sortit avec précaution un paquet en toile cirée qui dissimulait et protégeait un livre. Il le plaça précautionneusement sur son bureau et l'ouvrit avec l'habitude de celui qui savait précisément où trouver son passage favori. Il lut et relut un verset, hocha la tête devant la sagesse qu'il exprimait, puis il replaça le livre dans sa cachette.

Narbonne n'était plus un lieu sûr, désormais, et il devait réfléchir à un nouvel endroit où mettre son trésor hors de danger. Chez son beau-fils, Abraham ben David, à Nîmes ? Non, s'il y avait de l'agitation à Narbonne, il était probable qu'il en soit de même à Nîmes et dans toute la Provence, ou pire. Plus loin ? Les possibilités ne manquaient pas. Mais comment l'y emporter ? Jusqu'à présent, il n'avait fait confiance à personne, et il craignait de plus en plus que le livre tombe entre de mauvaises mains s'il devait lui arriver malheur. À moins qu'il ne soit détruit par accident. Yahweh laisserait-il le livre brûler ? C'était une autre question qu'un jeune homme pourrait se poser. Abraham ben Isaac, quant à lui, savait parfaitement que les incendies humains étaient plus prévisibles que les miracles divins.

En homme rompu à la sagesse, Raavad reporta cette décision jusqu'à ce qu'il puisse voir avec plus de clarté les différentes options qui s'offraient à lui. Au lieu de quoi, il porta son attention sur le sujet du jour. Si la vicomtesse de Narbonne tenait tant à lui, ce n'était pas pour son interprétation savante de la Torah, mais pour sa contribution au cœur même de sa ville, et pour sa liberté en tant que juif d'accomplir ce qu'elle ne pouvait faire en tant que chrétienne. Désormais, il devait donc penser aux prêts, aux pourcentages et au nombre d'années nécessaires aux remboursements, prenant en considération l'insécurité de la ville et les conséquences de la croisade. On lui demandait de réunir une somme d'argent colossale, et ce très rapidement. Il devrait en tenir compte dans ses calculs. Lorsqu'un serviteur annonça de la visite, Abraham ben Isaac se tint prêt à accueillir l'homme qui entra, ordinaire et vêtu d'une cape.

— Mon Seigneur Dragonetz, le salua Raavad. Je vous en prie, asseyez-vous.

Alors que le jeune et grand soldat ôtait sa cape et prenait place sur le siège qu'on lui indiquait, l'usurier en profita pour observer son client. Son costume arborait les couleurs vives caractéristiques de ses comparses, mais Raavad avait appris à ses dépens que cet apparat de perroquet ne cachait pas nécessairement une cervelle d'oiseau. Il déplorait ce goût pour le clinquant et le besoin qu'avaient ces gens d'étaler leurs richesses jusque sur leurs manches, bien que cette fantaisie lui soit utile d'un œil professionnel, car cela lui permettait de récolter de précieuses informations sur ses clients.

Il lissa sa propre toge noire en s'évertuant à déchiffrer l'expression de l'autre homme. Ses boucles lâches traduisaient une douceur efféminée toute chrétienne, mais sa mâchoire et ses pommettes, si délicates qu'elles soient, étaient nettement définies et présentaient une ombre légère, rasées de frais comme l'exigeait la mode. Sa peau portait des marques au niveau du menton et des joues, ravages d'une adolescence ayant contribué à forger un rude caractère. Lorsqu'il renvoya son regard à Raavad, ses yeux étaient d'un noir sans équivoque, aussi calmes et profonds que les eaux d'un étang.

Un autre avantage que Raavad tirait de sa grande expérience dans le commerce, c'était qu'il savait adapter ses tactiques à ses clients. De façon générale, les chrétiens détestaient marchander, alors que les juifs et les Maures se seraient sentis dupés sans cela. Dragonetz, cependant, avait parcouru le monde. Ainsi, selon sa nature, il pouvait s'être retranché dans sa propre culture, ou au contraire s'être ouvert d'esprit. Certains hommes aimaient aborder la question de l'emprunt en discutant du beau temps et de la pluie, alors que d'autres préféraient les affaires brèves et en venaient directement au fait. *Que le jeu commence,* songea Raavad en faisant le premier pas :

— Un millier de solidi, cela fait beaucoup d'argent…

Il laissa en suspens l'implication de ses propos.

— Vous n'allez pas me faire perdre mon temps en me disant, tout d'abord, que vous ne pouvez pas réunir une telle somme, puis en m'annonçant, au vu des difficultés que cela impliquerait, qu'il me faudra payer davantage pour un tel privilège, avant de me donner enfin vos conditions. Ensuite, cinq minutes ou dix heures seront nécessaires avant de nous mettre d'accord. Considérez donc que tout cela a été dit, que vous me proposez des conditions équitables et que je les accepte, afin que nous puissions nous séparer satisfaits.

C'était donc quelqu'un qui aimait avoir le contrôle de la situation, qui savait ce qu'il voulait et qui préférait la méthode directe. Tout du moins, pour le sujet présent. Mais Raavad n'était pas homme à se laisser pousser dans une direction qu'il ne souhaitait pas prendre.

— Pardonnez-moi, Messire, déclara-t-il en jetant un regard alentour sans poser les yeux sur Dragonetz.

Il se tordit les mains, dans ce geste que les chrétiens trouvaient si irritant.

— Étant donné que c'est moi qui prends les risques, je dois vous poser certaines questions. Bien entendu, si vous préférez discuter de votre commerce avec d'autres, commença-t-il en marquant un temps d'arrêt… d'autres hommes d'affaires, c'est votre droit le plus strict et nous pourrons toujours nous quitter… Quel terme exact avez-vous employé ? Ah oui, *satisfaits.* Ainsi, je conserverai mon argent et vous vous serez épargné l'ennui de parler affaires avec moi.

À sa grande surprise, Dragonetz sourit.

— Touché, reconnut-il. Vous savez parfaitement que, si je suis ici, c'est parce que ma requête a été déclinée par Dame Ermengarda et l'Abbaye, ou parce que je ne leur ai rien demandé.

— Qu'en est-il ? demanda Raavad.

— C'est le second motif.

— Et la raison ?

Il marqua une légère hésitation.

— En réalité… commença-t-il.

Raavad hocha la tête pour l'encourager, parfaitement conscient que cette introduction précédait généralement un mensonge ou un péché par omission. Dragonetz continua :

— J'aime mieux être tenu par des intérêts financiers plutôt que d'avoir à rendre un quart de mes gains chaque année.

Voilà qui devenait plus intéressant.

— Une fois de plus, je vous prie de m'excuser, mais cela dépasse mon expérience avec les chrétiens. Peu importe votre politesse. C'est toujours surprenant, d'ailleurs, comme les personnes qui souhaitent de l'argent peuvent être polies. Vous ressentez certainement l'aversion des vôtres à la pensée des pratiques usuraires.

Il ne put réprimer une grimace d'amertume à la pensée du deux-poids deux-mesures, rappel de ses problèmes. Il agrippa plus fort encore les accoudoirs de son siège.

— Je suis ici pour m'endetter, prononça Dragonetz à voix basse. Et je le fais de mon plein gré afin de réaliser un rêve de longue date, mettre en place un projet utile qui rapportera de l'argent, mais qui, pour l'heure, est au-delà de mes capacités financières. Je vous ai déjà expliqué que je préférais vous devoir des intérêts chaque année plutôt que de céder à d'autres une partie de ma production. En Terre Sainte, j'ai vu pires horreurs que des pratiques usuraires. Si je me tiens ici, c'est parce que votre réputation de commerçant intraitable, mais juste, est sans égale à Narbonne. Je ne doute pas que certains tondraient un mouton jusqu'au sang, et si je me trompe à votre sujet, je vous souhaite une bonne journée.

Il tendit la main vers sa cape, mais fut arrêté par un geste de Raavad.

— Pardonnez-moi, dit-il avec sincérité, cette fois. Je dois décider quel genre d'homme vous êtes. Vous comprenez certainement qu'il me faut savoir à quelle fin votre prêt sera destiné.

Le jeune homme se pencha en avant, les sourcils froncés, chagrin de devoir s'expliquer.

— Mon projet est un moulin sur l'Aude. Je possède déjà la terre et les droits sur la rivière. J'ai besoin de me procurer de la main-d'œuvre afin de le construire et de le rendre opérationnel.

— Comme c'est judicieux, une filature de laine ! Vous n'êtes pas le premier à repérer le potentiel du commerce de la tonte et vous avez raison, vous en tirerez des bénéfices importants. Je m'attendais à quelque chose de plus exceptionnel, je dois vous l'avouer, mais un moulin fera l'affaire.

— Voyez-vous, je *suis* ordinaire, déclara Dragonetz en regardant Raavad droit dans les yeux, avec le regard d'un homme franc qui, s'il venait à mentir, le ferait avec une habileté convaincante.

— Oui, oui, reprit Raavad en se frottant à nouveau les mains. Un moulin sera très efficace. Et maintenant, à titre de garantie. Pouvez-vous me montrer vos droits sur la terre ?

Dragonetz plongea la main dans les plis de sa cape, en sortit un parchemin et le confia à Raavad sans commentaires. L'usurier le déplia et survola les formules en latin pour trouver ce qu'il cherchait :

— … la terre délimitée par celle du Sgnr de Craboulesto au nord, du Sgnr de Floralys au sud et du Sngr de Mandirac à l'ouest, tous les droits sur la rivière au sein de ces limites, lut-il avant de vérifier les signatures. Un beau terrain, mon Seigneur, et vous vous lancez au bon moment, alors que l'industrie n'en est qu'à ses prémices. Bien, bien. Alors, nous avons différentes options de garantie.

Il enroula le parchemin et le rendit à Dragonetz en déclarant :

— La plus simple, c'est que votre père se porte garant de votre emprunt.

Le rouge soudain sous la peau basanée de Dragonetz trahit sa réponse avant qu'il ne puisse l'exprimer :

— Non. C'est entre vous et moi, pas entre moi et mon père, ni entre vous et mon père.

— Quel dommage, quel dommage ! Cela aurait été si simple. Il ne fait aucun doute que Messire Dragon dispose des ressources nécessaires.

— Mon projet paiera de lui-même.

— Certes, en effet.

Raavad fit mine de réfléchir attentivement, bien qu'il ait déjà décidé ce qu'il souhaitait avant même leur entretien. Il avait connaissance de l'achat des terres, naturellement, et il avait deviné pour le moulin, mais il lui manquait encore une information. *Ce que tu ignores aujourd'hui,* se dit-il, *pourrait se retourner contre toi demain.* Il était conscient qu'il n'en saurait pas plus, cependant, et son instinct le poussait à accepter l'affaire. En échange d'un profit convenable et d'une bonne garantie, cela allait de soi.

— La garantie doit être la terre elle-même, Messire Dragonetz. Vous conviendrez que, pour un tel montant, mes confrères devront réunir de grandes sommes de leurs propres réserves, très rapidement, et qu'ils ne pourront le faire que si, en retour, de bonnes garanties leur sont offertes. Mes conditions sont donc les suivantes. En premier lieu, commença-t-il en dressant sa liste, en cas de non-versement des redevances, la terre sera perdue. En deuxième lieu, les redevances devront correspondre à quinze pour cent de la somme et devront être versées dans six mois, le... laissez-moi regarder, annonça-t-il en consultant une grille. Les calendes et les nones d'octobre tombent un dimanche, cela ne vous conviendra pas, les ides tombent le jour du sabbat, ce qui ne me va pas, mais les calendes de novembre seront un mercredi, voilà qui est parfait. Après cela, il y aura un paiement annuel d'un montant de quinze pour cent. En troisième lieu, le contrat sera établi par mon scribe, dûment signé devant témoins.

À son tour, Dragonetz donna l'impression d'y réfléchir et Raavad baissa les yeux pour cacher l'assentiment dans son propre regard. Son intuition lui soufflait que le jeune homme avait bien appris les règles du jeu, ce qui se confirma lorsque Dragonetz proposa :

— Dix pour cent à l'année et le marché sera conclu.

Hésitant juste assez pour qu'ils puissent tous deux se sentir contents de l'issue, Raavad accepta :

— C'est d'accord !

Sur ce, il prit la main du chevalier dans la sienne. Cette nouvelle pratique étrange consistant à se serrer la main était en train de s'imposer. D'ici peu, elle serait peut-être même valide devant les tribunaux. Mais où allait le monde ?

Le temps que le scribe dresse le contrat et qu'il soit signé, les affaires étaient conclues et Dragonetz se retira avec un deuxième manuscrit assorti au premier. Raavad le regarda partir. Il se demandait pourquoi un tel homme évoquait son projet de moulin avec une passion à peine contenue, comme s'il s'apprêtait à réaliser le rêve de sa vie plutôt que de rejoindre les rangs des propriétaires bien portants de Narbonne. Dragonetz était un aventurier. Quelle aventure voyait-il donc avec de la laine de mouton ? Laissant le mystère subsister, Raavad ordonna à son serviteur de faire entrer le prochain client, qui attendait patiemment dans la pièce d'à côté, où il avait entendu le moindre mot de l'entretien précédent comme il en avait le droit, au vu de la somme d'argent qu'il avait versée pour ce privilège. Raavad soupira. Encore un client dont la religion condamnait l'usure, mais qui était tout à fait disposé à parler d'argent avec un juif.

— Soyez le bienvenu, al-Hisba al-Andalus. Entrez et asseyez-vous, annonça-t-il au Maure.

Après quelques heures de négociations afin d'obtenir un maçon et un charpentier disposés à se mettre immédiatement au travail, Dragonetz n'était que trop ravi d'avoir une heure dans la salle de musique pour se distraire. La salle en question n'était qu'une alcôve dans l'un des vastes halls du palais, mais elle offrait une impression d'isolement, une belle acoustique et une fenêtre sur la rue, en dépit de son exposition aux personnes qui traversaient la salle ou qui cherchaient un recoin pour converser. Al-Hisba et Estela étaient déjà installés et discutaient de l'accordage de la mandore lorsqu'il arriva. Dragonetz les salua à peine, les laissant continuer.

Il s'assit sur la banquette près de la fenêtre, ferma les yeux et laissa les deux voix former des mélodies plutôt que des mots dans sa tête. Douceur et vérité, timbre de baryton, printemps et automne mêlés comme le présent et le passé. Il commençait à attribuer de nouvelles épithètes au duo qui flottait dans son esprit lorsqu'il prit conscience que douceur et vérité avaient cédé la place à brusquerie et virulence.

— Nous vous ennuyons, mon Seigneur Dragonetz ? demanda Estela.

Il ouvrit les yeux et étira ses jambes, reportant toute son attention vers la nouvelle apprentie, aussi inattendue qu'indésirable, qui lui lançait un regard furieux.

— Je souhaite vous enseigner tout ce qui est en ma capacité, répondit-il simplement, désamorçant son irritation. Voulez-vous apprendre ou devenir un ornement de table ?

Pour toute réponse, elle souleva sa mandore en serrant les dents.

— Al-Hisba m'a montré comment on procédait en al-Andalus.

Elle esquissa quelques accords conventionnels avant de marquer une dissonance dans la mélodie, qui retrouva l'harmonie au fur et à mesure qu'elle jouait, faisant rouler ses doigts graciles, caressant les cordes comme s'il s'agissait de la fourrure d'un chat ou de la peau d'un homme. Elle avait attaché sa cascade de cheveux noirs en une longue tresse qui se balançait au-dessus de son épaule droite. Son front était haut et dégagé alors qu'elle se concentrait sur son instrument. Elle n'avait nul besoin de raser la ligne de naissance de ses cheveux ni de consentir à d'autres artifices pour souligner sa beauté naturelle.

— Quel usage en aurez-vous ? lui demanda Dragonetz.

— Je ne comprends pas.

— Laissez al-Hisba jouer pour pouvoir l'écouter.

Cette fois, le morceau exotique le devint plus encore, avec un nouveau contretemps dans le rythme.

— Fermez les yeux, indiqua Dragonetz à Estela. Et dites-moi ce que vous entendez.

— Une quarte parfaite, répondit-elle.

— Bien, on vous a enseigné la musique. Maintenant, oubliez ce que vous avez appris. Qu'entendez-vous ?

Al-Hisba recommença.

— Une dispute, murmura Estela sur un ton hésitant.

Puis avec conviction :

— Des assiettes qui tombent dans une cuisine.

Aussitôt, elle rougit et rouvrit les yeux.

— Je suis désolée, c'est ridicule. Cette image m'a traversé l'esprit, tout simplement, sans que je sache pourquoi.

Il la gratifia d'un rare éclat de rire.

— Et moi, j'ai entendu le fracas des épées. Nous n'avons pas la même notion de la dispute, mais si j'entendais cette musique dans ma tête, elle devrait être accompagnée d'un désaccord dans les paroles.

— Oh, oui.

Désormais, elle voyait où il voulait en venir et les mots s'échappèrent sans retenue :

— Dans les paroles que j'écrirais, il s'agirait du moment où un seigneur découvre sa femme au lit avec le jeune homme de main. Ensuite, ils croiseraient le fer. Puis le passage suivant… Jouez-le pour moi, al-Hisba, s'il vous plaît, comme vous l'avez fait auparavant. L'harmonie suivante, oui, l'harmonie reviendrait dans l'histoire, l'ordre serait rétabli, continua-t-elle.

— Mari et femme réconciliés, railla-t-il.

— Comment cela se pourrait-il ? fit-elle en décochant un autre regard doré dans sa direction. Non, ils doivent mourir tous les deux, bien entendu.

— Naturellement, approuva-t-il. Le mari et la femme.

— Vous me mettez à l'épreuve ! Non, le mari doit tuer l'amant, qui refusera de s'excuser, et la femme n'acceptera jamais de dire qu'elle aime mieux son mari, alors il devra la tuer elle aussi. Ce n'est qu'à ce moment que l'ordre sera rétabli. D'après la mélodie, c'est une très belle chose.

— Bien sûr, en convint-il, une étincelle dans le regard. Mais tout le monde en souffre. Cela n'eût-il pas été plus agréable si l'homme de main et la femme étaient parvenus à cacher leur liaison avec succès ?

Elle fronça les sourcils.

— Alors, il n'y aurait pas d'histoire. Oh, et maintenant, vous vous moquez de moi, l'accusa-t-elle. Je me trouve à *vous* apprendre comment écrire des chansons.

À présent, al-Hisba jouait l'une des mélodies de Dragonetz, celle qui avait été choisie pour célébrer l'arrivée d'Aliénor à Narbonne.

— Chantez-la pour moi, demanda-t-il à la jeune femme avant de fermer les yeux, caressé par la voix et par son imagination.

Ensuite, il la mit au travail. Pourquoi gazouillait-elle comme un oiseau au point du jour ? Pourquoi respirait-elle entre « son » et « cœur » ? N'entendait-elle donc pas que cela faisait perdre aux mots tout leur sens ? Pourquoi chantait-elle le début comme si un malheur allait se produire ? Quelle émotion réservait-elle pour la fin ? Estela écouta toutes ses remarques, répétant sans relâche. Bientôt, son interprétation s'était encore dégradée au lieu de s'améliorer. Dragonetz prit une flûte et un tambour. Alors qu'il jouait le rôle du flûtiste, al-Hisba fit retentir ses rythmes mauresques effrénés.

— Jouez ! ordonna-t-il à Estela. Comme le ferait un enfant ! Amusez-vous !

Quand la leçon s'acheva, les deux hommes étaient debout. Ils sautillaient et dansaient au rythme de la musique endiablée, qui atteignait des crescendos de plus en plus extravagants jusqu'à ce qu'Estela admette sa défaite en marquant un dernier accord.

— Ça suffit, je ne peux plus continuer.

Dragonetz virevoltait encore comme une toupie. Il retira ses lèvres de la flûte, juste assez pour déclarer :

— Tu l'as entendue, al-Hisba. Nous avons gagné !

Al-Hisba agita son tambour de façon théâtrale au-dessus de sa tête en frappant la tranche de l'instrument jusqu'à atteindre le point d'orgue, puis il le fit retomber devant lui, la tête basse, laissant la flûte continuer seule.

— *Vous* avez gagné, Messire.

Une dernière note aiguë fut jouée, soutenue jusqu'à ce que Dragonetz manque de souffle, puis il s'arrêta à son tour.

— N'est-ce pas ? pavoisa-t-il avant de se rendre compte que leurs singeries avaient attiré l'attention d'un nombre croissant de badauds.

Une femme s'approcha des musiciens dans un froissement de jupons.

— Messire Dragonetz, c'était tellement divertissant !

— Dame Sancha, répondit l'intéressé, le souffle court.

Voilà une femme qui ne s'était pas contentée de raser la naissance de ses cheveux, mais qui les avait également teints d'un jaune bilieux.

— Puis-je m'asseoir pour vous écouter ?

— Malheureusement, mes jongleurs manquent de vigueur aujourd'hui. Je suis très déçu.

Dragonetz secoua la tête pour démontrer toute sa déception.

— Alors, Messire Dragonetz, je me contenterai de vous seul.

Prononçant ainsi la sentence de mort de son après-midi, Sancha prit un siège.

— Tout le plaisir sera pour moi, ma Dame, répondit Dragonetz avec galanterie, lui offrant un baisemain.

À présent, il n'entendait qu'une dissonance sur une mandore, accompagnée de gloussements féminins. Il ferma les yeux. De l'eau, limpide et fraîche, un torrent de montagne encore enneigé.

— Oh, mon Seigneur, s'extasia Sancha alors qu'il se redressait après s'être attardé trop longtemps sur sa main.

Dragonetz regarda par-dessus l'épaule de Sancha pour découvrir Estela, droite et élancée, qui attendait de se retirer. Ses yeux dansaient encore et son visage arborait les couleurs de leur séance de musique passionnée.

— Demain, lui indiqua-t-il. Soyez là.

La jeune femme marqua une révérence respectueuse.

— Messire.

Elle jeta à Sancha un coup d'œil à peine perceptible.

— Je suis admirative de votre endurance, ajouta-t-elle.

— Mon Seigneur, fit ensuite al-Hisba, hors d'haleine, prenant congé après une révérence polie.

Devant lui, la traîne d'Estela balayait le sol dans un sillage gracieux. À contrecœur, Dragonetz reporta ses pensées sur la personne qui lui tenait compagnie. Il eut la surprise de constater qu'elle aussi suivait la jeune fille d'un regard calculateur. Lorsque ses yeux revinrent vers lui, la dame constata qu'il l'observait.

— Une jolie fille, commenta-t-elle.

— Une dame bien sombre, répondit-il d'une voix dénuée d'émotions.

Sancha leva la main pour caresser l'une de ses boucles fraîchement blondies et sourit. À l'évidence, elle interprétait sa remarque comme une critique.

— Très sombre, renchérit-elle. Tout comme ses origines. Il ne fait aucun doute que nous en saurons plus à son sujet avant que les gens se lassent de leur nouveau jouet.

— Que puis-je vous chanter ?

— Une chanson d'amour, Messire Dragonetz. D'amour… ensuite, nous parlerons de politique.

Elle se pencha vers lui dans un geste engageant. Et Dragonetz de chanter l'amour.

CHAPITRE SIX

Tout d'abord épuisée par toutes les nouvelles choses que l'on attendait de sa part, Estela finit par s'habituer rapidement au mode de vie au Palais. La plus grande partie de ses journées se déroulait auprès des dames d'Aliénor, des pies criardes qui jacassaient avec ou sans elle, si semblables les unes aux autres qu'elle confondait Alis avec Elena et Philippa avec Adorlée. Chaque fois qu'Estela trouvait le courage de s'adresser à l'une de ces créatures aux airs sirupeux, elle progressait péniblement sur ce chemin menant à un monde de postiches et de manches à franges, dans lequel les servants étaient « impossibles à vivre », les chambres « provinciales » et les époux, des éminences à l'évidence, une source de ricanements et de spéculation. Estela faisait de son mieux.

Alis, à moins qu'il ne s'agisse d'Elena, lui parla du « meilleur onguent pour les mains », mais dès qu'Estela tenta de déterminer les herbes qui conféraient à la mixture ses propriétés nettoyantes et son parfum, Alis (ou Elena) la gratifia d'un regard étrange en expliquant : « Il est agréable, c'est tout », avant de s'éloigner aussi vite que possible. Pas étonnant qu'Aliénor elle-même trouve Paris contraignant s'il s'agissait de ses compagnes. Et il n'était pas étonnant non plus qu'elle cherche la compagnie d'hommes tels que Dragonetz et de femmes comme Ermengarda ! Quant à Aliénor elle-même, Estela ne l'avait que très peu aperçue et elle eût tout aussi bien pu être invisible aux yeux de la reine, préoccupée par des sujets de plus grande importance. Estela se demanda si l'une de ces femmes était au courant de la grossesse d'Aliénor. Elle peinait à croire qu'elles puissent cacher une telle information si elles étaient en sa possession ! À l'inverse d'elle-même. Elle n'avait pas mentionné leur espionnage auprès de Dragonetz et il ne lui en avait pas parlé non plus, mais il s'agissait d'un lien tacite entre eux. Il devait savoir que, jusqu'à l'annonce publique de la grossesse, Estela détenait une information dangereuse et précieuse. Il devait savoir que c'était de la folie que de lui faire confiance. Et pourtant.

Estela occupait son temps à observer tout ce qu'elle pouvait, au-deçà des tresses et des rubans. Son respect envers Dame Sancha s'accrut, contrairement à ce qu'auraient pu laisser croire ses coiffures et ses rubans révélant tout le potentiel tape-à-l'œil des artifices que la dame aimait expérimenter. C'était à un niveau plus profond que le respect d'Estela grandissait. Bien qu'elle ne semble ne faire qu'un avec l'essaim de dames, parfaitement à l'aise avec le genre de conversations dans lesquelles Estela pataugeait, Sancha parvenait à réunir des informations plus intéressantes.

Estela avait été témoin de la manière dont Sancha avait orienté telle conversation sur la santé de « l'oncle Roger » d'Alis (ou Elena) et la progression de ses travaux. « Oncle Roger » n'était autre que Roger Trencavel, le vicomte de Carcassonne, qui était malade, mais dont les murailles étaient presque terminées, en passe de former la défense la plus puissante d'Occitanie. Au cours d'une autre conversation, Sancha commenta naïvement les jolis murs en pierre rose qu'ils avaient pu observer à Toulouse et découvrit qu'Alis (ou Elena) y avait passé son enfance en tant que pupille de Faydide d'Uzès, l'épouse d'Alphonse Jourdain, père du souverain actuel.

Peu à peu, Estela découvrit que toutes ces femmes étaient intrinsèquement liées les unes aux autres et que, à travers les nouvelles de leurs tantes et oncles, cousins, frères et sœurs, une femme intelligente pouvait rassembler des informations plus importantes que ne serait capable d'en porter n'importe quel pigeon voyageur. N'ayant pas le don de jouer le même jeu, Estela se résolut à écouter toutes les conversations auxquelles Dame Sancha prenait part. Elle eut tôt fait de savoir différencier les bavardages inconséquents des pièces de puzzle éminemment politiques.

Lorsqu'elle fut capable de distinguer Alis et Elena, en vertu de leurs contacts et de leur utilité plutôt que par leurs personnalités, Estela finit par porter davantage attention à la jeune fille qui se trouvait constamment parmi les femmes. Trop intimidée au premier abord pour se rendre compte qu'elle n'était pas seule à être mal à l'aise et mise à part, Estela alla ensuite rejoindre la fille et l'encouragea à parler. Il semblait que Bèatriz soit originaire des montagnes du nord de la Provence et que ses parents l'aient envoyée à la cour de Narbonne pour son éducation. Ermengarda ayant fort à faire auprès d'Aliénor, elle avait confié Bèatriz aux dames pendant ce temps.

— J'y suis éduquée à merveille, conclut Bèatriz.

Dans son regard, une petite étincelle venait contrebalancer son expression par ailleurs modeste. Son visage constituait un ovale parfait, trop grand pour son corps d'enfant de douze ans, mais Estela estimait qu'il y avait là une véritable promesse de beauté, mieux mise à son avantage loin de l'élégance dorée d'Ermengarda et de la flamme d'Aliénor.

— Je dois y rentrer cet automne pour mon mariage, indiqua-t-elle à Estela.

Cette dernière l'écouta parler d'un énième mari éminent, un seigneur local sur lequel la fille n'avait que très peu d'informations, faisant confiance malgré tout au bon jugement de ses parents. Ce qu'elle garda pour elle avec modestie, mais que Dame Sancha révéla avec plaisir à Estela, c'était que Bèatriz était elle-même l'héritière de l'une des terres les plus riches du massif du Vercors, à la frontière du Saint-Empire romain germanique, et qu'elle attirait bien des yeux cupides du voisinage. Ce n'était pas la couture ni la gestion d'une maisonnée qu'elle était venue apprendre à Narbonne auprès d'Ermengarda.

La complicité entre Estela et Bèatriz prit un nouveau tournant lorsque le sujet de la musique fut évoqué.

— Vous chantez et jouez de la mandore, n'est-ce pas ? lui demanda Bèatriz de sa façon fort directe, coupant la parole à Adorlée qui vantait les bienfaits des sous-vêtements en lin.

D'un rang moindre, et par conséquent trop bien élevée pour montrer son agacement, Adorlée suivit docilement la nouvelle direction qu'avait prise la conversation :

— Oui, en effet, et j'ai entendu dire que c'était très joli.

Sans tenir compte d'Adorlée, Bèatriz dit à Estela :

— Je chante moi aussi. Et je compose. Je serai *trobairitz*.

Avant qu'Adorlée ne puisse obtenir l'attention qu'elle méritait pour le *très bien* condescendant qu'elle avait à la bouche, Estela répondit :

— Et si nous jouions ensemble ? Cela nous permettrait de passer le temps…

Elle jeta un regard à Adorlée et sourit obligeamment en continuant :

— C'est d'accord. Je suis certaine que nous pourrons trouver une alcôve où nous ne dérangerons pas les autres dames.

La réponse enthousiaste de Bèatriz ne laissa aucune place au doute et il fut rapidement convenu qu'elles feraient de la musique ensemble le lendemain. Si Estela pensait que ce serait simple de jouer au professeur, elle se rendit vite compte de son erreur. Les mérites d'une éducation à la cour se rendirent rapidement visibles, mais il ne s'agissait pas d'un vil vernis et, après quelques minutes à peine, Estela confia à Bèatriz :

— Vous avez un don.

Estela joua pour Bèatriz alors qu'elle chantait et, très vite, des dames vinrent roucouler leur appréciation. Pour une fois, ni Estela ni Bèatriz ne protestèrent face au mot *joli*. Alors que les dames s'habituaient à la musique et s'en retournaient à leurs activités précédentes, Estela eut l'occasion de lui transmettre une partie de ce qu'elle apprenait elle-même jour après jour, et les leçons égayèrent pour elles deux l'ennui des « affaires de femmes ».

Les dîners dans la grande salle enrichissaient également les journées d'Estela, autant d'aubaines de deviner les histoires qui se tramaient entre les personnes de haut rang à la table d'honneur. Rien de très bien, soupçonnait Estela, bien qu'elle voie la toge blanche d'un abbé cistercien et l'habit noir d'un prêtre apparaître temporairement parmi les invités à différentes occasions. Il se trouvait peut-être une centaine de personnes autour des tables à tréteaux aux quatre coins de la grande salle. Des dizaines de serviteurs allaient et venaient entre la salle et les cuisines, d'où ils revenaient avec des pichets et des plats. Dans la grande cheminée flamboyaient les dernières flammes d'une soirée de printemps et les chiens se querellaient pour les miettes et les restes qu'on leur lançait dans des recoins tranquilles. Les plus courageux se faufilaient entre les jambes des invités et Estela crut aviser une masse blanche familière.

— Bon à rien, souffla-t-elle en l'accueillant.

Le chien se recroquevillait tant bien que mal sous la table entre les commensaux comme on bourre de la chair à saucisse, soulevant la table lorsqu'il s'installa en dessous et provoquant des cris de protestation de la part des voisins d'Estela.

— Tu n'es pas à ta place, n'est-ce pas ? murmura-t-elle. Mais tu n'as de cesse d'essayer.

Elle glissa un os d'agneau sous la table et sentit une langue humide à l'endroit où ses chaussons d'intérieur dévoilaient la peau de son pied. Bientôt, elle ressentit ce rayonnement silencieux apporté par la compagnie d'un chien qui ronge son os avec contentement aux pieds de sa maîtresse.

— Nici, l'appela-t-elle en occitan. Grand sot.

Elle sentit le battement d'une queue frénétique, la cadence d'un chien heureux, alors que Nici acceptait la caresse de ses mots. Elle fit glisser son pied sur son large flanc en y décrivant des cercles, moins seule tout à coup. C'était devenu une habitude de laisser le grand patou s'installer sous la table, de lui donner de petites bouchées et de savourer son bonheur. Bien sûr, avec un chien de cette taille, ce n'était guère discret et parmi ceux qui faisaient part de leur désaccord se trouvait al-Hisba.

— Vous ne devriez pas l'encourager, la prévint-il. C'est une vermine qui ne fait que mendier.

Elle haussa les épaules.

— Les animaux peuvent avoir une âme ou non, mais ce qui est certain, c'est qu'ils ont un estomac. Il est facile à contenter.

— Ce n'est qu'un chien.

— Un cheval n'est qu'un cheval et un homme n'est qu'un homme, répliqua Estela.

Elle rinça ses doigts enduits de graisse dans le bol d'eau mis à leur disposition, s'essuyant la bouche de sa main humide avant de recommencer.

— Un cheval, ma Dame, représente un millier d'années de loyaux services auprès des hommes, et un pur-sang est à la fois beau et précieux. Ceci, continua-t-il en regardant l'animal incriminé qui remua la queue à tout hasard, ce n'est qu'un chien.

Al-Hisba s'inclina et s'en alla trouver une place ailleurs, à l'abri des mendiants de dessous de table.

Où qu'il erre pendant la journée, Nici était toujours là le soir venu, avec la meute du Palais. Estela ne voyait aucun mal à le laisser lui tenir compagnie. Elle commençait à rechercher une position en bout de banc pour que cela soit plus simple, afin d'éviter d'importuner les autres convives, autant sur le plan moral que physique. Nici devint étonnamment agile lorsqu'il comprit que cela augmenterait ses rations de nourriture. À part les regards des curieux et la compagnie du chien, il n'y avait guère d'autres amusements au dîner. Jusque-là, les divertissements avaient été discrets, de jolis chants signés par des voix agréables et des musiciens compétents, mais il semblait qu'Ermengarda tout comme Aliénor conservaient leurs meilleurs talents pour une grande occasion. Estela rêvait d'en faire partie, se représentant la scène alors qu'elle contemplait la grande salle, l'éclairage, l'acoustique et les plans de table.

Le sel de la vie, pour Estela, c'étaient les deux heures qu'elle consacrait chaque jour à la musique. Parfois, Dragonetz était absent et elle posait toutes ses questions à al-Hisba au sujet d'al-Andalus. Entre les accords et les désaccords, elle apprit tout ce qu'il y avait à savoir sur les jardins, les pots suspendus regorgeant de fleurs telles des bobines de soie à motifs déroulées, les arbres plantés entre les galets multicolores, les pavés dont les dessins étaient encore plus richement ouvragés que les vitraux des églises, les plates-bandes surélevées haussant les fleurs vers les cieux à l'image d'oiseaux étranges, les jardins en terre cultivée, arrosés par des pompes, des tuyaux et des tunnels, et qui produisaient des fruits et des légumes succulents dont elle n'avait jamais entendu parler : figues et oranges, aubergines et amandes. Estela découvrit que sa connaissance des herbes et des épices, tout comme son savoir en matière de musique, présentait de grandes lacunes et elle dressa des notes mentales sur les propriétés médicinales de l'ail, du safran, du gingembre et du cumin. Al-Hisba répondait avec enthousiasme à ses questions sur les herbes et la complimenta même sur son savoir, ce qui lui faisait aussi chaud au cœur qu'un sourire de la part de Dragonetz lorsqu'elle chantait.

D'après la ferveur de son récit, al-Andalus semblait un véritable paradis, mais lorsqu'Estela lui demanda la raison de son départ, al-Hisba fut beaucoup moins enclin à répondre que lorsqu'ils discutaient de l'efficacité des infusions de thym contre la toux.

— Mon cher terroir est à l'image du printemps, ma Dame, pleine d'une promesse qui éveille les sens, une promesse qui ne peut que mener à la déception.

Il était disposé à lui confier qu'il avait été engagé en tant qu'*homo proprius*, garant auprès d'un seigneur d'al-Andalus, sous les ordres duquel il avait prospéré en tant que propriétaire et commerçant. Ensuite, il avait représenté une infime part du prix pour lequel les templiers avaient renoncé à leur héritage insensé de la part du roi Alphonse. Il avait alors travaillé à Douzens pendant six ans, conseillant les frères au sujet de leur emploi de la terre, introduisant l'irrigation et l'utilisation du crottin de cheval. Al-Hisba était heureux de discuter de canaux d'irrigation et de ce qu'il appelait « les engrais », tout comme des plantes et de la médecine, mais son visage se ferma derechef, ses yeux tombants, lorsqu'elle lui dit :

— Vous ne parlez jamais des gens, de votre famille.

Il garda le silence un long moment. Elle sut qu'elle avait franchi une limite lorsqu'il lui répondit :

— Vous non plus, ma Dame.

L'instant passa et ils se perdirent une fois de plus dans une discussion au sujet des rythmes, à présent qu'Estela était capable de mettre des noms sur al-makhera et al-takil et de jouer leur musique.

Désormais, Estela ne remarquait plus le foulard qui s'enroulait autour de la tête du Maure, bandeau asymétrique dont une extrémité pendait librement sur le côté. Elle ne remarquait plus sa tunique ample ni son accent étrange, ses mouvements uniformes, son épée incurvée, sa barbe luisante. Ce n'était plus un inconnu, plus un étranger à ses yeux. Elle lui faisait confiance en tant que professeur et, plus encore, en tant qu'ami. À tel point qu'elle se risqua à lui poser une autre question hasardeuse. Cette fois, elle prit soin de la formuler avec circonspection :

— Al-Hisba, viendra-t-il un jour où vous me ferez suffisamment confiance pour me confesser votre vrai nom ?

La réponse se fit rapide, dans un éclat de dents blanches :

— Je crois qu'un tel jour arrivera, ma Dame.

Il ne lui retourna pas la question. En réalité, elle oubliait souvent qu'elle avait porté un autre nom et elle n'avait aucune envie de le revendiquer.

Parfois, c'était al-Hisba qui s'absentait pour affaires et elle se retrouvait seule avec Dragonetz. Il semblait plus distant lorsqu'ils n'étaient que tous les deux, moins prompt à positionner correctement ses doigts sur les frettes, à l'aider à respirer en plaçant sa main à plat sur le devant de sa robe, relâchant la pression exercée pour lui rappeler le moment où elle devait prendre son inspiration. Il avait tendance à regarder par la fenêtre comme s'il avait oublié sa présence, et elle pouvait alors le contempler à loisir. Elle observait l'ajustement serré de ses chausses autour de ses mollets musclés ; la tunique courte qui s'évasait à partir de ses hanches à la façon des bliauds au goût du jour, les manches amples dévoilant de larges bracelets ; ses doigts fins et allongés ; ses cheveux retombant librement sur ses épaules sous la forme de boucles noires chatoyantes.

Elle devina les habitudes qu'il avait prises au cours des croisades, se laver aussi souvent qu'il le pouvait, par exemple. Al-Hisba l'avait interloquée par une remarque sur le manque d'hygiène général chez son peuple, et il lui avait confié que l'une des joies de Narbonne résidait dans ses salles de bains civilisées, avec différents bassins d'eau chaude pour se purifier. Estela s'était soudain sentie crasseuse, une infériorité supplémentaire sur sa liste grandissante de défauts. Dragonetz présentait tous les signes d'une utilisation fréquente des bains et il était l'image même de la santé. Autant pour les avertissements de sa grand-mère ! Estela se demandait s'il y avait une once de vérité dans tout ce qui lui avait été inculqué dans l'enfance, mais elle s'intéressait trop aux connaissances qui s'offraient à son esprit avide pour se réfugier dans la peur lâche de l'inconnu. Elle ajouta les bains à son inventaire d'expériences futures.

Au cours d'un certain après-midi, Dragonetz lui parut distrait, puis, comme s'il venait de prendre quelque décision subite, il déclara :

— Aliénor ne cesse de me demander quand vous serez prête et je vais lui dire qu'elle peut vous révéler dès qu'elle le souhaitera. Je veux que vous vous teniez prête d'un soir à l'autre.

Estela sentit son estomac se retourner. Elle en éprouvait un désir si ardent qu'il en était douloureux, mais… Si elle venait à les décevoir ? Il y avait toujours de la musique de fond après les repas, mais jusqu'alors, Dragonetz ne s'était pas produit et aucun artiste d'Ermengarda non plus, bien qu'Estela ait entendu les rumeurs et sache que la vicomtesse de Narbonne réservait à ses invités des réjouissances inattendues. Lors de chaque repas dans la grande salle, elle avait imaginé un message de la part d'Aliénor, avait visualisé le chemin depuis sa place vers l'endroit choisi, près de la table d'honneur, éclairée par la lueur d'une torche. Elle percevait l'agitation du public, le silence et les premiers accords de sa mandore. Elle avait pensé un million de fois à ce qu'elle chanterait, se répétant la devise de Guillelma :

— La troisième fois sera la bonne.

Cette fois, c'était sur le point de se produire. Son estomac eut un nouveau soubresaut.

— Pensez-vous que je suis prête ? l'interrogea-t-elle.

Elle attendait sa réponse de tout cœur. Elle avait appris à déchiffrer son expression et le ton de sa voix, au-delà des mots qu'il choisissait.

Lorsqu'il se tourna vers elle, ses yeux noirs brûlaient de passion.

— Estela… commença-t-il.

Son propre nom vint caresser sa peau comme le vent sauvage du Mistrau, hérissant les poils de ses bras. Soudain, il aperçut quelque chose dans la salle derrière elle. Son expression s'assombrit et il murmura :

— Retrouvez-moi aux écuries dans dix minutes.

Il s'exclama alors à voix haute :

— Vous chantez la mort et les amants séparés comme s'il s'agissait d'une ballade joyeuse pour une partie de campagne, avec un rythme gai et enlevé. Ne comprenez-vous pas les mots ? N'avez-vous aucun sentiment ? Nous en avons terminé pour aujourd'hui !

Il frappa du poing les boiseries qui n'y étaient pour rien et Estela fit un bond en arrière par réflexe. Elle se couvrit le visage et, désemparée, s'enfuit avec précipitation loin de l'alcôve en esquivant Dame Sancha, abandonnant son tuteur en colère à ses lamentations contre les jeunes élèves et à ses affaires urgentes.

Confuse, Estela laissa sa mandore dans sa chambre, s'empara d'une cape, enfila des bottes d'équitation et quitta le Palais pour se diriger vers les écuries où se trouvait Tou. Les écuries avaient toujours été son sanctuaire, avec leurs odeurs de cuir et de cire d'abeille mêlées à celles des chevaux et de la paille fraîche, les bavardages évoquant insectes et brûlures de selle, les exclamations et hennissements de sa propre jument grise, les cercles des sabots sur les pavés. Un valet d'écurie se trouvait déjà à l'extérieur avec Tou, ajustant sa selle.

— A-t-elle été montée ces derniers temps ? demanda Estela.

Elle savait que même une jument placide comme Tou pouvait se montrer un peu vive après être restée cloîtrée pendant des jours.

Le garçon se redressa. Il mesurait environ la même taille qu'Estela et avait probablement le même âge. Il était vêtu du pourpoint rustique et du froc fruste de sa profession. Ses cheveux étaient une tignasse hirsute de boucles brunes et ses yeux, une touche de bleu vif au milieu d'un visage plus rond qu'anguleux. Ses épaules et ses bras étaient dénudés, les muscles luisant et s'étirant au soleil comme s'il eût bien aimé, lui aussi, aller galoper dans les champs. Ses aisselles étaient assombries par des poils doux humides de transpiration. Estela s'approcha de lui pour humer son odeur de mâle. Les yeux mi-clos, elle songea à une mélodie. Quelle mouche l'avait piquée aujourd'hui ? Elle n'avait qu'à entrevoir un jeune homme pour suivre sa fantaisie vers... vers là où elle refusait de suivre sa fantaisie, justement !

Il baissa respectueusement les yeux.

— Comme cela a été ordonné, ma Dame. Elle s'est entraînée tous les jours. Elle devrait être douce comme un agneau. Nous venons à peine de recevoir le message de la seller, et je n'ai donc pas encore terminé... Puis-je continuer ?

— Bien entendu.

Alors qu'il se penchait pour resserrer les sangles, les muscles bandés, elle observa le bloc imposant de son dos dont elle devinait l'inclinaison sous le pourpoint, à la base de sa colonne, avant qu'il ne s'évase à nouveau un peu plus bas. Qu'avait donc dit al-Hisba ? Le printemps qui éveillait les sens. Ce devait être cela, elle était affectée par le printemps. Elle s'éclaircit la voix.

— Comment t'appelles-tu ?

Il leva vers elle ses yeux bleus éblouissants. Des bleuets et des saphirs, songea-t-elle, s'essayant en pensée aux sonorités d'un nouveau vers.

— Peire, lui répondit-il. Peire de Quadra.

Peire de l'écurie. Bien sûr. Elle lui sourit avec bienveillance, en parfaite dame du monde.

— Eh bien, Peire de Quadra ! Je saurai me souvenir de ton nom. Tu as fait du bon travail et ce sera toi personnellement que je demanderai la prochaine fois.

Son visage s'illumina.

— Merci, ma Dame.

C'était comme offrir un os à Nici. Elle n'eut pas le temps de se demander en quoi une telle pensée était inquiétante, car le son de sa voix lui indiqua que Dragonetz était arrivé. Son humeur joyeuse s'amplifia davantage encore. Peut-être n'était-ce que le printemps et la liberté des étables qui égayaient son esprit de la sorte, mais elle craignait d'avoir contracté ce mal. Elle n'avait jamais vu Dragonetz ainsi, juvénile et échevelé, empli de malice, armé d'un sourire en coin qui fit chavirer son monde.

— Les gens vont jaser, lui assura-t-il avant de s'accroupir, joignant ses mains en coupe.

— Les gens jasent toujours, rétorqua-t-elle.

Cela semblait être la chose la plus naturelle du monde que de monter à cheval en prenant appui sur ses mains, comme s'ils avaient effectué ce rituel une centaine de fois plutôt que… trois seulement ? Quatre ? Ce ne fut qu'une fois juchée sur le dos de Tou qu'elle remarqua la déception dans les yeux de Peire. C'était à lui que revenait la tâche de l'aider à monter, et non à un seigneur de s'abaisser au niveau d'un garçon d'étable. « La prochaine fois », promit-elle à Peire de ses yeux et d'un sourire, « la prochaine fois. »

L'expression du garçon retrouva son alacrité, adoucie par un compliment de la part de Dragonetz qui s'empara de sa propre monture, sauta en selle et s'exclama :

— Allez, venez !

Elle n'avait nul besoin qu'on le lui répète à deux fois.

CHAPITRE SEPT

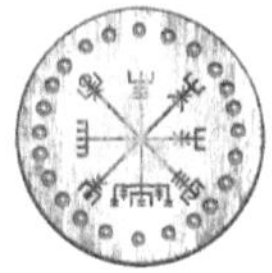

Estela franchit avec Dragonetz les portes de la ville, mais au lieu de traverser la rivière pour retracer le chemin qu'ils avaient emprunté lors de leur arrivée à Narbonne, Dragonetz prit à droite, suivant le cours de la rivière le long d'un chemin fréquenté qui bordait l'Aude et les murailles. Une fois qu'ils eurent atteint la tour de garde marquant la frontière avec la Cité, le chemin s'élargit suffisamment pour leur permettre d'avancer de front en direction du nord au bord de la rive. Cette nouvelle journée ensoleillée de printemps rendait Tou presque capricieuse, mais la jument de Dragonetz qu'elle suivait au pas régulier eut tôt fait de la tranquilliser et Estela put alors laisser son attention vagabonder librement.

— Où allons-nous ?

— Quelle enfance dangereuse a dû être la vôtre ! la taquina-t-il. Suivez-vous toujours des hommes étranges vers l'inconnu ?

— Si je juge que c'est sans risque, répondit-elle froidement. Êtes-vous fiable ?

— Comme le marteau d'un forgeron, les mains d'une lavandière, la casserole…

— Comme la queue d'un lapin, ajouta-t-elle sèchement. Et où allons-nous ?

— À Matepezouls.

— Bien sûr, répondit-elle, guère plus avancée. Pour quelle raison ?

— Parce que c'est une belle journée, parce que vous avez besoin de prendre l'air, parce que j'ai besoin de prendre l'air, et parce que la jalousie de Dame Sancha est dangereuse.

— Mais elle n'a pas montré le moindre intérêt envers mon chant et ma musique. Et même lorsque Bèatriz chante, Dame Sancha n'y prête pas plus attention que les autres. Elle est talentueuse, vous savez, Bèatriz. Elle serait meilleure que moi avec quelqu'un comme vous pour lui apprendre, dit-elle dans un souffle.

— Quelqu'un comme moi, railla-t-il. À qui pensez-vous ? Mais ce n'est pas votre musique qui fait l'objet de la jalousie de Sancha.

— Je sais fort bien me débrouiller seule. Je l'ai toujours fait.

Être traitée comme une enfant commençait à l'agacer et cela devait se voir, car il aborda alors l'unique sujet de conversation licencieux susceptible de les placer sur un pied d'égalité.

— Les dames sont-elles au courant de la grossesse d'Aliénor ?

Pas de titre devant le nom de la reine, juste la supposition audacieuse qu'ils pouvaient s'en entretenir sans ambages, ce que bien des gens qualifieraient de trahison.

— Non, je ne le pense pas. Elle le cache bien, elle ne laisse apparaître aucun de ces petits gestes traîtres, vous savez, la façon qu'ont les femmes enceintes de croiser les mains sur leur ventre et de sourire, bien avant que leurs robes ne se gonflent.

Dragonetz rit de gaieté de cœur.

— Non, je ne sais pas. Mais je m'incline face à votre expérience évidente. J'espérais que vous puissiez garder un œil sur la situation, me faire savoir s'il y avait des conversations ou des comportements étranges autour d'elle.

— Vous songez à l'arbalète ? Une idée de qui se cachait derrière ?

— Une créature de Raymond, j'imagine. Toulouse entretient une rancune de longue date avec Aliénor. Me tuer pour l'effaroucher, voilà qui correspond à sa façon de penser. À en croire les rumeurs, ce n'est pas l'enfant qu'Aliénor se figure. Mais quelqu'un connaissait mon mot de passe et a utilisé le sceau d'Aliénor. Cela signifie qu'il s'agit d'un proche. Une personne intelligente, qui plus est.

— C'est à peine si elle est avec nous. Il n'y a pas grand-chose que je puisse faire. Quoique je ne le lui reproche pas !

— Vous vous ennuyez, n'est-ce pas ?

Elle perçut la moquerie dans sa voix.

— Ce n'est pas drôle. C'est pénible à un point que vous n'imaginez pas !

— Oh, mais je le sais. C'est pour cela que je vous propose une distraction. Bienvenue dans mon petit monde. Voici Matepezouls.

Un méandre de la rivière s'écarta pour laisser place au spectacle inattendu d'un moulin à eau fourmillant d'activité. Alors qu'ils approchaient, Estela put apercevoir une douzaine d'hommes travaillant à la chaîne pour décharger les marchandises, régler les machines et les surveiller. Elle reconnut la tunique et le couvre-chef d'al-Hisba, qui se déplaçait à grandes enjambées d'un point à un autre tout en distribuant des ordres, à l'évidence. Raoulf était là, lui aussi. Les muscles saillants, il abaissait un énorme marteau en métal dans une grande cuve pleine d'une matière blanche. À ses côtés Arnaut, dévêtu jusqu'à la taille, soutenait le poids du marteau qui descendait dans la cuve, rattaché à un manche par une courroie en cuir. Son dos bronzé et lisse luisant au soleil, Arnaut semblait mince et juvénile à côté du corps massif de son père, mais il accomplissait sa tâche sans effort apparent. Il se releva pour s'éloigner. Croisant le regard d'Estela, toujours à cheval avec Dragonetz, il sourit et s'essuya les mains sur son pantalon avant de s'approcher d'eux. Lorsqu'Arnaut lui offrit ses bras pour l'aider à descendre, une autre étincelle vint attiser sa flamme printanière et elle l'accueillit, se laissant attraper par la taille. Trois secondes lui suffirent pour sentir ses mains assurées la brûler à travers sa ceinture brodée et, avec une inspiration profonde, elle glissa contre son torse dénudé avant qu'il ne recule d'un pas respectueux.

Dragonetz jeta un regard à Estela, esquissant une moue amusée comme si ses pensées étaient inscrites sur ses joues rougies. D'abord Peire, et maintenant ça ! N'avait-elle qu'à sourire pour que le monde s'emplisse de beaux jouvenceaux ? Ah, coquin de sort ! Elle sourit à Dragonetz, sourit à Arnaut, puis sourit encore à Raoulf, venu se joindre à eux. Elle sourit à al-Hisba, qui fut le seul à ne pas lui rendre son sourire.

— Nous venons vous ennuyer, déclara Dragonetz à ses hommes.

Peu gêné par sa semi-nudité, Arnaut sourit de nouveau, coulant un autre coup d'œil à Estela. Quant à elle, en revanche, elle avait une conscience aiguë du moindre poil dessinant un V sur son torse, tout en boucles dorées.

— Ma Dame est venue pour s'instruire au sujet du moulin, continua Dragonetz en douceur. Et je souhaiterais un compte-rendu. Al-Hisba ?

Le Maure s'inclina.

— Deux charges de chiffons ont été apportées, Messire. Les chiffons dans la cuve se trouvent sous les marteaux et nous sommes en train d'essayer différents maillets afin de les réduire plus facilement en fibres et en pâte.

— Il me semble t'avoir entendu dire que cela fonctionnait ainsi en al-Andalus ?

Le ton de Dragonetz était tranchant.

— Même en al-Andalus, il s'agit de nouvelles techniques et je pense que nous pouvons les améliorer.

— Montre-moi cela.

À côté de la cuve, al-Hisba montra comment on y abattait les maillets, leurs manches s'élevant et retombant à intervalles réguliers. Estela retraça le chemin des pilons jusqu'aux leviers, puis des leviers à un axe rotatif. Autour de cet axe, des chevilles en forme de feuilles étaient disposées deux par deux. Elles venaient cogner les leviers, provoquant le mouvement des marteaux. Trois paires de bosses, trois maillets, se soulevaient et retombaient alternativement. Estela ferma les yeux et écouta la musique de la cuve, le craquement de l'axe rotatif, le bruit de succion et le fracas des marteaux sur les chiffons et l'eau se mélangeant dans la cuve. Lorsqu'elle ouvrit les paupières, elle surprit Dragonetz qui la dévisageait avec intensité, comme lorsqu'il essayait de trouver et de corriger sa respiration ou ses doigts sur les frettes. Elle tenta d'arborer son sourire magique pour voir s'il fonctionnait toujours, et en effet, sa bouche frémit et il lui adressa un clin d'œil.

— Ça colle un peu, expliqua Arnaut. Nous ne savons pas quoi appliquer sur le bois pour qu'il soit moins poisseux.

— À moins d'y frotter quelque chose, suggéra Dragonetz.

— De la graisse d'oie, déclara Estela.

Quatre paires d'yeux se tournèrent vers elle et elle poursuivit en hésitant :

— Eh bien, en cuisine, ils frottent de la graisse d'oie sur les poêles en fer, et une fois enduites, elles n'accrochent plus, alors j'ai simplement songé que…

Sa phrase tourna court. Il y eut un silence, interrompu par al-Hisba :

— Cela pourrait fonctionner, lança-t-il. En tout cas, je n'ai pas entendu de meilleure idée.

— Ou du métal au lieu du bois. Du fer, peut-être ?

— Peut-être, répondit avec précaution al-Hisba à la suggestion de Dragonetz.

— Nous devrions parler avec le forgeron pour choisir le métal.

Joli *et* efficace, pensa spontanément Estela avant de se rendre compte qu'en l'espèce, « joli » importait peu. Elle eut le bon sens de garder ses pensées pour elle alors que la conversation lui devenait impossible à suivre. Elle continua d'observer les chiffons mis en mouvement par le biais des marteaux, des chevilles et de l'axe courant jusqu'au centre de la roue du moulin qui tournait et brassait, actionnée directement par l'Aude, plus précisément par un bief de l'Aude, détourné avant de rejoindre la rivière en aval. Le canal d'amenée était distinct de la rivière, et la roue était ainsi protégée des variations de débit.

Profitant d'un répit dans le débat entre les hommes, Estela osa poser la question qui lui trottait dans la tête depuis le début.

— Ce n'est pas une filature de laine. Que produisez-vous ici ?

Les autres portèrent leur regard vers Dragonetz.

— Le futur, lui répondit-il. Un jour, tout le monde saura lire et tout le monde saura écrire. Grâce à cet homme et son peuple, continua-t-il en désignant al-Hisba. Car ils nous ont donné accès au papier. Nous produisons du papier, qui deviendra de moins en moins cher jusqu'à ce qu'un jour, même les pauvres gens essuient leurs mains avec et le jettent !

— Vous rêvez.

Raoulf secoua la tête et même Arnaut avait l'air sceptique. Cependant, Estela n'était guère plus avancée.

— Qu'est-ce que le papier ? s'enquit-elle.

— De l'alchimie ! répondit Dragonetz, la laissant perplexe.

Enfin, ce fut al-Hisba qui expliqua :

— Les chiffons sont transformés en pâte par les maillets, et celle-ci est séchée et pressée jusqu'à devenir très fine. Les fines couches sont découpées en carrés et vous obtenez alors de quoi écrire, comme du parchemin.

— Mais à un centième du coût ! Et en grande quantité !

Estela était sidérée.

— Mais si cela est vrai…

— Et ça l'est, lui assurèrent en même temps al-Hisba et Dragonetz.

L'un était calme et sûr de lui, tandis que l'autre pouvait à peine contenir son enthousiasme.

— … alors cela devrait être à l'Église de produire ce… papier, n'est-ce pas ? Pour que les scribes puissent l'utiliser.

— Voici, chère Estela, toute la beauté de la chose. Je vendrai le papier à l'Église, j'en tirerai d'énormes bénéfices et je serai incroyablement riche. Tout comme mes travailleurs.

Estela se mordilla le côté d'un doigt, une vilaine habitude qu'elle avait conservée depuis son enfance.

— L'Église ne va guère apprécier, déclara-t-elle.

— Non, en effet.

— C'est un ennemi dangereux.

— Nous le lui avons dit, marmonna sombrement Raoulf. Mais vous le connaissez. Le futur, pff !

Il cracha grossièrement avant d'ajouter :

— Le futur, ce sera le corps de mon Seigneur transpercé par un carreau !

— Toujours si optimiste ! s'exclama Dragonetz en tapant Raoulf dans le dos. C'est à cette fin que vous êtes là, toi et tes hommes, pour surveiller mon moulin et mes arrières. Mais trêve de bavardages, il est temps de tenir parole !

Sur cette déclaration énigmatique, il arracha son pourpoint et sa chemise pour se dénuder jusqu'à la taille, lui aussi. Il attrapa ensuite la main d'Arnaut et entraîna l'homme réticent dans sa course.

— Je lui ai promis de lui faire boire la tasse ! hurla Dragonetz en les entraînant tous les deux jusqu'à la rive, puis dans la rivière.

— Bâtard vérolé ! explosa Raoulf en s'élançant après eux vers la berge.

Il balaya nerveusement du regard l'eau boueuse à la recherche d'un signe de vie. Estela compta jusqu'à trente avant que deux têtes n'émergent à la surface, hors d'haleine, recrachant de l'eau et bientôt suivies de bras agités. Arnaut se tordait sous l'eau, esquivant Dragonetz qui tentait de l'y plonger derechef jusqu'à ce qu'il ait atteint une bonne distance. Les deux hommes s'ébattaient en crachotant.

— Venez nous rejoindre, Estela, lui intima Dragonetz.

— Je ne sais pas nager, cria-t-elle en retour.

— À quoi pensais-tu ? Amener une dame ! vociféra Raoulf, violet de rage.

— Une dame ? J'avais oublié !

— Seigneur, non, grogna Raoulf.

— Estela, ma chère, Arnaut souhaite m'affronter et retrouver sa fierté. Lancez-nous un gage.

Sans y réfléchir, Estela retira le bracelet de son poignet et le lança en cloche pour qu'il atterrisse entre eux à distance égale. Sans perdre de temps en palabres, ils plongèrent comme un seul homme. Bientôt, seul l'ondoiement de l'eau à la surface témoignait de leur passage. Il y eut un nouveau décompte. Trente, quarante… Estela crut que Raoulf allait exploser, à retenir sa propre respiration pour estimer combien de temps il était possible de survivre. Enfin, Arnaut émergea, à bout de souffle, suivi de près par un Dragonetz victorieux, criant de joie et brandissant le bracelet dans les airs.

— Il ne s'agit pas d'une dame ordinaire, hurla-t-il, c'est une *trobairitz* ! Demande-le-lui !

Il s'élança alors vers la rive. Arnaut le suivait à distance, par sécurité et, après une joute entre les deux hommes, le premier empêchant le second de sortir de l'eau, ils se redressèrent sur la berge, ruisselants et hilares, tout en se bousculant. Dragonetz agita le bracelet par manière de raillerie et Arnaut se plia en deux, pantelant :

— Il faut toujours que tu gagnes, n'est-ce pas ? Même lorsque tu ne désires pas la récompense !

Les yeux de Dragonetz brillaient.

— Toujours, Arnaut, toujours.

Il s'agenouilla ensuite devant Estela, lui offrant son bracelet en retour. Elle baissa le regard vers les cheveux noirs bouclés, inclinée en une parodie d'hommage, les larges épaules mouillées, les longs doigts effilés tendus vers elle pour lui rendre son gage. Elle perçut l'immobilité d'Arnaut, les rayons du soleil, le moment auquel toute cette journée avait mené. Elle repensa à Peire, à sa déception pour une si petite chose, si facile à donner, si injustement refusée. C'était son moment et elle pouvait le vivre comme elle l'entendait. Elle ferma les yeux et ressentit les paroles. Si c'était une chanson, comment se déroulerait-elle ? Enfin, elle sut quoi faire.

Une main sur la tête de Dragonetz, elle palpa les cheveux froids et humides, aperçut les poils hérissés sur ses bras et parla de sorte que tous puissent l'entendre :

— Messire Dragonetz, je vous remercie de m'avoir rendu ce gage. Je ne l'oublierai jamais. Vous faites honneur au nom de votre dame, la duchesse Aliénor. Veuillez vous lever.

Sans attendre que Dragonetz se relève, et sans le regarder, elle se tourna vers Arnaut.

— C'est à moi d'accorder cette faveur comme je l'entends. Si vous êtes libre de votre parole, accepterez-vous de porter cela pour moi en gage de vos loyaux services ? Serez-vous prêt à protéger mon nom et ma personne si le besoin s'en ressentait…

Elle marqua une pause et le regarda droit dans les yeux :

— Et à ne rien attendre en retour, absolument rien ?

Arnaut n'hésita pas une seconde avant de se jeter à genoux et Estela observa les cheveux dorés là où se trouvaient auparavant des boucles noires. Elle le vit déglutir avec difficulté lorsqu'il répondit :

— Toujours, ma Dame.

Elle posa alors la main sur sa tête, une bénédiction qu'elle ne regrettait pas cette fois, puis elle lui offrit le bracelet et lui fit signe de se relever.

— Eh bien, cela a été amusant, n'est-ce pas ? déclara Dragonetz en penchant la tête.

Il secoua sa tignasse détrempée.

— Doit-on s'ébrouer comme les chiens, Arnaut ?

Il mima la technique d'un grand mâtin et le jeune homme rit aux éclats.

— Je sais pourquoi les chiens ne portent pas de chaussures, admit-il en levant une botte dégoulinante entre ses doigts.

— Eh bien, soit nous devrons retirer tous nos vêtements pour les faire sécher, soit une personne de bon cœur ira nous chercher des vêtements secs, annonça Dragonetz à la cantonade.

Il commença à retirer ses bas, souriant à Estela.

— Assez de tes enfantillages ! grogna Raoulf. Mon Dieu ! Je vais aller te chercher de nouveaux habits avant que tu ne me fasses plus honte encore !

Soudain, quelqu'un lança : « Dragonetz » sur un ton alarmé et il fit volte-face au moment même où l'on dégainait un couteau, jonglant avec son manche à quelques mètres seulement de son torse dénudé, trop proche pour que Raoulf ni nul autre garde armé ne puissent intervenir. Juste derrière Dragonetz, Estela et Arnaut se tenaient immobiles. Rien ne bougeait hormis le couteau scintillant au soleil, tout près de Dragonetz.

— Vous m'auriez donc poignardé dans le dos, lâcha-t-il.

— N'importe comment, aucune importance, lui répondit l'homme, les dents serrées, en avançant prudemment. D'ailleurs, vous êtes toujours indemne.

Anonyme dans sa tenue de travail, l'assaillant eût pu être n'importe lequel des ouvriers qui avaient déchargé et transporté la marchandise. Estela chercha un signe distinctif sur son visage, une trace de malveillance chez cet homme indiquant qu'il était prêt à assassiner Dragonetz de sang-froid. Elle ne vit rien, absolument rien, et cette impassibilité la remplit d'effroi plus encore que la haine. L'absence de sentiments, voilà ce qui rendait un assassin efficace. L'homme fit un pas de plus en avant et Estela sentit Arnaut bouger à côté d'elle, reprenant ses esprits. Dragonetz dut le percevoir, lui aussi, car il attrapa Estela et la plaça devant son corps, si brusquement que le couteau n'eut pas le temps de l'atteindre. Elle sentit le mouvement d'Arnaut, qui s'arrêta net lorsque Dragonetz murmura, énigmatique :

— Les pieds hors des étriers.

L'homme montra les dents sans sourire.

— Vous pensez que j'hésiterais à tuer la femme, Messire ? Quel idiot !

Estela ferma alors les yeux, oubliant la musicalité de l'instant. Elle sentit plutôt qu'elle ne vit le couteau cesser de danser entre les deux mains de l'homme pour s'abattre en arc de cercle dans sa direction, en même temps que la main qui fouillait ses jupons trouvait ce qu'elle cherchait. Un coude la projeta à terre sans ménagement et le bras de Dragonetz poursuivit sa course pour aller planter la dague d'Estela dans le corps de l'assaillant ébahi. Il le désarma de son autre main et se pencha sur lui, si près que seuls Estela et Arnaut purent entendre sa question :

— Qui vous a payé ?

Ils discernèrent la réponse, prononcée si bas qu'Estela se demanda si elle avait bien compris. En revanche, il était impossible de ne pas entendre l'appel à la clémence qui suivit :

— Ne me tuez pas, souffla l'homme, la lame contre sa gorge.

La voix d'al-Hisba flotta froidement au-dessus de la scène, prononçant le nom de l'homme qui se trouvait au sol :

— Isaac ha-Levi.

Estela vit sa dague s'élever légèrement et hurla :

— Non !

Mais nulle hésitation ne retint Dragonetz, qui plongea l'arme dans le cou de l'homme. Estela vit jaillir le sang et roula sur le côté pour vomir. Arnaut l'aida à se relever, la tenant par le bras jusqu'à ce qu'elle le repousse.

— Pourquoi ? lança-t-elle sur un ton accusateur. Vous n'aviez pas à le tuer !

— Oh, mais il le fallait. C'était un juif, répondit-il succinctement.

Sans un regard pour elle, Dragonetz emporta sa dague à l'endroit où les eaux du canal de fuite rejoignaient celles de la rivière. Il l'y nettoya, puis l'essuya sur le pourpoint qu'il avait jeté dans l'herbe avant de sauter dans la rivière, une éternité auparavant. Il le lui rendit, la mine grave.

— Ça devient une habitude, fit-il sans conviction.

Mais elle accepta la dague en silence, coupée de lui par la mort inutile d'un homme. C'était pourtant à cette fin qu'elle portait une dague, n'est-ce pas ? Elle la rengaina dans sa cachette.

— Arnaut, ordonna-t-il. Raccompagne Dame Estela à Narbonne et vérifie qu'elle soit en sécurité dans sa chambre, de préférence avec une dame à son service le temps qu'elle se remette. Al-Hisba, j'aimerais que tu transmettes un message à Abraham ben Isaac. Raoulf, hissez le corps dans le chariot. Il y restera jusqu'à ce que ses gens viennent le récupérer.

Il balaya du regard les personnes rassemblées.

— Il ne sera pas fait mention de cet incident. Il n'y a pas eu d'atteinte à ma vie. Un homme a été attaqué par des voleurs sur son chemin pour venir travailler ici. Nous avons trouvé le corps et nous l'avons rapporté par simple humanité. Est-ce bien clair ? Al-Hisba ?

Tandis que chacun obtempérait, il entraîna le Maure à l'écart et lui donna de plus amples instructions. Al-Hisba enfourcha son destrier et se dirigea vers Narbonne, disparaissant rapidement hors de la vue d'Estela et d'Arnaut qui progressaient à un rythme plus lent.

Estela se retourna une fois, mais le moulin était exactement tel qu'elle l'avait vu la première fois, les travailleurs une fois de plus occupés au processus de fabrication du papier. Rien n'avait changé.

Le chemin du retour fut sinistre, le silence uniquement interrompu lorsqu'Estela demanda :

— Qu'est-ce que ça veut dire, « les pieds hors des étriers » ?

— Il m'a averti d'une feinte, d'un tour de jongleur, me mettant en garde de ne pas me fier à ce que je voyais.

Estela garda le silence.

— Il doit avoir une raison, vous savez, ajouta-t-il.

— Vous lui faites confiance, à ce que je vois.

— Oui.

Estela se souvint qu'il était soldat, ce beau jeune homme qui s'était engagé pour son honneur et qui voyageait à ses côtés. Un soldat qui avait connu des batailles, pour qui le sang giclant de la gorge d'un homme n'était rien. Un soldat dont la première allégeance allait à son commandant.

Ils continuèrent leur chemin à cheval sans un mot et il sembla à Estela qu'Arnaut était heureux de la laisser, d'avoir rempli son devoir et de retourner à l'action. Quant à elle, elle décida d'essayer les bains chauds pendant le temps qu'il lui restait avant le dîner. Qu'avait dit al-Hisba à ce sujet ? Que les bains lavaient, détendaient, purifiaient… C'était ce qu'il lui fallait.

Une heure plus tard, elle était immergée dans de l'eau si bouillante qu'elle lui rougissait la peau. Elle s'était fait conduire aux bains pour les dames, dans une salle derrière la cuisine, puis elle avait congédié la servante, préférant être seule puisque les deux autres bains étaient libres. On avait laissé des serviettes à sa disposition, ses vêtements bien rangés sur un banc au fond de la salle, et l'on avait ajouté trois gouttes d'huile de lavande dans l'eau. Elle avait retiré le siège hors du bain et l'avait placé sur le carrelage. Elle préférait s'allonger, laissant ses cheveux flotter autour d'elle dans l'eau, les pieds appuyés de l'autre côté du demi-tonneau de grande contenance qui servait de baignoire. Elle oublia cette journée sous la caresse d'un savon doux composé d'huile d'olive et importé du Sud mauresque. Quel paradis al-Andalus devait être ! Même à travers le savon, l'odeur de lavande s'imprégna dans sa peau et son esprit, la berçant langoureusement. Elle ferma les yeux et immergea sa tête afin de ne plus entendre que la pulsation de son sang, les battements de son cœur.

Elle ne se rendit pas compte qu'elle s'était endormie ni même qu'elle s'était réveillée, mais l'eau qui refroidissait lui en fit prendre conscience et elle frissonna. Il était temps de se sécher, de revenir sur terre. Elle se leva, agrippée au bord du bain en songeant qu'elle eût mieux fait de garder une servante sous la main, tout compte fait. Elle posa un pied hésitant sur le sol à côté du tonneau, prenant appui sur le rebord, et elle enjamba la baignoire, mais au même instant, elle poussa un cri de douleur et essaya avec maladresse de reporter son poids sur l'autre pied. Une nouvelle vague de douleur lancinante se fit sentir sous sa plante avant qu'elle ne parvienne à passer sa jambe par-dessus bord, la ramenant à l'intérieur du bain où le sang s'écoula en tourbillons dans l'eau. Elle inspecta son pied et constata les entailles, dont certaines présentaient encore des éclats de verre. Elle retira les échardes et les jeta par-dessus le bord du tonneau, loin de l'endroit où elle avait prévu de sortir.

À genoux, Estela se pencha à l'extérieur pour observer le sol où elle avait posé le pied. Du verre brisé. Elle jeta un regard circulaire afin de trouver un espace dégagé, mais les bris de verre la cernaient de toute part, dans un rayon de deux mètres environ. Il lui était impossible de sauter par-dessus, en supposant qu'elle eût été capable de sortir du bain avant d'enjamber le reste. Cette seule pensée la fit grimacer. Le tabouret ? Non. Celui ou celle qui avait parsemé les éclats de verre avait pris soin de déplacer le siège tout au fond de la salle pour se jouer d'elle… là où ses vêtements auraient dû se trouver. Elle digéra cette nouvelle information. Ses habits avaient disparu. Les serviettes, les serviettes... Elle balaya la pièce du regard en sachant d'avance qu'elle n'y trouverait pas la moindre serviette. Mais il ne servait à rien de s'en inquiéter tant qu'elle ne serait pas sortie du bain.

Elle appela au secours et entendit les échos se perdre dans l'atmosphère embuée entre les murs épais puis, sans l'ombre d'un doute, dans le vacarme et les éclats de voix d'une grande cuisine peu de temps avant un dîner. Peut-être l'entendrait-on après le repas, ou pas avant le matin, qui sait... Ses frissons redoublèrent à la perspective d'une nuit dans l'eau froide, car elle était déjà glacée. Elle n'avait aucun moyen de sortir de l'eau, sauf à pratiquer un trou dans la baignoire et utiliser une planche du tonneau afin de marcher sur les bris de verre. Trouer la cuve en bois massif avec quoi, exactement ? Estela disposait d'une savonnette et de son propre corps. Elle n'avait aucune chance de quitter le bain en grattant et en donnant des coups de pied. Elle devait réfléchir à autre chose.

Le seul plan qu'elle réussit à élaborer lui faisait horreur, mais elle devait se tirer de ce mauvais pas et aucune autre solution ne se présentait. Une fois de plus, elle s'agenouilla dans le bain, penchée par-dessus le rebord afin de pouvoir étaler sur le sol ses cheveux qui lui arrivaient à la taille. Se contorsionnant pour les atteindre avec son pied le plus proche, elle s'extirpa de la baignoire, pliée en deux tout du long, le verre amorti par ses cheveux.

Puis, petit à petit, elle glissa sur le sol, un pied à la fois, accroupie sur ses cheveux comme un singe, dans une posture qui mettait ses genoux à rude épreuve au point de les faire trembler. De temps à autre, un éclat traversait ses cheveux pour atteindre sa plante de pied, mais c'était supportable et elle continua jusqu'à être certaine d'avoir dépassé les morceaux tranchants. Enfin, elle se redressa en poussant un gémissement à la fois soulagé et plaintif, expression de ses muscles endoloris. Sa chevelure en retombant vint balayer son flanc et elle ressentit de nouveau une douleur cuisante. Quelle idiote ! Ses cheveux étaient une machine de torture, constellés de bris de verre.

Elle les rassembla dans une main, assez haut pour éviter les éclats de verre, et elle les maintint en queue de cheval aussi loin de son corps que possible. Maintenant, elle n'avait plus qu'à sortir par la porte, entièrement nue, privée de la couverture que lui auraient offerte ses cheveux s'ils n'étaient pas aussi dangereux. Elle pouvait seulement espérer que la première personne qu'elle croiserait la prendrait en pitié. Elle déglutit péniblement à la pensée de franchir la porte et d'entrer dans la cuisine grouillante d'activité. Sa main était sur le loquet, prête à y faire face, lorsqu'elle entendit une voix qu'elle connaissait bien.

— Estela, êtes-vous là ? C'est moi, Dragonetz. Aliénor souhaite que vous jouiez ce soir et vous allez être en retard.

Accepter l'aide de Dragonetz ou affronter une cuisine pleine de regards curieux ? Certains choix n'en sont pas vraiment. Estela souleva le loquet et entrebâilla suffisamment la porte pour lancer :

— Entrez !

Elle fit un pas en arrière, furtivement, afin que personne ne puisse la voir dans l'encadrement pendant que Dragonetz entrait dans la salle de bains.

— Fermez la porte !

Si elle n'était pas glacée, effrayée et humiliée, elle se serait amusée de la stupéfaction momentanée sur son visage avant qu'il ne parvienne à se maîtriser.

— Il semblerait que vous ayez souhaité vous baigner, en fin de compte, fit-il d'une voix traînante.

Il aperçut alors le verre dans la masse de cheveux qui se balançait à côté d'elle.

— Que s'est-il passé ?

— Retournez-vous.

— C'est un peu tard pour ça ! Vous avez deux seins et un mont de Vénus, comme toutes les femmes. Je ne vais pas vous agresser et vous allez me dire ce qui s'est passé. Laissez-moi tenir vos cheveux pendant que vous enfilez cela.

Tout en parlant, il retira sa tunique et la lui tendit.

— Mes pieds me font mal.

Il la souleva dans ses bras et la porta vers l'une des baignoires qui n'étaient pas entourées de verre.

— Pouvez-vous vous agenouiller et vous pencher vers le bain ? lui demanda-t-il doucement.

Lorsqu'elle acquiesça, il releva ses cheveux et les relâcha dans l'eau propre de la baignoire, les secouant d'avant en arrière pour en détacher les éclats. Il ôta la ceinture autour de son tricot et utilisa la boucle comme un peigne grossier, qu'il passa dans ses cheveux pour en retirer davantage. Enfin, il les coiffa de ses doigts, s'assurant qu'ils soient démêlés et propres. Une fois qu'il les eut essorés, il demanda à Estela de s'asseoir sur le rebord de la baignoire et examina ses pieds. De petits filets de sang et d'eau s'écoulaient encore des coupures.

— Douloureux, jugea-t-il. Moins vous marcherez, mieux ce sera, mais il n'y a rien de grave. Laissez-moi vous sortir de là. Passez vos bras autour de mon cou.

Elle avait dépassé le stade des protestations et elle se recroquevilla contre le tricot de lin fin, étirant la tunique pour se couvrir les genoux de son mieux, cachée derrière ses cheveux alors que le troubadour la portait hors de la salle de bains. Dragonetz donna quelques ordres brusques aux premiers servants qu'il croisa : nettoyer la salle de bains et faire convoquer al-Hisba dans la chambre d'Estela. Puis il traversa le Palais à grands pas, choisissant son chemin avec l'aisance d'un homme capable de trouver un judas dans un passage secret.

Il la déposa délicatement sur son lit et lui dit :

— Je vais récupérer ma tunique, si vous le permettez. J'ai le sentiment que je ne suis pas habillé comme il convient pour le dîner, et vous non plus.

Il se retourna poliment et regarda par la fenêtre, pendant qu'Estela oubliait ses pieds endoloris pour récupérer des vêtements dans la malle, les enfiler et lui rendre la tunique. Elle s'assit alors sur un siège et ses yeux s'emplirent de larmes.

Dragonetz jouait avec ses bracelets, abandonnés sur le plateau de table. Il saisit sa brosse et, comme s'il s'agissait du geste le plus naturel au monde, comme si elle n'était pas assise là à pleurer, il la passa avec délicatesse dans ses cheveux.

— Les pointes d'abord, réussit-elle à prononcer, sinon vous repousserez les nœuds vers les racines et vous ne pourrez jamais les démêler.

— Vous voyez un peu ce que vous me forcez à faire ?

Elle était consciente de la faiblesse de son sourire, mais au moins, Dieu merci, ses larmes s'étaient taries.

— Votre formation de femme de chambre présente de sérieuses lacunes, Monsieur, mais avec un peu d'entraînement et d'efforts de votre part, je pense que vous serez à la hauteur.

Elle sentit son souffle contre ses cheveux.

— Dois-je vous excuser auprès d'Aliénor ? lui demanda-t-il avec douceur. Je crains que ce soit trop pour vous.

— Non, rétorqua-t-elle résolument. Je ne veux pas perdre la bienveillance d'Aliénor et sacrifier mon propre avenir pour un complot sournois et malveillant qui vise à me poignarder dans le dos… Oh !

Elle s'interrompit brusquement en se remémorant la véritable tentative à laquelle il avait réchappé.

— Serait-il possible qu'ils en aient après moi également ? songea-t-elle à voix haute.

— C'est plus probablement l'une des créatures jalouses d'Aliénor. Des entailles aux pieds ne tuent pas.

Un coup poli retentit à la porte et Dragonetz fit entrer al-Hisba. En voyant les pieds d'Estela, il marqua son étonnement, puis il leur appliqua un baume avant de les bander. Lorsqu'il eut terminé, Estela vérifia que son visage était propre. Elle devait briller après tout ce savon et cette eau ! Le temps manquait pour qu'elle se maquille comme le lui avaient enseigné les dames. Elle s'empara de sa mandore et, lentement afin d'épargner les pieds d'Estela, ils descendirent tous les trois vers la grande salle, feignant une parfaite insouciance.

CHAPITRE HUIT

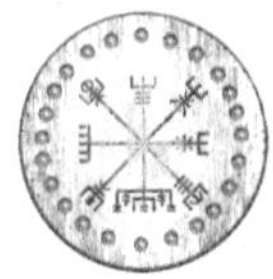

S'efforçant d'oublier ses déboires, Estela caressait distraitement Nici du pied sous la table. Elle grimaça. Elle était trop nerveuse pour avoir faim et elle jouait avec sa nourriture. Elle sirota un peu de vin, appréciant sa chaleur et tâchant de ne pas penser aux événements insensés de la journée. Mais il lui suffisait de songer à l'eau pour que cela évoque le sang, celui d'un juif sur une dague que l'on nettoie, ainsi que son propre sang, et elle en fut glacée jusqu'à la moelle. Au moins, elle était assise pendant un moment et ses pieds n'étaient pas trop douloureux. Jamais le chemin jusqu'à la grande salle ne lui avait semblé aussi long et elle savait que si les deux hommes avaient discuté, c'était pour qu'elle ne se rende pas compte qu'ils avaient ralenti pour elle. Ils lui avaient proposé de porter son instrument et de la soutenir par les bras, attention qu'elle avait acceptée à contrecœur. Leur conversation lui avait paru incohérente. Al-Hisba transmettait les remerciements d'Abraham ben Isaac à Dragonetz pour avoir sauvé la vie de nombreux juifs. Le rabbin prendrait des dispositions afin que le corps soit remis à la famille de l'homme, ce qu'il ne méritait pas. Dragonetz répondit tristement que le répit n'était que temporaire et que le choix d'un juif était délibéré. Abraham ben Isaac semblait du même avis. Estela aurait tout aussi bien pu être invisible, à l'exception des bras forts sur lesquels reposaient les siens. Elle se demanda, une fois de plus, pourquoi on lui faisait confiance au point de tenir une telle conversation en sa présence, bien qu'elle n'en comprenne pas un traître mot. Elle parviendrait à trouver un sens à cela, se promit-elle, mais pour l'instant, la seule chose qui comptait, c'était de poser un pied devant l'autre.

En entrant dans la grande salle, Estela saisit sa mandore et s'éloigna des deux hommes, fière et seule. Elle se laissa choir avec gratitude sur le coin de banc le plus proche et fut rapidement rejointe par Nici, qui flairait frénétiquement ses pieds et essayait de passer la langue sur ses bottes. L'odeur du sang, se dit Estela, et le besoin de lécher les blessures d'un membre de la meute. Elle lui dit non, mais elle caressa sa grosse tête et il s'affala en soupirant d'aise. Dans l'attente d'un os, sans doute. Si seulement les gens étaient aussi simples.

Un sentiment d'attente flotta dans la grande salle tout au long du repas et Estela remarqua de nouvelles silhouettes à la table d'honneur. Un homme aussi sobre qu'un religieux, à la tenue d'un gris terne, fronçait les sourcils devant plusieurs étrangers vêtus de tabards en lin couleur crème aux encolures en forme de gouttes d'eau et aux larges ourlets brodés de mille couleurs. Les intonations gutturales de leur langue, lorsqu'ils s'exprimaient entre eux, conféraient un aspect fluide au brouhaha général de la conversation. Ce n'était rien qu'Estela soit capable de reconnaître – ni du français, ni du latin, ni de l'arabe, ni une langue juive –, rien qu'elle ait entendu dans les environs de Narbonne.

Le chef était assis à côté d'Ermengarda, chevelu et immense, avec une tignasse rousse hirsute et une longue barbe assortie. Une chaîne en or qui valait le prix d'une forteresse, terminée par une énorme tête de marteau en guise de médaillon, était accrochée autour de son cou. Si le bijou était en or massif, comme Estela le soupçonnait, sa valeur était inestimable. Mais ce n'était pas tout. L'inconnu portait une grande boucle dorée qui retenait sa tunique, croisée sur un côté et, lorsque les simples manches évasées s'écartèrent, ce fut pour révéler des torques imposants sur ses énormes bras. Jamais Estela n'avait vu autant d'or sur une seule personne.

Cependant, elle n'aurait pu affirmer qu'il portait la parure la plus onéreuse de toute l'assistance, pas sans une analyse experte des bijoux d'Ermengarda et d'Aliénor. S'il s'agissait de véritables diamants dans le filet doré qui scintillait par-dessus les cheveux d'Ermengarda, alors cela la plaçait certainement au-dessus de la couronne sertie d'émeraudes d'Aliénor. Mais une large ceinture brodée, également sertie d'émeraudes, et d'innombrables bracelets devaient encore être ajoutés au calcul. Estela était étourdie par les scintillements à la table d'honneur, qui flamboyaient à la lueur des torches.

Ses hypothèses au sujet des barbares lui firent oublier sa nervosité jusqu'à ce que des roulements de tambour viennent interrompre la conversation. Ermengarda se leva pour s'adresser aux convives.

— En l'honneur de nos invités, Aliénor, duchesse d'Aquitaine et de Toulouse, la reine de France… commença Ermengarda en faisant un geste gracieux de la main en direction d'Aliénor.

Cette dernière sourit avec contentement lorsqu'on la présenta avec son titre controversé de « Toulouse ».

— … et du Jarl Rognvaldr Kali Kolsson.

Le barbare imposant frappa la table du poing pour démontrer sa reconnaissance, rendant le geste esquissé dans sa direction quelque peu superflu. Le marteau autour de son cou prit un tout nouveau sens ; il était impossible de ne pas reconnaître le Jarl.

— Le prince des Orcades, sur son chemin vers la Terre Sainte, s'est arrêté par hasard dans notre honorable port, où il découvre l'accueil que nous réservons à Narbonne aux voyageurs provenant de l'autre côté des océans.

Ses derniers mots furent noyés par le tambourinement des bottes contre le sol, d'un volume surprenant pour six hommes seulement, qui y ajoutèrent des coups sur la table pour faire bonne mesure. Un groupe enthousiaste, à l'évidence.

— En l'honneur de nos invités, continua Ermengarda lorsqu'on put l'entendre de nouveau, je déclare ouvert un *Torneig* de chants.

Le vacarme des pieds et des mains s'amplifia.

— Voici le prix que j'offrirai au gagnant.

Ermengarda tapa dans ses mains au-dessus de sa tête. Aussitôt, un servant accourut, s'agenouilla et lui tendit un objet qui reposait sur un coussin à houppes. Une fois de plus, la vicomtesse leva les bras, mais ce fut cette fois pour exhiber un ceinturon et un fourreau.

— Réalisés dans le cuir le plus souple d'al-Andalus, ouvragés à la façon du sud, et avec ma promesse que le meilleur tanneur de Narbonne y ajoutera le blason du gagnant.

Un murmure général d'approbation et, bien sûr, un regain de tambourinements se firent entendre. Exactement ce qu'elle avait toujours voulu, se dit Estela, un ceinturon d'homme en cuir. Évidemment, on ne s'attendait pas du tout à ce qu'un homme remporte le concours, comme Dragonetz, tiens donc ! Elle savait très bien qu'elle n'était pas encore à son niveau, mais elle se jurait d'y parvenir un jour.

Aliénor s'était levée à côté d'Ermengarda.

— Et de ma part, le vainqueur remportera ceci.

À son tour, elle frappa des mains et tous retinrent leur souffle lorsqu'une servante lui apporta une cotte de mailles, qu'elle peina à soulever pour l'exhiber à l'assemblée, dont les exclamations redoublées marquèrent la ferveur.

Les deux femmes étaient sur le point de s'asseoir lorsque le Jarl Rognvaldr se leva.

— Et moi, prononça-t-il avec l'accent de sa langue maternelle, comme s'il parlait du fond du gosier, j'offre ceci !

D'un geste rapide, il retira la grande boucle dorée de sa tunique et la jeta sur la table devant Ermengarda tel un morceau de viande. Ses disciples mirent à l'épreuve les fondations du Palais tant leurs pieds martelaient à tout rompre. La vicomtesse souleva la broche circulaire avec les égards dus à un trésor aussi précieux et l'éleva bien haut.

— C'est une rune viking porte-bonheur, expliqua le Jarl, et je la porte avec moi depuis que je suis enfant.

Ermengarda se tourna vers lui, s'exprimant d'une voix délibérément forte :

— C'est un trop grand honneur que vous nous faites, mon Seigneur. Une telle récompense comporte une partie de votre cœur. Choisissez autre chose, je vous prie.

Dans la salle, tout le monde entendit sa réponse, grave et retentissante :

— J'abandonne dans cette salle tout mon cœur en tant que prisonnier bien volontaire, ma Dame Ermengarda, que j'y laisse ou non un bijou. Narbonne me garde plus fermement en captivité qu'un homme enchaîné dans le château de Cubbie Roo, dont les murailles sont aussi épaisses qu'un navire est large.

Il marqua une pause le temps d'un battement de cœur, puis il rugit :

— Que le *Torneig* commence !

Alors que le public frappait du pied et tapait des mains, Ermengarda donna le signal officiel, puis elle se leva pour tendre l'oreille aux paroles de Dragonetz avant de hocher la tête. Une fois de plus, l'estomac d'Estela se souleva et elle regarda Dragonetz instinctivement pour qu'il la rassure. Peut-être était-ce son imagination, mais il lui sembla qu'il tournait les yeux vers elle et qu'il levait imperceptiblement son verre. Elle chercha de la main sa mandore et caressa la courbe de son chevillier, passant les doigts le long du manche.

Le silence était retombé dans la salle lorsque le premier troubadour prit place, à l'endroit précis où Estela s'était imaginée quand elle s'était représenté ce moment dans son esprit. Son estomac eut un nouveau soubresaut, comme une hirondelle au-dessus de la rivière. Un page annonça « Marcabru » et l'homme vêtu comme un clerc prit un siège. Désormais, Estela savait de qui il s'agissait, comme tout le monde dans la grande salle. Plus connu encore que Dragonetz, et plus âgé que lui, il avait été, selon la rumeur, abandonné sur le perron d'un homme riche, d'abord surnommé *Pan Perdu*, puis appelé Marcabru. Certains disaient qu'il portait ce nom par allusion à la femme qui l'avait laissé sur le pas de la porte, mais personne n'en connaissait vraiment la raison. Depuis, il s'était produit pour les seigneurs de Gascogne et les seigneurs d'Aragon, et c'était un tour digne d'un jongleur qu'Ermengarda le fasse sortir de sa manche afin qu'il chante pour ses invités. Estela ignora le nœud dans ses entrailles l'avertissant qu'il serait difficile de passer après lui. Elle se concentra sur Marcabru.

Cet homme possédait une véritable prestance. Dès les premières notes de luth et de chant, il tissa une ambiance et une histoire. Il emporta son audience vers les croisades dans son verset d'introduction, les invitant à se battre à ses côtés pour la « Paix au nom de Dieu ».

Pax in nomine Domini.
Fes Marcabrús los mos e'l so;
Auiatz que di :
Cum nos a fait per sa dousor
Lo Seignorius celestiaus
Probet de nos un LAVADOR,
C'anc for outramar non fon taus,
Endelai envés Josaphat,
E d'aquest de sal nos conort.
Lavar de ser e de maití
Nos deuríam segon razó

Paix au nom de Dieu
Par ce chant de Marcabru
Oyez avec vénération
La grâce du Tout-Puissant,
Qui de la pureté nous fait don
À commencer outre-mer,
Dans la vallée de Josaphat,
Une pureté qu'ici l'on trouve
Et qui se doit rechercher,
Matin et soir avec piété
Oyez le chant que je vous narre
À son lever tout homme sain
Au Lustrum dès le matin
Trouvera l'élixir de vie
Le remède contre la mort

Par des rimes subtiles et clairvoyantes, des inflexions déchirantes dans sa mélodie, Marcabru rappela aux membres de l'auditoire leur devoir en tant que chrétiens, alternant avec aisance entre ce qu'ils devraient faire et ce que « d'autres » faisaient, par le biais d'accusations retorses. Plus d'un s'agitèrent d'un air coupable lorsque Marcabru chanta :

Ces corne-vin lubriques,
Ripailleurs au coin du feu,

Partisans de cheminée
Qui restent et nous mortifient.

E ill luxoriús corna-vi
Coita-diznar, buffa-tizó
Crup en cami'
Remanran e feran pudor
Qu'en sai cum es
Antiocha pres e valor
Sai plora Guian' e Peytaus
Diau Séigner, al tieu LAVADOR.
L'arma del comte met' en paus
E sal gart Peitieus e Niort
Lo Séigner qui resors del vas.

Je connais bien la valeur
D'une âme tombée à Antioche,
Loin de nos défunts
En Guyenne et Poitou
Qui rejoignent ton saint Lustrum.
Je prie que mon Seigneur tout-puissant
Garde en son sein Niort et Poitou.

Estela ressentait l'engouement de la musique et le baryton ronflant qui l'appelait à prendre les armes, l'emplissant du désir d'accomplir son devoir pour Dieu et de récupérer la Terre Sainte, de tuer l'ennemi, de se laver des pensées impures et de purifier le pays de Dieu des Maures infidèles. Elle ne serait pas de ceux que Marcabru attaquait pour leur lâcheté, elle irait au combat face à ces chiens d'impies ! Le point culminant de l'éloge au frère d'armes de Raymond d'Antioche, Baudouin, était une allusion habile, qui mêlait aux thèmes de la purification par la croisade des vers propres à plaire à Aliénor, sans toucher de trop près à son cher oncle.

— Il est doué, n'est-ce pas ? chuchota une voix près d'elle.

Elle rougit comme si, une fois de plus, al-Hisba avait lu dans ses pensées.

— À sa façon, répondit-elle, circonspecte.

Elle n'était que trop consciente des paroles.

— Il en demande beaucoup à son public et c'est très intelligent. Les rimes sont peut-être trop élaborées pour être appréhendées à la première écoute. Bien sûr, la chanson date un peu et d'aucuns estimeront qu'elle manque d'originalité. Mais l'interprétation du Maître…

Elle secoua la tête, sans voix devant le niveau d'excellence artistique dont elle venait d'être témoin.

— Allez-vous chanter ? s'enquit-elle.

— Je pense que je garderai mon visage d'*Oltra mar* dans l'ombre. Je crois que l'accueil d'aujourd'hui est réservé aux Vikings aux cheveux roux.

Elle ne trouva aucune réponse qui n'empire les choses. À ce moment-là, Arnaut se joignit à eux.

— Il est doué, n'est-ce pas ?

Estela et al-Hisba échangèrent un regard et Arnaut continua allègrement.

— Aliénor appréciera toute sa verve en faveur des croisades, mais je peux vous annoncer que Dragonetz déteste cela. Non qu'il soit juge, cela dit, alors je suppose que son avis importe peu.

— Pourquoi ? fit-elle. Je pensais qu'il avait gagné son titre de « Los Pros » lors des croisades.

— Chut, soufflèrent leurs voisins sur le ton de la réprimande.

Marcabru jouait une nouvelle note d'ouverture.

« Lâches » passerait pour une louange en comparaison avec les insultes que lança Marcabru à son public lors de la chanson suivante. Cette fois, il interpréta la satire cinglante de deux amants insensés qui plaçaient les plaisirs sensuels au-dessus de l'amour de Dieu, le tout d'une voix grave qui laissait croire aux châtiments et au feu de l'enfer.

Estela frissonna alors que les dernières notes retentissaient, tout en analysant l'art avec lequel le sentiment était créé.

— Un *sirventès,* commenta-t-elle à l'adresse d'al-Hisba. Il a beau appeler cela un verset, il utilise toutes les astuces du métier. Comme il est fourbe ! Et c'est ce qu'ils aiment.

Elle observa autour d'elle les visages illuminés par l'adoration.

— Plus il est cruel, plus eux, ils se réjouissent. Il est certain qu'il l'emportera.

Elle éprouva le désir soudain de nager à contre-courant.

— Al-Hisba, accepteriez-vous de jouer du tambour pour m'accompagner au chant ?

Elle imagina le Maure unissant sa voix à la sienne, la réaction du public.

— Non, déclara-t-il sans ambages.

Il la regardait comme pendant une leçon de musique, comme s'il la jaugeait, vérifiant qu'elle ait bien compris, estimant ce qu'elle avait appris et le chemin qu'il lui restait à parcourir. Elle était déçue de devoir renoncer à son geste public d'amitié envers le Maure, mais il n'y avait pas lieu d'en débattre.

— Moi, je le ferai, se proposa Arnaut avec enthousiasme.

Elle lui sourit. Bien sûr qu'il le ferait.

Le maestro entonna alors sa dernière chanson, une broderie personnelle dérivée de la deuxième.

Marcabru fills Na Bruna
Fo engenratz en tal luna
Qu'el sap d'Amor cum degruna
Escutatz
Quez anc non amet neguna
Ni d'autra non fo amatz

Marcabru, fils de Marcabruna,
Naquit sous une telle lune
Privé d'amour jusqu'en son cœur aigri
Que jamais transport ne connaîtra
Ni d'aucune ne sera aimé.

— Eh bien, on ne peut pas dire qu'il ignore son propre talent ! murmura Estela à ses compagnons par-dessus les applaudissements de la salle. Mais son talent ne fait aucun doute.

— Une âme joyeuse, décréta Arnaut. Je parie qu'il est de bonne compagnie au lit.

Estela rit, ce qui était exactement ce dont elle avait besoin pour calmer ses nerfs, alors que Dragonetz et Aliénor se levaient et portaient leur regard dans sa direction. Un page s'avança devant la table d'honneur et annonça :

— Aliénor, duchesse d'Aquitaine et de Toulouse…

Toutes les occasions sont bonnes, songea Estela.

— … et reine de France, présente Estela de Matin.

Son estomac se souleva de nouveau, mais Estela s'empara de sa mandore et se leva. Elle avait oublié ses pieds et fit un effort pour marcher jusqu'au tabouret où Marcabru s'était assis. Arnaut se tenait juste derrière elle. Il s'arrêta et récupéra un tambour auprès du groupe de musiciens du Palais, prêts à accompagner un troubadour sur demande. Estela se laissa glisser avec gratitude sur le siège, annonça son programme à Arnaut et ajusta sa mandore, maîtrisant ses nerfs.

Elle ferma les yeux, fit abstraction de la grande salle, des seigneurs et des dames, et redevint la petite fille qui avait chanté pour ses parents, puis pour leurs assemblées, et qui avait vu la fierté dans les yeux de sa mère. Elle se mit au diapason de l'atmosphère générale. Elle pouvait y arriver.

Les yeux grands ouverts, elle se lança dans les chansons d'amour qu'elle avait choisies, offrant un contrepoint ironique au vitriol de Marcabru. Elle ne faisait pas le poids face à lui, non pas qu'elle s'y essayât, mais elle savait qu'elle pouvait utiliser ce contraste à son avantage. Elle devait être plus douce que le miel, un rossignol après un ours. Ses cheveux noirs formaient un rideau de soie qui ondulait sur son épaule pendant qu'elle grattait les cordes, leur arrachant une mélodie plaintive. Avec Arnaut à côté d'elle, son profil parfait, ses cheveux blonds, son rythme agile au tambour qui marquait les accents pour elle, elle savait qu'ils donnaient l'impression d'être tout ce qu'elle chantait ; tout ce dont Marcabru s'était moqué, un jeune couple passionnément amoureux. Elle jouait sur cette ambiguïté, échangeant de longs regards avec Arnaut, qui entra rapidement dans le jeu et s'agenouilla à ses pieds pour tourmenter son tambour avec langueur.

Elle exécuta un dernier accord tragique, retombant dans une mélancolie de rigueur à la fin de la chanson. Elle avait senti l'état d'esprit du public changer avec son chant, passant de l'agressivité suscitée par Marcabru à des émotions plus douces. Plusieurs couples échangèrent des œillades emplies de promesses. Si la vie était courte, il y avait une façon certaine de la rendre agréable. Estela remarqua une dame qui s'essuyait les yeux.

— Merveilleux.

Arnaut s'inclina devant le public et la désigna d'un geste. Elle esquissa une révérence, acceptant les applaudissements.

— Vous étiez merveilleuse.

Lorsqu'il s'inclina, elle aperçut le gage qu'elle lui avait offert pendu à une chaîne sous sa tunique.

— C'était une première interprétation acceptable, modéra-t-elle en essayant de ne pas avoir l'air arrogant.

Elle aurait aimé avoir un verdict plus impartial, mais elle n'avait pas osé regarder Dragonetz lors de sa représentation et elle se sentait trop vulnérable pour la critique, fût-elle constructive. Ce n'était pas le moment de le chercher, même du regard, car elle connaîtrait immédiatement ses pensées rien qu'à son expression. Il devait se préparer mentalement pour ses propres chansons. Comment pourrait-il rivaliser avec la performance de virtuose de Marcabru, le maître des paroles et de la composition, doté d'une voix capable de glacer un cimetière, grave, sincère et envoûtante ? Aussi talentueux que soit Dragonetz, comment pouvait-il avoir une empreinte plus profonde ? C'était certainement son tour désormais. Elle sentit les papillons virevolter dans son ventre, aussi mystérieusement qu'ils étaient arrivés là. Alors qu'elle s'en retournait à son siège, des nuées de compliments l'enveloppèrent et la firent rougir.

— Hmm, déclara al-Hisba avec un hochement de tête qu'elle prit pour une approbation. Pas mal, mais encore un peu léger.

Elle se souvint du commentaire de Dragonetz lorsqu'il l'avait entendue chanter pour la première fois. « Manque d'expérience. » La critique la piqua. C'était encore une enfant.

En grande pompe, un page annonça :

— Jarl Rognvaldr Koli Kolsson, prince des Orcades.

La stupéfaction collective fit rapidement place à une expectative silencieuse pendant que le Jarl rejoignait sa place d'un pas lourd, écartant le siège hors de son chemin, l'un de ses hommes derrière lui, un autre sur le côté. Ce dernier lança à la cantonade :

— Le Jarl Rognvaldr souhaite rendre hommage à

Dame Ermengarda avec un poème scalde à la façon de mon peuple. Notre prince est célèbre pour ses vers et, ce soir, il s'inspire de ma Dame, son hôte, et des chansons d'amour interprétées avec une telle douceur.

Le Viking s'était incliné devant Ermengarda et devant Estela, qui se leva pour accepter le compliment avec une révérence. À l'évidence, tout le monde n'avait pas été impressionné par Marcabru.

Puis, le prince des Orcades attira tous les regards. Il récita debout, laissant la musicalité de sa langue s'emparer doucement de son auditoire, sans se soucier qu'il n'en comprenne pas un traître mot. Au lieu de quoi, arpentant ce qui tenait lieu de scène, il projetait ses mains et sa voix vers le ciel, prenant les dieux à témoin de ses émotions. Estela remarquait les allitérations et les rimes, percevait une intelligence technique à la hauteur de Marcabru. Sa présence s'apparentait à un orage qui menaçait et les criblait de mots. Un drôle de poème d'amour. C'était étrange de n'avoir accès qu'aux inflexions des mots. Bien que les autres Vikings aient entre les mains de curieux instruments, ils ne remuèrent pas un muscle pendant que leur seigneur déclamait.

Lorsque le poème s'acheva, le Viking qui avait présenté son seigneur s'avança à nouveau.

— Mon prince m'a demandé d'expliquer une partie de son poème scalde dans votre langue. Nous avons coutume de créer des images avec des *kenning*, de sorte que « skorò haukvallar », le pilier du faucon en langue ordinaire, signifie « manche ». Nous peignons des images et nous imaginons des noms à partir des sonorités, ainsi écouter notre poésie fait partie de la création de son sens. Mon prince aimerait vous faire savoir que l'« Ern » du poème est un aigle et qu'« Ogeroa » signifie « les cheveux détachés ». Vous devez entendre ces deux mots ensemble comme nous le ferions.

Il esquissa une révérence à l'attention d'Ermengarda afin de clarifier ses propos.

— Lorsque mon prince utilise le mot « ogeora », nous entendons également « geroa » et « geroi ». Ce dernier vocable signifie que les navires ont jeté l'ancre près du rivage, peut-être retenus par le prénom que laisse entendre la musicalité de la phrase.

Cette fois, ce fut le prince lui-même qui fit la révérence

à Ermengarda et elle accueillit son poème d'hommage et ses plus prosaïques espérances avec un sourire serein et un hochement de tête.

Nul ne sut si le Viking avait l'intention de continuer à instruire les Narbonnais ou non, car à cet instant, Arnaut commença à applaudir avec un enthousiasme fervent. Il fut rapidement suivi par une personne de la table d'honneur, Dragonetz, bien entendu, comme le remarqua Estela. Puis, comme le voulait la tradition, ce fut toute l'audience qui se joignit à eux, encouragée à redoubler d'ardeur par Arnaut et Dragonetz chaque fois qu'il semblait y avoir une pause. Ce fut seulement lorsque les deux Vikings s'inclinèrent en signe de remerciement qu'Arnaut marmonna :

— Dieu soit loué.

Il laissa ses mains retomber.

— Un homme peut périr d'ennui, vous savez, expliqua-t-il à Estela.

Joyeusement, il adressa un signe de la main à Dragonetz pour le remercier et ce dernier s'inclina, d'un mouvement imperceptible pour quiconque ne l'observait pas attentivement.

— Parfois, on applaudit *après* la fin, Dieu merci, et parfois, on applaudit pour provoquer la fin.

— Je garderai cela à l'esprit, commenta Estela non sans ironie.

— Vous étiez différente, tout le monde a applaudi, car ils vous ont adorée.

Il était impossible d'en vouloir à l'ingénuité d'Arnaut. Il fit sourire Estela et ce fut à son tour d'avoir l'impression d'être une cynique endurcie.

Heureusement pour la santé d'Arnaut, les Vikings avaient fini leur déclamation et le Scandinave qui se tenait à l'arrière joua un air enthousiaste sur une espèce de guimbarde. Estela n'en avait encore jamais vu en bambou et elle n'avait jamais entendu, non plus, un homme reproduire le son des sabots de chevaux en faisant vibrer la languette métallique et en claquant des dents. Cette fois, les applaudissements d'Arnaut furent sincères et les Vikings quittèrent la scène sous les tambourinements de pieds et de poings et les hurlements de leurs pairs restés à table.

— Dragonetz los Pros, annonça le page.

Aussi bête que ce fût, l'estomac d'Estela se retourna. Elle observa Dragonetz souffler quelque chose à l'oreille d'Ermengarda, puis faire le tour de la table et se diriger non vers le lieu où se trouvait le siège, qui attendait un autre troubadour, mais vers elle. En même temps, Ermengarda se leva et prit la parole.

— Messire Dragonetz vous prie de l'excuser, mais à la suite d'une blessure sans gravité à la main, il ne peut pas jouer pour vous ce soir et chantera donc avec l'accompagnement de son élève.

— Ma Dame Estela ?

Dragonetz lui tendit la main et elle s'empara une fois de plus de sa mandore, s'autorisant à se laisser guider lentement, tous les regards rivés sur eux, vers la scène. Ses pieds douloureux lui rappelèrent la façon dont Dragonetz s'était blessé à la main et elle rougit, dirigeant ses pensées vers la question de ce qu'il allait bien pouvoir chanter. Elle passa mentalement en revue la liste de ses chansons, certaine de toutes les connaître. Mais lorsqu'elle prit place sur le second siège, rapidement installé, et qu'il lui chuchota son choix, elle le regarda d'un air ébahi avant de répondre :

— Vous ne pouvez pas !

— C'est ce qu'on va voir, fit-il en souriant.

Alors, elle se prépara, et devant Marcabru, trois souverains, une salle pleine de personnages importants et – Dieu lui pardonne – de grands de ce monde, elle accompagna Dragonetz sur trois des chansons les plus obscènes et grossières jamais composées. La clé de la victoire résidait dans le contraste, se dit-elle en écoutant la belle et riche voix de Dragonetz. C'était un autre baryton, incapable de reproduire le tonnerre de Marcabru, mais disposant d'une gamme de sentiments que ce dernier n'aurait pas souhaité transmettre, face au péril qu'eût alors couru son âme immortelle. Dragonetz emmenait son public dans les sous-bois touffus où les jeunes filles lui offraient leurs « fleurs », et lorsqu'il chanta combien il « aimait les fourrés », personne ne douta du double sens de ses propos.

Et quand des vents te sortent par le derrière,
Crois-tu que tes pets font bruit de trompette,
Qu'une jolie musette remplace le tonnerre ?

Il termina triomphalement, agitant le poing en direction du scélérat imaginaire qui se trouvait exactement à la place de Marcabru.

Tout le monde s'était levé, les mains en l'air, applaudissant et hurlant, les Vikings plus bruyants que jamais. Ce tapage menaçait de porter atteinte à la santé d'Arnaut lorsque Dragonetz lui-même fit la révérence et appela au silence.

— J'ai demandé à Dame Estela de Matin de conclure notre divertissement, annonça-t-il à l'assemblée.

Estela avait été prévenue, lorsque Dragonetz lui avait annoncé son programme, et elle s'était creusé la cervelle afin de trouver comment éviter de passer après la performance du troubadour. Elle se leva et projeta sa voix, comme on le lui avait appris.

— Mon Seigneur est généreux envers son élève et j'aimerais profiter de cette occasion pour présenter la mienne.

— Vous n'avez de cesse de me surprendre, murmura Dragonetz.

Estela invita Bèatriz sur scène, où Dragonetz céda sa place, et la jeune fille chanta une mélodie simple et célèbre, accompagnée par Estela.

— Je n'oublierai jamais votre gentillesse, confia la jeune héritière de Dia à Estela.

Les yeux brillants, elle accepta son propre lot d'ovation.

Personne ne s'opposa à ce que Dragonetz soit déclaré vainqueur et accepte les deux prix d'Ermengarda et les compliments d'Aliénor, laquelle respirait une satisfaction béate. Mais la soirée réservait une autre surprise. Ermengarda se tourna vers le prince des Orcades, qui tenait le prix annoncé plus tôt sans toutefois le remettre à Dragonetz.

— Je salue le gagnant, déclara-t-il, mais je lui ai demandé si je pouvais, en son honneur, décerner ceci à son élève pour le plaisir qu'elle nous a offert.

Estela rejoignit la table d'honneur en titubant, entendant vaguement les commentaires sur son passage :

— Jolie voix.

Mais faible, ajouta Estela en pensée.

— Quel dommage qu'elle marche comme un canard !

Plus tard, Estela se demanderait laquelle des dames d'Aliénor avait fait cette remarque et pourquoi elle dégageait une odeur de musc si forte et repoussante, mais pour l'instant, elle était trop concentrée pour rejoindre le Jarl sans trébucher.

Il lui présenta la grande boucle en or et elle tressaillit en découvrant son poids.

— C'est la rune des signes, lui dit-il.

Lorsqu'elle l'observa de près, elle put observer que le motif était circulaire, orné de flèches qui évoquaient les rayons d'une roue ou des plumes de flèches coincées dans une roue.

— Où que vous alliez, vous ne serez jamais perdue, ajouta-t-il. Lorsque vous chercherez votre chemin, la rune de l'éclaireur vous répondra. Dorénavant, Odin et Thor vous reconnaîtront.

Submergée, Estela bégaya ses remerciements. Lorsqu'elle releva la tête, ce fut pour chercher Dragonetz, déjà entouré de dames, qui croisa lui aussi son regard.

— Bien joué, articula-t-il silencieusement.

Son estomac se réchauffa tout autant qu'avec du vin, mais le troubadour se penchait déjà pour chuchoter une obscénité dans une jolie oreille et elle put entendre le rire cristallin qui lui répondit. Marcabru était entouré lui aussi, mais d'hommes, qui souhaitaient discuter des vers clos et des raffinements de formulation, d'après ce qu'Estela perçut de la conversation. Alors, tout naturellement, elle se joignit à eux.

CHAPITRE NEUF

Dragonetz prit conscience du départ d'Estela aux côtés d'Arnaut ainsi que, curieusement, d'un grand chien blanc. Qu'elle dorme avec l'un d'entre eux, cela ne le concernait pas, se répéta-t-il à deux reprises. Le jeune Arnaut, beau et idéaliste. Difficile de savoir qui, du chien blanc et velu ou d'Arnaut, avait adopté le comportement le plus servile et dévoué au cours de la soirée, mais cela ne le concernait pas. Ses pensées flottaient librement alors que sa bouche répondait machinalement à des commentaires féminins audacieux sur les choix de chansons, les siens et ceux des autres.

— Quel triste sire, ce Marcabru, commenta Marie ou Sylvie.

Elles se ressemblaient toutes, à ses yeux. Perdant patience, Dragonetz lui répondit brusquement.

— C'est un génie. Je vous prie de m'excuser, ma Dame Aliénor a besoin de moi.

Il avait été convoqué, en effet, ce qui lui évita de devoir inventer une excuse pour s'éclipser.

Aliénor était très visiblement contente d'elle et de ses troubadours, mais après lui avoir prodigué ses compliments, elle l'entraîna hors de portée de voix et lui expliqua directement ce qu'elle désirait.

— Je dois en savoir plus à propos d'Ermengarda, l'approcher davantage ou savoir jusqu'où elle est disposée à aller. Je veux que vous lui disiez que c'est moi qui me suis occupée d'éliminer Toulouse, qui l'ai empoisonné, dans son intérêt, et je veux que vous me fassiez part de sa réaction. Bien évidemment, vous ne lui ferez pas savoir que je vous envoie. Vous devrez faire passer cela pour votre propre enquête.

— Bien entendu.

Dragonetz sourit et inclina la tête pour l'assistance, comme s'il s'agissait encore d'un compliment. Il souligna :

— Ce ne sera pas chose aisée, étant donné que je suis censé croire qu'elle cherche à vous assassiner.

— Vous trouverez une excuse, lui répondit-elle avec légèreté avant de le congédier par un gracieux hochement de tête.

Dragonetz ressassait encore les implications de cette conversation lorsqu'il alla enfin se coucher, seul. Alphonse, le père du comte de Toulouse actuel, portait le nom de « Jourdain », car il était né d'un père croisé en Terre Sainte et avait supposément été baptisé dans le fleuve du Jourdain. Adulte, il était rentré à Toulouse pour gouverner. Comme Aliénor, Alphonse Jourdain avait accepté la croix de Bernard de Clairvaux en 1146 et se disposait à suivre les traces de son père en tant que soldat du Christ. Il avait rejoint le roi Louis, Aliénor et leurs alliés, et s'était rendu avec eux au concile d'Acre. Dragonetz chassa de son esprit les événements qui s'étaient ensuivis, ainsi que le rôle qu'il y avait joué. Après les batailles catastrophiques, Alphonse s'était rendu à Césarée, où il était mort en 1148, empoisonné. Dragonetz se demanda pourquoi il n'avait pas interrogé Aliénor. Mais ce n'était pas le genre de questions auxquelles on répondait avec honnêteté. *Avait-elle* assassiné Alphonse Jourdain ?

Sa haine ne faisait aucun doute, non seulement envers lui, mais envers n'importe quel comte de Toulouse. Ils usurpaient son droit de naissance, tous autant qu'ils étaient. Elle avait même convaincu le roi d'assiéger Toulouse afin de récupérer elle-même la ville, mais il avait échoué. Voilà qui enfonçait un autre clou dans le cercueil de leur mariage. Jourdain mort, seul son fils de treize ans se tenait entre Aliénor et Toulouse elle-même. Les rumeurs l'avaient très certainement pointée du doigt, ou lui en attribuaient le mérite, selon le point de vue. Dragonetz ne doutait pas un instant de la capacité d'Aliénor à commettre un assassinat politique, mais elle ne représentait pas le seul suspect. Et elle n'en avait pas tiré profit. Deux ans plus tard, sa revendication de Toulouse n'allait guère au-delà de quelques mots à l'occasion d'un banquet.

La suspecte principale de la liste, selon la plupart des commérages, était la reine de Jérusalem, qui cherchait à prendre le contrôle de Tripoli pour elle-même et pour son fils de seize ans, déjà roi de Jérusalem conjointement avec sa mère. Si la simple vengeance d'une querelle de longue date, et non le gain, constituait le motif, on pouvait ajouter à la liste le comte de Barcelone et le comte de Béziers, et même Roger et Raimon Trencavel de Carcassonne. Et, bien sûr, Ermengarda elle-même. Quel ennemi était plus implacable qu'une ancienne épouse ?

Dragonetz songea à l'histoire de la « souveraine d'or » de Narbonne, vicomtesse à l'âge de quatre ans, forcée au mariage avec ce même Alphonse, comte de Toulouse, âgé de douze ans. Cela permit à Toulouse de réclamer Narbonne, puis, un an plus tard, en 1143, il devint la cible de tous les alliés de Narbonne s'efforçant d'aider la jeune héritière à se débarrasser de cet époux parasite. Que ce soit par soutien à Ermengarda ou par inquiétude face au pouvoir de Toulouse qui grandissait rapidement, les mesures furent rapides et efficaces. Alphonse fut chassé du pouvoir alors qu'il était en déplacement et il fut mis au pied du mur par l'alliance catalane, qui ne le laissa que trop heureux d'accepter le divorce. Il ne pouvait pas faire face aux armées assemblées contre lui et il se retira donc à Toulouse, pour panser ses blessures et attiser chez son fils le désir de Narbonne qui lui avait été volée alors qu'elle était à sa portée.

Et si Ermengarda, désormais bien installée au pouvoir, avait pris le chemin le plus court pour annuler les déclarations de Toulouse à propos de ses droits sur Narbonne ? Avait-elle assez de ressources pour atteindre Césarée ? Sans aucun doute. La souveraine du plus grand État commerçant de Méditerranée avait accès à tous les lieux où l'on trouvait des épices, des tapis et de la soie. Qu'en avait-elle obtenu ? Rien sur le plan politique, si le jeune comte de Toulouse remplissait sa promesse d'être deux fois plus tyrannique que son père. Le titre de Narbonne était revendiqué haut et fort dans les rues de sa ville, tout comme Aliénor revendiquait celui de Toulouse. Mais sur le plan personnel ? Tout dépendait de ce qu'avait souffert la jeune Ermengarda durant ce mariage, une union qui l'avait si peu touchée, à l'évidence, qu'elle avait pu être annulée pour cause de non-consommation. Toutefois, on ne pouvait être sûr de rien. Alphonse eût accepté n'importe quelles conditions et il y avait peu de risques qu'Ermengarda vienne contester un mensonge qui l'arrangeait. Qui plus est, elle s'était promptement remariée, une sage alliance cette fois, avec Bernard d'Anduze, aussi respectable qu'insignifiant, qui avait quitté la ville aussi rapidement que possible après les noces, laissant à Ermengarda toute la liberté d'une femme mariée sans ses inconvénients. Oh, comme Aliénor devait l'envier ! Le frère d'Anduze, l'archevêque de Narbonne, devait être moins enthousiaste quant à la liberté accordée à sa belle-sœur.

Dragonetz tournait en rond dans ses spéculations. Pourquoi Aliénor souhaitait-elle dresser en cet instant le spectre d'Alphonse entre elle et Ermengarda, en le plaçant au milieu de tout cela ? Il soupira et se retourna une fois de plus sans réussir à s'endormir, incapable de trouver la solution. Peut-être le sommeil lui porterait-il conseil s'il cessait de se préoccuper à ce sujet. Il ordonna à son esprit de laisser cette journée derrière lui, de faire le vide, mais dès qu'il laissa ses pensées dériver, elles prirent la direction du seul endroit où il n'osait se rendre. Emporté par une lame de fond, il sentit un parfum de lavande sur la peau mouillée, le poids des cheveux noirs qui ruisselaient entre ses doigts, et il vit la marque d'une cicatrice. Ses propres paroles, « ce n'est qu'une femme », furent ses compagnes de lit jusqu'à ce qu'il se retourne et se console comme il le pouvait avec son imagination.

Ses dernières pensées avant de s'endormir enfin furent que Raoulf avait peut-être raison, qu'il était en train de devenir fou sans femme. Il choisirait parmi les Marie et autres Sylvie quelqu'un d'inintéressant, qui connaissait les règles. Et son entretien avec Ermengarda lui donnerait la réponse à l'une de ses propres questions, tout comme à celle d'Aliénor. Avec l'aide d'Ermengarda, il n'aurait plus à se demander ce qu'il pouvait faire pour garder Estela en sécurité. *Cela ne doit plus se reproduire. Je ne laisserai pas une chose pareille se reproduire.*

Dragonetz passa la journée au moulin, mettant autant de distance que possible entre Estela et lui. Chaque tour de la roue, chaque coup de marteau avaient lissé une ride de plus à son front, jusqu'à ce que la politique du Palais présente aussi peu d'intérêt qu'une caresse féminine. Seules comptaient la calibration exacte du système mécanique et la meilleure façon de l'utiliser pour produire du papier.

— C'est ingénieux, avait-il confié à al-Hisba.

Lui aussi avait placé les leçons de musique à une distance respectueuse.

— Les frères en utilisaient une à Douzens afin de se réveiller pour la messe de minuit. L'un d'eux devait veiller à ce qu'il y ait assez d'eau dans le mécanisme, et c'est tout ce dont ils avaient besoin pour le maintenir en fonction.

— Une horloge à action hydraulique, songea Dragonetz tout haut.

Il était à genoux et inspectait la cuve d'eau où les niveaux représentaient les heures.

— Comment as-tu fixé les repères ?

— Je les ai calibrés avec ceux d'une horloge solaire. C'est une version simple. Celle de Douzens utilisait un engrenage pour faire sonner une cloche au réveil et j'ai entendu parler de mouvements plus complexes encore, activés par une chute du niveau de l'eau.

— Tout comme notre système de marteaux.

— Semblable, convint al-Hisba. Puisque nous ne manquons pas d'eau, ce sera une façon simple de chronométrer les marteaux, et de tenir un registre. Ou tout du moins, ce serait chose aisée si quiconque ici avait étudié l'arithmétique et le calcul de base ! Voici donc mes résultats.

Il saisit un bâton calciné et écrivit dans la terre.

— Dix, déclara-t-il.

Raoulf brandit ses dix doigts et regarda le sol avec incrédulité.

— Une tige et une roue ! s'exclama-t-il. Ça ne ressemble même pas à un dix. Et il écrit dans cette sorte d'arabe sur la terre depuis tout ce temps en imaginant que nous le comprenions. Je lui ai dit de s'équiper d'un boulier comme une personne civilisée, mais non, il me répond qu'un jour nous comprendrons la géométrie d'Al-Khwarizmi avec un peu de persévérance. Je vous le dis, Dragonetz, cela ne me gêne pas d'aider avec les pierres, mais on s'aventure trop loin dans les méthodes étrangères !

— Vous voyez, lança al-Hisba à Dragonetz en haussant les épaules.

Avec un soupir, il expliqua à Raoulf :

— La barre, là, représente le chiffre un…

— Il y a une minute, c'était le chiffre dix ! La prochaine fois, vous me direz que la roue transforme comme par magie le un en dix.

Il remua son pied près du cercle.

— Quelque chose comme ça, s'esclaffa Dragonetz, coupant court à la réponse que Raoulf bafouillait. Oubliez la magie, Raoulf, contentez-vous d'écouter. Alors, dix quoi ? demanda-t-il à al-Hisba.

— Je calcule qu'il y a dix tours de roue…

Tout le monde ignora le commentaire affligé de Raoulf :

— Je vous avais dit que c'était une roue.

— … par minute.

Dragonetz saisit le bâton calciné.

— Donc, lors de chaque rotation, les trois marteaux viennent s'écraser deux fois, parce qu'il y a deux cames par marteau.

Il traça le calcul dans la poussière.

3 + 3
6

— Alors, une rotation comporte six coups de marteau et il y a dix rotations par minute.

Dragonetz utilisa une nouvelle fois son bâton.

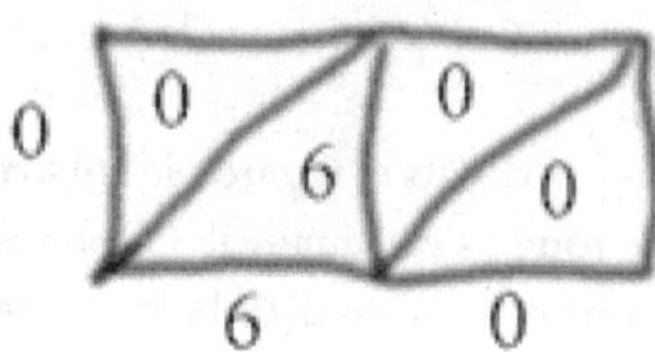

— Cela fait donc soixante coups de marteau par minute.

— En effet, répondit al-Hisba en inclinant la tête.

Il rendit hommage à l'éducation de l'autre homme, alors que Raoulf exécutait un signe de croix en secouant la tête.

Dragonetz offrit à ses propres hommes la possibilité de se racheter.

— Et donc, qu'amélioreriez-vous ? Arnaut ? Raoulf ?

— La rapidité, bien sûr !

Raoulf fut méprisant.

— Pourquoi ne m'avez-vous pas posé la question en premier lieu ! Si les marteaux vont plus vite, ils effectueront davantage de travail. Tout comme avec les hommes.

— Oui, mais sans les calculs d'al-Hisba, vous ne connaîtriez pas leur vitesse actuelle et vous seriez incapables de calculer la différence et d'observer les changements.

Têtu comme une mule, Raoulf marmonna :

— On peut voir la vitesse à laquelle les marteaux se déplacent et on peut voir s'ils accélèrent.

— Pas si vous êtes en Aquitaine, non ! Avec les calculs d'al-Hisba, tout le monde peut suivre la vitesse du marteau et nous pouvons faire des comparaisons, même à distance.

— Donc, avança Arnaut, la question est de savoir *comment* faire accélérer les marteaux.

— Avec des marteaux plus légers, suggéra Raoulf.

Arnaut secoua la tête.

— Cela ne fera aucune différence. C'est la roue qui établit le temps de rotation et c'est l'eau qui entraîne la roue. Nous pourrions faire passer la rivière directement dans la roue. Ainsi, avec les crues et les eaux vives, elle accélérerait ?

— C'est trop dangereux. Non, nous devons nous en tenir au ponceau et au canal, qui nous offrent un contrôle sur l'eau. Nous devons augmenter la vitesse de l'eau par nous-mêmes… L'élever ? Commencer par un canal plus large et le rendre plus étroit au niveau d'un dénivelé afin d'en augmenter le flux et de déplacer la roue plus rapidement. Je sais ! Nous pourrions installer une barrière levante dans le canal, la dresser lorsque nous souhaitons ralentir le flux et la baisser pour l'augmenter. Al-Hisba, cela fonctionnerait-il ?

Le Maure s'inclina.

— Mon peuple utilise cette technique depuis des millénaires afin d'irriguer les cultures. Oui, cela fonctionnera.

— Eh bien, montre-moi la façon dont nous pouvons agencer cette barrière levante. Où devrions-nous l'installer ?

Dans sa hâte, Dragonetz se mit à longer l'incision qui acheminait l'eau de la rivière vers la roue, et les autres n'eurent d'autre choix que de se précipiter dans son sillage.

Au moment où il arriva devant la chambre d'Ermengarda, prêt pour le rendez-vous convenu plus tôt dans la journée, Dragonetz se sentit entièrement rafraîchi, autant par sa réflexion sur les engrenages que par un long bain chaud, au cours duquel il dédia toutes ses pensées à la production du papier. Il avait mangé avec les hommes au moulin, était resté à l'écart des gens du Palais et se sentait d'autant mieux préparé à affronter ce qui s'annonçait comme une conversation compliquée. Le simple fait qu'Ermengarda l'ait programmée tard dans la soirée, dans son antichambre, suggérait qu'elle s'attendait également à un échange très personnel.

On répondit immédiatement à son faible coup et il se glissa dans la pièce. La lueur des torches vacillait sur les sièges tapissés, arborant le blason de la fleur de lys, dans des teintes somptueuses de rouge et de bleu marine. La maîtresse des lieux se tenait debout, immobile, le visage impassible, attendant qu'il entre.

— Dragonetz, déclara-t-elle simplement.

Elle s'assit et indiqua le siège en face d'elle, plus bas que le sien, comme il le remarqua.

— Ma Dame.

— Vous souhaitiez me voir, commença-t-elle. Était-ce pour me parler de votre moulin à papier sur mon domaine ?

Il prit une forte inspiration et elle continua.

— Me demander une récompense pour avoir tué un juif ? Ou réclamer une récompense pour avoir sauvé les vies des juifs destinés à la potence si vous aviez rendu publique la tentative d'assassinat ? Non ? Peut-être souhaitiez-vous savoir si je voulais réitérer ma tentative d'assassinat sur Aliénor, puisqu'elle m'a induite à penser que vous me considériez comme la principale suspecte ?

Dragonetz se leva, prêt à quitter la pièce.

— Vos espions sont efficaces et vous semblez tout avoir sous votre contrôle, dit-il. Peut-être devrais-je me retirer.

— Bien sûr que je sais ce qui se passe à Narbonne ! Asseyez-vous, Dragonetz.

Il s'exécuta.

— Mais ne me prenez pas pour une sotte.

Son regard croisa les yeux gris qui le dévisageaient. S'il avait douté de la meilleure issue au labyrinthe que représentait cet entretien, il n'hésita plus un instant.

— Vous savez que je ne vous ai jamais soupçonnée.

Elle attendit, mais il n'avait aucune intention de dénoncer les subterfuges d'Aliénor. Ou tout du moins, pas ceux-là.

— Allons, ne perdons pas de temps là-dessus. Mais vous touchez quelque chose du doigt avec votre dernière suggestion.

Un sourcil délicatement épilé se haussa, les poils clairs à peine visibles.

— J'aimerais en effet parler d'un véritable suspect, la menace du sud-ouest…

— Toulouse, consentit Ermengarda. Continuez…

— Cette jeune vipère semble susceptible de mordre tous ceux qui s'allient à lui et de cracher son venin plus loin encore. J'ai l'impression que ma Dame Aliénor regrette que la mort de son père n'ait pas extirpé ce poison de sa vie et de la vôtre. Elle espérait tant, pour votre bien, que l'élimination d'Alphonse Jourdain ôte cette menace de Narbonne une bonne fois pour toutes et en efface tout mauvais souvenir !

Dragonetz attendit, attentif.

— Je suis donc priée de croire que le poison n'était qu'un remède… contre le poison. Est-ce bien cela, Dragonetz ?

Il ne pipa mot, dans l'attente.

— La preuve en serait tout bonnement que l'acte est de la main d'Aliénor, comme vous me le dites. De surcroît, pour mon propre bien, et nullement parce qu'Aliénor s'octroie le droit de revendiquer le nom de Toulouse.

Son ton était badin et ironique, mais elle perdit son sang-froid.

— Et je suis impliquée, car je n'avais aucune raison d'aimer mon cher premier mari qui a vu une belle occasion à Narbonne en épousant une jeune fille et en usurpant son droit de naissance. La revendication de Toulouse me ronge désormais comme une blessure mal guérie et non, Dragonetz, je n'ai pas pleuré Alphonse Jourdain. Est-ce que je désire la mort de son fils ? Est-ce pour cela qu'Aliénor cherche ma complicité ? Ou peut-être souhaite-t-elle que mon nom y soit associé, sans prendre part à cet acte ?

Dragonetz s'était composé un masque d'impassibilité afin de ne pas laisser transparaître ses pensées, mais son cœur fit un bond lorsqu'elle prit ses deux mains entre les siennes, soutenant son regard.

— Dragonetz los Pros, si Narbonne réclamait véritablement la mort de Raymond de Toulouse, je m'en chargerais dès demain, tout comme je condamnerais vingt juifs innocents à la potence pour préserver la paix au sein de ma cité. Vous le savez fort bien et vous en feriez tout autant. Vous avez déjà fait la même chose, et pire encore.

Il baissa les yeux, mais elle ne libéra pas ses mains.

— C'est ce que nous faisons, ce que nous devons faire, il s'agit de notre droit de naissance et de notre fardeau. Mais je n'empoisonne pas des hommes sur un coup de tête ! Seul un fou s'emparerait d'une épée pour trancher les nœuds d'une corde, et perdre la corde en même temps que le nœud. Raymond crée des nœuds que je dois dénouer. Mais il me faudrait tuer bien des hommes pour me débarrasser de tous mes nœuds. Comme vous l'avez dit, la mort d'Alphonse Jourdain a créé autant de problèmes qu'elle en a résolu.

Elle serra fermement sa main avant de la relâcher.

— Je ne veux jouer de rôle dans aucun meurtre. Voilà ce que vous pouvez dire à Aliénor.

— Ma Dame… murmura-t-il.

Il savait d'avance quelle question elle lui poserait.

— Il s'agit d'un spectacle de marionnettes, Dragonetz. Cessons de nous quereller pour en tirer les ficelles. Était-ce Aliénor ? A-t-elle fait empoisonner Alphonse ?

— Je ne le sais pas, admit-il sans fard, optant pour la franchise.

S'il n'avait pas déjà prêté sous serment son allégeance à une autre, il eût été à genoux pour lui offrir son épée. Le moins qu'il puisse lui offrir, c'était la vérité.

— La timide tentative de Louis pour récupérer Toulouse en son nom, sans enthousiasme, a suscité la colère d'Aliénor, comme tout ce qu'il fait. Alphonse était à nos côtés à Constantinople, à Acre, il la démangeait comme une blessure à demi guérie.

Ermengarda hocha la tête à cette référence.

— Et il n'était pas homme à minimiser ses victoires, grandes ou insignifiantes. Oui, il a réussi à porter sur les nerfs d'Aliénor et, bien qu'il ait été à mille lieues d'ici lorsqu'il est mort, à Césarée, Aliénor aurait très bien pu avoir une telle portée. Je ne sais pas si elle l'a fait.

— Aliénor vous dira ce qui l'arrange selon le moment.

Tout comme vous, tout comme moi. Dragonetz garda ses réflexions pour lui.

— Il semble que cet homme qui mène une vie trop monastique au goût d'Aliénor n'ait pas manqué d'enthousiasme, pour une fois. La France aura un héritier. Est-ce bien son enfant ? demanda innocemment Ermengarda.

Par chance, l'honnêteté et la prudence personnelle convergeaient vers la même réponse. Le « oui » de Dragonetz fut catégorique.

— J'ai ouï dire qu'Aliénor trouvait parfois du réconfort ailleurs pour compenser les… insuffisances de son mari, laissa-t-elle entendre à Dragonetz.

Il connaissait très bien les rumeurs selon lesquelles il réchauffait lui-même le lit de la reine lorsqu'elle le souhaitait. Il n'était cependant pas la cible du sous-entendu d'Ermengarda, bien que ses yeux puissent le lui laisser croire.

— Les dates ne peuvent pas affecter la paternité de cet enfant, bien sûr, mais j'ai entendu que Louis n'était pas ravi de la… relation entre Aliénor et son oncle, à Antioche. Est-ce vrai ?

Il pouvait lui donner une réponse diplomatique et maintenir Ermengarda à distance – la distance appropriée pour un homme qui suivait son suzerain aveuglément. Cela faisait deux ans que Dragonetz était cet homme et il ne suivrait jamais Aliénor aveuglément, plus jamais. S'il respectait son serment et la soutenait, ce serait les yeux grands ouverts, en honorant son engagement envers les morts de faire les bons choix, et non ceux d'Aliénor. Et si sa promesse entrait en conflit avec son serment, sa première allégeance irait aux morts, qu'il le paie pour l'éternité ou non.

Ce fut donc les yeux grands ouverts que Dragonetz répondit sans détour :

— Oui, Aliénor et Raymond ont été amants et Louis le savait. Je ne suis pas certain que l'envoyer de force à Tripoli était la meilleure façon de résoudre le problème. Jamais elle ne le lui pardonnera.

— Pas même lorsque leur petit prince jouera au dada devant ses parents attendris ?

Ermengarda n'avait pas même cligné des yeux face à l'accusation d'adultère et d'inceste portée contre la reine de France.

— Jamais. Aliénor s'accouplera avec un roi pour créer de nouveaux rois, *ses* rois, mais elle déteste la faiblesse et elle ne tolère pas d'être contrariée. Louis est coupable des deux à ses yeux. Pire encore, il l'a humiliée.

Dragonetz se souvenait d'Antioche, d'une Aliénor obsédée par la croisade, de ses désirs assouvis, alors que Louis trébuchait dans un véritable cauchemar, son pèlerinage transformé en route vers l'enfer.

Savoir s'ils devaient reprendre Alep pour Raymond, voilà quel avait été l'objet de leur dispute, car Louis ne pouvait pas en avouer les véritables raisons. Non seulement incapable de regarder sa femme alanguie contre son oncle, les lacets de ses vêtements enfilés à la hâte encore défaits, mais incapable aussi de parler ou de riposter, Louis se battit pour Alep. Il essaya de prouver sa virilité en boudant et en prenant la mer. Il ordonna à ses soldats de faire monter Aliénor à bord d'un navire. Il demanda sèchement à ses hommes de se joindre à eux avec les leurs. Un beau départ pour une belle campagne !

— Elle l'aimait, son oncle, Raymond d'Antioche, confia doucement Dragonetz à Ermengarda. Ils étaient faits de la même étoffe, ensemble, ils créaient un véritable brasier. Lorsque la nouvelle de sa mort à la bataille d'Alep arriva et que Nur ad-Din envoya la tête de Raymond afin que le calife de Bagdad l'exhibe, Aliénor cessa de s'alimenter. Elle plongea dans un désespoir qui mit sa santé en péril pendant des mois et ne se rétablit qu'à la perspective d'un divorce. C'était Raymond qui avait suggéré que le Pape autoriserait son divorce pour cause de consanguinité avec Louis, mais le Pape ne fut que trop heureux de bénir leur mariage, et vous connaissez le résultat.

— Pourquoi me confiez-vous cela ?

La pièce elle-même sembla retenir son souffle.

— Je sers l'Aquitaine depuis mon enfance. J'ai été du côté de ma Dame Aliénor à travers les triomphes comme les tragédies, et je ne lui souhaite que le meilleur.

— Mais ? l'interrompit Ermengarda.

— Mais je me fiche comme d'une relique sacrée qu'un homme, ou une femme, soit de confession chrétienne, juive ou musulmane.

— C'est une affirmation dangereuse. D'autant plus pour un soldat qui a pris la croix et qui s'est battu en Terre Sainte !

— Et je le ferais de nouveau, si mon suzerain me l'ordonnait.

Dragonetz ne pouvait cacher l'amertume dans sa voix.

— Mais je mènerai également *ma* vie, et je sauverai tout ce que je pourrai de cette destruction que l'on s'inflige les uns aux autres au nom de la religion !

— Un moulin à papier ?

— Un moulin à papier, confirma Dragonetz. Si l'on retire la connaissance des mains de l'Église et que l'on diffuse les véritables trésors des Maures et des juifs, nous pourrions devenir…

Pour une fois, les mots lui firent défaut. Son silence lui indiqua qu'il avait échoué. Personne ne pouvait comprendre ce qu'il avait vu, ce qu'il avait fait, brute parmi d'autres brutes. Personne ne pouvait voir comment les choses pouvaient changer.

— Civilisés, proposa Ermengarda.

Son cœur se réjouit.

— Oui, je connais les trésors que les juifs et les Maures apportent à ma ville, depuis al-Andalus et même de chez nos ennemis en Terre Sainte, qui connaissent tous les secrets de la médecine, de l'arithmétique, de l'astronomie, de l'ingénierie…

Elle se retrouva à court de mots, elle aussi.

— Dont nous ne connaissons rien !

Elle rectifia :

— Mais que nous apprenons. Plus Narbonne participe au commerce, plus elle apprend. Le commerce représente plus que le pain du quotidien. Et les juifs que je protège dans ma ville représentent plus qu'une activité lucrative ! Abraham ben Isaac vous a été utile.

Y avait-il quoi que ce soit à son sujet qu'elle ignore ?

— Un jour, ce même Raavad sera gravé dans la mémoire de son peuple, peut-être même dans la mémoire de tous, pour sa sagesse, alors que l'on m'aura oubliée.

— Vous ne serez jamais oubliée, ma Dame, et si Narbonne est disposée à m'aider dans le commerce du papier, votre nom sera connu à travers le monde entier !

Il s'agenouilla devant elle, prenant ses mains dans les siennes, le geste solennel d'un serment.

— J'ai prêté allégeance à l'Aquitaine et je ne peux offrir mon épée nulle part ailleurs, mais je vous propose un futur dans lequel l'Aquitaine ne représente rien, où l'avenir de la connaissance sera partagé et négocié, où la lecture et l'écriture sur papier seront répandues.

— C'est un beau rêve, Dragonetz, lui répondit-elle gentiment, ses mains minuscules et immobiles sous son emprise. Oui, Narbonne vous aidera dans votre dessein, mais je ne le ferai pas ouvertement. L'archevêque est encore moins un beau-frère à mes yeux que son brave frère n'est mon époux. Bernard s'en tient strictement à notre accord et nous nous comprenons bien. Notre nonce apostolique, cependant, m'attend à chaque tournant pour sa part de redevances des péages et de la justice. Votre commerce du papier dressera tous les ecclésiastiques contre vous. Il sera déjà difficile de nous dégager des problèmes provoqués par les croisades, les routes de commerce endommagées, la confiance brisée, les juifs et les Maures persécutés, sans attiser encore la colère de l'Église. Si les moines venaient à nous retirer leur hospitalité sur les routes de commerce, nous en souffririons, et ce n'est que la moindre de leurs armes ! Mon soutien ne peut donc être que privé, Dragonetz.

— Je comprends. Et je vous en suis reconnaissant.

Il inclina la tête.

— Peu importe à quel point vous êtes charmant, il n'y aura aucune réduction sur les taxes.

Sa voix était grave, mais il releva la tête et il remarqua l'étincelle dans ses yeux.

— Bien, nous parlerons du papier et des moulins à une autre occasion.

— Il y a autre chose. Vous aviez raison. J'ai une faveur à vous demander.

— Dites-m'en plus.

Sa voix était devenue plus sèche, mais lorsqu'il lui expliqua sa requête, elle se fit de nouveau plus chaleureuse.

— Je comprends, répondit-elle. Votre inquiétude vous honore et je connais moi aussi... les caprices de Dame Aliénor. La fille sera en sécurité, je vous en fais la promesse.

— Merci.

Ses doigts s'enroulèrent et elle retira ses mains des siennes.

— Nous pourrions utiliser à meilleur escient cette soirée, lui dit-elle.

Elle caressa ses cheveux et suivit la silhouette de ses boucles jusqu'à l'ouverture de son pourpoint, traçant la ligne de son cou du bout de son index.

— Levez-vous, Dragonetz.

— Il est un peu tard pour cet ordre, ma Dame, lui répondit-il en souriant.

Il se leva et l'attira dans ses bras. Il détacha les épingles qui retenaient sa coiffure, trouva le rose pâle de sa bouche et ferma les yeux.

— Vous tremblez, Dragonetz, chuchota-t-elle.

— Cela fait longtemps, ma Dame. Je ne pourrai pas m'arrêter, lorsque nous aurons commencé...

— Nous avons déjà commencé, murmura-t-elle.

Elle défit les lacets du pourpoint du troubadour et ses doigts jouèrent avec les poils noirs de son torse. Elle descendit plus bas, détachant les nœuds au passage.

— Je veux que vous m'expliquiez certains des meilleurs passages de vos dernières chansons.

— Votre Viking me tuera, rétorqua-t-il.

— Seulement si je le lui demande.

Dragonetz fit appel à toute sa maîtrise de soi pour résister quelques secondes de plus, l'éloignant avec un avertissement :

— Je ne serai guère endurant... Ce sera une déception pour vous.

— Alors, répondit-elle en s'approchant, nous nous occuperons de vous satisfaire en premier et j'attendrai la deuxième fois pour ma jouissance.

Raoulf approuverait, furent les dernières pensées cohérentes de Dragonetz avant qu'il se laisse aller, s'abandonnant au parfum des huiles orientales et à la douceur de la peau translucide. Dans une secousse pour se libérer de ses propres vêtements, elle se tint nue devant lui, sa peau d'un blanc nacré, ses cheveux dorés lisses sur le dessus et gaufrés en dessous. Il tendit la main vers ses petits seins, aussi fermes que des pommes, et elle l'attrapa, la porta à sa bouche et explora ses doigts de ses dents et de sa langue.

— Approchez, lui intima-t-elle, l'entraînant vers son lit à baldaquin.

C'est ce qu'il fit.

À trois reprises lors de cette nuit d'extravagance, il froissa et rejeta les étoffes somptueuses de Narbonne avant de laisser s'endormir sa maîtresse de rose et d'or.

CHAPITRE DIX

Restée seule, Aliénor en profita pour s'appuyer contre le mur et soulager son dos endolori. Elle espérait cacher sa grossesse jusqu'à son retour à Paris, et de préférence jusqu'à la naissance de l'enfant. Dès que la nouvelle serait rendue publique, elle serait confinée comme une poulinière. On guetterait son moindre souffle pour protéger le bébé et elle serait soumise à tous les caprices du prêtre de la cour ou de l'astronome. Elle devait déjà se battre pour avoir son mot à dire dans les affaires de l'État, et en s'arrondissant, son ventre jouerait en sa défaveur. Elle devinait sans effort les milliers d'affronts présentés comme des compliments de la part d'hommes importants pour qui la seule valeur d'une femme résidait dans son ventre. Elle les avait tous entendus la dernière fois, elle avait vécu les neuf mois de spéculations quant à l'héritier, elle avait rêvé de son avenir en tant que mère du roi de France, digne d'obtenir enfin ce qui était à sa mesure. Puis elle avait donné naissance à une fille.

Rien ne l'avait préparée à une telle déception, aux regards fuyants alors qu'on lui présentait des félicitations hypocrites. La catin du sud avait échoué. Elle pouvait le voir dans chaque geste, notamment ceux de Louis. Ses premiers mots avaient été :

— Cela ne fait rien, il y en aura d'autres.

Lorsqu'il avait soupiré, elle avait su qu'il songeait aux œuvres du diable auxquelles il devrait se livrer dans son lit pour en obtenir un second.

Sa propre déception s'était muée en une résolution amère. Elle montrerait à tous ce qu'une femme comme elle pouvait accomplir. Une femme avec toute l'Aquitaine sous son emprise. Avant toute chose, elle s'était assurée que Marie, son enfant, soit bien placée, que sa nourrice, le premier maillon de la chaîne qui éduquerait une princesse, soit en bonne santé et loyale. La mère de la petite Marie ne sous-estimerait pas le potentiel que représentait la bonne fille, élevée de manière convenable – à la façon du sud – et mariée au bon titre.

Pendant que Louis arborait une expression de martyr et se ceignait les reins pour une nouvelle tentative, Aliénor s'était assurée que sa fille soit entourée de femmes triées sur le volet en Aquitaine. Moins Louis et ses conseillers en froc s'intéresseraient à elle, plus Marie pourrait passer de temps à Poitiers, à profiter de son enfance en s'imprégnant de l'Occitanie. À défaut, Aliénor tisserait des liens si forts entre elle et sa fille que personne ne pourrait jamais s'immiscer entre elles, quel que soit le nombre de kilomètres qui les séparaient. Lorsque les fiançailles de Marie seraient envisagées, elle appartiendrait pour toujours à l'Aquitaine. Aussitôt après la naissance de l'enfant et sa mise en nourrice, Aliénor avait été engloutie par la vague de ferveur des croisades.

Elle s'agita inconfortablement sur la banquette de la fenêtre. Ses pensées quittèrent les deux ans passés à l'étranger pour revenir à son ventre. Elle avait dépassé la période risquée des trois premiers mois et elle se portait comme un charme. Elle était donc plus agacée que préoccupée par la recommandation de « faire preuve de prudence » pour sa santé ou celle du bébé ; or bien d'autres sujets exigeaient la prudence. Ils n'étaient pas plus avancés dans leur quête pour découvrir qui se cachait derrière l'attaque à l'arbalète qui avait visé Dragonetz, mais cela mettait en évidence que son chevalier était menacé et qu'elle l'était, par conséquent, elle aussi. Un avertissement ? Une première tentative ? Personne ne pouvait être au courant de sa grossesse au moment où cela s'était produit. Mais maintenant ? Quelqu'un avait-il deviné ? Et si tel était le cas, que ferait-il ? Instinctivement, elle agrippa à deux mains la bosse qui se cachait sous sa robe.

Bien entendu, Dragonetz était au courant. Et, désagréable évidence à laquelle elle devait se rendre, il s'éloignait d'elle. Il s'éloignait depuis Damas. Depuis l'instant où lui avait été arrachée une part d'elle-même : la tête de Raimon exsangue, fichée sur un bâton et exhibée sur les remparts de Jéricho. Mais malgré les changements qu'elle traversait, et l'éloignement de Dragonetz, elle était certaine de sa loyauté en tant que chevalier. Elle réfléchit à sa mise en garde au sujet d'Ermengarda, la seule autre personne à qui elle eût confié sa grossesse. Tout comme Dragonetz, Ermengarda semblait s'éloigner d'Aliénor, et il était hors de question d'imposer à la vicomtesse de Narbonne un serment d'allégeance envers l'Aquitaine ou la France.

Trois années les avaient tous changés et Ermengarda, qui ignorait tout du désert ou des embuscades de nuit à l'exception de ce que ses marchands lui avaient raconté, s'était endurcie en tant que souveraine au cours de cette période. Elle s'y était prise différemment, mais elle était tout aussi puissante. La jouvencelle qui s'accrochait au bras d'Aliénor, qui lui demandait des conseils sur tous les sujets, des parfums jusqu'aux procédures judiciaires, et qui ne cachait pas son admiration appartenait au passé. Lorsque Aliénor regardait Ermengarda expliquer avec sérieux l'organisation de Narbonne à Bèatriz, elle se voyait, autrefois, enseignant à la jeune Ermengarda.

Une poulinière, songea-t-elle alors que sa solitude menaçait de déclencher ses larmes. *Voilà pourquoi on ne peut confier aucune affaire aux femmes enceintes. Des larmes et des sourires pour un rien. Et tu sais bien qu'Ermengarda est entourée de conseillers depuis l'âge de quatre ans, qu'elle est née à Narbonne tout comme toi en Aquitaine. Ce n'était pas une fille naïve qui s'accrochait à ton bras. Elle revenait déjà d'une campagne fructueuse. Aïe.* Cela faisait mal. Personne ne dirait jamais qu'elle, Aliénor, avait mené une campagne couronnée de succès.

Se forçant à ne pas s'apitoyer sur son sort, Aliénor étudia ce que Dragonetz lui avait dit, qui concordait avec le reste. Ermengarda connaissait trop bien son rôle de souveraine pour assassiner son ancien époux à dessein personnel. Et elle était trop impliquée dans le commerce pour l'assassiner selon des motifs politiques.

— Mais cela constitue deux points faibles, ma chère vicomtesse, murmura Aliénor. Si jamais je venais à y recourir. Le commerce qui passe avant la politique et vos difficultés à tuer.

Elle avait souri de façon mystérieuse lorsque Dragonetz lui avait confié qu'Ermengarda était heureuse que Toulouse ne soit plus là, quelle qu'en soit la circonstance. Il l'avait questionnée à ce sujet, puis il avait marqué une pause. Aliénor s'était gardée de prononcer le moindre mot, laissant son sourire révéler que le meurtre de cet homme pouvait être ou ne pas être son œuvre, comme elle se le figurait elle-même. Haussant les épaules, Dragonetz avait dit à Aliénor qu'Ermengarda ne croyait pas une seule minute à l'idée que Toulouse ait été tué sur ses ordres.

— Et voici la troisième, mon amie, fit Aliénor à part elle. Vous jugez les autres à votre image.

La conclusion de Dragonetz ? Que les intérêts d'Ermengarda allaient dans le sens de ceux d'Aliénor. Elle tiendrait les rênes dans le sud face au nouveau Toulouse pendant qu'Aliénor serait occupée ailleurs. Et lorsque le temps serait venu, Narbonne accueillerait ce nouveau Toulouse, l'héritier légitime.

Rien de tout cela n'était vraiment nouveau.

— Que me cachez-vous, Dragonetz ? se demanda Aliénor.

Ce qui était « pratique » pour Narbonne serait toujours « bon pour le commerce », alors peut-être le soutien envers sa revendication était-il mitigé. Ermengarda était-elle attirée par une alliance avec le jeune Toulouse ? Dragonetz avait été catégorique et son « jamais » retentissant, car Ermengarda craignait davantage Raimon que son père.

Bien que ce soit exactement ce qu'elle lui avait demandé, Aliénor se demanda comment Dragonetz pouvait être aussi certain des pensées d'Ermengarda. Une fois de plus, elle devina la réponse, et elle évinça le souvenir du jeune chevalier lorsqu'elle avait accepté, les mains tremblantes, le serment qui le liait à elle. Dragonetz s'était éloigné, désormais, et elle était duchesse d'Aquitaine et reine de France. Il n'y avait pas de place dans sa vie pour des complications.

Mais tout de même.

Que me cachez-vous, Dragonetz ?

Telle était la phrase qui résonnait encore dans son esprit lorsqu'Ermengarda annonça son arrivée, faisant irruption dans la salle avec une requête qui lui fit entièrement oublier Dragonetz.

Une fois échangées les politesses de rigueur, Ermengarda alla droit au but.

— Mon amie, je sais que vous avez pris sous votre aile cette jeune *trobairitz* en devenir, que vous l'avez comblée de présents, que vous l'avez traitée comme une dame de votre cercle, et son talent ne fait aucun doute. Quelle voix que la sienne ! Grâce à vous, elle a acquis...

— Mais ?

Ermengarda hocha la tête.

— Elle est traitée comme une dame, mais elle ne vit pas comme elle le devrait. Certaines de mes dames sont mécontentes de son comportement et répugnent à la voir associée à ma Dame Bèatriz.

— Son comportement ? Se serait-elle roulée sur les tables ivre morte ou aurait-elle effectué des parties de bras de fer avec vos Vikings sans que je m'en aperçoive ?

Aliénor riait devant de telles accusations.

— Loin de là, continua Ermengarda avec patience. En réalité, pour une femme mariée, son comportement serait jugé parfaitement approprié, mais en tant que pucelle, elle ne devrait pas monter à cheval seule avec des hommes, ni même chanter et jouer de la musique à l'écart avec deux d'entre eux. Je sais, reprit-elle, coupant court aux protestations d'Aliénor. Je suis d'accord avec vous. Ces limites sont ridicules. Estela est une artiste, elle *devrait* être libre d'apprendre, de découvrir le monde par elle-même et de partager son don avec les autres. Mais si des médisances circulent parmi les dames, ce n'est pas bon pour Estela, et ce n'est pas bon pour vous. Ici, à Narbonne, quelques commentaires désobligeants ne sauraient vous blesser toutes deux. Vous avez la place de respirer, de profiter d'une certaine liberté. Mais à Paris ?

La main d'Aliénor se referma sur le tissu de sa robe. Elle connaissait parfaitement le genre de rumeurs qui couraient dans les rues de Paris et la personne visée.

— À Paris, continua inexorablement Ermengarda, on ne vous traite pas avec le respect qui vous est dû. Vous ne pouvez pas vous permettre les dommages subsidiaires qu'Estela causera à votre réputation en plus de la sienne. Imaginez-vous cette belle jeune femme à la cour, échangeant en toute liberté avec qui elle le souhaite, comme elle l'a fait avec Marcabru ? C'est impensable, Aliénor, vous le savez aussi bien que moi ! Cela fournira plus de munitions à vos ennemis, et Estela sera très malheureuse.

— Vous pensez donc que je devrais envoyer quelqu'un discuter avec elle, m'assurer qu'elle soit chaperonnée ? s'enquit Aliénor en soupirant.

Pourquoi tous ses faits et gestes devaient-ils être entravés par les règles que d'autres dictaient ? La lassitude s'empara d'elle à l'idée de s'occuper d'une telle broutille. Qui aurait cru qu'elle s'était tenue à la tête d'une armée, qu'elle avait affronté les épées des Sarrasins, qu'elle avait suscité la peur dans les yeux des soldats ? Elle aurait préféré n'importe quel combat loyal plutôt que d'avoir à se débattre telle une mouche dans la toile des intrigues de cour.

— Dites-leur d'aller se faire pendre ! reprit-elle. Qu'ils aillent au diable !

— Ou bien, laissez-moi la garder dans le Sud, à Narbonne, suggéra doucement Ermengarda. La protéger en lui trouvant un mari convenable. Il y a un marchand que j'aimerais récompenser, un veuf avec des enfants, qui serait heureux de rendre ce service en échange d'une protection pour lui et sa famille. Estela pourrait rester ici lorsque vous partirez, continuer d'enseigner à Bèatriz, devenir la *trobairitz* que *vous* la voyez devenir, remplir la promesse que *vous* avez vue en elle.

— Chanter mes louanges à travers toute l'Occitanie, sourit timidement Aliénor. Plutôt que de voir ses ailes se briser à Paris. Je vois.

— Alors ? l'encouragea Ermengarda.

— Oui, répondit-elle avec lassitude. Allez-y.

Puis, comme elle avait besoin de prononcer les mots à haute voix, à quelqu'un qui ne se trouve pas dans sa tête, elle lança finalement :

— Oh, Ermengarda, et si c'est une fille ?

— Ce sera un garçon, lui répondit-elle avec fermeté. Et maintenant, le futur roi de France et vous souhaiteriez-vous m'accompagner aux jeux vikings ?

— Vous plaisantez !

Aliénor sentit son humeur s'alléger.

— Nullement, confirma Ermengarda.

Elle avait la bouche pincée, mais ses yeux gris étaient rieurs.

— Dragonetz los Pros a accepté un duel scandinave traditionnel avec le prince des Orcades.

— Oh, doux Seigneur, blasphéma Aliénor. Et qu'est-ce, exactement, qui a mené à ce duel ?

— J'ai appris de source sûre que le Jarl Rognvaldr Kali Kollsson avait choisi Dragonetz los Pros, car il le jugeait digne de lui.

— Et Dragonetz ?

— Il pense que ce sera amusant.

Aliénor soupira.

— Plutôt, oui. J'imagine donc que vous souhaitez vous rendre sur le quai ?

— Très manifestement, c'est notre devoir que d'y assister, lui répondit-elle avec majesté. Informons-en les dames.

Estela bénéficiait d'un point de vue privilégié au premier rang en compagnie des autres dames, assises sur des bancs sommaires dressés sur des tables à tréteaux, érigées à la hâte autour d'une arène improvisée, sur un terrain vague près des quais. Elles étaient assez proches de l'eau pour voir osciller les navires et entendre le claquement métallique des chaînes d'ancres qui se tendaient et se relâchaient au gré de la houle. Les navires vikings avaient une allure élégante et sophistiquée, indubitablement étrangère, même sans les dragons qui se dressaient à leur proue, mais ils semblaient minuscules en comparaison des navires marchands imposants de Narbonne. Estela protégea ses yeux des chatoiements du soleil, intensifiés par le reflet de l'eau. Elle distingua les silhouettes de Dragonetz et du Jarl, qui s'agitaient et donnaient des instructions, chacun entouré de ses hommes. Les Vikings au complet avaient débarqué pour le spectacle et Dragonetz était entouré du même nombre de soldats. Estela identifia Arnaut, Raoulf et d'autres hommes de sa connaissance. Il n'y avait aucun signe d'al-Hisba, probablement quelque part parmi les spectateurs.

Trois jeunes pages munis de leurs trompettes s'alignèrent à la hâte sur le côté de l'arène et firent sonner la fanfare qui, en dépit des notes emportées par la brise, atteignit son objectif en attirant l'attention de tous. Le Viking qui avait traduit la poésie du Jarl s'avança dans l'arène pour s'adresser à Ermengarda et à Aliénor, Arnaut à ses côtés.

Après une longue litanie de compliments formels destinés à satisfaire tous ceux qui, autour de l'arène, estimaient en mériter, et alors qu'Estela était déconcentrée par l'accent étrange, son attention fut retenue par les mots suivants :

— Le défi individuel sera composé de trois parties : le tir à la lance, la lutte *glíma* et la nage. Dragonetz los Pros accepte-t-il de relever ce défi ?

— Il accepte ! tonna Arnaut.

À côté d'Estela, quelqu'un chuchota :

— Lutter contre lui ? Il est fou !

Estela observa le prince des Orcades, qui se tenait désormais dans l'arène. Il était colossal, hirsute, l'image même de Zeus métamorphosé en taureau blanc. Elle observa Dragonetz à côté de lui.

— Il est fou, confirma-t-elle.

Dame Sancha ajouta :

— On m'a dit que le Jarl avait commencé la compétition plus tôt par une mise en bouche. Il a placé ses rameurs, puis il a sauté le long des rames, par-dessus la mer, avant de jongler avec trois couteaux dans les airs, en équilibre sur l'extrémité d'une rame.

Ses yeux luisaient d'excitation, les pupilles dilatées et scintillantes.

— Et Dragonetz ?

— Il a marché le long d'une rame, s'est mis sur la tête et a demandé à Arnaut de lui tendre une corne remplie de vin, qu'il a avalée d'un trait. Le Jarl, debout, a immédiatement demandé une autre corne, plus grande, et l'a vidée lui aussi.

— Et les voilà encore debout, fit Estela, songeuse.

— Toutes nos louanges à Dragonetz los Pros, continua le Viking. Pour démontrer sa haute estime envers les hommes de la région, le Jarl Rognvaldr Kali Kollsson propose un défi de la part de ses hommes afin de conclure l'événement sportif avec une partie de *knattleikr*. Dragonetz los Pros accepte-t-il de relever le défi ?

— Au nom de ses hommes, il accepte le défi, s'égosilla Arnaut.

Les trompettes furent accompagnées par les clameurs des deux cents badauds du public, qui espéraient assister à une belle manifestation sportive – en d'autres termes, des os brisés et un bain de sang, par une belle après-midi de printemps.

Dragonetz et le Jarl s'avancèrent alors, s'inclinant en une

révérence formelle devant Ermengarda. Ils se tenaient si près qu'Estela pouvait voir la transpiration scintiller sur le front des hommes, tous deux vêtus à la manière viking avec un pourpoint en cuir d'une extrême sobriété et un pantalon. S'était-elle attendue à ce que Dragonetz la balaye du regard, un sourire en coin figé sur ses lèvres avant de s'épanouir, tourné vers une autre femme des environs ? En tout cas, elle n'aurait pas cru qu'Arnaut pincerait les lèvres d'un air réprobateur en baissant les yeux sur sa taille. Instinctivement, il porta la main à la chaîne autour de son cou arborant son gage de loyauté.

Les mains d'Estela suivirent les yeux d'Arnaut et elle maudit son manque de jugement en effleurant la surface estampée de la rune de l'éclaireur, sur la boucle de sa ceinture. Qu'elle ait des pouvoirs magiques ou non, il s'agissait de la seule possession qui lui revienne de droit et ne soit pas le fruit de la charité. Elle la portait constamment, mais, bien sûr, elle devait donner l'impression de soutenir publiquement le prince des Orcades. Ses joues étaient en feu et il n'y avait rien qu'elle puisse faire désormais sans empirer les choses. De toute façon, cela ne devait guère revêtir d'importance aux yeux d'une personne aussi haut placée que Dragonetz. Arnaut s'inquiétait trop, et elle pourrait facilement s'expliquer auprès de lui, plus tard.

Enfin, la compétition commença pour de bon. Sur fond de clairons, de bavardages, puis de silence trahissant la tension générale, des serviteurs apportèrent quatre javelots et firent reculer toutes les personnes présentes, dégageant un grand arc devant la tribune royale. Il semblait que Dragonetz soit en droit de passer le premier, mais Estela n'arrivait pas à décider s'il s'agissait d'une bonne ou d'une mauvaise chose. Elle avait assisté à des tournois, bien entendu, ainsi qu'à des jeux moins chevaleresques entre les jeunes pages du château de son père, mais rien de la sorte.

— Quelqu'un connaît les règles ? demanda-t-elle à Dame Sancha.

— J'imagine que les Vikings les connaissent.

— Que va donc faire Dragonetz ?

L'éclat artificiel dans les yeux de Dame Sancha se fit encore plus évident lorsqu'elle répondit :

— Ce qu'il fait toujours.

— Improviser en cours de route, murmura Estela.

Elle n'eut pas besoin de confirmation en voyant Dragonetz s'emparer de sa lance, désormais marquée d'un ruban bleu. Il se plaça sur la ligne de départ, se retourna et se mit à courir avant de s'arrêter au niveau du repère. De profil, il lança le javelot, les muscles de son épaule droite saillant alors que son corps suivait la courbe du lancer. Le javelot décrivit un arc parfait, fendant le ciel bleu comme une lame. Il atterrit si loin qu'Estela dut placer sa main en visière pour le voir.

Ce fut ensuite le tour du Jarl. Il se déplaçait avec légèreté pour un homme de sa carrure. Il était à l'aise avec son propre poids et sa force. Quand sa course accéléra, il parut impossible qu'il puisse s'arrêter au niveau de la marque, mais il le fit, employant toute son énergie dans un lancer qui semblait mettre à rude épreuve son physique de géant. Un autre lancer de la main droite. Estela le suivit des yeux, dans une trajectoire plus ascendante, s'incurvant à la perfection, mais – elle retint son souffle – atterrissant légèrement moins loin que celui de Dragonetz. Un à zéro. Quelques mots furent échangés entre les hommes, sans doute des détails relatifs aux règles. Dragonetz hocha la tête pour marquer son approbation avant de s'emparer de sa seconde lance, de la main gauche. La course fut identique, mais son mouvement moins naturel et, lorsqu'il se tourna pour lancer, dans une position inverse à la première fois, Estela perçut un manque de fluidité, une hésitation dans son épaule, avant de remarquer la trajectoire du javelot, longue, mais basse et droite. Il rasa le sol et atterrit à plat. Un lancer nul.

Le prince des Orcades hocha la tête puis enchaîna avec sa seconde lance dans la main gauche, aussi naturellement qu'il l'avait tenue de la droite. Le lancer fut semblable au premier et atterrit juste à côté, toujours moins loin que celui de Dragonetz.

Parmi les applaudissements et les acclamations, Estela souffla :

— Savons-nous qui est vainqueur ?

Personne ne lui répondit. Il ne faisait aucun doute que l'issue du duel serait révélée à la fin. Les serviteurs dirigeaient de nouveau les spectateurs en un cercle plus restreint autour de l'arène, où le Jarl et Dragonetz revêtaient des atours en cuir évoquant des tabliers de forgeron, plus courts et attachés à la manière de chemises, avec un lacet à la taille et un autre au niveau de la cuisse. Ils les portaient par-dessus leur pantalon, mais ils avaient retiré leur chemise.

Au signal de l'un des Vikings, les deux hommes entamèrent le corps-à-corps, une main passée dans le lacet à la taille de leur adversaire, et l'autre dans celui de la cuisse. La différence de taille était évidente lorsqu'ils se trouvaient tous les deux dans cette curieuse étreinte. Ils se déplaçaient en harmonie, comme au début d'une danse, les pieds de l'un épousant les mouvements de l'autre.

Il y eut alors un coup de sifflet et la danse se transforma en un chaos flou et frénétique de jambes en mouvement, chacun essayant de s'accrocher à l'autre et de le jeter à terre. Les deux adversaires poussaient, tiraient, toujours agrippés aux lanières de cuir, leurs pieds distribuant des coups, frappant et se tordant dans des positions impossibles. Ils essayaient de prendre le dessus sur l'autre en tirant parti de son poids. Une feinte, une traction latérale et un pied habile envoyèrent Dragonetz sur le dos.

— Un à zéro, murmura Estela.

Sans en avoir conscience, elle serrait les poings.

Le Jarl se tint sur le côté et attendit poliment que Dragonetz se relève et se dirige vers lui. Une fois de plus, ils s'empoignèrent au niveau des lanières. S'enchaînèrent la même danse, le signal et la lutte, cette fois pendant plus longtemps. Dragonetz utilisait son équilibre pour induire en erreur et contre-attaquer face au Viking, plus grand que lui et incapable de se pencher aussi loin ni avec autant de souplesse que son adversaire plus svelte.

— Aïe, s'exclama Estela. Un partout.

Un balancement d'un côté puis de l'autre, accompagné d'un pied adroitement placé, avait projeté le Jarl au sol dans un bruit sourd.

Ils se lancèrent alors dans le troisième combat. Estela remarqua que Dragonetz effectuait toutes ses actions du côté droit, avec le pied droit. Elle repensa au lancer de javelot.

— Ne le montrez pas, lui intima-t-elle tout en donnant un coup d'épaule droite à un adversaire imaginaire, récoltant des grognements mécontents de la part de ses voisins.

Inéluctablement, le Jarl tenta de forcer Dragonetz sur la gauche, s'attendant à trouver son point faible. Il dut déchanter. L'entraînement du chevalier à la lance s'était peut-être réduit au côté gauche, mais cela ne valait ni pour sa force ni pour sa défense. Emporté par son élan, le Jarl perdit l'équilibre devant la véhémence de la riposte. Perdant le contrôle face à Dragonetz, il tomba au sol une deuxième fois en secouant la tête, furieux de s'être laissé berner.

Dragonetz s'inclina, le Jarl s'épousseta et le rejoignit. Il y eut alors une courte pause afin que les deux hommes puissent retirer leurs cuirs de lutte et se rafraîchir avec l'eau qui leur fut apportée. Si tant est qu'il s'agisse d'eau. Dieu seul savait l'effet qu'aurait sur eux plus de vin, et elle avait déjà observé Dragonetz à l'œuvre dans une rivière. Elle n'avait aucune envie de le voir mettre à l'épreuve la capacité du prince des Orcades à retenir son souffle sous l'eau. Jusque-là, la compétition avait été serrée, mais les deux hommes haletaient, les joues colorées par l'effort. Leur honneur était en jeu lors de cette dernière épreuve et il ne faisait aucun doute qu'ils souhaitaient tous deux remporter la victoire. À quoi exactement faisait référence « la nage » ?

Elle y réfléchissait encore lorsque la foule se passa le mot : ils devaient se rendre aux quais pour assister à la prochaine épreuve. Elle se joignit donc à la cohue dévastant tout sur son passage à travers l'arène redevenue terrain vague. Elle passa à côté d'un javelot, toujours fiché dans le sol, son petit ruban bleu encore fermement attaché autour du manche, et une idée lui vint. Quelques minutes plus tard, elle avait perdu de vue les dames et s'était mêlée aux villageois et aux soldats, dont l'odeur était moins attrayante, mais dont les conversations étaient plus intéressantes.

— Arnaut, lança-t-elle après l'avoir reconnu et rattrapé. Que se passe-t-il ? Qu'est-ce que cette compétition de nage ? D'ailleurs, qui gagne ? Est-ce qu'il va bien ?

— Qui donc ? rétorqua-t-il en jetant un coup d'œil sarcastique sur sa boucle de ceinture. Le prince des Orcades ?

— Ça ne représente rien du tout. C'est simplement un bel ornement. Cessez donc de faire l'idiot et répondez-moi.

— Il a quelques contusions, admit Arnaut. Et je ne sais pas quand l'alcool cessera de faire effet. Avant qu'il se mette à l'eau, je l'espère, sinon il ne saura pas quand s'arrêter.

L'estomac d'Estela se retourna.

— C'est de la nage d'endurance, devina-t-elle.

Arnaut acquiesça.

— Y a-t-il un repère ?

Elle ne reçut pas de réponse et sa panique augmenta.

— Arnaut, dites-moi qu'il y a un repère.

— Le seul repère, c'est le bon sens, lui répondit-il amèrement. Ils nagent vers le large et le premier à faire demi-tour sera le perdant.

— Vous devez l'arrêter ! s'exclama-t-elle. Le bon sens ? Dragonetz ? Et le Viking n'est pas en meilleur état. On le voit à leurs yeux.

— Vous savez que je ne peux rien faire quand il est comme ça.

— Al-Hisba ! Il est quelque part, par ici. Allez chercher al-Hisba.

Arnaut la prit par le bras en douceur et lui parla comme à un cheval effarouché.

— Tout ira bien pour lui, Estela. Il va toujours bien. Et personne ne peut l'arrêter, de toute façon. Il faut laisser passer la tempête.

Hébétée par le sentiment que quelque chose clochait, Estela suivit Arnaut. Il la mena à l'avant de la foule et trouva les autres dames, désormais en compagnie de plusieurs conseillers d'Ermengarda et de nobliaux de la ville. Arnaut se pencha vers elle afin de se faire entendre par-dessus le vacarme.

— Ils sont à égalité. Il a remporté la lutte et il a perdu à la lance, à cause de son tir raté de la main gauche. Tout dépendra de la nage.

Sur ce, il disparut.

Avant qu'Estela ne puisse songer à l'en empêcher, deux silhouettes vêtues de culottes de toile passèrent comme une tornade en direction de la mer et s'y jetèrent depuis le quai. Maintenant, il ne restait plus qu'à attendre en espérant que les silhouettes déchaînées fassent demi-tour à un moment ou un autre. En principe, le perdant en premier, mais qui pouvait savoir ce que décrétaient les règles vikings !

Pendant ce temps, les marchands profitaient de la foule captive. Ils proposaient des douceurs et de l'eau au miel à des prix exorbitants. Estela eut soudain très faim et, bien qu'elle sache que les pâtisseries étaient probablement trop salées pour pousser à la consommation d'eau, elle succomba à l'envie et sortit sa bourse de sa cachette, à côté du poids rassurant de sa dague.

En guise de spectacle sportif, la nage d'endurance laissait beaucoup à désirer. Certains parmi le public s'étaient empressés de réquisitionner tous les esquifs et les chaloupes possibles afin de s'aventurer dans la baie pour essayer d'apercevoir les adversaires. Probablement pour les traquer et les tuer, pensa Estela avec cynisme. En mâchonnant d'épaisses couches de pâte graisseuse, elle avait recouvré ses esprits. Difficile de croire au danger alors que le reflet du soleil brillait sur l'eau, que les enfants jouaient à cache-cache entre les jambes des adultes et que la brise lui caressait la peau.

— Ma Dame Estela.

La voix grave la fit sursauter. Plongée dans ses pensées, elle n'avait pas remarqué qu'un homme en habit d'Église s'était approché. Cependant, elle l'avait vu assez souvent à la table d'honneur pour le reconnaître immédiatement et se demander pourquoi il la rejoignait. Ses manières laissaient entendre que c'était pour parler affaires.

— Quel dommage que les hommes soient venus gâcher une si belle journée par leurs rivalités et leur recherche de gloriole, commenta Pierre d'Anduze, l'archevêque de Narbonne.

En entendant ses propres réticences ainsi exprimées, elle se rendit compte qu'elle n'était nullement d'accord. Que devait-elle dire ? Rien, c'était encore le plus sûr.

— Vous n'êtes pas de cet avis ? s'enquit-il.

Le mutisme n'était plus une option. Il s'agissait du légat pontifical, le prélat le plus puissant d'Occitanie, qui la piégeait dans une conversation. Pourquoi ? Son esprit y réfléchissait sans relâche tandis que sa bouche répondait :

— Je suis certaine que la présence de Votre Grâce nous rappelle à tous qu'il y a de plus nobles desseins dans la vie.

Il la regarda attentivement, comme pour la jauger. Elle lui retourna la faveur. Il était bien plus grand qu'elle et trahissait les signes de son âge avancé. Ses cheveux poivre et sel se raréfiaient sur son cuir chevelu moucheté par des taches de vieillesse. Ses yeux étaient légèrement embrumés par la cataracte, mais son port était altier, malgré sa bedaine, et sa voix exprimait l'habitude qu'on lui montre du respect. Elle se força à détourner le regard pour lui laisser penser qu'elle était intimidée. Laisse croire que ta gauche est faible, se dit-elle, et pousse-le à trahir toutes ses tactiques.

— Vous êtes nouvelle à Narbonne, continua-t-il en douceur.

Elle garda le regard modestement baissé.

— Mais vous avez déjà provoqué tout un émoi.

— Je suis flattée, votre honneur.

— Ne le soyez pas. La flatterie n'est qu'un danger parmi tous ceux qu'encourt votre âme immortelle au sein de cette cour frivole, où vous jouez l'oiseau chanteur entouré d'une compagnie douteuse.

Ce n'était guère surprenant pour Estela que l'archevêque désapprouve les jeux, la musique profane et, de ce fait, toute la sophistication de la cour d'Ermengarda. Son animosité envers elle était connue de tous. D'après les rumeurs que la jeune femme avait pu entendre, Anduze ne s'était pas autant rapproché de Toulouse que son prédécesseur, mais au cours de ses huit mois au pouvoir, il s'était déjà confronté à la souveraine de Narbonne pour des droits juridiques, des droits de terres et, bien sûr, l'état de son âme immortelle. Non, la désapprobation de l'archevêque n'était pas une surprise, mais pourquoi diable prenait-il la peine de lui en faire part en personne à elle, une inconnue ?

— J'ai beaucoup à apprendre, Votre Grâce.

— De toute évidence. Et vous êtes encore assez jeune pour tirer profit de conseils judicieux.

Estela avait sa petite idée quant à la source desdits conseils.

— Cela vous ferait le plus grand bien de trouver un protecteur plus responsable, quelqu'un qui se préoccupe de votre réputation. Ce qui ne se peut trouver que chez une personne prenant soin de sa propre réputation.

Cela concernait donc Aliénor ? Il lui semblait tout de même étrange que l'archevêque porte un tel intérêt au salut de l'âme d'Estela !

— Et le jeune homme, notre champion des jeux, ricana-t-il, ferait bien de bénéficier de quelques conseils, lui aussi. De la part de quelqu'un qui s'y connaît en moulins. Vous avez vu le moulin, si je ne m'abuse ?

— Oui, commença Estela avec enthousiasme. Sa construction a demandé beaucoup de travail.

— Un moulin à papier, l'encouragea Anduze. Une expérience ingénieuse, mais, bien entendu, cela ne fonctionnera pas dans la pratique.

— Oh, il fonctionne déjà, répondit âprement Estela. Maintenant qu'ils ont réglé les marteaux…

Elle s'interrompit en détectant un intérêt croissant chez son interlocuteur. Elle se rappela après-coup que la production de papier ne serait pas bien reçue par l'Église.

— Vraiment ? Et que font très exactement ces marteaux ? lui demanda Anduze, un rictus aux lèvres, l'encourageant à continuer.

Estela lui rendit un sourire tout aussi faux, qui signifiait *je ne suis qu'une femme.*

— Je n'en ai pas la moindre idée. C'est ce que j'ai entendu dire par l'un des hommes. Je pense que les ouvriers apportent des marteaux pour réparer la roue à eau ou quelque chose de ce genre. Je n'ai pas la moindre idée de la façon dont tout cela fonctionne, mais je suis certaine que Messire Dragonetz ne serait que trop heureux de parler du moulin avec vous.

Le sourire disparut.

— Ne jouez pas avec moi, fillette. Vous n'êtes pas plus de taille que ce démon que vous voyez là.

Il fit un signe de la tête en direction de la mer et agita un doigt boudiné vers la gorge d'Estela. Sa main se resserra autour de la poignée de sa dague, mais elle se tint immobile, comme elle l'eût fait avec un serpent dressé.

— Pas plus de taille et tout aussi susceptible de vous noyer. Ne l'oubliez pas, lui assena-t-il.

Puis il s'en alla, se frayant un passage majestueux parmi la foule, distribuant ses bénédictions à droite et à gauche avant de disparaître hors de sa vue.

Le pressentiment de mauvais augure qui avait saisi Estela revint de plus belle. Elle espérait n'avoir dévoilé aucune information susceptible d'être utilisée contre Dragonetz et elle examina l'eau avec angoisse, espérant sottement repérer deux têtes parmi l'écume et les bateaux qui tanguaient. Cela ne devait pas faire plus de vingt minutes que les hommes s'étaient éloignés et ils étaient tous deux bons nageurs. Des heures d'attente pouvaient être à prévoir. Ils avaient dû nager en dehors du port vers le large et elle eut des sueurs froides à la seule pensée des monstres tapis dans les profondeurs, des serpents et des krakens, des requins et des léviathans.

Son estomac noué se manifesta une fois de plus, lui signifiant qu'il était arrivé malheur. Lorsqu'elle entendit les cris provenant des bateaux remonter comme une vague parmi le public sur le quai, elle sut qu'il ne s'agissait pas d'un retour triomphal. Rassemblant ses jupes, elle joua des mains et des pieds pour s'ouvrir un chemin jusqu'à l'avant de la foule qui s'était agglutinée autour d'un petit groupe d'hommes. Au centre se trouvait le prince des Orcades, à genoux, la tête penchée en avant, son corps massif soulevé par l'effort de chaque respiration. À côté de lui gisait le corps inerte de Dragonetz los Pros.

Se débattant pour arriver jusqu'aux deux hommes, Estela vit que Dragonetz respirait, bien que de façon irrégulière, et que ses yeux étaient ouverts. L'illusion de la mort était due à sa position, étendue et immobile, qui lui ôtait sa prestance et faisait paraître son corps curieusement ratatiné. Elle s'accroupit près de lui, surprise que son corps convulse avant de s'immobiliser. Résolument fermée à ses émotions, elle essaya de se rappeler tout ce que sa mère lui avait enseigné, pendant qu'elle observait son teint blême, ses pupilles dilatées, la transpiration ruisselante sur son cou et son torse, ainsi que les battements effrénés et irréguliers du cœur sous sa main.

— Allez chercher al-Hisba. Trouvez-le où qu'il soit et dites-lui d'apporter ses médicaments, lança-t-elle en espérant qu'on lui obéirait. Qui peut me dire ce qu'il s'est passé ?

Entre deux halètements, le Jarl lui répondit :

— Il me devançait tel Loki sous sa forme de saumon, mais il n'a pas tardé à ralentir. Je l'ai presque rattrapé et il a commencé à remuer dans l'eau, s'époumonant comme s'il était assailli par un monstre. Je pensais qu'il plaisantait, mais quand je l'ai rattrapé, il a coulé. Je l'ai agrippé et il s'est jeté sur moi en hurlant des propos incohérents sur les ténèbres et les ennemis. Alors, continua le Viking en haussant les épaules, je l'ai assommé et je l'ai ramené jusqu'au rivage, où il a repris connaissance. Mais il se trouve dans l'état où vous le voyez. Il y a de la magie à l'œuvre ici, quelque chose de maléfique.

Il cracha sur le bord du quai et traça un signe en l'air.

Contre la magie, Estela ne disposait d'aucun remède. Alors qu'elle observait le visage de Dragonetz à la recherche d'indices, les yeux du rescapé cessèrent d'errer dans un paysage imaginaire et s'arrêtèrent sur elle. Elle le vit reprendre connaissance, malgré la dilatation de ses pupilles. Il lui agrippa la main, qui reposait encore sur son torse et qui transmettait, à travers son corps, un martèlement de mauvais augure. Il avait du mal à parler, comme si sa bouche était sèche au lieu d'être mouillée par la mer. Ses lèvres tentèrent faiblement de lancer le sourire en coin qu'elle connaissait si bien.

— Su'erbe, énonça-t-il en tapotant sa main. On s'marie. 'Licitations.

— Estela ? fit alors la voix d'al-Hisba.

En même temps, Arnaut s'exclama :

— Mon Dieu, que lui ont-ils fait ?

— Poisson, souffla Dragonetz en guise de contribution pertinente.

À son regard vague, Estela se rendit compte qu'il les avait de nouveau quittés. Les pupilles dilatées, songea-t-elle. Soudain, elle comprit. Si l'on ingérait les gouttes, délibérément ou non, non seulement aurait-on les yeux légèrement plus brillants et les pupilles dilatées, mais cela s'accompagnerait de fièvre, d'hallucinations, d'une bouche sèche, d'un cœur affolé, puis d'une mort inéluctable.

— Ma chérie, lui avait dit sa mère. Je sais que c'est à la mode et que c'est joli, mais je pense que tu ne devrais rien te mettre dans les yeux qui soit toxique pour le corps. S'il te plaît, ne le fais pas.

Elle s'en était gardée ; or la plupart des dames avaient recours à ce subterfuge.

— Al-Hisba, commença-t-elle en se tournant urgemment vers l'Arabe, la mine grave. Je pense qu'il a été empoisonné à la belladone. Si j'ai raison, je ne sais pas ce que nous pouvons faire ! Le faire vomir ? Est-ce que cela fonctionnerait ?

Al-Hisba la remplaça à côté du corps tremblant, écarta des doigts les paupières de Dragonetz et les observa. Il chercha les battements de son cœur, hocha la tête en direction d'Estela et se mit immédiatement à fouiller sa bourse pour en retirer une poudre.

— Arnaut, pouvez-vous aller chercher de l'eau ? Cela vient des fèves de Calabar, les « haricots de l'Ordalie » du peuple kanem d'Afrique, expliqua-t-il à Estela. Il s'agit d'un poison, mais si nous avons raison, cela fonctionnera comme antidote.

Arnaut tendit une flasque à al-Hisba et quelqu'un hurla :

— Le Maure est en train de l'empoisonner !

Estela se leva. Avec Arnaut, pendant qu'al-Hisba administrait le médicament, elle affronta les hommes qui avançaient vers eux.

— Espèce d'idiots, il est en train de lui sauver la vie ! hurla-t-elle.

La panique collective aurait pu prendre le dessus si le Jarl ne s'était pas redressé avant de s'interposer, prononçant des mots dans sa langue étrange. En quelques secondes, les autres Scandinaves fendirent la marée humaine et formèrent une garde autour de Dragonetz. Ils furent rapidement rejoints par ses propres gens d'armes, qui éloignèrent la foule. Estela reporta son attention sur le patient. Il était encore rouge et fiévreux, mais elle se répéta qu'il fallait du temps pour qu'un remède fasse effet. Elle était certaine qu'il s'agissait de la belladone et elle faisait confiance au savoir d'al-Hisba. Les yeux errants croisèrent son visage et se concentrèrent de nouveau. Dragonetz avança la main et effleura ses cheveux, remarquant ce qui avait échappé à Arnaut.

— Ma'fique, dit-il.

Le ruban bleu qu'elle portait dans ses cheveux.

— 'Est mon ruban.

L'instant d'après, ses yeux se fermaient.

— Il va dormir, la rassura al-Hisba. C'est la loi de la nature.

Le public battait déjà en retraite lorsque le message circula : le jeu de *knattleikr* commencerait dans l'arène dès que les deux équipes seraient en place. Voilà qui chassa les spectateurs encore présents en quelques secondes. Une civière fut apportée pour ramener au palais Dragonetz, accompagné d'al-Hisba. Estela se laissa prendre dans les spéculations abondantes des dames d'Ermengarda, mais ses pensées se trouvaient ailleurs. Elle répondit brièvement aux interrogations d'Aliénor et remarqua l'échange qui s'ensuivit entre la reine et Ermengarda. Cependant, elle avait l'impression que son propre esprit était brouillé par la belladone et que ce qu'elle distinguait autour d'elle n'avait aucune substance.

Dans un état second, elle vit Raoulf et Arnaut tendre en toute urgence des bâtons incurvés aux neuf joueurs choisis, dont ils faisaient partie. Ces derniers récompensèrent la foule de sa patience par la démonstration d'échange de balle la plus pitoyable que l'on ait jamais vue en Occitanie. Les hommes de Dragonetz n'avaient pas besoin d'une autre équipe pour se blesser, se gratifiant les uns les autres de coups de bâton avec une régularité qui prêtait à sourire, ignorant complètement les règles hormis l'objectif : envoyer la balle entre les poteaux du but adverse.

Stupéfaits par l'incompétence de leurs adversaires, les Vikings en perdirent leur propre maîtrise des passes et des tirs. Mais ils n'étaient pas en reste pour décocher des coups dans les tibias ou projeter la balle vers des parties du corps vulnérables et sans protection plutôt que vers le but. Le Jarl ne jouait pas, par respect pour l'absence forcée de Dragonetz, mais il aboyait ce que l'on pouvait interpréter comme des instructions, suffisamment proche du terrain pour distribuer des coups de poing aux joueurs qui passaient près de lui de temps à autre. Une vive querelle éclata lors d'un but contesté et l'on en vint aux mains, allumant la mèche du côté des deux équipes. Les spectateurs virent là l'occasion d'affluer sur le terrain et de prendre part eux-mêmes à ce bel événement sportif. Le Jarl fit une pause pour adresser une révérence à Ermengarda. À peine audible par-dessus la querelle, il déclara officiellement les jeux terminés sur un score d'égalité. Puis il retourna au pugilat. Ce fut ce moment que choisirent les dames pour s'en aller. Parmi elles, Estela était impatiente de retourner au Palais pour prendre des nouvelles.

CHAPITRE ONZE

— Est-ce que j'ai gagné ? demanda Dragonetz à Estela.

Elle sut qu'il était redevenu lui-même, bien que pâle et crispé, allongé sur sa couche avec une ébauche de sourire.

Elle avait approché un siège afin d'être assise assez près du lit pour observer son état physique de manière discrète. Arnaut ne tenait pas en place. Il marchait de long en large tout en continuant de marmonner qu'il n'était pas convenable pour elle de se trouver là et que, non, personne ne penserait jamais qu'il était tout indiqué pour la chaperonner.

— Le Jarl a déclaré une jambe cassée, deux poignets brisés, de nombreuses entorses et contusions, et assez d'effusions de sang pour purifier une ville tout entière et justifier une retraite générale, lui apprit Estela. Mais ce n'est pas le plus important !

— Un homme civilisé, ce Jarl, releva Dragonetz. Dites-moi donc qui m'a empoisonné.

Arnaut cessa de faire les cent pas.

— Tu pourras parler de cela une fois que tu te sentiras mieux ! Estela ne devrait pas se trouver ici. Cela prête flanc aux rumeurs.

Dragonetz remua une main alanguie, rejetant l'idée de rester seul afin de se reposer.

— Ma tête va bien, c'est simplement mon corps qui a besoin d'un peu plus de temps. Aliénor et Ermengarda se chargeront de soigner la réputation d'Estela.

Cette dernière se garda de toute réaction devant cette présomption désinvolte – après tout, il était encore malade – et lui rapporta sa conversation avec l'archevêque.

— Est-il possible qu'il ait souhaité ma noyade ? songea Dragonetz. Ce n'est pas très bon pour son âme immortelle.

— Cela fait désormais trois fois que l'on essaie de vous assassiner, fit remarquer Estela.

— Était-ce une tentative d'assassinat ? Ou bien une menace ? Par trois fois ? Et l'attaque qui vous a visée dans la salle des bains ? Est-elle liée ? Avez-vous vos propres ennemis, Estela ?

Elle ignora sa dernière question.

— La belladone est extrêmement vénéneuse lorsqu'elle est ingérée. Ses effets sont visibles en un quart d'heure, selon la dose. Je n'ai pas besoin de vous expliquer quels sont les symptômes !

Il grimaça, les sourcils froncés.

— J'imagine que la belladone se trouvait dans l'eau que vous avez bue après la lutte et qu'elle visait à vous affecter pendant la nage. Si le Jarl s'était trouvé devant vous plutôt que derrière, vous vous seriez noyé en vous battant contre des monstres marins imaginaires. Et si al-Hisba n'avait pas mis ses connaissances à l'œuvre, le poison vous aurait tué.

— Vous pensez donc que la dose visait à me tuer ?

— Oui !

— Peut-être, la contredit al-Hisba, qui venait d'entrer dans la chambre. Estela a raison, la belladone peut tuer, mais à faible dose, elle est utilisée comme somnifère…

— S'il s'était endormi au milieu des flots, il serait tout aussi mort, objecta Estela.

— … mais, toujours à faible dose, elle peut également provoquer un sursaut d'énergie. Vous nagiez avant d'avoir des hallucinations. Il est donc possible que quelqu'un ait cherché à s'assurer votre victoire, estimant cette médecine plus simple à contrôler qu'il ne le pensait.

— Moi-même, j'avais parié sur toi, commenta Arnaut, mais si j'avais voulu te donner un coup de fouet, je n'aurais jamais pensé à la belladone !

— Non, convint Estela. Je pense qu'il est plus probable qu'elle ait été utilisée comme poison, un poison mortel.

— Vous avez probablement raison, mais il était important que vous connaissiez ses autres propriétés. Si je les connais, d'autres le savent également.

— Et l'accès à la plante ? demanda Dragonetz. N'importe qui aurait pu en verser dans mon eau, quant à s'en procurer ?

— N'importe quelle dame qui vous fait les yeux doux, lui répondit Estela avant de s'expliquer. Les dames s'en versent quelques gouttes dans les yeux pour les faire briller. Si l'on prête attention, en plus d'être plus brillants, les yeux ont la pupille plus dilatée qu'à l'accoutumée.

Il la fixa avec attention.

— Non, répondit-elle vivement. On m'a dit que c'était dangereux.

— N'importe quelle dame pourrait donc obtenir des gouttes de belladone.

— Et n'importe quel serviteur s'en procurer chez un apothicaire pour le compte de n'importe quelle dame, ou encore n'importe qui s'emparer des gouttes de n'importe quelle dame. On en trouve absolument partout, impossible d'en connaître la provenance !

Estela s'en rongeait les ongles.

— C'est une très vilaine habitude, vous savez, lui indiqua Dragonetz.

— Je le sais, ma… on me l'a toujours dit.

Dragonetz arqua un sourcil, intrigué par son erreur, mais elle l'ignora.

— Et si… commença-t-elle. Non, c'est trop fantaisiste.

— Continuez.

— Et si *c'était* une dame ? Cela ne signifie pas que Toulouse ou l'archevêque, voire les deux, ne se cachent pas derrière elle, mais ce pourrait être l'une des dames qui a versé les gouttes dans l'eau. Est-il possible qu'une femme soit impliquée dans l'attaque à l'arbalète ?

Arnaut et Dragonetz échangèrent un regard.

— Il est possible que l'une des dames ait volé le sceau d'Aliénor, qu'elle ait entendu notre mot de passe et qu'elle l'ait utilisé.

— Pas une dame d'Ermengarda, mais d'Aliénor, dans ce cas. Une dame qui a voyagé avec nous.

Estela opina devant la confirmation de ses soupçons.

— Vous avez quelqu'un en tête.

Elle hésita.

— Dame Sancha, dit-elle enfin. Elle est plutôt intelligente, toujours à fureter et, murmura-t-elle doucement, elle ne m'apprécie guère, ce qui expliquerait aussi le verre brisé.

Si seulement elle avait pu identifier la voix dans la grande salle, celle qui commentait sa marche mal assurée, une voix qui savait pourquoi et qui en tirait un véritable plaisir ! Alors, elle en aurait le cœur net.

— Non, trancha Dragonetz, étonnant de certitude. Ce n'est pas Dame Sancha. Elle ne se serait pas rendue à la salle des bains commune, pas même habillée. Vous devez chercher quelqu'un d'autre.

— Comment pouvez-vous en être si sûr ?

— C'est ainsi. Et cela ne vous regarde pas.

Estela eut l'impression qu'il lui avait claqué une porte au visage. Elle se leva pour s'en aller.

— Arnaut a raison. Vous avez besoin de repos maintenant.

— Merci d'être venue.

Les yeux de Dragonetz essayaient de croiser les siens, mais elle était incapable de répondre. Elle ne pouvait pas lui poser la question qui lui taraudait l'esprit. Qu'avait-il voulu dire, dans son délire, par son discours au sujet de mariage et de félicitations. Allait-il se marier ? Souhaitait-il qu'on le félicite ? Elle imagina alors une belle épouse issue de la noblesse, s'occupant des bambins en Aquitaine pendant que son mari aventurier était en voyage. Peut-être s'agissait-il d'un vestige du Dragonetz qu'elle avait imaginé lorsqu'elle avait entendu, pour la première fois, ses paroles interprétées par le troubadour de son père.

Elle s'était figuré un homme d'âge mûr, qui transformait habilement ses expériences passées en poésie émouvante. Elle n'avait pas imaginé ce compagnon, véritable feu de joie, dont les capacités à l'émouvoir ne se limitaient pas à la poésie. Elle ne savait pas si elle était plus perturbée par la pensée qu'il ne soit pas marié ou qu'il soit sur le point de l'être. Et elle ne voulait pas savoir pourquoi cela la perturbait de quelque façon que ce fût.

Estela dut attendre un entretien officiel, trois heures plus tard, avec Ermengarda et Aliénor, pour savoir très exactement qui allait se marier.

— Ma Dame Aliénor, ma Dame Ermengarda, c'est un véritable honneur.

Estela masqua son trouble par une révérence.

— Je suis véritablement bouleversée.

C'était la pure vérité. Quelques semaines plus tôt, elle avait vécu la misère dans un fossé, et voilà qu'on lui offrait la sécurité financière à vie et une place parmi les troubadours de la cour d'Ermengarda. Tout ce dont elle avait toujours rêvé. Elle s'était toujours attendue à se marier un jour et, d'après ce qu'on lui avait dit, ce bourgeois respectable était tout ce que sa mère aurait souhaité pour elle. Sa réponse ne faisait aucun doute et elle ne déçut pas les deux souveraines en leur faisant part de sa gratitude. Elles rayonnaient toutes deux, satisfaites de leur bel acte de charité.

Prenant le bras d'Estela alors qu'elle se relevait de sa révérence, Ermengarda lui adressa un sourire chaleureux.

— Nous pourrons discuter des détails à une autre occasion. Vous vous rendrez bientôt compte de la liberté que vous offrira le mariage.

En s'attachant à la confiance aveugle de la souveraine de Narbonne, Estela pouvait y croire, mais le visage de la femme plus âgée s'assombrit et Aliénor murmura :

— Pas toujours.

Ce fut la dernière chose qu'Estela entendit avant de sortir.

Elle se dirigea aussitôt vers les écuries. Un instinct lui dictant de s'échapper du Palais guidait ses pas, la menant aveuglément à travers les couloirs et les jardins. Une silhouette blanche familière s'approcha d'elle dans sa course, la cognant à la cuisse avec sa grosse tête. Sans y réfléchir, elle claqua des doigts pour qu'il la suivît, habitude du soir qu'elle avait prise depuis l'incident du verre brisé. Elle se sentait plus en sécurité avec ce chien imposant barrant l'accès à sa chambre, et il semblait aussi content de lui tenir compagnie lorsqu'elle l'appelait que de se joindre à la meute quand il n'avait pas sa place auprès d'Estela.

— Viens, Nici, murmura-t-elle en continuant son chemin vers l'écurie.

L'odeur viciée de la paille, de la sueur et du fumier eut l'effet d'une plante somnifère et elle fut soulagée en apercevant le large dos et les cheveux taillés de Peire, penché sur une fourche pour nettoyer les lieux. Elle n'était pas d'humeur à fournir de longues explications ni à faire preuve de courtoisie. Peire ne lui poserait pas de questions compliquées et ne lui ferait aucune semonce sur l'inconvenance de monter seule à cheval lorsqu'on était une dame.

— Peire, lança-t-elle.

Son visage s'offrit à elle, aussi candide qu'une marguerite au soleil.

— J'ai besoin que tu me prépares une selle. Si Tou n'est pas prête, je prendrai un autre cheval.

— Ma Dame, je peux préparer Tou, mais j'aurai besoin d'un peu de temps. Souhaitez-vous revenir plus tard ?

Il chassa de ses yeux une mèche égarée et Estela ne put s'empêcher de penser à un poulain rétif agacé par les mouches. Même ses cheveux ressemblaient davantage à une solide queue de cheval qu'à ceux d'un humain.

— J'attendrai, décréta-t-elle. Ça me fait du bien d'être ici. Prends ton temps.

Elle n'oublia pas de sourire, puisque le sourire d'une dame avait valeur de monnaie d'échange pour un pauvre valet d'écurie. Elle fut reconnaissante lorsqu'il hocha la tête et s'accorda à son humeur en s'activant en silence. Ses yeux bleus étaient plus perspicaces qu'elle ne l'avait cru. Peire allait et venait avec la sellerie, avant d'amener Tou. Il parla doucement à la jument tout en resserrant les sangles, les ajustant avec adresse. Il flatta l'encolure de Tou du plat de la main et Estela frissonna. Lorsqu'elle cessa de caresser l'oreille de Nici, le chien poussa un gémissement plaintif avant de lui donner en vain de petits coups de tête.

— Ma Dame.

Peire lui offrit ses mains et elle monta en selle, froissant autour du pommeau une robe totalement inadaptée à l'équitation. Quel mal y avait-il à cela ? Elle aurait bientôt autant de toilettes qu'elle le souhaiterait. Après avoir remercié Peire d'un mouvement de la tête, elle lança Tou en avant. Nici courait à ses côtés, avec la souplesse du loup, son ennemi. Sans prêter attention aux regards intrigués des Narbonnais, Estela conduisit Tou hors de l'enceinte de la ville, hors de la vue des badauds. Dès qu'elle se trouva en plein air, elle l'éperonna pour aller aussi vite que possible, mais elle avait l'allure d'une cuisinière bedonnante se hâtant chez le boulanger avant qu'il ne ferme boutique. Lassée du roulis, Estela ramena Tou au pas et laissa ses pensées vagabonder vers son incroyable entretien avec les deux souveraines.

Estela réfléchit aux éléments de son avenir, tels qu'on les lui avait présentés. Elle serait mariée à Johans de Villeneuve, un propriétaire terrien, veuf et père de quatre enfants adultes. Un homme à l'aise financièrement et qui le serait encore plus après la reconnaissance généreuse d'Ermengarda pour ses services de conseiller et de négociateur. Une part de cette générosité représenterait la dot d'Estela, une fortune personnelle à sa propre disposition, lui offrant l'indépendance à vie. Elle continuerait de vivre au Palais en qualité d'artiste de la cour, parmi les dames d'Ermengarda, mais avec les privilèges supplémentaires et la liberté dont elle avait besoin pour développer son talent. Elle continuerait d'enseigner à Bèatriz et elle bénéficierait elle-même du tutorat de Marcabru. Pourquoi l'idée d'avoir Marcabru comme professeur l'emplissait-elle de déception ?

L'indépendance à vie. Chanter à la cour de Narbonne. La possibilité de réaliser son rêve, de développer ses compositions et peut-être même, un jour, de chanter ses propres chansons. Elle avait seize ans et son futur s'annonçait radieux. Sa mère serait si fière d'elle ! Alors, quel était le problème ? Ou plutôt, les problèmes.

Le mariage lui faisait peur. Elle songea aux rares et précieuses conversations avec sa mère sur la façon de tenir un foyer, de soutenir politiquement son mari, de porter son héritier. Entourée d'animaux de ferme pendant son enfance, Estela savait parfaitement ce que l'on attendrait d'elle lors de sa nuit de noces. En dépit de sa nervosité, elle était curieuse et elle avait envie de devenir une femme, d'être reconnue en tant que telle. Sa mère n'avait pas eu besoin de l'avertir, elle savait que les chants d'amour ne dépeignaient pas le quotidien du ménage, même heureux, et ce n'était pas un hasard si les amants, dans les chansons, n'étaient jamais mariés, ou tout du moins, pas l'un avec l'autre.

Non, Estela n'était pas femme à confondre un élan de passion avec une décision engageant le reste de sa vie. Mais qui était donc ce Johans de Villeneuve ? De toute évidence, il était vieux. Il devait avoir au moins quarante ans pour avoir des enfants de son âge ou plus âgés encore. Était-il laid ? Pourquoi souhaitait-il l'épouser ? Qu'attendrait-il d'elle ? L'avait-il déjà vue ? Il ne faisait aucun doute que c'était un homme d'Ermengarda et que ce mariage, ainsi que la récompense promise, marquerait aux yeux de tous la faveur dont il jouissait auprès de la vicomtesse.

Estela était-elle prête à devenir sujette d'Ermengarda ? Elle s'habituait tout juste au service d'Aliénor, et voilà qu'elle était offerte à une autre. Son amertume passagère en voyant qu'Aliénor était capable de se séparer d'elle si promptement disparut lorsqu'elle se souvint des mots de la reine.

— Paris est comme une prison pour une femme d'esprit. La seule chose qui change chaque jour est la forme que prend la torture. Moi, je ne peux m'y soustraire, mais ce n'est pas ce que je te souhaite. Cette proposition est un présent tout autant de ma part, pour la gloire de ta voix et de ton avenir, que de la part de Dame Ermengarda. J'espère que tu t'empareras des deux mains de cette vie que nous t'offrons, que tu prendras ton envol… et que tu voleras pour moi aussi. J'ai choisi un autre chemin, mais je t'envie.

Il était clair que Johans de Villeneuve accepterait l'absence de sa femme, puisqu'Estela vivrait au Palais et qu'elle aurait des devoirs envers la cour. Les conseils de sa mère sur la gestion d'un foyer ne seraient pas de mise – pas encore, tout du moins. Lui rendrait-il visite au Palais ? Pour leurs devoirs conjugaux ? Sans doute. Bien qu'il ait déjà des héritiers, il n'en avait que quatre et personne n'estimait en avoir suffisamment. Une seule épidémie de peste, et la mortalité galopante mettrait fin à tous ses projets. Oui, elle était nerveuse à l'idée d'avoir des enfants, mais elle était en âge et elle acceptait d'honorer son devoir. Elle serait la femme que sa mère avait espérée et elle obtiendrait des réponses à ses questions après le mariage, lorsqu'elle découvrirait quel genre d'homme était Johans de Villeneuve. Jusque-là, elle devait faire confiance à Ermengarda, qui avait fait son choix dans l'intérêt d'Estela. L'intention de la vicomtesse était incontestable. Estela toucha sa rune de l'éclaireur, retraçant le sillon qui y était gravé.

— C'est le chemin que je dois accepter, chuchota-t-elle. Ermengarda, Narbonne, un futur où la musique est présente. Et Johans de Villeneuve.

Quant au chemin qu'elle n'emprunterait pas ? Ses doigts remontèrent le sillon opposé, sur la boucle, et elle imagina un ruban bleu, un sourire de biais et une aubade dans laquelle deux amants se séparaient. Elle retira sa main dans un sursaut, comme si elle s'était brûlée et, dès qu'elle rompit le contact, les images la quittèrent. Elle chassa ces sottises de son esprit et songea au problème qu'elle devait absolument résoudre, et ce avant les noces. Une femme ne pouvait se marier sous un pseudonyme.

Ses pensées furent interrompues par le fracas de sabots en approche. Pendant un instant d'extravagance, elle crut qu'elle avait invoqué l'homme en question par la force de son esprit et qu'il était venu l'emporter sur son destrier noir.

— Estela ! la salua Arnaut, hors d'haleine.

Ses joues étaient roses et ses yeux gris étincelaient. Ses cheveux blonds flottaient telle une auréole et il ressemblait à un magnifique ange vengeur en armure. Son cheval n'était pas noir et n'avait rien d'un destrier. Il était plutôt replet et il soufflait fort à cause de l'exercice physique auquel il n'était pas habitué. Il fit un léger écart à la vue de Nici, lorsqu'Arnaut s'arrêta.

— Dragonetz m'a envoyé vous chercher.

— Oh, vraiment, répondit-elle sèchement.

— Ce n'est pas prudent de vous promener seule à cheval !

— Selon les dames d'Ermengarda, votre compagnie serait encore moins sûre.

Arnaut rougit.

— En temps normal, j'éviterais d'alimenter les rumeurs à votre égard, mais je ne fais que suivre les ordres.

Estela retint une réponse sarcastique, et elle s'en félicita lorsqu'il continua.

— Mais je vous aurais tout de même suivie. Ceci…

Il jouait avec la chaîne autour de son cou, où se trouvait son gage.

— Ceci signifie quelque chose pour moi. Je vous ai prêté serment, et si la moindre menace plane sur vous, je ne la laisserai pas se concrétiser.

Estela se sentait bien vieille à côté de sa fougue juvénile, mais elle se rappela alors que, en dépit de sa jeune allure, il avait vu la guerre *Oltra mar* et que son épée n'était pas un jouet. Pas plus qu'il ne l'était. Elle devait être vigilante.

— Qu'est-ce qui vous fait penser qu'une menace plane sur moi ? demanda-t-elle avec circonspection.

— Dragonetz dit que vous allez vous marier.

Estela pinça les lèvres avec agacement, mais elle répondit à l'homme qui se tenait à côté d'elle et non à celui qui n'y était pas.

— C'est vrai, mais c'est une nouvelle… très récente.

Sans se laisser décontenancer, Arnaut souligna :

— Je pense que Dragonetz est au courant de bien des événements avant qu'ils ne se produisent.

— En effet.

— Je dois vous dire deux choses importantes, Estela, et je veux que vous y réfléchissiez avant de me répondre, au lieu de le faire séance tenante. Vous n'avez pas à épouser cet homme si vous ne le souhaitez pas.

Le cœur d'Estela s'arrêta lorsqu'elle devina ce qu'il était sur le point de lui dire.

— Je serais honoré de vous avoir comme épouse.

— Arnaut… commença-t-elle, mais il lui coupa la parole.

— Je vous en prie, laissez-moi terminer. Vous m'avez dit qu'il ne pourrait y avoir rien d'autre que de l'amitié entre nous. Mais mon amour et votre amitié conjugués résulteraient peut-être en un mariage meilleur qu'avec cet homme que vous ne connaissez pas ! insista-t-il. Si votre réponse est toujours non et si vous souhaitez que je tue cet homme, je le ferai.

Estela déglutit péniblement.

— Arnaut, je dois répondre maintenant, car sinon, la question ne fera que peser sur nous. Ma réponse ne changera pas.

Elle observa le profil fixe et sévère du jeune homme à cheval à côté d'elle.

— Il n'y a aucune formulation simple. J'aimerais vous aimer, mais ce n'est pas le cas, pas de cette façon.

— Vous aimez encore moins cet homme que vous épousez !

— Ainsi, on n'attend rien de plus de ma part et personne ne sera déçu. Vous méritez quelqu'un qui soit digne de vous. Non, ne me contredisez pas. Je ne fais que parler de ce que vous ressentez. Oui, nous sommes amis et je souhaite que nous le demeurions. Un mariage causerait trop de douleur, pour vous comme pour moi, ainsi que tous ceux qui vous entourent. Ce serait un choix malheureux que de nous marier en dépit du bon sens. Parlons de bon sens, non seulement d'amour. Raoulf serait heureux, n'est-ce pas, de vous voir épouser une indigente trouvée dans un fossé ! Vous savez que je ne posséderais rien si je venais à refuser la générosité de ma Dame.

— Mon père n'a pas son mot à dire sur tous les sujets, marmonna Arnaut.

— Et je suis certaine que votre mère m'accueillerait au coin du feu, où je m'assiérais pour faire de la broderie pendant que vous suivriez Dragonetz lors de sa prochaine campagne. Il me faudra supplier vos parents de me donner une nouvelle robe ou une pièce pour aller au marché.

— J'ai quelques revenus.

La voix d'Arnaut était basse.

— Qui deviendront plus importants lorsque vous rencontrerez l'héritière de vos rêves.

Estela se retint d'ajouter : « et des rêves de vos parents ». Nul besoin de remuer le couteau dans la plaie.

— Nous ne sommes plus des enfants et nous devons prendre des décisions d'adultes.

— Vous ne voulez donc pas qu'il soit tué, maugréa Arnaut, taciturne.

— Je veux que vous soyez aimable avec lui. Sauf si, bien sûr, je change d'avis un jour et vous demande de l'occire.

— Vos désirs seront des ordres, promit-il.

— Voilà qui me rassure grandement. Mais il suffit. Mon mariage ne présente qu'un intérêt limité. Dites-moi comment vont les choses au moulin.

Bien qu'elle ait lancé le sujet afin de détourner les pensées d'Arnaut, Estela se passionna pour la complexité du séchage, du découpage et de l'envoi du papier. Elle ne s'était pas rendu compte que les choses avaient tant avancé. Ce fut en discutant, avec entrain et amitié, de la possibilité de filigraner le papier qu'ils rentrèrent tous deux à Narbonne.

Dans l'intimité de sa chambre, Estela revint peu à peu de sa stupéfaction d'avoir reçu deux demandes le même jour, et elle se rendit compte qu'elle avait pris une décision. Si son mariage était tranché, la révélation de son nom l'était également. Elle pouvait demander une cérémonie modeste, mais il fallait qu'elle soit mariée sous son nom de naissance. Et elle devrait prendre le risque que cela remonte aux oreilles de ceux qu'elle avait fuis si peu de temps auparavant. Cette fois, en revanche, elle se tiendrait prête. Nici éructa et se retourna sur le dos, dans l'entrée de la chambre.

CHAPITRE DOUZE

Ermengarda et Aliénor reçurent Estela en privé, comme elle l'avait demandé, mais l'ambiance était glacée par l'impatience des souveraines, mécontentes de perdre du temps en futilités.

— Eh bien ? s'enquit Ermengarda. J'imagine que Guillelma s'occupe de tous les arrangements. M'est avis que la date de mercredi prochain, le septième jour avant les ides de juin, sera acceptable aux yeux du Seigneur, représenté par notre cher archevêque qui enverra un prêtre pour bénir cette union. Mon chancelier viendra officier et j'autoriserai les contrats. Ai-je oublié quelque chose ?

Cela n'allait pas être une tâche aisée.

— Je pense que vous devriez savoir qui je suis, ma Dame.

La voix se fit un peu plus douce.

— Ne vous en faites pas. Il s'agit d'une faveur de ma part, et de celle de la reine de France, et cela fait de vous une épouse désirable, peu importe votre humble naissance. En tant que suzeraine, je remplacerai votre famille et me porterai garante par voie contractuelle.

— Croyez-moi, ma Dame, je comprends l'honneur qui m'est fait et je ne saurais en savoir plus gré.

— Mais ?

— Mais je redoute une objection de la part de ma famille lorsqu'elle en aura vent. Je m'appelle Roxane. Je suis la fille du châtelain de Montbrun.

— Par Dieu, est-ce bien vrai ? s'exclama Ermengarda.

— Montbrun ? l'interrogea Aliénor.

Elle lissa le tablier qui venait cacher son ventre par-dessus sa jupe, geste dont elle avait fait une habitude.

— Un noble de petite importance, mais il s'agit tout de même d'un noble. Et dans les Corbières, qui plus est, où Carcassonne est suzerain et non pas moi. Cela me serait difficile, voire impossible, de jouer les dames patronnesses avec un père en colère. C'est annonciateur de procédures judiciaires pénibles. Laissez-moi y réfléchir.

— Et si j'envoyais quérir l'accord de ton père ? Avec des nouvelles de ta progression et la reconnaissance appropriée ? suggéra Aliénor.

— Il n'acceptera jamais. Pas même si une foule de Turcs venait brandir ses cimeterres devant les murs de son château et que ce soit leur unique condition pour lever le siège.

— La raison de cette brouille ?

— Des affaires de famille, ma Dame.

Le silence s'installa, invitation à s'étendre davantage sur cette brève explication, mais Estela garda le silence.

— Il serait irresponsable de ma part de refuser les droits d'un père, jugea froidement Ermengarda. Surtout avec aussi peu de motifs. Je dois lui faire savoir que vous vous trouvez ici.

— D'autres s'en occuperont dès que mon nom sera connu !

L'amertume d'Estela fit remonter la bile dans sa gorge, le goût amer d'un retour forcé vers tout ce qu'elle avait espéré fuir. Ses genoux flageolaient et elle serra les dents pour ne pas tomber, posant un regard déterminé sur une tache noire, sur le sol de marbre, qui se transforma en fleur, puis en oiseau et, enfin, en une blessure provoquée par une dague alors qu'elle essayait de calmer ses pensées. L'arrachant à sa songerie, la main de la duchesse d'Aquitaine lui inclina le menton et rencontra ses yeux dorés par un regard vert brillant d'intelligence.

— Estela fait encore partie de mes familiers, Ermengarda, jusqu'à ce qu'elle se marie. Je commence à en avoir assez des droits paternels. Il me tarde de voir les poursuites qu'il engagera à l'encontre de la reine de France pour avoir marié sa vassale, au vu de l'accord des deux parties pour le mariage, bien sûr.

Les sourcils d'Ermengarda étaient encore froncés et elle fit preuve d'honnêteté en déclarant :

— Ça ne me plaît guère. C'est assez proche de Narbonne pour devenir rapidement mon problème.

Ce qu'elle impliquait était clair : des problèmes assez éloignés de l'Aquitaine et de la France pour permettre à Aliénor d'interférer impunément.

— J'ai demandé à réfléchir ! Je n'ai pas dit que c'était impossible. Carcassonne… songea-t-elle.

— Roger Trencavel de Carcassonne est le suzerain de Montbrun, confirma Estela.

— Plus maintenant, déclara Aliénor.

Estela se contenta de la dévisager.

— Bernarda nous a envoyé un message la semaine dernière nous annonçant le décès de son époux.

Estela maudit son manque d'attention envers les commérages des dames. Bien entendu, cela expliquait l'absence à la cour d'Aliénor d'Alis, la nièce de Roger Trencavel, ainsi qu'une cinquantaine d'autres spéculations auxquelles Estela n'avait pas prêté l'oreille, trop occupée à jouer de la musique avec Bèatriz. Le seigneur de Carcassonne était donc mort. Comme tant d'autres, il était mal en point depuis son retour des croisades, et ce qui le rongeait s'était tourné vers l'intérieur sous la forme d'une obsession, celle de construire des remparts autour de la ville. Estela avait négligemment espéré qu'il verrait la fin de la construction des murailles avant sa mort. Roger disparu sans héritier, cela reléguait Bernarda au second plan. Il n'était guère étonnant qu'elle doive envoyer des messages à Narbonne. Le suzerain de Montbrun était désormais le jeune frère de Roger, Raimon.

Ermengarda lui offrit l'un de ses rares sourires, lueur chaude qui vint illuminer sa peau d'albâtre.

— Il me semble que Roger Trencavel, vicomte de Carcassonne, m'a écrit avant sa mort, me confiant une mission.

Estela était perdue, mais à en juger par l'éclat malicieux dans les yeux d'Aliénor, elle avait une longueur d'avance.

— Je pense me souvenir de cette lettre, qui concernait l'un de ses sujets, une certaine Roxane de Montbrun, et offrait une autorisation signée lui permettant de rejoindre la maison d'Ermengarda de

Narbonne et d'épouser le mari du choix de sa protectrice, la vicomtesse de Narbonne, dans le cas où ladite Roxane serait consentante.

Aussi peu disposée fût-elle à remettre en question cette solution, Estela se sentit obligée de souligner :

— Mon père n'y croira jamais.

— C'est là que se trouve, ma chère, toute la beauté de la chose.

Ermengarda jubilait.

— Qu'il y croie ou non, il n'obtiendra aucune contradiction de la part de Roger Trencavel, dont il ne peut qu'accepter l'autorité. Et il n'a aucune raison de remettre en cause la parole de Narbonne.

Prenant peu à peu conscience des avantages que lui conférait le décès de son prétendu suzerain, Estela commençait à appréhender les implications sous-jacentes et elle se risqua à interrompre la suffisance d'Ermengarda par de nouvelles observations.

— Raimon Trencavel est déjà vicomte de Béziers et d'Agde, sous le comte de Barcelone. Avec Carcassonne, Albi et Razès, cela le place sous le comte de Toulouse également pour ces fiefs. Il se retrouve dans une combinaison compliquée d'allégeances !

— Plutôt, oui, convint Aliénor.

Elle répondit au coup d'œil d'avertissement de la part d'Ermengarda :

— Plus la fille en sait, plus elle sera utile. Roger était inébranlable comme la pierre de Carcassonne concernant la séparation de la vicomtesse d'avec ce prédateur d'Alphonse. Il a tenu sa forteresse en tant qu'allié de Narbonne sur le territoire de Toulouse. Avec Raimon, c'est une tout autre affaire. Toulouse et lui étaient des alliés de croisade inséparables jusqu'à leur retour. Il semble que Toulouse ait été mécontent du serment de son ami envers Barcelone et, maintenant que Carcassonne lui appartient, Raimon retourne dans l'ombre de Toulouse. Son comportement envers son nouveau suzerain, son ancien ami, reste encore à déterminer.

Comme si l'ombre de Toulouse n'avait pas la force de comprimer le cœur de Narbonne dans son poing de fer, Ermengarda déclara :

— Je suis certaine qu'Estela a des choses à voir avec Guillelma, comme sa robe de mariée et autres affaires. Nous ne vous retenons pas plus longtemps.

Estela saisit le message et prit congé avec une révérence. Il y avait quelqu'un d'autre avec qui elle souhaitait s'entretenir avant d'aller chercher Guillelma. Quelqu'un qui pourrait apporter un peu plus de réponses au sujet d'une tentative d'assassinat, ou tout du moins, à propos du verre brisé. En supposant, bien sûr, que Dragonetz se trompe.

— Aliénor ne vous a pas envoyée me chercher, n'est-ce pas ? observa Dame Sancha.

Elle avait relevé ses jupes sur son bras pour accompagner Estela dans une cour intérieure.

— Non, en effet. Je souhaitais vous parler en privé, sans attirer de regards curieux.

Dame Sancha pinça les lèvres en signe d'approbation inattendue et elle hocha la tête.

— Vous apprenez. Souhaitez-vous vous asseoir ?

Elle désigna une charmille surmontée de vigne vierge, dans un coin sombre. Il s'agissait de l'une des expériences d'Ermengarda dans le domaine du jardinage mauresque. Elles s'assirent, étalant leurs jupes en soie telles des corolles exotiques par-dessus les pierres et les feuilles.

— Vous ne m'appréciez pas, n'est-ce pas ? demanda Estela.

Elle gardait le regard droit devant, vers l'eau qui jaillissait au ras d'une pierre dans un bassin carré. Al-Hisba pourrait sans doute lui expliquer comment l'eau pouvait s'écouler sans discontinuer. Des roues dans d'autres roues, avec des marteaux, sans doute. Estela pouvait sentir la chaleur humaine du corps à côté d'elle sur le banc. Elles étaient trop proches pour se faire face, mais Estela perçut le regard inquisiteur qui passa sur son visage avant de se poser sur le même bassin mystérieux.

— Oh, ma chère, lui répondit la femme d'un air contrit, dans un soupir.

Irritée, Estela insista :

— Cela ne sert plus à rien de faire semblant. Je sais que vous êtes une espionne et une meurtrière, et je vais mettre fin à vos agissements.

— Et comment en êtes-vous arrivée à cette magnifique conclusion ?

Cela ne se passait pas comme elle l'avait prévu. Serrant les dents, Estela continua.

— Je vous ai observée parmi les dames, à réunir des informations, à poser des questions habiles.

— Et personne ne pourrait vous retourner l'accusation, l'interrompit sèchement Sancha.

Estela rougit.

— La reine ne vous surveille pas. Si vous lui demandez d'apposer un sceau sur son message, elle le fait. Je suis certaine que l'un de ces messages annonçait à l'arbalétrier que la voie était libre. Même Dragonetz vous fait confiance – Dieu seul sait pourquoi. C'est sans difficulté que vous avez obtenu son mot de passe et fait parvenir à Arnaut, à Douzens, le message selon lequel un tireur amical se trouverait sur la route, et qu'il n'y avait pas à lui prêter attention.

— Pourquoi, très exactement, souhaiterais-je tuer Dragonetz qui, comme vous le dites si bien, a confiance en moi ? Il m'est très certainement plus utile vivant.

— L'argent, répondit Estela succinctement. Vous avez besoin de beaucoup d'argent. Guillelma aime bavarder, vous le savez, et vos robes, vos bijoux, vos parures, tout cela est hors de portée d'un petit domaine de Provence. Quelqu'un vous a donc payée pour assassiner Dragonetz.

— Aïe ! Bien visé !

Sancha porta une main à son cœur dans un geste dramatique.

— Sait-on qui est ce « quelqu'un » ?

— Les templiers. Cela n'a rien à voir avec Aliénor. Cela concerne le moulin. Les templiers, les moines, l'archevêque… tous souhaitent arrêter Dragonetz, à n'importe quel prix.

— Je n'ai pas la moindre idée de ce dont vous parlez, mais il semble en effet que notre pauvre Dragonetz se soit créé de nombreux ennemis.

— Ensuite, vous avez essayé de me faire chasser de la cour d'Aliénor. Si je n'étais pas apparue à table lorsqu'on m'a expressément demandé de jouer ce soir-là, j'aurais été congédiée par Aliénor.

— De retour dans le fossé où elle vous a trouvée, consentit Sancha obligeamment.

Voilà qui raviva les couleurs sur les joues d'Estela.

— Vous l'admettez donc !

— Cela semble possible, lorsque vous assemblez toutes les pièces de la sorte. Et que proposez-vous exactement pour m'arrêter ?

— Votre paiement, jubila Estela. Je vous dénoncerai à Ermengarda, puisque nous sommes à Narbonne, et si elle remonte la trace de vos bijoux et de vos revenus, cela prouvera qui se cache derrière tout ça !

— Bien vu, mon enfant. Vous avez raison, je suis une espionne. Et vous avez doublement raison, j'ai un excellent mobile pour vouloir tuer Dragonetz. Mais il ne s'agit pas d'argent. Voyez-vous, il est le seul à connaître mon secret. Si je venais à le tuer, cela ferait disparaître la menace qu'il représente pour ma tranquillité d'esprit.

Estela ne respirait plus. L'eau continua de jaillir en silence après que Sancha eut cessé de parler. Un rouge-queue noir lançait ses trilles, déployant ses atours flamboyants auprès d'une femelle avant de s'envoler. C'était tout ce qu'elle avait espéré. Oh, quand elle le dirait à Dragonetz ! Sancha s'empara de la main d'Estela et, dans un moment de confusion, ne percevant aucun danger, Estela se laissa guider sous les vêtements de l'autre femme. Sa main glissa vers son bas-ventre et se referma sur des parties intimes masculines. Dans un sursaut, comme si elle venait d'être brûlée, Estela retira vivement la main pour la ranger dans son giron.

Paralysée, elle ne put qu'écouter les propos incompréhensibles de Sancha pendant qu'elle – il ? – se levait pour s'en aller.

— Vous connaissez désormais mon secret, ce qui veut dire, bien entendu, que je devrais aussi vous tuer.

Estela ne bougea pas d'un pouce sur le banc.

— Le problème, ma chère, c'est que si vous remontez jusqu'à la source de mes revenus, vous découvrirez qu'ils viennent de Dragonetz. Bien qu'il mérite parfois la mort, j'aime tout bêtement ce garçon et, comme vous pouvez l'imaginer, ce n'est pas réciproque. Alors oui, j'ai du mal à vous apprécier. C'est de la pure jalousie, ma chère, de la pure jalousie. Si j'étais née comme les autres femmes, si je vous ressemblais ou si j'avais la moitié de votre talent... Mais la jalousie n'est pas suffisante pour me faire approcher d'une salle de bains publique ! Vous pouvez donc passer vos journées à attendre que je vous tue, ou bien vous rendre compte que nous sommes du même côté et vous concentrer davantage sur les événements à Toulouse et à Carcassonne. Mais assez de mélodrames pour aujourd'hui. Je vais donc retourner à mon groupe de broderie. Bonne journée.

Sancha exécuta un simulacre de révérence et laissa la jeune femme près du bassin, à méditer devant la myriade de bulles.

Enfin, à d'innombrables reprises, Estela se lava les mains dans l'eau fraîche.

Dragonetz observait Sancha, essayant de la voir comme s'il venait juste de découvrir ce qu'elle cachait sous sa jupe. Il y avait tant de signes, lorsqu'on était au courant ! Une mâchoire carrée, un soupçon de protubérance au niveau de la pomme d'Adam, l'aspect musclé de ses bras et, surtout, l'outrance avec laquelle elle s'efforçait d'affirmer sa féminité, à la façon des hommes efféminés et des beautés vieillissantes, deux catégories dont elle relevait. Lorsque Dragonetz avait découvert que cette dame d'honneur de la reine n'était pas ce qu'elle semblait, il n'avait pas eu de temps de s'indigner. Au cœur du massacre causé par la pire erreur d'Aliénor *Oltra mar*, une infime tragédie passait inaperçue, sauf pour les personnes impliquées.

Un époux, encerclé par des assaillants enturbannés, protégeait sa femme de son épée et de son corps, glissant dans son propre sang vers la mort inévitable livrée par cinq cimeterres, exposant ainsi la dame aux réjouissances traditionnelles en pareil cas. Encore trempée par le sang de son mari, elle vit une lame plus délicate se frayer un chemin depuis son corset jusqu'à l'ourlet, dévoilant sa nudité et répondant ainsi au désir que les Maures avaient espéré assouvir plus encore que leur soif de bataille. Ce qu'ils virent les laissa assez longuement interdits pour permettre à Dragonetz de prendre l'avantage. Il s'était retourné sur le cri de la femme, avait vu son mari s'effondrer, découvert son corps, et obéit au même instinct que si ce corps jeté en pâture à l'ennemi avait été celui de sa mère.

Au-dessus de six hommes morts ou agonisants, il regarda fixement l'anatomie de Sancha et déclara :

— C'est la diversion la plus remarquable à laquelle j'aie pu assister de la part d'un compère, mais j'en ai assez vu.

Il lui jeta une couverture déchirée prise sur son destrier, pauvre animal transi qui attendait son maître, les yeux hagards. Tremblant plus encore que la bête, elle tituba vers lui, se jeta sur le cheval et retourna auprès du groupe de dames d'Aliénor, serrant la couverture autour d'elle aussi fermement que si ses os menaçaient de s'effriter au moindre relâchement.

S'il avait compris l'ambiguïté du corps de cette femme d'une autre façon, dans un autre lieu ou à un autre moment, il aurait peut-être trouvé cela choquant. Mais à cet instant, cela lui avait paru un simple détail. Une fois qu'il l'eut accepté, il sut en tirer parti pour comprendre ce sujet fort utile qui s'était placé sous sa direction, de son propre chef, devenant ses yeux et ses oreilles dans les quartiers des femmes.

Certaines femmes ne trouvaient de mari qu'une seule fois dans leur vie, et Sancha avait autant de chances d'en dénicher un second que de découvrir des poissons jouant à la marelle dans les prés. Son statut de veuve, permanent et idéal pour son travail, formait la base de l'accord tacite entre elle et Dragonetz. Il s'agissait de l'un des mystères sur lesquels ce dernier refusait de s'attarder, tout comme la question du premier mariage improbable de Sancha.

— Vous avez fait ce qu'il fallait, lui confia-t-il avec un sourire absent, le regard perdu dans la salle.

Que pouvait-il y avoir de plus inoffensif qu'un badinage entre la veuve avide et le troubadour séducteur, aux yeux de ceux qui passaient par là pour les affaires du Palais ?

— Estela est jeune et naïve, mais elle n'est pas bête.

— Elle ne manque pas de courage, admit Sancha à contrecœur. Mais elle est aussi subtile qu'un coup de pied dans les fesses.

Cette fois, Dragonetz rit de bon cœur.

— Vous allez donc faire la paix et lui enseigner à être un peu plus subtile. À l'image de votre révélation ?

Sancha ignora son ironie et hocha la tête.

— Il faudra bien ! Si elle m'accepte.

Dragonetz la regarda alors fixement.

— Qu'y a-t-il à accepter ?

Il était sincère. Il était assez âgé pour avoir rencontré et s'être mêlé à tous types de personnes, pour savoir que les étrangetés et les paillettes s'effaçaient de la même façon à la longue, chacun réduit à une essence plus ardue et complexe qui ne saurait se résumer à « voici Dame Sancha, un homme vêtu comme une femme ».

— Elle court peut-être après le mauvais lièvre, mais elle se trouve dans les bons bois, votre Estela, observa Sancha.

— Ce qui veut dire ?

— L'une des dames est enfoncée jusqu'à la taille dans cette affaire. Probablement quelqu'un qui cultive une rancune personnelle envers elle et politique envers vous. Ou peut-être une rancune personnelle envers vous, également. Une amante éconduite ?

Elle regarda Dragonetz en posant la question.

Offensé, il répliqua :

— Ne vous attendez pas à ce que je me souvienne des noms et des visages ! Elles sont toutes dans ce cas, j'imagine !

— Donc les motifs politiques restent notre meilleure piste. Que ce soit par alliance ou par naissance, chacune des dames possède un lien avec Toulouse, l'Aquitaine, les templiers, les moines, l'archevêque, et même Clairvaux ! Là encore, Estela a raison : toutes aimeraient être débarrassées de Messire Dragonetz.

— Et par instinct ? Qui soupçonnez-vous ?

— Chacune et aucune à la fois !

Sa frustration était palpable.

— Elle doit être très intelligente, en effet, pour avoir l'air aussi innocente et bête qu'elles semblent toutes l'être. Je me demande comment Aliénor les supporte.

— Pour la même raison que nous, pour leurs relations et les informations qui nous parviennent grâce à elles.

Sancha soupira.

— Nous n'avons pas de nouvelles de Carcassonne en ce moment, puisqu'Alis est partie à l'enterrement de son oncle Trencavel. Le jeune Toulouse continue de grandir et son fiel augmente à l'avenant, mais il s'en prend aux juifs et aux cathares pour l'instant, sans manifester le désir de confronter Aliénor de front. Après tout, c'est lui qui est *in situ*. Le fait qu'elle s'amuse avec son titre est une simple source d'irritation. Le désir du comte de récupérer Narbonne représente davantage une menace. C'est là que Carcassonne devient intéressant.

— Avec Raimon Trencavel à Carcassonne, Toulouse est peut-être la première étape vers Narbonne.

Dragonetz venait de conclure sa pensée.

— Mais Toulouse et Raimon sont en désaccord depuis que Raimon a accepté d'être lié à Barcelone pour ses autres titres.

— Les intérêts personnels viennent rapidement compenser les querelles.

— Carcassonne n'est donc plus sûr. Et les moines ? Et les frères ?

— Clairvaux déteste Aliénor, tant sur le plan personnel que politique. Les moines en blanc feraient n'importe quoi pour leur saint chef. Toute atteinte à la vie d'Aliénor les placerait tout en haut de ma liste de suspects. Les templiers vont de pair avec les moines, leur offrant une marge de manœuvre pour les détournements de fortune. Là encore, Estela avait presque raison – chercher le gain financier. Dites-moi, quelle est cette affaire de moulin qui fait de vous une personne si détestée ?

— Un projet personnel, c'est tout.

Dragonetz éluda la question.

— Et où se place l'archevêque dans tout ça ?

— En opposition à Ermengarda, qui lui vole son argent, de la façon dont il le voit, et qui vient corrompre les cœurs des hommes avec sa cour décadente et sa tolérance envers les païens.

— Il pourrait donc y avoir un lien entre l'archevêque et Toulouse ? Il doit porter un regard bienveillant sur sa purification chrétienne.

— Je ne peux que l'imaginer, car je ne risque guère d'entendre des commérages féminins dans les quartiers de l'archevêque ! Vous devrez le découvrir par vous-même.

— Et Aliénor ?

— Elle est en plein épanouissement. Elle récupère les couleurs qu'elle a perdues semaine après semaine à Paris, et elle prospère grâce aux intrigues de Narbonne.

— Mais elle devra bientôt repartir.

— Oui. Rien n'en a encore été dit, mais les raisons médicales imposent une date au-delà de laquelle elle ne peut reporter son départ, dans un mois ou deux.

— Alors, nous serons au sommet du monde civilisé.

— Ou au fond d'un monde très morose.

— À présent, je dois me rendre là où nos espoirs prennent vie, fit Dragonetz en s'inclinant gracieusement pour prendre congé. Mais tout cela s'est révélé d'une grande utilité. Vous recevrez mes remerciements de la manière habituelle.

Sancha hocha la tête pour marquer son accord, mais Dragonetz était déjà en chemin. Il aurait préféré recommencer les trois défis face au prince des Orcades, la tête enfermée dans un sac, plutôt que d'avoir à affronter cette conversation avec Aliénor, mais il n'avait pas le choix. Et malheureusement pour le troubadour, qui avait l'intention de se reposer un peu, le Jarl Rognvaldr Kali Kollsson avait levé les voiles, naviguant vers son destin *Oltra mar* avec une épopée dans le cœur, dont plus d'un vers euphémique de bon aloi était dédié à la déesse froide qui avait ravi son cœur sur une rive étrangère.

Dragonetz se tenait parfaitement immobile alors qu'un éléphant d'albâtre le frôlait, achevant sa course la trompe la première contre un mur en pierre trop épais pour s'offusquer du prochain objet qu'y jetterait la reine. Cela se passait mieux que prévu. Les deux taches fiévreuses sur les joues livides de la furie rousse n'étaient qu'un signe parmi d'autres de la colère royale.

— Comment osez-vous ! lui hurla-t-elle. Je vous ferai pendre, éviscérer et écarteler si vous me quittez.

— Ce serait un moyen de me garder ici, convint Dragonetz avec calme.

Cette fois-ci, il esquiva le projectile. Aliénor serait bientôt à court de bibelots, songea-t-il alors qu'une boîte à bijoux en bois au couvercle orné de la devise « bonne chance » en arabe vint suivre l'éléphant. Elle lança trois mots cinglants :

— Gardien de moulin !

Elle insuffla à ce métier autant de mépris que si Dragonetz lui avait annoncé son intention de vendre son corps dans les rues de

Narbonne. La duchesse faisait les cent pas dans la chambre, chassant sur son passage, d'un coup de pied, une chaise qui ne lui agréait point.

— Autant envoyer un fier destrier au pâturage ou garder un loup près de l'âtre que de voir un homme tel que vous devenir un marchand bedonnant. Non, Dragonetz, je m'y refuse !

Il n'avait pas prononcé la moindre objection, mais il se leva avec un tel sérieux et une telle patience que c'en était exaspérant.

— Ne faites pas cette tête ! Votre serment ne représente-t-il rien à vos yeux ? Abandonnerez-vous l'Aquitaine lorsqu'elle a le plus besoin de vous ?

Soudain, elle s'assit, les mains sur son ventre caché, son visage s'affaissant avec l'expression d'une femme éplorée.

Dragonetz avait assez de jugeote pour ne pas attiser derechef sa colère en s'asseyant, mais il dut s'armer de courage pour ne pas s'agenouiller à ses pieds, la rassurer et jouer une nouvelle fois la scène qu'elle avait écrite pour lui.

Habile comme toujours, elle risqua un regard à travers ses longs cils, observant sa réaction, et il affermit sa volonté, persistant dans le silence.

— Ne vous souvenez-vous pas, mon ami, de tout ce que nous avons vécu ensemble, le carnage et… les moments plus tendres ?

Aussi discrète que soit sa référence au passé, elle savait exactement où appuyer.

— Vous rappelez-vous avoir posé votre épée étincelante sur mes genoux ?

Une pause subtile leur permit à tous deux de méditer la phrase et d'en mesurer la portée.

— Cette épée va-t-elle donc rouiller près de la roue d'un moulin ? Pour Narbonne !

Elle avait craché ce dernier mot, lui montrant que la douleur qu'exprimait son regard était sincère. Ainsi, elle savait pour Ermengarda. C'était inévitable. Elle avait joué toutes ses cartes et elle s'enfonça dans sa chaise, épuisée et éperdue.

— Ne m'abandonnez pas, Dragonetz, je vous en prie.

Il s'agenouilla devant elle et prit ses mains dans les siennes.

— Je servirai l'Aquitaine et sa dame, toujours, n'importe où dans le monde. Je me souviens également de ce jeune chevalier, ébloui par une beauté dont l'éclat surpassait celui de son épée. Mais ma lame et mon esprit se sont ternis avec tout ce sang. Je veux construire, non détruire. Je veux créer pour l'avenir, et non voir la vie quitter les yeux des hommes.

Et des femmes, et des enfants, se retint-il de prononcer.

— Maintenant, vous parlez comme le morveux pleurnichard qu'est mon époux ! Vous, un meunier !

La voix d'Aliénor avait retrouvé sa fougue.

— Même Louis est capable de supporter une guerre pieuse, avec Dieu de notre côté ! Nous devons reprendre Édesse. C'est notre devoir en tant que chrétiens de nous battre contre les Infidèles et, Dieu me pardonne, je ne serai pas prise en défaut. Mais j'ai besoin de temps pour donner vie à ce petit roi.

Elle caressa son ventre.

— Après quoi, je rassemblerai les troupes pour la prochaine croisade. Je veux que vous dirigiez mon armée ! Vous ne pouvez pas me dire non. Vous n'en avez pas le droit.

— Je peux acheter ce droit, fit-il doucement remarquer.

Il faisait référence au système d'écuage, selon lequel un chevalier pouvait envoyer son paiement au lieu des services exigés par son suzerain.

— Mon Dieu, vous allez payer cher si vous vous y refusez ! s'exclama Aliénor.

Elle arracha ses mains de l'emprise de Dragonetz et le gifla.

Il la regarda à peine, encore à genoux. Répondre à son zèle ne présentait nul intérêt, pas plus que de lui expliquer que c'était précisément la source de son écœurement.

— Laissons le futur décider du futur, décréta-t-il, laissant Aliénor à ses espoirs. Je dirige actuellement votre armée à la recherche de cette menace qui nous tracasse, ici et maintenant, à Narbonne. J'espère que nous pourrons trouver le coupable et nous occuper de lui très bientôt. Vous savez que vous aurez des yeux et des oreilles de confiance dans le Sud lorsque vous retournerez à Paris. Tout ce que je vous demande, dit-il avec tact, c'est de rester ici lorsque vous repartirez.

Tous deux savaient que ce n'était pas une demande.

— Laissez-moi, répondit-elle avec brusquerie.

Ironique, au vu des circonstances. Il se leva et s'inclina, prêt à partir.

— J'ai besoin de vos services ce soir. La vicomtesse et moi-même, nous souhaitons rendre une visite en ville, de façon anonyme, et je veux que vous nous accompagniez pour notre sécurité. Nous emmènerons également votre protégée.

Dragonetz aurait pu lui dire qu'il était inconscient de risquer sa vie et celle de l'héritier de la couronne à naître, pour Dieu sait quelle aventure insensée. Sans parler du risque inutile pour sa propre vie, un homme seul face aux forces conjointes du mal dans tout Narbonne. Mais il connaissait déjà la réponse qu'il obtiendrait et il se résigna à l'inévitable, se faisant la promesse de prendre Arnaut avec lui.

— Vous ne me rendez pas la vie facile, le savez-vous ?

Ce fut tout ce qu'il lui dit.

— Je croyais que c'était ce qui vous plaisait, lui répondit-elle.

Mais le cœur n'y était pas et il la laissa, assise et recroquevillée sur sa chaise, préfiguration de la vieille femme qu'elle deviendrait un jour.

CHAPITRE TREIZE

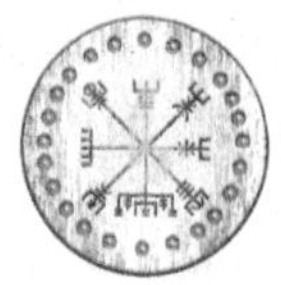

Estela s'était excusée auprès des dames d'honneur d'Aliénor pour rejoindre Guillelma, mais elle n'accordait qu'un intérêt mineur aux voiles, aux gants et aux robes. Elle aurait préféré continuer la tâche qu'elle s'était donnée, à savoir différencier les dames, graver dans sa mémoire les intrications et implications politiques de quelques mots saisis à la volée. Elle ne serait pas satisfaite avant d'avoir pu associer un nom de fief à chacune, et elle était en bonne voie, aidée en toute discrétion par Dame Sancha.

Estela se réprimanda. Dame Sancha *de Provence,* comme elle le rappela à ses pensées indisciplinées. Ce qui voulait dire qu'elle pouvait être liée à Raymond et Stéphanie des Baux, les souverains autoproclamés de Provence. À l'est, les souverains des Baux portaient un regard avide sur Narbonne, tout comme Raymond de Toulouse, à l'ouest. C'était prétendument l'époux qui menait les campagnes vertueuses afin de reprendre la Provence au nom de sa femme, mais tout le monde savait que Stéphanie tirait les ficelles. Leurs alliés étaient tout aussi célèbres. Les tenaces guerres baussenques contre Ramon Berenguer IV de Barcelone, pour la souveraineté de la Provence, étaient soutenues par Toulouse.

Malgré l'amitié, ou plutôt à cause de cela, entre Narbonne et Ramon Berenguer IV, comte de Barcelone, prince d'Aragon et seigneur de Provence, les relations entre Narbonne et les seigneurs à la tête de la Provence étaient tendues à l'extrême, susceptibles de dégénérer à tout moment en un véritable conflit armé si Stéphanie et son Raymond posaient un pied sur le territoire narbonnais. Toute dame *de Provence* serait alors doublement suspecte, par naissance et par alliance. À l'exception, bien sûr, de Dame Sancha. Estela avait désormais accepté le jugement de Dragonetz, bien qu'elle essaie de ne pas la fixer trop intensément du regard en pensant à ce qui se trouvait sous ses vêtements – autrement, un observateur attentif aurait pu croire qu'Estela haïssait ou bien adulait cette femme. Si seulement Sancha avait pu éviter de croiser son regard et de lui faire des clins d'œil, elle aurait été capable de contenir le rouge révélateur qui lui montait aux joues. À d'autres égards, Estela était désormais certaine que Sancha était digne de confiance, ce qui retirait de la course les deux autres dames *de Provence*. Sancha savait tout à leur sujet, des poulets élevés par leurs grands-parents jusqu'aux maçons qui œuvraient à l'agrandissement de leurs châteaux.

La suspecte suivante sur la liste d'Estela était la Dame *de Rouen*, Aimée. Et si ce n'était pas un complot méridional, mais plutôt normand ? S'il y avait là un lien avec les Angevins et leur ambition d'adjoindre la France à leurs royaumes d'Angleterre et de Normandie ? Que gagneraient-ils à tuer Dragonetz ? Les tentatives et les menaces semblaient mener à un réseau d'ennemis de Dragonetz ou d'Aliénor, peut-être des deux. Sans parler d'une animosité personnelle à l'encontre d'Estela elle-même. S'il s'agissait d'un complot normand, ce serait inepte de le fomenter en Occitanie, où les Normands étaient aussi rares que les évêques dans une maison close, plutôt qu'à Paris. Cela lui semblait fort improbable, et plus Estela passait de temps avec Aimée, plus elle était convaincue de l'innocence qu'exprimait le visage de cette fille. Non, ce n'était pas logique. Selon le même principe, cela éliminait les autres habitantes du Nord.

— J'ai beau apprécier ta compagnie, j'ai d'autres choses à faire, dit soudain Guillelma en la regardant d'un air narquois.

Estela était assise sur un siège en hauteur et balançait les pieds, l'esprit ailleurs, oubliant que Guillelma était là, à réparer un ornement sur la boucle de sa chaussure.

— En théorie, c'est plus simple quand personne ne remue les pieds.

— Désolée.

L'espace d'un instant, Guillelma retint toute l'attention d'Estela.

— Cela ne vous dérange pas de toujours vous occuper des autres ?

Sans interrompre son travail habile, la chair flasque ballottant sur ses avant-bras, Guillelma demanda :

— De ne pas avoir ma propre vie, tu veux dire ?

Elle prit le fil entre ses dents et le cassa avec la facilité de l'habitude.

— Tu es toujours aussi diplomate, dis donc, ajouta-t-elle en riant.

Bon sang, quand cesserait-elle de rougir ainsi ?

— Je voulais dire, plutôt…

La voix d'Estela faiblit. Guillelma avait vu juste et elles le savaient toutes les deux.

— Ah, mon enfant… commença-t-elle en secouant la tête. J'ai un bon travail auprès de la reine et je peux m'habiller aussi bien que je le souhaite, me mêler aux classes élevées et au peuple, et personne ne pense du mal de moi, car personne n'attend rien de ma part. Je vais te dire un petit secret.

Ses grands yeux marron croisèrent le regard doré et curieux d'Estela.

— Quand je ne travaille pas… Il y a un bon soldat qui emprunte la même route que la mienne. Nous nous retrouvons quelque part et je me laisse aller dans la chaleur des bras de cet homme.

De la lessive et des baisers, se rappela Estela, observant le corps grossier de Guillelma avec curiosité. Comment un homme pouvait-il désirer une femme aussi âgée qu'elle ? Aussi desséchée ? Aussi flasque ?

Guillelma lui sourit de nouveau.

— Cela fait vingt ans que nous sommes ensemble lorsque nous pouvons l'être et on jurerait que c'était hier qu'il m'a apporté un lièvre à cuisiner, avec un baiser en guise de salaire. Tu comprendras, un jour.

— Vraiment ?

Estela sentit les larmes lui monter aux yeux. L'absence de sa mère causait soudain dans sa poitrine une douleur plus fulgurante que n'importe quelle arbalète.

— Continuons. Tu auras une belle parure le jour de ton mariage, nous boirons et nous danserons pour t'accompagner dans ta nouvelle vie.

— Vous et votre soldat ?

— Pour la boisson, je ne dis pas, mais il suit la mesure avec la grâce d'un cochon fiévreux. Je garderai mes options ouvertes pour la danse. Celle-ci, demanda-t-elle en levant une robe, celle-là, ou bien celle-là ?

— Pas la bleue !

Estela avait été plus catégorique qu'elle ne le souhaitait, se remémorant les yeux d'un homme, dilatés par le poison, posés sur ses rubans.

— La rouge, répondit-elle plus calmement.

Elle avait à peine vu Dragonetz depuis sa convalescence, et uniquement en public. Les leçons étaient terminées et ils avaient un accord tacite : elle était occupée par l'organisation de son mariage, et lui… eh bien, il était Dragonetz, quoi que cela implique.

— J'ai besoin d'un masque pour ce soir, lui confia-t-elle.

— Ah bon, vraiment ?

Guillelma se retint de lui demander pourquoi, et Estela ne lui confia pas qu'on l'emmenait se faire prédire l'avenir en compagnie d'une reine et d'une vicomtesse déguisées.

— C'est plus sage, avant un mariage, considère cela comme une faveur, avait déclaré Aliénor.

Mais son regard trahissait quel avenir elle souhaitait véritablement entendre.

— Même Ermengarda pense que nous devrions aller voir cette bohémienne.

— Je souhaiterais la voir, en effet, lui avait confirmé sombrement la vicomtesse.

Dans l'obscurité bruissait le crépitement de la torche que portait Dragonetz. Il l'éloigna un peu, jusqu'à ce qu'elle se stabilise et lui offre une meilleure lumière. Encapuchonnés et drapés dans une cape, Arnaut et lui ressemblaient à des criminels nocturnes, mais il ne pouvait rien y faire. Ils pouvaient difficilement fouler les pavés de

Narbonne en toute liberté avec leurs armures sans attirer l'attention, et pas uniquement sur eux. Aliénor finirait tôt ou tard par causer sa perte ! Aussi bien dans les rues d'une ville civilisée, pour une plaisanterie entre femmes, que sur un champ de bataille imprégné de sang *Oltra mar*.

— J'ai l'impression d'être un moine conspirateur, se plaignit Arnaut, étouffé par sa capuche.

— Tu aurais dû mieux graisser ton armure, lui répondit Dragonetz. Les moines ne cliquettent pas, habituellement !

— Si quelqu'un se trouve assez près pour entendre ma lame, il a de grandes chances de la sentir également !

La poterne était déjà ouverte et il en sortit quatre autres silhouettes dans l'ombre, avec capes et capuches, bouillonnantes d'impatience.

— Mes Dames, les avertit Dragonetz, cette histoire est assez folle sans que vous criiez votre identité dans les rues de Narbonne.

Le serviteur invisible fit grincer le portail derrière eux, le laissant soigneusement déverrouillé en prévision de leur retour.

— Nous nous tiendrons bien, lui répondit Ermengarda à voix basse.

Mais on sentait que l'affaire du soir venait exciter chacun de ses nerfs. Elle rappela sur un ton impérieux à Dragonetz l'adresse qu'ils recherchaient. Heureusement, elle était encore du côté de la rivière où se trouvait le Palais, à seulement quelques rues de là. Mais tout de même, c'était de la folie. Dragonetz en tête de file, Arnaut fermant la marche, le petit cortège suivit la route que Dragonetz avait déjà prise pour emprunter de l'argent. Cependant, cette fois, ils passèrent devant la maison du Raavad, plus loin dans la rue, prirent à gauche, à droite, puis s'arrêtèrent devant une porte basse en bois, identique aux portes voisines.

— Si vous me permettez.

Dragonetz offrit la lueur de sa torche à la reine de France, tandis qu'elle donnait des petits coups codés contre le bois : « ra-ta-tat », « ra-ta-tat ». La porte s'ouvrit légèrement, avec hésitation, puis suffisamment pour les engloutir à l'intérieur d'un vestibule lugubre au plafond bas. Ils pénétrèrent dans une salle qui sentait encore la fumée de l'hiver, presque entièrement occupée par une grande table et douze tabourets ordinaires.

Sans perdre de temps, les deux hommes baissèrent leurs capuches, dégageant ainsi leur vision pour mieux balayer la pièce du regard. Les quatre personnes qui les accompagnaient restèrent silencieuses, bien cachées. La salle était décorée avec sobriété, les murs ornés de ce que Dragonetz reconnut comme des symboles mystiques. La seule façon d'en sortir, c'était la porte par laquelle ils venaient juste de rentrer. S'il s'agissait d'abattre les nouveaux venus un par un, eh bien soit, se dit Dragonetz au milieu de l'entrée, son épée tirée. Il prit une posture défensive, Arnaut derrière lui. Un vrombissement se fit entendre et ils se retournèrent. Une table se trouvait entre les deux hommes et le panneau mobile, où deux silhouettes apparurent, non loin des quatre visiteurs masqués.

Dragonetz lâcha un juron, mais les deux personnes prirent place paisiblement à la table. L'une d'elles portait la barbe et des boucles sur les côtés de la tête, coiffure plutôt rare chez les juifs qui vivaient ici, mais que Dragonetz avait déjà vue lors de ses voyages. L'autre était une femme. Dragonetz n'en avait jamais vu de pareille. Elle était vêtue comme si l'un des coffres à vêtements de Guillelma avait été retourné au-dessus de sa tête, se déversant en un assemblage confus de nœuds et de tissus aux motifs aléatoires, du vert fleuri par-dessus une futaine bleue, les breloques rouges d'un foulard associé à un linon jaune.

Cette explosion de couleurs commençait au sommet par les volutes d'un turban et finissait à ses pieds, calleux et poussiéreux, enveloppés dans des bandes de cuir. Son visage, aussi brun que celui de l'homme à côté d'elle, présentait des traits plus larges, plus plats que ceux du peuple auquel il appartenait. Vieux et ridé, son visage ne permettait pas d'estimer si elle avait quarante ans ou quatre-vingts. Les deux étaient possibles, tout comme n'importe quel âge dans cet intervalle. Le tremblement de ses mains, alors qu'elle posait sa canne avec soin à côté d'elle sur la table, indiquait cependant qu'elle tirait plutôt vers le haut de la tranche d'âge. Dans tous les cas, elle ne représentait aucune menace. Dragonetz baissa son épée au moment où le juif prit la parole.

— Vous nous honorez de votre présence.

Son léger accent leur rappela que l'occitan n'était pas sa langue maternelle, mais il le parlait couramment.

— La dame vous sera présentée sous le nom de Dame Fairnette Babtista, son nom parmi les Gadze, ceux qui ne sont pas Romanis comme nous. Elle a accepté de lire votre avenir sans connaître vos noms, bien qu'elle vous ait donné le sien.

S'il y avait un reproche dans ses mots, il ne trouva aucune prise dans l'atmosphère vibrante d'impatience autour des quatre silhouettes masquées.

Dame Fairnette Babtista inclina la tête à la façon d'une reine et agita une main pour indiquer le siège à côté d'elle. De l'autre, elle fit signe à tous de s'éloigner, à l'exception de la personne qui la sollicitait. Une silhouette mince fut poussée en avant par les autres et prit place en gloussant à côté de la dame. Ce n'était pas la plus grande, comme le remarqua Dragonetz. La Romani prit un paquet de cartes dans une aumônière d'homme en tapisserie qu'elle portait sur elle – au niveau de la taille, sans doute, difficile à dire sous les couches de vêtements – et les étala sur la table.

De sa position à côté de la porte, une oreille toujours tendue vers le couloir qui donnait accès à la pièce, Dragonetz pouvait voir les personnages peints sur les cartes. Il en avait vu de similaires *Oltra mar*, il avait même appris à jouer avec elles, et il savait que si un voleur venait à s'immiscer par effraction dans leur petit rendez-vous, il aurait intérêt à dérober les cartes plutôt que tous les bijoux des dames ici présentes. Existerait-il vraiment un jour, grâce aux moulins à papier, où tous les hommes pourraient posséder une telle liasse ? Il devait demander à al-Hisba comment fabriquer cet épais papier.

Dame Fairnette marmonnait dans un langage étrange, une série déconcertante de sons gutturaux qui venait interférer avec la concentration du troubadour. Soudain, Dragonetz se rendit compte qu'elle parlait désormais en occitan et qu'il avait manqué la transition.

La voix basse souffla :

— Un homme beau et ténébreux dans votre avenir, ma belle, des problèmes avec l'eau.

Il n'avait pas raté grand-chose, pensa Dragonetz alors que le baratin mystique se poursuivait dans la même veine.

Mais la silhouette encapuchonnée resta en place.

— Vous pourriez en dire un peu plus à la reine de France, déclara une voix hautaine sous la capuche.

C'était donc leur petit jeu, comprit Dragonetz qui ne reconnaissait pas la voix de la dame, mais savait parfaitement qu'Aliénor était la plus grande, assise à l'arrière, celle qui se trémoussait impatiemment avec un rire contenu.

Sans perdre un instant, la dame déclara :

— Sans doute, mais elle doit s'asseoir devant moi en personne, dans ce cas, et me le demander. Vous avez voulu me duper et on vous a rendu la monnaie de votre pièce, même si votre propre sort est aussi peu remarquable que votre position.

La capuche fut alors rejetée en arrière et le visage de Marie de Poitiers dévoila deux taches, rouges de colère, à la lumière oscillante des torches. Avant qu'elle ne puisse renvoyer une volée d'insultes, la voix impérieuse de sa maîtresse s'éleva. Aliénor abaissait déjà son propre capuchon en prenant la parole.

— Si vous avez été offensée, la faute me revient. Elle n'a fait qu'agir sur mes ordres, Dame Fairnette. Je vous prie de nous pardonner cette sottise.

— Et vous m'offrez de la monnaie véritable, Dame Aliénor.

Son intonation n'était plus qu'un gémissement enjôleur. La main tremblante était ouverte sur la table, attendant l'argent qui lui fut docilement remis, dans un geste circulaire exécuté trois fois, avant de disparaître dans l'aumônière.

Une fois de plus, les cartes furent étalées en trois rangées. Une fois de plus, le chant incompréhensible vint commenter les cartes – ou la pluie et le beau temps, songea Dragonetz en observant tout de même, attentif.

— Vous ne porterez pas un roi, ma Dame.

Ces mots interloquèrent toute la salle. L'immobilité d'Aliénor en disait plus que sa nervosité précédente. La voix reprit après une pause théâtrale.

— Vous porterez de nombreux rois.

Le soulagement était palpable. Marie se mit à applaudir spontanément, mais son élan retomba aussitôt.

— Voyez-vous ceci ?

La Romani prit une carte sur la table et la montra à Aliénor, qui hocha à peine la tête.

— Notez-la bien, car il s'agit de votre sort et de votre destin, la Tour.

Il y eut une autre pause, puis Aliénor rit avec légèreté.

— Il semble donc que je serai coincée à Paris. Étant donné que j'aurai mon enfant futur roi, cela ne me préoccupe pas le moins du monde.

— Allons, allons, ma Dame, murmura Dame Fairnette.

Impossible de savoir si elle l'approuvait ou la contredisait.

Puis ce fut au tour d'Ermengarda. À présent, plus personne n'entretenait le mystère du déguisement et elle semblait incapable de contrôler son visage à la mâchoire crispée, les mains serrées sur les genoux.

— Le commerce, la prospérité, la victoire sur le champ de bataille.

Il s'agissait simplement d'une version améliorée de la première séance !

— Y aura-t-il des enfants ? s'enquit Ermengarda d'une voix si basse que Dragonetz put entendre sa propre déglutition.

Il se rappela que, pour au moins deux des femmes dans cette pièce, un enfant signifiait plus qu'un petit paquet remuant.

La réponse fut laborieuse tandis que la cartomancienne s'arrêtait sur le choix de chaque mot.

— Il y aura un enfant en lien avec vous, qui entrera dans votre vie, pour le meilleur et pour le pire.

— Le meilleur pour qui ? insista Ermengarda. Et le pire pour qui ?

— Pour le meilleur et pour le pire, répéta-t-elle sans changer sa réponse. Les cartes ont parlé. Mais soyez heureuse, vous connaîtrez l'amour, d'un homme qui chante et qui joue pour vous, ma Dame *Tort-n'avetz,* ma Dame Vous-avez-tort.

Ermengarda répondit d'un ton badin :

— Je suis impatiente.

Mais le regard en coulisse qu'elle jeta par réflexe en direction de Dragonetz la trahit. Il ressentit le besoin soudain de prévenir les menaces éventuelles et il se détourna de la scène pour s'intéresser au couloir, qui lui semblait encore le moindre des dangers. Il entendit Ermengarda se lever de table – Dieu merci – et un bruissement de robes alors que quelqu'un d'autre prenait sa place. Il n'avait pas besoin de regarder pour savoir qui était la quatrième femme. Même lorsqu'elle parlait, il y avait une cadence dans sa voix, une mélodie qui n'appartenait qu'à elle.

— Je ne suis personne, déclara Estela à la Romani. Vous n'avez pas besoin de me ménager.

Les trois autres femmes chuchotaient déjà entre elles, ayant perdu leur intérêt.

Dame Fairnette commença sa mélopée et la chambre fut de nouveau plongée dans le silence.

— Cela n'a aucun sens !

Pour la première fois, elle paraissait frustrée.

— Tout et son contraire… Chanter devant un public dans de grandes salles… Mais non, cela ne se produit pas et vous vous retrouvez seule pour un long voyage… Ou alors, si, cela se produit et il n'y a pas de voyage.

Dragonetz regarda par-dessus son épaule en direction d'Estela, son dos droit comme un « i », ses longs cheveux noirs en cascade dans son dos, jusque sous le siège. La dame s'agitait. Elle enroula ses bras autour de sa robe aux pièces bariolées et se balança en faisant la grimace.

— De la douleur, tant de douleur dans le passé… Il est facile de voir ce qu'il est advenu avant… mais le futur. Pourquoi ne puis-je le voir ? Quelque chose le bloque, quelque chose…

Soudain, elle étira une main osseuse, arracha la boucle sur le devant du manteau d'Estela et la tint hors de portée, au-dessus de sa tête, comme un hommage aux dieux.

— C'est un présent. Pourrais-je le récupérer, s'il vous plaît ?

La voix d'Estela restait calme, mais Dragonetz pouvait voir sa main droite tâter à tout hasard sous son manteau et, comme il l'imagina, sous ses jupons, vers la lame qui s'y trouvait.

— L'éclaireur, entonna Dame Fairnette. Maintenant, je vois ! Le monde entier se trouve devant vous, pas un chemin, mais une douzaine à ce carrefour. Sachez que vous vous trouvez au plus grand croisement de votre vie. Sachez-le et choisissez bien ! Il n'y a pas qu'un seul choix, mais d'innombrables routes, et elles sont toutes dangereuses. Vous ne pouvez courir assez vite ni assez loin. Vous en entraînez d'autres dans votre sillage, nobles et roturiers. L'un d'eux ne survivra pas à votre rencontre.

— C'est assez ! s'exclama Estela.

Elle se lança vers sa boucle, mais la bohémienne réussit à la maintenir hors de portée. Dragonetz n'avait pas bougé, mais il put sentir Arnaut s'agiter à côté de lui, prêt à mettre fin au désagrément de la jeune femme. Dragonetz posa une main sur son bras, l'avertissant de rester calme. C'était peut-être fou, mais l'incident ne comportait aucun danger qui requière une intervention armée.

— Soyez heureuse, railla la cartomancienne, car vous aussi, vous connaîtrez l'amour, avec quelqu'un qui chante et qui joue pour vous.

Elle ricana encore plus fort, puis s'affaissa soudain sur son siège et rendit la broche à Estela.

— Sans aucun doute le même troubadour qui chante l'amour auprès de ma Dame Ermengarda, lança Aliénor dans le silence, avec légèreté, mais justesse. Plutôt libres dans leurs amours, les troubadours, vous ne trouvez pas, Ermengarda ?

Dragonetz observa la porte, attentif et aussi impassible que le bois. Il avait l'habitude de faire travailler à Estela ses respirations, si bien qu'il devinait à son souffle qu'elle était au bord des larmes, même si elle gardait le silence.

Ce fut Ermengarda qui répondit, manifestant son accord.

— En effet. Je pense que nous avons suffisamment dérangé Dame Fairnette et que sa créativité commence à achopper et à se répéter.

La Romani ne dit rien. Elle se voûta pour redevenir une vieille femme emplie de sagesse, ne laissant transparaître aucun signe de la passion qui s'était emparée d'elle lorsqu'elle avait tenu la rune entre ses mains. Le juif n'avait rien dit, mais avait tout observé en silence, et ce fut à lui qu'Ermengarda s'adressa ensuite.

— Nous vous remercions de votre hospitalité, Makhir ben Habibi, et nous aimerions en savoir plus au sujet de votre travail.

Dragonetz fit la moue. Il aurait dû savoir que la Dame de Narbonne avait toujours un objectif caché lorsqu'elle cédait à une fantaisie d'Aliénor. Chaque religion avait ses propres franges et, pour tenir cette ville, il fallait éprouver les talents et la politique de chacune de ses factions.

— C'est bien aimable, ma Dame. Nous progressons, nous progressons.

— Vous êtes modeste. J'ai cru comprendre, d'après Raavad, que votre travail sur la Kabbale est renommé à travers toute la Provence et au-delà, et que vous recevez des visiteurs régulièrement.

Bien que les mots semblent inoffensifs, Dragonetz remarqua une tension soudaine chez le juif, qui hocha la tête de façon répétitive, comme un merle sautillant après un ver, lorsqu'il répondit :

— Nous philosophons, ma Dame, et le pouvoir de la Torah offre maints sujets au débat, comme je suis certain que Raavad vous l'a dit.

— Raavad m'a confié bien des choses, répondit-elle froidement. Y compris le fait que Dame Fairnette vous honore de sa présence pour en savoir plus sur vos études.

Sa tête donna de nouveaux petits hochements rapides et il jeta un regard en direction de sa compagne, encore assise, affaissée comme une outre à vin aplatie.

— Les Romanis possèdent certaines connaissances que nous avions envisagé de partager, concéda-t-il.

Une fois de plus, la voix râpeuse se fit entendre.

— Les goyim ne sont pas autorisés à partager.

— Les goyim ? s'enquit Ermengarda.

Makhir fronça les sourcils.

— C'est un mot que nous utilisons pour les non-juifs. Dame Fairnette est déçue que je ne puisse l'autoriser à parler de la Kabbale avec le cercle intérieur.

— Que vous ne puissiez ? répliqua la vieille femme. Vous vous y refusez !

Makhir ouvrit les mains en signe d'impuissance contrite.

— Qu'y puis-je ? répondit-il, appelant à l'indulgence.

— Est-ce vrai ? demanda Ermengarda. Refusez-vous de partager vos connaissances auprès des goyim ?

Ses lèvres s'arrondirent autour du mot et Dragonetz eut soudain la vision d'un briquet venant lécher, de sa flamme, la porte en bois de cette maison anonyme du quartier juif, voisine de cent autres, toutes en bois sec, parfaites pour un feu de joie.

— Non.

Makhir était catégorique. Il soutint le regard d'Ermengarda avec assurance. Ses bras s'écartèrent en un geste de pardon renouvelé.

— Mais qu'y puis-je ? La tradition ne permet pas aux femmes de prendre part à nos mystères.

Aliénor s'étrangla et Dragonetz ferma les yeux, l'incendie devenant réalité dans son esprit.

Cependant, la souveraine de Narbonne, toute d'or et d'une féminité incontestable, accepta l'insulte, allant jusqu'à s'en servir pour alimenter son pouvoir.

— Tout comme les chrétiens, dans ce cas, observa-t-elle doucement. Je saurai m'en souvenir.

Tout le monde dans cette pièce savait reconnaître une menace, y compris le juif malheureux, pris au piège entre les préceptes et les harpies.

— Dame Fairnette est-elle venue seule ? demanda poliment Ermengarda.

— Mon peuple n'aime pas les murs ni ceux qui pensent les posséder, répondit la vieille femme en son propre nom. Nous avons monté le camp en aval de la rivière.

— C'est une époque dangereuse, et je ne voudrais pas que Narbonne soit troublée par des heurts entre Gorz et Romani, entre goyim et juifs, ou tout autre nom que nous donnons à ceux avec qui nous ne souhaitons pas partager.

Makhir fit la grimace.

— Vos gens resteront-ils longtemps ?

L'ordre n'aurait pu être plus clair.

— Nous poursuivrons notre chemin demain.

— Bien. Vers l'est ? s'enquit Ermengarda.

— Vers l'est, confirma Dame Fairnette.

La pensée d'un camp romanichel troublant les villages de Provence donna à Ermengarda un sourire malicieux.

— Vers l'est, répéta la vieille femme. Vers le grand bain de la mer salée. Je veux rendre l'âme dans le lieu saint, là où mon peuple viendra chaque année par milliers, non pas de mon vivant, mais la prochaine génération, ou la suivante, et chaque année après cela, des années par milliers, au nom de Sara la Noire et des Maries de la Mer. Qu'il en soit ainsi !

Puis, une fois de plus, elle s'effondra sur son siège.

— Merci de veiller à ce qu'elle soit bien raccompagnée jusqu'à ses gens, ordonna Ermengarda à Makhir, qui s'inclina pour marquer son obéissance.

— Vous me tiendrez informée de vos études. La ligne est mince entre la philosophie et…

Elle désigna de son bras les symboles sur les murs.

— … et les arts occultes. Je ne voudrais pas que l'on dise que ceux qui étudient la Kabbale franchissent cette ligne…

Makhir ne dit rien, mais il semblait déterminé.

— … en montrant un intérêt trop vif pour des activités occultes telles que la voyance, interdite tout autant par votre Église que par la mienne.

À présent, il régnait un silence absolu dans la pièce.

— Mais en l'occurrence, je sais que nous montrions simplement du respect envers une visiteuse de passage et ses coutumes, différentes des nôtres. Si vos réunions ici venaient à être considérées comme dangereuses, il me faudrait sévir, mais si quelques – et notez bien, j'ai dit *quelques* – érudits se rencontraient en toute discrétion pour parler de leurs croyances et que j'en étais pleinement informée, je n'y verrais absolument aucun mal. Nous sommes-nous bien compris ?

La tête inclinée de Makhir répondait clairement et le ton d'Ermengarda se fit plus léger.

— Nous vous remercions pour le divertissement que nous a procuré cette soirée.

En matière de divertissement, cela équivalait peu ou prou à un visage grignoté par des rats, songea Dragonetz. Le juif, Makhir, l'attrapa alors qu'il se retournait pour partir et murmura :

— Nous ne serons pas ingrats et nous n'oublierons ni le service rendu ni ce que cela vous coûtera.

— Je n'ai pas la moindre idée de ce dont vous parlez.

— Vous le saurez. La Kabbale répond à ses propres besoins et nous sommes tous ses serviteurs.

Dragonetz acquiesça brusquement en guise d'adieu et remercia son propre Dieu que cette soirée soit terminée. Quoi qu'Ermengarda ait appris ou décidé, elle le garda pour elle, sans adresser le moindre regard à Dragonetz. À nouveau encapuchonné, le cortège rebroussa chemin vers le Palais, sans incident. À moins que l'on puisse qualifier d'incident, comme l'estima Dragonetz, la réponse que lui donna Estela lorsqu'il lui demanda si elle allait bien :

— Allez au diable !

CHAPITRE QUATORZE

Le futur époux d'Estela était grisonnant et ridé, mais son menton était encore ferme, remarqua-t-elle en jetant un œil à son profil. Lorsqu'elle était arrivée sur le parvis de la chapelle, revêtue de ses plus beaux atours, Sancha et Guillelma à ses côtés, elle ne savait pas lequel des hommes parmi ceux qui les attendaient serait celui qu'elle épouserait, et des larmes lui montèrent soudain aux yeux. Elle espérait que ce n'était pas le spécimen dont la bedaine rendait la ceinture inutile ni celui auquel la vérole avait laissé pour visage un paysage criblé de cratères. Comment pouvait-il y avoir tant d'hommes si laids dans le monde sans qu'elle l'eût remarqué jusque-là ? Avant qu'elle ne puisse replier sa traîne par-dessus son bras et prendre ses jambes à son cou en direction des écuries, jusqu'à Tou, pour parcourir ensuite un millier de lieues et s'éloigner de cette erreur, Sancha effleura le dos d'un homme et prononça : « Johans », mettant ainsi fin aux spéculations nerveuses d'Estela.

Son sourire dévoila des dents saines. Il n'avait ni ventre ni marques au visage, et sa tenue, malheureusement d'une teinte rouge qui ne s'accordait pas avec la robe d'Estela, démontrait le goût tranquille d'une richesse moyenne. Il l'accueillit avec une révérence et quelques banalités, mais sa robe de soie écarlate ne sembla allumer aucun brasier dans ses yeux paisibles. Apparemment, il ne se livra pas à cette seconde évaluation discrète à laquelle elle était habituée chez les hommes qui l'entouraient. Peut-être cela valait-il mieux, se dit-elle alors que son cœur chavirait soudain, tel le piqué d'un oiseau en plein vol. La gentillesse était préférable à la passion. Ce fut, du moins, ce qu'elle se répéta à deux reprises.

Quelque dix personnes étaient réunies devant la chapelle. Il faisait assez chaud, même en pleine matinée, pour que la sueur vienne goutter entre ses seins, marquant la soie délicate d'une teinte plus sombre, alors qu'elle attendait au soleil. La chaleur se réverbérait sur les pavés de pierre grise. Al-Hisba lui avait parlé des tissus légers, des voilages et de la mousseline portés *Oltra mar* et elle aurait aimé que ces toilettes aient voyagé jusqu'aux malles de Guillelma. Rabattant le voile devant son visage, elle se sentit moins vulnérable, n'était-ce sous le soleil, du moins auprès des hommes. Quelques passants en tenue de travail s'arrêtèrent par curiosité et s'attardèrent en voyant les silhouettes d'Aliénor et d'Ermengarda approcher, majestueuses, même en tenues aussi informelles, des turquoises et des grenats scintillant au soleil. Dormaient-elles avec leurs bijoux ? Estela chassa l'image d'Ermengarda, dévêtue dans un torrent d'or et de turquoise. Elle devait absolument se concentrer.

Ermengarda prit sa place de suzeraine devant le couple, à la porte de la chapelle, s'assurant que la cérémonie soit aperçue du public. Cela aurait dû être si différent ! Si sa mère avait été en vie, si Estela avait été mariée à un homme d'un domaine voisin, il y aurait eu des fiançailles, des bagues et des fleurs, des promesses et des baisers, des cortèges et, bien sûr, de la musique. Estela acceptait les compromis de bonne grâce, à ce point près. Malgré leur opinion personnelle, Aliénor et Ermengarda avaient respecté le souhait d'Estela et pas une seule note ne serait jouée au cours de cette cérémonie sans fioritures.

D'une voix qui portait dans toute la cour de la chapelle et au-delà, Ermengarda termina d'énoncer ses droits en tant que vicomtesse de Narbonne, qui lui permettaient de rendre le mariage officiel.

— Moi, Johans de Villeneuve, je vous prends comme légitime épouse et je me donne à vous, prononça l'inconnu devant elle.

— Et moi, Roxane de Montbrun, je vous prends comme légitime époux et je me donne à vous, déclara Estela.

Elle était habituée à s'adresser à un public d'une voix claire et ferme, mais ses genoux flageolaient comme une souris dans la bouche d'un chat.

— En vertu de l'acte rédigé par Roger de Tancavel, suzerain de Montbrun, je déclare que l'accord parental a été donné à Roxane de Montbrun pour ce mariage.

Ermengarda brandit un parchemin et Estela retint son souffle. Comme le voulait la coutume, les deux témoins soigneusement choisis par la suzeraine reçurent le parchemin, qu'ils déroulèrent et lurent, confirmant que la signature était authentique avant d'ajouter leurs propres noms aux contrats de mariage.

Ermengarda savait mentir, c'était indéniable. Aveuglément, Estela signa son propre nom là où on le lui indiquait. Si l'un des badauds, anonyme sous sa capuche et bouche bée devant cette scène, partit à cet instant, Estela ne le remarqua pas, ses pensées dérivant déjà. Elle avait eu tort de considérer la nuit à venir comme une introduction à l'âge adulte. Elle se tenait dans les traces de sa mère et elle pouvait voir clairement, désormais, son engagement corps et âme envers un inconnu, les décennies de devoirs, la déception perpétuelle, le sentiment d'avoir été dupée et, si elle suivait le chemin de sa mère, la fièvre qui l'emporterait vers l'au-delà. Un monde meilleur, sans doute. Quelle place occupaient les chansons, dans une telle vie ? Comment Estela pourrait-elle s'exprimer par le chant ? Sans parler des paroles qu'elle avait rêvé d'écrire un jour ! Son cœur se serra, remplaçant les papillons dans son ventre, et une bile amère comme l'aloès lui remonta dans la gorge.

Machinalement, elle suivit Ermengarda dans l'église pour la messe et s'assit auprès de son mari sur le banc dur, pendant que le prêtre bénissait leur mariage et leur rappelait que l'union charnelle pour le plaisir, ou pour toute autre raison que de procréer, représentait un péché aux yeux du Seigneur. Elle chuchota les réponses établies, cherchant en vain un soutien dans les échos du lieu de culte ancestral.

Il y eut ensuite les félicitations de la part d'Aliénor et d'Ermengarda, de Guillelma et de Sancha, qui partait pour le domaine de sa famille en Provence immédiatement après la cérémonie. On rappela à l'assemblée que le couple serait célébré lors d'un banquet dans la grande salle, repas qui durerait jusqu'à la tombée de la nuit et serait accompagné d'acrobaties et de marionnettes, plutôt que de chants et de guitare. Estela était unie à

Johans, la main posée sur son bras en guise de rêne, mais elle ne savait rien de celui qui guidait ni du lieu où il l'emmenait.

À l'occasion d'un court instant où personne ne se trouvait auprès d'eux, il prononça les premiers mots qu'il lui adressait depuis les banalités de son arrivée. La regardant de pied en cap, tout aussi gentiment qu'elle l'avait espéré, il lui dit avec douceur :

— J'aimais ma femme. Je comprends la situation.

Et elle comprit alors que ce serait le devoir qui régnerait des deux côtés ce soir, en dépit de sa belle soie écarlate. Incapable de parler, elle sourit et hocha la tête. Il en fut de même ensuite, durant des heures qui lui parurent une vie entière, tissée de balles de cuir bariolées lancées en arcs de plus en plus alambiqués par des bouffons costumés ; de marionnettes au pas irrégulier, animées par des juifs et auxquelles prêtaient leurs voix tous les beaux esprits désireux de se faire remarquer ; d'un enchaînement interminable de ragoût d'huître, soupe de sarrasin teintée de safran, pattes d'oie, pintade et sanglier, fromentée, sucreries et mignardises.

La journée s'étira jusqu'à n'en plus finir. Estela jouait avec les miettes en souriant, hochant la tête et sursautant dès que passait l'ombre d'une tête à la chevelure noire familière, avec son assistant blond et son compagnon mauresque. Mais ils n'étaient pas là. Dieu merci, songea Estela, son âme déchirée, pleine de rancœur à l'idée que ni Arnaut ni al-Hisba n'aient estimé son banquet de mariage digne de leur présence. Elle se garda bien de nommer, même en son for intérieur, le troisième absent.

Raymond V de Toulouse, l'usurpateur du vicomte de Narbonne, était âgé de quinze ans. C'était un orphelin et un fils dévoué. De sa mère, il avait hérité un visage sombre et anguleux qui devait remonter aux origines romaines de sa ville natale d'Uzès. Elle lui avait également transmis une haine implacable, fondée sur la jalousie, envers la beauté rousse d'Aquitaine qu'elle avait servie à contrecœur pendant des années en tant que dame d'honneur.

À peine un an après la mort de sa mère, lorsque Raymond n'avait que sept ans, les murs roses de Toulouse avaient été secoués par la voix de la même rousse arrogante qui réclamait la ville de son père. Peu importe que Louis VII, le roi de France, ait relevé le défi au pied de leurs murs, Alphonse Jourdain avait expliqué de façon très claire à son jeune fils qu'il s'agissait d'un tort de plus causé par la putain d'Aquitaine. Grâce aux habiles négociations de son père, et à la pleutre réticence de Louis à verser du sang, un nouveau traité satisfit l'honneur des deux parties et les Français battirent en retraite. Les Toulousains répétèrent avec joie les rumeurs selon lesquelles Louis criait la nuit, hanté par les fantômes calcinés de la ville connue sous le nom de Vitry-le-Brûlé depuis que le roi avait tenté d'y exercer la discipline militaire sur des vassaux rebelles. Si Louis était condamné par les rumeurs à être un lâche, les célébrations dans les rues de Toulouse rendirent tout aussi clairs les vainqueurs de cette guerre sans effusion de sang. Un Raymond de sept ans fut hissé sur les épaules de son père, porté haut autour des murailles et présenté au monde entier comme le futur vicomte de Narbonne par son père un peu éméché.

Quand Raymond eut huit ans, cette étrange revendication devint réalité grâce au mariage de son père avec la jeune Ermengarda de Narbonne. Abandonné à Toulouse avec ses tuteurs, prêtres et conseillers, Raymond se vit expliquer que son père possédait un nouveau domaine et que lui-même avait une nouvelle mère. Il ne voulait aucun des deux. Il regrettait l'assurance inébranlable de son père, sa virilité et la fierté que l'homme tirait de son fils. Raymond était désormais trop âgé pour être embrassé avec effusion par son père, et depuis la mort de sa mère, le garçon avait perdu contact avec ses servantes et ses anciens quartiers, oubliant les étreintes maternelles aussi âpres que rares. Il n'avait pas besoin d'être touché. D'ailleurs, il avait du mal à croire qu'il ait pu rechercher cela, fut un temps.

L'enfant de huit ans priait religieusement chaque soir, adaptant les paroles qu'on lui avait apprises pour implorer avec ferveur qu'Ermengarda meure aussi rapidement que possible et que son père revienne vers lui. Lorsque ce dernier entra dans la grande salle, le front écarlate de colère à cause du complot qui s'était dressé contre lui et de l'annulation de son bref mariage, avant même qu'il ait pu connaître son épouse de treize ans, Raymond apprit dès son jeune âge que Dieu répondait à ses prières. Cette leçon le lia intimement à son Seigneur. Il était clair, aux yeux du garçon, que son œuvre et celle du Seigneur ne faisaient qu'une. La mission dont il se sentit investi combla le vide qu'il refusait d'admettre.

Six ans plus tard, il avait accepté plus volontiers que son père le quitte de nouveau, car le guerrier portait la sainte Croix et Raymond avait confiance en Dieu pour veiller sur les siens. Des récits évoquant le courage de son père, sa puissance face aux païens arrivèrent aux oreilles de Raymond par les chants des troubadours et autres messages. Son ego s'en trouva satisfait alors qu'il poursuivait un chemin complexe auprès de ses conseillers, étudiant patiemment le meilleur moyen de les plier à ses désirs. Il avait rapidement appris qu'il devait gagner du pouvoir avant d'en montrer le moindre signe. Il cultiva plutôt la subtilité, dressant une personne contre une autre, semant la méfiance et citant les uns et les autres de façon erronée jusqu'à rester le seul à connaître le fil de la vérité. Ou du moins, sa version de la vérité.

Arrivèrent enfin des nouvelles d'*Oltra mar*. Son père, le grand Alphonse Jourdain, était mort sans explication. Malgré un soulagement temporaire après avoir torturé le messager, soumis aux supplices de l'écartèlement et du pal avant de mourir, Raymond ne pouvait se mentir à lui-même. Le message n'était pas faux. Il passa des jours et des nuits sombres, remettant en question sa relation spéciale avec Dieu. Il surmontait déjà cette épreuve à force de réflexion, comprenant que des hommes mauvais avaient le pouvoir d'agir contre le Seigneur, de mettre à mal ses projets pour Raymond, lorsque Raimon Trencavel de Béziers, compagnon d'armes et ami de longue date de son père, fit escale à Toulouse après son retour de la croisade désastreuse. Il voulait présenter ses hommages à la mémoire de son ami, offrir son amitié au fils, le nouveau comte, et lui révéler en détail la façon dont le père de Raymond était réellement mort.

Ce fut à la fois un tourment et un soulagement pour Raymond que d'entendre que ce n'était pas un Sarrazin qui avait tué son père, ni le sabre en croissant de lune, mais plutôt un gredin qui l'avait empoisonné. Il fut brûlé jusqu'aux tripes à l'idée que son père héroïque ait péri si ignoblement, mais cette révélation le dotait également, lui, Raymond V, d'un nouveau rôle dans les desseins divins. Des forces obscures arpentaient ce monde. Et la plus terrible de toutes, comme il aurait dû le savoir depuis longtemps, était la sorcière rousse contre laquelle sa mère l'avait mis en garde, que son père avait renversée, et qui avait finalement abattu le grand homme de la seule façon dont elle soit capable, par l'empoisonnement. Les yeux de Raymond brillèrent d'une ardeur punitive. Son ennemi avait un nom. Bien sûr, elle n'aurait pas sali ses mains molles adoucies au citron en accomplissant elle-même la sale besogne, mais Raymond n'avait pas besoin de chercher très loin pour connaître l'autre nom dont il avait besoin. Qui d'autre pouvait être le criminel, sinon ce chevalier et troubadour tant aimé d'Aquitaine, qui ne quittait pas Aliénor d'une semelle ? Raymond observerait et attendrait son heure, mais lorsque le moment serait venu, il n'aurait aucune pitié.

Il lui fallut tout son sang-froid pour ne rien trahir de ses pensées lorsque, moins de deux ans plus tard, la garce dédaigneuse et son courtisan adipeux s'étaient exhibés à sa cour. À quinze ans, il comprenait trop bien ses besoins politiques pour attiser la colère de la France contre Toulouse en agressant ouvertement sa reine. Mais il avait pris certaines mesures. Raymond poussa le domino à côté de lui et se leva pour observer la chute des cent autres pièces soigneusement disposées en cercle sur le sol de la salle.

L'avalanche de cliquetis dura dix secondes, puis ce fut terminé. Parfait. Un serviteur les ramasserait dès qu'il serait sorti. Il avait assez fait attendre l'archevêque pour son audience, et il avait pris une décision concernant l'autre sujet. Ami de son père ou non, Raimon Trencavel, le nouveau comte de Carcassonne, avait besoin d'un rappel à l'ordre pour ne pas se croire tout permis. La fille le ferait à merveille, maintenant qu'elle était de retour pour quelques jours. Elle lui proposerait un peu d'exercice au passage, bien qu'il se soit lassé d'elle depuis longtemps, lorsqu'elle était partie à Toulouse apprendre les manières de la cour. Eh bien ! Il lui avait bien appris cela, tout du moins, et mieux qu'elle ne l'aurait appris en tant que dame auprès de la Putain d'Aquitaine, aussi utile qu'elle lui soit là-bas. Elle était tombée dans le piège aussi facilement que son père devant ses promesses de mariage et elle avait une façon charmante de le supplier lorsqu'il lui faisait mal, mais c'était trop facile. Comme s'il ne pouvait pas trouver mieux qu'une Trencavel de seconde main pour porter son fils légitime.

Raymond ajusta ses vêtements, aussi sobres et pieux que l'expression qu'il présenta brièvement à l'archevêque de Toulouse, lequel voulait discuter de leurs prochaines actions à l'encontre des hérétiques de Toulouse. Une question brûlante, comme en convint en souriant Raymond V, comte de Toulouse.

Estela était tenue en éveil dans son lit, les yeux secs et sans sommeil. Elle avait écouté des milliers de bruits de pas passer devant sa porte, et, après en avoir inventé un million de plus, elle finit par accepter qu'elle passerait seule sa nuit de noces. Elle ignorait quand Johans s'était éclipsé du banquet de mariage et elle en avait conclu qu'il souhaitait éviter les escortes grivoises jusque dans leur chambre à coucher. Une attention délicate, avait-elle songé pour avoir observé de nombreux couples rougissants envoyés vers la consommation de leur union sous un fracas de casseroles, de chants obscènes, se voyant même aidés à se déshabiller. Il la rejoindrait plus tard, avait-elle pensé, il se glisserait telle une ombre, et comme la nuit tous les chats sont gris, ils profiteraient des plaisirs nocturnes sans que personne ne les voie.

Au lieu de cela, son linon et sa dentelle blanche s'avérèrent encore plus inutiles que sa belle robe de mariage écarlate. Elle aurait tout aussi bien pu garder Nici couché à son chevet au lieu de le perturber en insistant pour qu'il aille jouer avec ceux de son espèce. Il avait gambadé derrière elle au moment le plus gênant, lorsqu'elle avait quitté la grande salle, seule créature vivante à remarquer son départ. L'indignation de la bête, lorsqu'elle lui avait dit « non » en refermant sa porte, s'était manifestée par une série d'aboiements assez forts pour atteindre Carcassonne. Ce ne fut qu'après qu'Estela lui eut claqué à plusieurs reprises la porte devant le museau qu'il accepta d'avoir été rejeté et déguerpit, la queue entre les pattes, les épaules avachies. Exactement comme elle se sentait à présent, songea Estela. Qu'est-ce qui clochait chez elle ? se demanda-t-elle tout au long de la nuit, bercée par les stridulations d'insectes, les craquements de bois, les frottements de roues, des grattements de pattes, les allées et venues de pieds dans le couloir, autant de petits bruits de la nuit qui tourmentaient les insomniaques.

Inéluctablement, le matin la trouva somnolente et frappée d'une migraine étourdissante. Elle but une infusion de camomille, heureuse d'avoir pu se créer de nouveau sa propre collection de simples fraîches, accompagnée des plantes séchées qu'elle avait convaincu al-Hisba de lui donner, une fois qu'elle eût réussi à le persuader qu'elle savait ce qu'elle en ferait. Plus d'une dame avait trouvé utiles les connaissances d'Estela. Ce matin, toutefois, elle n'avait aucune patience pour les dames et elle se félicita que personne ne l'approche afin de lui demander un petit quelque chose pour le ventre, la tête ou le cœur. Les peines d'amour se trouvaient en haut de la liste des sujets dont Estela ne voulait pas entendre parler. Heureuse qu'on lui fiche la paix, Estela s'assit sur la banquette sous la fenêtre, l'esprit trop troublé par la fatigue et la migraine résiduelle pour faire autre chose. Cependant, elle se rendit compte de plus en plus nettement de la raison pour laquelle on la laissait seule. Des regards de travers et des gestes animés lui indiquaient qu'elle était au cœur des ragots du jour. Alors qu'Estela avait l'impression d'être dépecée à coups de bec par une basse-cour bavarde et impitoyable, Aimée de Rouen s'approcha de la fenêtre et s'assit auprès d'elle :

— Le lendemain est toujours une douche froide, lui dit-elle.

Son sourire bienveillant ne manqua pas d'écorcher la blessure à vif d'Estela.

— Le lendemain du mariage, clarifia-t-elle avant qu'Estela ne puisse demander des éclaircissements et annoncer au monde entier ce qui ne s'était pas passé dans sa chambre.

Mais il semblait que le monde entier soit déjà au courant, de toute façon. Aimée continua :

— La tradition des nuits de Tobie, cela fait seulement traîner les choses, n'est-ce pas ? Après tout, la vie doit continuer, mariage ou non.

Estela fixa du regard la bouche cramoisie qui venait lui apprendre ce que tout le monde savait, qu'elle passerait deux nuits seule pendant que son époux démontrerait sa vertu et sa chasteté chrétienne, ne remplissant le devoir de procréation que lors du troisième soir, tant que l'abstinence n'était pas de rigueur ce jour-là. Tout le monde le savait sauf elle.

— Oui, la vie continue, et nous ne sommes pas des chevaux ni des mulets, murmura-t-elle.

Elle regardait prudemment le sol pour cacher la colère qui avait enflammé son regard. Quelle idiote elle avait été ! Au moins, les autres n'étaient pas obligés de connaître son ignorance en la matière. Elle cacha ses mains tremblantes dans ses manches évasées. Elle serra les poings, comprenant qu'elle s'était trop reposée sur son alliance implicite avec Sancha, maintenant que cette dernière était absente.

Nul ne la sauverait de son amère prise de conscience. Les nuits de Tobie n'étaient pas courantes à Montbrun, mais elle savait que nombreux étaient ceux qui suivaient des règles chrétiennes plus strictes et que la date soigneusement choisie par Ermengarda l'avait été pour ne pas offenser le fidèle Johans de Villeneuve, qui attendait patiemment la quatrième nuit pour prendre sa vierge dans la paix du Seigneur. Sans mentionner cette coutume à la vierge en question, désormais courroucée.

En effet, selon les mots de l'archange Raphaël à Tobie :

— Je vous apprendrai quels sont ceux sur qui le démon a du pouvoir. Ce sont ceux qui s'engagent dans le mariage de manière à bannir Dieu de leur cœur et de leur esprit, et qui ne pensent qu'à leur passion, comme le cheval et le mulet qui sont sans raison ; le démon a du pouvoir sur ceux-là. Vivez avec elle dans la continence pendant trois jours, et ne pensez à autre chose qu'à prier avec elle. La troisième nuit passée, vous prendrez cette jeune fille dans la crainte du Seigneur, et guidé par le désir d'avoir des enfants plutôt que par la passion, afin que vous obteniez la bénédiction de Dieu.

Et ainsi, Tobie survécut à son mariage avec la veuve mortelle Sara, alors que ses sept premiers époux avaient succombé au démon apparu en elle lors de leur nuit de noces. Au moins Tobie avait-il eu la décence de passer du temps avec Sara, même si c'était un temps de prière ! Les propres démons d'Estela montraient tous les signes d'une emprise susceptible de grandir lors des deux jours à venir plutôt que de s'effacer dans la paix du Seigneur.

Si son unique but était d'apaiser un homme d'Église trop zélé, Johans aurait pu se contenter de payer les redevances nécessaires plutôt que d'en passer par les nuits de Tobie, mais non ! Non seulement elle était mariée à un inconnu, mais en plus, c'était un inconnu dévot.

— Ce doit être difficile d'être un homme, confia-t-elle à Aimée, plus onctueuse que le miel de lavande que l'on étale en couches épaisses. Il y a toujours des affaires dont il faut s'occuper et l'on doit constamment savoir qui a été vaincu et où, dans le cas où votre Seigneur viendrait à faire appel à vous pour le suivre sur d'étranges terres du nord.

Sous le fard soigneusement appliqué, les joues d'Aimée de Rouen prirent une teinte plus rose qu'elle ne l'avait escompté. Estela reprit à la hâte.

— Je ne veux pas faire référence à Rouen, bien entendu. Je pensais aux véritables barbares du nord, l'Angleterre, par exemple. Votre mari a-t-il de nouveau été appelé à remplir son devoir ? Il doit regretter que Guillaume ait conquis ce territoire de boue et de bêtes rampantes. J'ai entendu dire qu'ils ne parlent même pas français, sans parler de l'occitan ou du latin !

Ayant glissé au moins quatre des insultes qu'elle connaissait en un seul propos adroit, Estela sentit que son honneur était sauf. Ses propres couleurs lui revinrent alors qu'elle inclinait la tête avec grâce pour recevoir la prochaine attaque. Ce fut plus gratifiant qu'elle ne le pensait. Aimée ne pouvait pas résister à l'envie de prendre le dessus par des informations qui montreraient très clairement à Estela laquelle d'entre elles évoluait dans les hauts cercles.

— Bertrand se trouve en Angleterre avec Henri d'Anjou, mais, lui confia-t-elle, il m'a écrit pour me dire qu'il serait bientôt à la maison.

Ce qui signifiait que la dernière attaque d'Henri sur l'Angleterre avait échoué et que les armées étaient de retour vers sa Normandie natale. Fils de Mathilde l'Emperesse, autrefois reine des Anglais, Henri avait repris la mission que sa mère lui avait confiée. Alors que l'ancienne Mathilde Emperesse était cloîtrée dans un couvent normand et que, selon les médisances, son époux Geoffroy, le duc de Normandie, veillait à ce que les pommes poussent correctement et à ce que les vaches soient traites, leur fils croisait le fer contre le pays que sa mère appelait encore le sien. Estela avait mis à profit le temps passé en compagnie de Sancha et elle était déterminée à utiliser ses méthodes avec succès. Elle pouvait désormais adopter les coutumes du boudoir sous un camouflage féminin, si c'était nécessaire. En l'espèce, ça l'était.

— On dit que c'est une force de la nature, cet Henri, insinua-t-elle auprès d'Aimée.

Les yeux de l'autre femme s'illuminèrent.

— Il donne cette impression, mais en réalité, il n'est pas grand, sans être petit pour autant. Il a un physique de lutteur, cependant, et vous devriez voir les muscles de ses cuisses. Il est clair qu'il est monté à cheval en son temps.

Estela prit l'air entendu auquel Aimée s'attendait.

— Il ne reste jamais en place, toujours en mouvement. Une chevelure rousse et le tempérament qui va avec. On dit qu'une fois, il s'est endormi dans un tel état que son second a dû le récupérer par terre, le drap dans son poing enfoncé dans sa bouche et les jambes agitées, sur le point de traverser le plancher. Lorsqu'il a repris ses esprits, il a expliqué que quelqu'un dans son rêve l'avait fâché.

La dame marqua une pause et Estela songea à une autre chevelure rousse au tempérament assorti. Voilà qui serait un mariage digne de l'enfer, songea-t-elle, alors qu'Aimée continuait.

— Mais on dit aussi que ce n'est pas la seule passion qu'il emporte dans la chambre. Pas du genre à attendre les nuits de Tobie, d'après ce que j'ai ouï dire. Plus susceptible de changer de lit plusieurs fois par nuit, et toujours pour un lit chaud.

— Cela vous rassurera que Bertrand revienne sur son domaine pendant quelques années.

Estela tenta habilement de la faire mordre à l'hameçon et elle fut récompensée. Le visage délicat d'Aimée se froissa.

— Je serai chanceuse si cela dure un an, répondit-elle. La prochaine attaque sera la bonne, d'après Bertrand, et qui sait ce qu'il fera alors ?

Henri d'Anjou, futur roi des Anglais… médita Estela tout en enchaînant d'une voix apaisante :

— Vous serez certainement autorisée à passer du temps en Normandie avec Bertrand, peut-être lorsque ma Dame retournera à Paris.

— Vous avez raison.

Le visage d'Aimée s'éclaira.

— Elle ne peut guère attendre bien plus longtemps avant d'y retourner.

Estela comprit alors, sans changer son expression empreinte de sollicitude, que le bébé royal n'était plus un secret. Les dames pourraient tout aussi bien se mettre à broder un trousseau dès maintenant. Tant pis pour la sécurité d'Aliénor – et sa liberté.

— Je suis certaine que personne ne s'attendra à ce que vous viviez parmi les barbares, dit-elle à Aimée pour la réconforter.

Elle lui serra légèrement la main en ajoutant :

— Même si, bien sûr, vous trouverez peut-être cela plus simple de vous y habituer que nous autres, les habitants du sud.

— M'habituer aux Anglais ?

Ses sourcils haussés et son timbre de voix exprimaient à la fois son indignation face à la dépravation de cette race de malheureux, mais aussi la profondeur de l'insulte implicite envers son héritage nordique.

Estela rit avec grâce et légèreté.

— Impossible, accorda-t-elle en souriant. Non, non, je faisais seulement référence au climat peu clément. Il faudrait des manteaux aussi épais que des bottes pour supporter la pluie.

Voilà qui était amusant, songea-t-elle. Chercher les informations, attaquer, marquer et se retirer sans que son opposant soit certain qu'un coup ait été porté. Comme elle s'y était attendue, Aimée saisit au bond le sujet des vêtements de voyage avec un enthousiasme détaillé qui permit à Estela de s'abîmer dans ses rêveries. Une autre heure virginale s'écoula dans une lassitude engourdie, puis une autre, et une autre encore.

CHAPITRE QUINZE

Les sept hommes qui répondirent au rendez-vous matinal et entrèrent dans la chambre de Raymond V, le comte de Toulouse, étaient assez endurcis et mondains pour se contenter de regarder leur suzerain sans porter la moindre attention à la femme nue enchaînée au mur de pierre. Raimon Trencavel, nouveau souverain de Carcassonne, craignait d'avoir une raison précise de fermer les yeux sur les seins hauts et fermes, marbrés de traces de morsures bleuâtres, les bras fins qui commençaient à trembler sous l'exigence d'une telle position, les filets de sang sous les fines marques de fouet au niveau du ventre et des cuisses. Il était aisé d'éviter le regard de la femme, puisque sa tête était entièrement cachée sous un sac, mollement attaché autour de son cou à la façon d'une exécution sommaire. Associez le pénis fébrile d'un adolescent de quinze ans à un comportement monacal envers les plaisirs charnels, et vous obtenez des relations sexuelles avec sang et toile de jute. Raymond avait le privilège tout particulier d'en tirer, en outre, un profit politique.

Le visage aussi lisse et rose que la peau d'un cochon ébouillanté, les yeux rapprochés et étroits au-dessus de son nez d'aristocrate, Toulouse souhaita la bienvenue à ses huit seigneurs voisins, qu'il avait convoqués pour discuter de la « nouvelle situation ». Raimon remarqua qu'à l'exception de Sicard de Lautrec, allié de longue date de Toulouse, six de ses propres fiefs étaient représentés. Ils étaient tous aussi loyaux envers lui et son propre suzerain Raymond, ou du moins, autant qu'on pouvait l'attendre de la meute de loups qu'ils étaient devenus. Simo de Couysan, Savaric de Montréal, Crespi de Palaja, Tibau de Montbrun et Dorde de Rennes se saluèrent par des hochements de tête bourrus, puis les regards se croisèrent et tous les yeux s'arrêtèrent sur une silhouette. Le jeune homme de quinze ans à qui ils devaient allégeance prit place sur la chaise à haut dossier de cuir. Il leur fit signe de s'asseoir sur les tabourets rudimentaires. Repliant ses longues jambes dans un semblant de bienséance sans se contorsionner, Raimon savait qu'il en garderait des courbatures. Il avait sous-estimé Raymond. Ou l'avait surestimé. Cela dépendait : considérait-on la capacité infinie à infliger des tortures au nom de Dieu comme une qualité ou un défaut ? Dans les deux cas, c'était sans l'ombre d'un doute une marque de force inattendue, de mauvais augure pour un souverain qui marchait sur un fil entre son nouveau suzerain de Barcelone et ses alliances de longue date. Raimon redoutait d'être « la nouvelle situation » en question, après la mort de son frère Roger. Il déplaça ses jambes sur le côté pour les soulager pendant que Raymond les remerciait d'être venus si rapidement, annonçant qu'il espérait que le caractère peu cérémonieux de cette réception ne les gênerait point. Personne ne sourcilla, et personne n'entendit le sanglot étouffé derrière le sac.

— Nous compatissons avec Trencavel pour sa perte, et nous savons qu'il vient tout juste de faire le deuil de son frère, mais en tant qu'hommes d'action, nous apprécions qu'il soit le seigneur de Carcassonne, d'Albi et de Razès, à qui nous pouvons désormais offrir notre pleine protection.

Raimon inclina la tête pour le remercier gracieusement de cet honneur. Seul le sol muet fut témoin de l'expression de son visage. Il avait compris que, sous son commandement, on attendait de la part de Carcassonne la fin de son alliance avec Narbonne et de sa loyauté envers Barcelone, au profit douteux des soldats de Toulouse au besoin. Bien sûr, ce besoin serait nécessaire dès l'instant où le comte de Barcelone apprendrait que son vassal Trencavel avait offert Carcassonne à Toulouse. Raimon aurait besoin de jongler avec légèreté et habileté pour rentrer chez lui en vie, et pire encore, éviter de se fracasser contre les rochers de Barcelone ou dans le tourbillon de Toulouse.

— Mon seigneur est trop aimable, murmura Raimon.

Il affermit son cœur contre la pointe de compassion qu'il ne sentait pas, ou ne devait pas ressentir, pour le corps de plus en plus prostré suspendu au mur. Six voix lui transmirent leurs condoléances, ainsi que leur joie de pouvoir compter Carcassonne parmi leurs alliés, de s'étendre à l'est en direction de Narbonne et de la Provence. Les discussions menèrent naturellement aux dernières nouvelles de Provence, aux prises de bec de plus en plus fréquentes entre les Baux et Barcelone. Raimon put mieux respirer lorsque l'attention fut reportée sur un autre sujet.

— Laissons Barcelone et les Baux s'épuiser entre eux, commenta Raymond. Le moment venu, je réclamerai la Provence.

La voix froide de Sicard intervint.

— Et Toulouse ? Si cette traînée de reine poussait la France dans une nouvelle tentative pour s'emparer de la ville ?

Personne ne faisait référence à Louis de France sous le nom du « moine » en présence de Raymond, dont la tenue « peu cérémonieuse » consistait en une longue tunique de lin blanc, deux bas blancs et des chaussons en cuir brun uni. Seule la ceinture pour son épée et l'absence de tonsure le différenciaient du surnom du roi Louis. Cela et, bien entendu, le corps contre le mur, que striaient désormais les rayons du soleil franchissant les épais murs de pierre par la fenêtre à œillet.

Le visage de Raymond s'affina encore, ses lèvres réduites à deux lames de couteau destinées à trancher les mots qu'il lançait aux hommes rassemblés.

— Je m'occupe de la France. Nous ne verrons plus la putain d'Aquitaine au pied de mes murs. Encore moins sur mon mur.

Son regard se déplaça délibérément, incontestablement, vers la silhouette suspendue, exigeant que les sept paires d'yeux suivent les siens par pure politesse. Raimon plaqua ses grandes mains sur ses genoux, refusant de voir le filet d'urine qui coulait entre deux jambes joliment formées.

L'atmosphère changea lorsque l'attention de Raymond se porta de nouveau vers un autre sujet. Cette fois, ce ne fut pas une région éloignée d'Occitanie qui lui avait ouvert l'appétit. Sa voix se fit plus épaisse.

— Comme vous le voyez, messieurs, j'ai des affaires inachevées, et nous devons en rester là.

Raymond se dirigea vers le corps de la fille, assez près pour la titiller avec le manche de son épée.

— Dis bonjour aux gentilshommes.

Il ne prononça pas son nom, mais son regard croisa celui de Raimon, qui priait tous les dieux possibles que la fille ne se retienne pas plus longtemps parce qu'il était là, risquant d'attiser l'imagination tordue qui se trouvait derrière l'épée. La lame l'attisa derechef, soutirant cette fois une goutte de sang. Raimon savait qu'il ne devait rien montrer et il garda derrière son dos ses mains lacérées par ses propres ongles.

Il soutint le regard du comte lorsqu'une voix brisée se fit entendre, étouffée par le sac :

— Bonjour, messieurs.

Cela n'apprit à Raimon rien qu'il n'eût déjà su en entrant dans la pièce, lorsqu'il avait changé son cœur en pierre. La déception scintilla dans les yeux de reptile du comte, mais il en tira le meilleur parti.

— Je pense que nous nous comprenons.

Son regard fixa les yeux de Raimon dix secondes de plus, puis il se dirigea d'un pas léger vers les autres seigneurs.

— Nous nous comprenons, parvint à répondre Raimon.

Il garda assez de sang-froid pour ne pas sortir le premier de cette chambre des horreurs, mais le troisième, échangeant quelques mots avec ses pairs. Personne ne fit référence au corps jeune et beau contre le mur, torturé par leur suzerain. Enfin seul, par la miséricorde divine, Raimon de Béziers, de Carcassonne, d'Albi et de Razès emporta une hache dans un poulailler et y laissa un tel carnage que, plus tard dans la journée, le bailli perplexe se demanderait quel genre de renard se contentait de mettre en pièces les poulets sans les emporter et réduisait, en outre, leur cabane en allumettes à l'aide d'un outil visiblement tranchant.

À ce moment-là, Raimon et sa cour étaient sur le chemin de retour vers Carcassonne. L'appréhension du voyage vers Toulouse avait disparu. Les soldats se félicitaient de la perspicacité de Raimon, qui avait contrarié le diable dans son repaire sans entraîner aucun dommage. On ne remarqua rien de plus grave que la pâleur extrême de la fille de Trencavel, qui eut besoin du palanquin pour le voyage. Son père lui avait brièvement parlé et l'avait laissée tranquille, lui-même chevauchant, plongé dans ses pensées, exigeant de ne pas être dérangé, requête habituelle chez un homme de son rang.

— Fais tout ce qu'il t'a dit de faire, Alis, conseilla Raimon à sa fille, installée sur la litière. Ensuite, ce sera terminé. Pars dès que possible, cherche n'importe quelle excuse, mais reviens à Carcassonne aussi vite que tu le pourras. Alors, hésita-t-il, je te trouverai une place chez les Carmélites.

Ses cheveux dorés étalés sur le coussin, son visage ovale délicat, sa silhouette fine bordée par un couvre-pieds, tout était exactement comme à l'accoutumée. Mais elle gardait les yeux clos, le visage enfoui dans les ténèbres, et il n'osait pas la toucher.

Le petit ange de son père. Grâce à Roger, les murs de Carcassonne étaient les plus épais et les plus impénétrables du royaume chrétien. Raimon y réfléchirait à deux fois avant de les quitter de nouveau, même si ses deux suzerains, les seigneurs de Toulouse et de Barcelone, le convoquaient par les cors de l'enfer. Les religieuses et leur Dieu prendraient soin de sa fille. Il ne pouvait rien faire. Bien qu'il ne puisse se résoudre à la regarder, il savait qu'il ne verrait plus rien d'autre, non seulement lors du trajet entre Toulouse et Carcassonne, mais pour le reste de sa vie.

Estela se retourna une fois de plus dans son lit inhospitalier. La quatrième nuit après son mariage avait commencé depuis deux heures. Elle aurait tout aussi bien pu boire sa tisane de valériane une fois de plus, ce soir, pour trouver le sommeil. Il était évident que Johans de Villeneuve ne viendrait pas, ni maintenant ni jamais. Et le sommeil non plus. Indignée par l'injustice de la situation, Estela s'allongea dans une nouvelle position, lançant un regard noir, les yeux grands ouverts, aux ombres sur le plafond obscur. Elle avait obéi aux ordres, et pour quel résultat ? Rien ni personne, voilà ce qu'elle avait gagné ! Était-ce là le précieux présent d'Ermengarda pour elle ?

Plus elle songeait aux sourires généreux d'Aliénor et d'Ermengarda qui lui avaient exposé leurs plans pour son avenir, contrôlant ainsi sa vie, plus son estomac se nouait, en proie à un puissant besoin d'agir. D'autres femmes acceptaient peut-être d'être maintenues dans l'ignorance, mais elle était Estela de Matin, elle serait *trobairitz*, elle avait remporté la rune d'un prince scandinave, la loyauté d'un véritable chevalier et les éloges du meilleur troubadour d'Occitanie. Ses pensées se dérobèrent à une analyse trop profonde de ses relations avec Arnaut ou Dragonetz et s'arrêtèrent fermement à l'idée qu'on lui devait une explication. Elle voulait savoir où elle en était de cet étrange mariage et une seule personne pouvait lui donner la réponse. Et maintenant !

Une cape drapée par-dessus ses vêtements de nuit blancs, à la dentelle un peu défraîchie, Estela enfila ses chaussons d'intérieur en cuir et se rendit à travers les couloirs silencieux jusqu'à la chambre d'Ermengarda. La flamme des torches dansait contre les murs, toujours hors de portée, mais Estela n'était pas d'humeur à se complaire dans les illusions fantaisistes créées par les jeux d'ombre. Serrant les dents, elle répéta ses questions dans sa tête tout en marchant, silencieuse dans ses souliers de cuir lisse, tellement perdue dans ses pensées qu'elle manqua presque l'éclat coloré qui lui indiqua, du coin de l'œil, que quelqu'un d'autre se déplaçait dans le Palais. Estela s'arrêta brusquement et se retira dans l'ombre. Elle observa la haute silhouette qui frappa doucement contre la porte vers laquelle elle se dirigeait elle-même. Elle n'eut pas besoin de torche pour reconnaître le visage qu'elle connaissait si bien, les joues creuses et les yeux noirs brillant avec détermination. La porte s'ouvrit suffisamment pour le laisser entrer et il disparut hors de sa vue.

Estela retourna dans sa propre chambre avec des semelles de plomb. Elle s'installa une fois de plus dans son lit solitaire et affronta l'obscurité. Elle n'avait rien ni personne, alors que tout le monde sur cette terre se couchait avec l'être de son choix. Les belles épouses avaient des amants. Même les laiderons, même les vieilles avaient des amants, mais elle n'avait que seize ans et elle était condamnée. Aucun homme n'accepterait cette situation, pourquoi le devrait-elle ? Un homme pouvait choisir sa partenaire, la courtiser, la séduire et passer à autre chose. Pourquoi ne pouvait-elle en faire de même ? S'essuyant le nez, Estela essaya de songer à un homme. Un partenaire acceptable. Arnaut était le choix le plus évident, il avait déjà promis d'obéir à ses moindres désirs. Elle ferma les yeux et imagina son beau profil, sa peau claire altérée par le soleil, son physique fin, mais musclé, ses yeux aussi changeants que la mer, débordants de sentiments pour elle. Elle s'imagina exposant froidement sa proposition à l'homme auquel elle avait promis son amitié et rien d'autre. Elle vit ses yeux gris se refroidir sous l'insulte, reflet de son propre sentiment de déchéance, et elle sut qu'elle n'en serait pas capable.

Du moins, elle ne pouvait se comporter de la sorte envers un homme amoureux d'elle. L'amour en appelait à l'amour, c'était l'objet des romances et des tragédies. Il y avait cependant d'autres chansons à chanter, où l'animal en appelait à l'animal. N'était-ce pas ce que faisaient les hommes ? N'était-ce pas ce à quoi servaient les servantes ? Lorsqu'Estela s'endormit enfin, elle rêva qu'elle était attachée par une corde et qu'on la gavait d'aloès amers. Elle avait beau détourner la tête, à droite puis à gauche, le procédé impitoyable continuait. Elle ne pouvait pas demander grâce, car sa bouche était pleine. Elle ne voyait pas qui lui faisait subir cela, qui pouvait la haïr à ce point, mais malgré sa peur, elle était déterminée à s'échapper.

Les cheveux d'Ermengarda tombaient sur ses épaules en un flot miroitant d'or pâle, mais le reste de sa tenue, sa chemise de dentelle à col montant, aurait été parfaitement convenable pour recevoir n'importe lequel de ses conseillers, et Dragonetz savait qu'elle avait déjà compris. Lorsqu'elle s'assit et l'invita à la rejoindre, il lui fut impossible de ne pas songer à la première fois, de se demander s'il agissait comme un idiot, mais il savait qu'il ne pouvait pas faire autrement. Il attendit, la laissant prendre les rênes, mettre le visage qu'elle souhaitait sur la suite des événements.

— Mon ami, je crois que le temps de nos rendez-vous nocturnes est terminé et que celui-ci doit être le dernier.

Ses yeux gris déterminés plongèrent dans les siens et y trouvèrent la confirmation qu'ils cherchaient.

— Vous êtes sans égale, ma Dame.

Il lui offrit tout ce qu'il pouvait.

— Ce que nous avons partagé fut une chanson qui valait la peine d'être interprétée, et ce que nous partageons encore durera pour toujours. Ce que je vous ai promis reste gravé dans mon âme.

— Ce que vous avez promis à Narbonne, le corrigea-t-elle froidement.

— N'êtes-vous pas Narbonne ?

Il était tout aussi déterminé.

— Je suis Narbonne.

Sa réponse fut sans chaleur.

— Je suis Narbonne depuis l'âge de quatre ans. Et Narbonne vous fera en effet tenir parole.

Elle tendit les bras et il la laissa prendre ses longues mains entre les siennes.

— Mais Ermengarda vous offre la liberté. Qu'en ferez-vous ?

Dragonetz porta une blanche main à ses lèvres, humant l'huile d'amande et l'eau d'oranger.

— Rien, ma Dame.

Il y eut un silence. Elle retira ses mains, se leva et lui tourna le dos, observant sans les voir deux gobelets en argent et un pichet de vin, intacts. Il s'était levé au même instant, dans l'expectative, disposé à donner tout ce qu'il possédait, jusqu'au dernier mot soigneusement choisi.

— Sans la prophétie, auriez-vous continué de venir à moi ?

Sa voix, son intonation étaient les mêmes qu'à l'accoutumée.

— Mais il y a eu la prophétie, commenta-t-il simplement.

— Et vous avez réagi. J'ai réagi. Elle a réagi.

Dragonetz ne dit rien.

— Maintenant, ça ne me suffit plus sans amour, reprit-elle. Mais vous vous refusez à l'amour. Pourquoi cela ?

Il n'aurait répondu à nulle autre devant une telle question.

— Des blessures de guerre, répondit-il doucement.

Elle devait savoir – qui eût été mieux placé ? – qu'il n'existait aucun dommage physique entre lui et ses désirs.

— Vous avez tort, lui répondit-elle clairement, sur un ton détaché.

— *Tort-n'avetz*, lui répondit-il.

Il venait de retourner contre elle son expression préférée, le surnom qu'il avait glissé dans les nouvelles chansons qu'il lui avait écrites, celui que la cartomancienne avait vu dans son avenir, lorsqu'elle serait véritablement aimée.

— Je ne suis pas le bon, lui dit-il. Et vous n'êtes pas à prendre à la légère. Il y aura quelqu'un digne de vous, ma Dame.

— *Tort-n'avetz,* rétorqua-t-elle lorsque la porte s'ouvrit et se referma en silence.

Une larme coula sur la main qui étreignait un gobelet d'argent.

Estela tressa ses cheveux en deux longues nattes, qu'elle enroula de chaque côté de sa tête et attacha de façon hasardeuse sous le voile et le turban relevé de sa matrone. Elles dégringolèrent, échouant à maintenir l'illusion qu'elle était une femme mariée. Plus elle les coiffait avec des gestes furieux, plus ils frisottaient, indisciplinés. Elle avait passé ses trois nuits de virginité, selon l'usage, mais après la quatrième, elle aurait dû annoncer au monde qu'elle était désormais une femme mariée. Sa bouche pincée en une ligne lugubre, elle décida de réunir au plus tôt tous les attributs du mot « mariée ». Avant cela, elle irait demander à Ermengarda ce que Johans de Villeneuve était censé représenter pour elle exactement. Elle avait sans cesse ressassé ses mots : il avait aimé sa défunte épouse et il comprenait la situation. Eh bien, elle était heureuse que quelqu'un la comprenne !

Avec une joie qui la surprit, Estela remarqua que Sancha était de retour, après les affaires de famille qui l'avaient éloignée en Provence. Elle rapportait sans doute des nouvelles de l'est, le point sur la situation entre les seigneurs des Baux et Raimon Berenguer de Barcelone, ainsi que les conséquences de la mort de Roger Trencavel et de la succession de son frère. À son tour, Estela avait hâte de lui faire part de tout ce qu'elle avait découvert sur la tentative d'Anjou contre l'Angleterre et de sa frustration devant l'impasse où elle se trouvait dans sa traque de l'espion qui évoluait dans leur camp. Malheureusement, les plaisirs et la distraction d'une conversation intelligente devraient attendre, car Estela et Sancha s'étaient mises d'accord pour conserver une certaine distance en public. C'était la meilleure façon de mettre au jour des contradictions entre les confidences des dames. En guise de rappel, l'élégante silhouette de Sancha lui tournait résolument le dos, et Estela se résolut à passer une nouvelle journée à écouter parler chiffons, vaine pêche aux informations dans un bassin désormais épuisé. Une servante confirma qu'Ermengarda la recevrait avant le déjeuner et cette perspective lui occupa tant l'esprit qu'elle fut prise au dépourvu lorsque Philippa de Lyon vint la rejoindre.

Au début de ses recherches, Estela avait estimé inoffensive cette fiancée courtaude, dont le visage n'était pas sans rappeler les spécialités lyonnaises, le tripou et l'andouillette, dont elle parlait avec plus d'intérêt que de son futur époux, un marchand aisé dans le commerce du textile. Une seule référence à la devise de Lyon « Avant, avant, Lion le Melhor » et Philippa pouvait parler pendant des heures des raisons qui faisaient de Lyon la meilleure des villes. Tout ce qui se trouvait hors de son éventail limité de sujets la faisait patauger. Elle n'ignorait pas, cependant, les ragots plus personnels, et Estela avait encore à apprendre qu'être « inoffensive » dans l'organisation d'un assassinat ne signifiait pas nécessairement « inoffensive » dans les interactions du quotidien.

— Vous n'adoptez pas encore votre statut de femme mariée, lança-t-elle pour entamer la conversation.

Elle se référait à l'apparence d'Estela et parlait visiblement sans malice. Cette dernière répondit au sourire de Philippa, distraitement, mais sans réserve.

— Certaines des dames ont lancé des paris pour savoir quand vous relèverez vos cheveux, et même si vous le feriez un jour.

Le sourire d'Estela s'effaça et elle joignit ses mains sur ses genoux, dans l'attente.

— Aimée a dit que vous garderiez vos cheveux relâchés après avoir reçu le message.

Même lorsque l'appât était évident, les options étaient peu nombreuses, si elle voulait découvrir qui se cachait derrière tout cela. Et Estela avait très envie de le savoir.

— Le message ? s'enquit-elle doucement.

Ses yeux malicieux brillaient comme des fruits confits sur une galette des Rois.

— Le message de Johans de Villeneuve.

La fierté d'Estela ne permettait qu'une seule réponse.

— Oh, bien sûr, répondit-elle. Ce message.

— Je me suis demandé si elle faisait bien de nous le dire. Je lui ai dit : Aimée, penses-tu que tu devrais nous dévoiler ce message privé destiné à Estela ? Mais je me rappelle exactement ce qu'elle a répondu. Aimée a dit : ça ne dérangera pas du tout Estela. Nous sommes toutes amies, n'est-ce pas ? C'est vrai, et, bien sûr, elle a raison. Cela ne vous dérange pas du tout, n'est-ce pas ?

Estela s'imagina retirer le couteau de son jupon et découper en morceaux la chair qui tremblotait devant elle en attendant de trouver sort plus douloureux pour Aimée. Elle en avait oublié les manières affables toutes féminines, elle qui avait grimpé aux arbres et joué à l'épée de bois avec les garçons dans les jardins et les dépendances. Elle n'avait pas eu de mère et elle était libre, choisissant les bagarres plutôt que les mots assassins. Ses poings se serrèrent tandis qu'elle s'efforçait de garder son calme. La dague était peut-être restée sous ses jupons, mais elle ne pouvait pas s'empêcher de retenir celles qui fusaient de ses yeux.

— Cela ne me dérange pas du tout…

Elle essaya d'empêcher ses dents de grincer, sa voix de crisser, et elle ajouta sincèrement :

— … qu'Aimée vous l'ait dit.

Non, ce qui la dérangeait vraiment, c'était que personne ne le lui ait dit, à elle !

— Eh bien, c'est ce que je lui ai dit, et bien sûr, le message était si ordinaire ! Ce n'est pas comme s'il avait écrit des vers romantiques comme ceux qu'Aimée reçoit.

— De la part de son époux, j'imagine.

Estela vit que sa réponse avait fait mouche. Elles savaient toutes deux de qui venaient les mots doux d'Aimée, apportés par un page chaque fois qu'un certain bourgeois des environs venait au marché.

Philippa était stupéfaite.

— Ce n'est pas ce que l'on attendrait d'un époux, pas des messages comme ceux qu'Aimée reçoit.

Pourquoi ? songea Estela. Parce qu'elle était impossible à aimer ? Parce que son époux n'était pas ce genre d'homme ? Le mot « époux » continuait de sonner si étrangement. Avait-elle rêvé de ce curieux mariage ? Le bavardage continua.

— Il disait simplement ce qu'il voulait dire, rien de plus, qu'il était parti pour Villeneuve comme prévu et que, si vous aviez des affaires à régler, vous pouviez le joindre en passant par son homme, Conti da Manho, le marchand de bois. Bien sûr, il s'est excusé de s'être éclipsé lors du banquet, mais il ne voulait pas attirer l'attention sur vous deux. Comme Aimée est l'une de vos si bonnes amies, il a pensé que vous lui pardonneriez de vous transmettre le message de cette façon. Un gentil message, n'est-ce pas ? Mais moi, j'aurais relevé mes cheveux immédiatement. J'ai perdu trois barrettes contre Aimée. Elle avait deviné que vous ne le feriez pas !

Philippa secoua la tête devant la perspicacité incroyable d'Aimée, tout comme Estela.

— Comme c'est délicat de la part d'Aimée d'avoir dit à Johans – le nom lui resta en travers de la gorge – que nous sommes amies ! Je lui dois bien quelque chose.

— Oh, lui répondit Philippa dans un éclat de rire, ne vous préoccupez pas de cela ! Je pense qu'Aimée a gagné assez de parures pour équilibrer parfaitement la balance.

— Non.

Cette fois, Estela savait qu'elle grinçait des dents, mais c'était plus fort qu'elle.

— J'insiste. Je dois personnellement remercier Aimée pour son rôle dans ce message. Je vais y réfléchir.

Philippa fut conciliante.

— Si vous le souhaitez. Le pari est terminé maintenant, vous pourrez donc tout aussi bien garder vos cheveux détachés.

Sur ce, elle laissa Estela, qui montrait toutes les apparences de la sérénité, mais qui, intérieurement, s'efforçait de rester sourde à ces femmes qui riaient en jetant des coups d'œil dans sa direction. Sancha ne faisait pas exception et, s'il y eut de la compassion dans son regard, Estela était trop en colère pour le remarquer. Elle donna un coup d'aiguille dans ce qui aurait pu être un mouchoir et deviendrait certainement un chiffon. À chaque coup, elle visait les yeux et la langue d'Aimée jusqu'à ce qu'il soit enfin l'heure de ranger avec les autres ouvrages, dans le coffre en bois de camphre, ses piteuses tentatives de broder les initiales royales entrelacées. Elle prit congé de ces dames avec un bref hochement de tête, leur souhaitant à toutes d'aller en enfer, et elle se rendit à son entretien avec Ermengarda. Cela ne risquait guère d'arranger sa journée.

La vicomtesse était immobile à la fenêtre lorsqu'Estela entra dans l'antichambre. Elle se demanda d'abord si elle avait mal entendu l'ordre d'entrer, tant la silhouette était figée, sévèrement vêtue de bleu de Damas aux ourlets blancs. *Telle la vierge Marie,* songea amèrement Estela. Elle eut honte de sa pensée lorsqu'Ermengarda se retourna. Elle était plus pâle qu'habituellement, éthérée, et quand elle parla, ses mots étaient alourdis par ses responsabilités envers Narbonne.

— Je suis désolée. J'ai eu peu de temps pour parler avec vous, Estela. Je pense que vous comprenez les difficultés du moment. Au moins…

Elle lui offrit l'un de ses rares sourires, reflet de la femme qu'elle eût été si elle avait grandi en jouant dans les prés ou au bord des rivières au lieu d'arbitrer des litiges de droit féodal.

— Au moins, Messire Dragonetz m'a confié que vous avez une connaissance de l'époque qui nous aidera tous les deux.

Estela avait été éduquée dans un contexte plus strict que son tuteur de musique ne pouvait l'imaginer et elle se garda de sourciller en entendant le nom de l'homme en question, si facilement prononcé par ces lèvres qui s'en étaient souvent approchées. Elle ne pouvait en revanche contrôler la rage qui bouillonnait en elle après toutes les injustices de la journée.

— Ma Dame, commença-t-elle.

Elle ne pouvait que parler avec droiture et vérité, puis juger de la réponse. Elle avait offert son allégeance à cette souveraine fragile, ou plutôt, on la lui avait offerte pour elle. Ermengarda en valait-elle la peine ?

— Vous m'avez honorée en accordant ma main, en m'acceptant dans votre cour, mais je vous prie de m'excuser si je suis confuse en voyant que ma vie est restée la même, et pire, qu'elle a empiré, puisque je ne développe plus mes talents de musicienne et que je ne sais pas ce que je dois à l'homme qui s'est tenu à côté de moi à la porte de l'église, il y a quelques jours.

Ses yeux gris répondaient honnêtement aux topazes ombrageuses, cherchant à comprendre tout ce qu'ils pouvaient.

— Laissez-moi répondre à la dernière question en premier. Rien. Vous ne devez rien à Johans de Villeneuve et il n'attend rien de votre part. Je vous ai offert le privilège d'un mariage aussi civilisé que celui que mes alliés m'ont obtenu. La liberté d'une femme mariée.

Estela baissa le regard pour cacher qu'elle savait comment Ermengarda s'était emparée de sa liberté.

— Un statut respectable, l'indépendance financière, et surtout, la fin des cours importunes, où les hommes se comportent en toutous pour vous gagner comme une marionnette, chacun d'entre eux espérant tirer les ficelles pendant qu'il prendra les décisions. Je sais bien que vous n'avez pas Narbonne à offrir au plus offrant, mais croyez-moi, ce que vous possédez était suffisant pour attirer les chiens.

Estela se représenta Nici dansant comme un ours pour emporter son affection. L'image était assez cocasse pour faire disparaître, un instant, les nuages qui la menaçaient.

— Johans de Villeneuve est un citoyen pour lequel j'éprouve du respect. Il n'exigera jamais rien de votre part, il ne vous trompera jamais, il n'essaiera jamais de profiter de la bonne fortune qui vous élèvera loin, très loin au-dessus de lui. Il aimait sa femme et n'en cherche pas d'autres. Il a les héritiers dont il a besoin. Et son existence vous protégera toujours des chiens. Mais je pensais que vous saviez tout cela.

Le front d'Ermengarda se rida. Il lui déplaisait d'expliquer ce qui était pourtant clair d'emblée. Estela rougit, se reprochant sa naïveté.

— Je l'avais compris, ma Dame, mais cela m'aide de l'entendre. Ce n'est pas ainsi que les choses fonctionnaient à Montbrun.

— Je peux l'imaginer. Mais je préférerais que vous appreniez les manières de la cour et que vous abandonniez celles de Montbrun.

Même gracieux, le message restait un avertissement. Estela inclina la tête. Elle avait déjà dit au revoir à Montbrun de tout son cœur. Maintenant, elle disait au revoir au mariage dont elle avait rêvé pendant quatre jours. Quelle folle avait-elle été ! Oh, comme ils devaient tous rire de la bêtasse paysanne.

— Pour répondre à votre première question, c'est en effet mon tort. Je ne peux qu'invoquer les affaires ennuyeuses et essentielles de Narbonne qui se sont dressées entre moi et mes devoirs en tant qu'hôtesse et mécène. Vous avez un talent rare et je n'ai pas l'intention de le cacher. J'aimerais beaucoup que vous jouiez pour moi la nuit du solstice d'été. Il est temps de célébrer l'amour à l'état pur, pour tous ceux qui sont amoureux et pour l'été.

Pourquoi Ermengarda, cette femme qui avait tout, était-elle si mélancolique ?

— Oui, nous jouerons pour qu'Aliénor emporte notre musique dans son cœur en regagnant la France, pour la réchauffer durant les froides nuits de Paris. Vous et Dragonetz me divertirez avec toutes les nouvelles chansons qu'il m'a assuré avoir écrites et nous oublierons nos soucis, le temps d'un soir.

Estela n'était pas bêtasse au point de ne pas comprendre qu'il s'agissait d'un ordre. Avec une révérence docile, elle se risqua à demander :

— La reine retournera-t-elle bientôt en France ?

— Je pense qu'elle le doit.

Avant que sa grossesse ne soit trop avancée. Et de retour à Paris avec Aliénor, son commandant l'accompagnerait, son troubadour. Il n'était guère surprenant qu'Ermengarda soit mélancolique et souhaite une nuit de chants d'amour avant leur départ. Estela quitta l'antichambre la rage au cœur, trépignant du besoin d'agir. Elle ne pouvait songer qu'à un seul endroit où aller, le seul endroit où elle s'était rendue chaque fois qu'on lui avait porté un coup, chaque fois qu'on l'avait maudite, lorsque son père s'était remarié. Elle se dirigeait vers les écuries.

En chemin, elle ne prêta aucune attention aux serviteurs anonymes en livrées de Narbonne, aux notaires aussi blancs et noirs que leurs comptes, aux quelques coquettes de la cour exhibant plumes, soie et dentelle. Estela ne vit rien sur son passage. Ni les gens ni la grande porte qui flanquait les escaliers, sur lesquels la vicomtesse avait accueilli la reine, à peine quelques semaines plus tôt. Pas plus que le changement en passant des courtisans à l'agitation du commerce, aux tabliers de travail en cuir et aux habits de jute, aux charrettes à bras et aux ânes chargés. Elle ne remarqua pas même la vague de chaleur en quittant la fraîcheur des vieilles pierres qui protégeaient l'intérieur du Palais aux murs aussi épais que les épaules d'un homme, pour s'avancer sous le soleil de midi, sans protection, dans la cour à ciel ouvert.

Pressant le pas sur les pavés, ses bottes d'été marquant une cadence emplie de colère, Estela égrenait des pensées qui bourdonnaient et mordaient comme des moucherons.

— C'est injuste ! répétait-elle dans un refrain régulier.

L'odeur de la première écurie l'atteignit avant qu'elle ne déverrouille la demi-porte et n'entre dans le monde de doux ronflements et de paille fraîche, de cire et de cuir chaud. Mais cela ne suffit pas à l'apaiser. Elle cligna des paupières dans l'obscurité soudaine, puis, alors que ses yeux s'ajustaient, elle vit les chevaux dans leurs stalles, qui piaffaient en chassant les mouches avec leurs queues et leurs crinières. Il semblait n'y avoir personne dans les écuries à part elle. Elle fut alors envahie par un sentiment de déception qui ne fit qu'accentuer son amertume. Injuste !

Puis elle entendit les bruits d'un travail régulier dans le dernier enclos, derrière la cloison, des bruits que seul un être humain pouvait provoquer. Se frayant un chemin par-dessus les tas de paille, sa bouche marquant un pli déterminé, Estela s'en approcha. Il restait possible qu'il s'agisse d'un autre domestique. Auquel cas, elle lui souhaiterait une bonne journée, demanderait des nouvelles de Tou et s'en retournerait pour déjeuner, dans la salle où toutes les personnes civilisées prenaient déjà place. Elle s'était si bien persuadée que ce serait quelqu'un d'autre – injuste, encore et toujours ! – que ce fut un choc pour elle d'apercevoir la tignasse brune familière et le dos nu ployant et se redressant tandis qu'il répandait la paille propre avec une fourche. Estela l'observa une minute, délibérément, profitant du spectacle plaisant des muscles qui luisaient même à l'ombre, de la peau bronzée. Ses yeux descendirent le long du creux de son dos jusqu'aux ombres jumelles qui s'enfonçaient sous sa ceinture. Puis, avec une profonde inspiration, elle s'avança et posa la main à plat sur la peau lisse et bronzée de son dos, lançant :

— Peire de Quadra.

Le garçon se redressa lentement, saisi par son contact et sa voix, incapable de les ignorer. Ils ne restèrent ainsi que quelques secondes, probablement, mais Estela eut l'impression que cela durait une éternité, rebelle et glorieuse, sa paume absorbant la chaleur de la peau d'un homme, ses sens emplis d'une douce odeur animale. Elle prononça de nouveau son nom en laissant retomber sa main le long de son corps. Il se retourna pour lui faire face, la fourche dressée comme une arme entre eux.

Pendant un moment, Estela se sentit mal à l'aise. Que ferait un homme ?

— Enlève ça, demanda-t-elle au garçon.

Il obéit, sans quitter son visage de ses yeux bleus arrondis et méfiants. Suivant les instructions d'un millier de chansons, elle s'avança pour effleurer ses lèvres des siennes, rencontrant une douceur et un désir qui enflammèrent en un brasier sauvage l'amadou de ses émotions. Plaçant sa main au niveau de la fine ligne de poils, sous son ventre nu, elle s'aventura vers ses hauts-de-chausses légers, espérant ainsi manifester clairement son intention. Il haleta et elle sentit sa réponse, un bond vers sa main, comme un poisson hors du courant.

— Sais-tu comment faire ? lui demanda-t-elle en respirant.

Il hocha la tête.

— Alors, fais-le, lui ordonna-t-elle, parcourant à nouveau ce corps d'homme à sa disposition.

Elle se perdit dans la douceur de ses bras, se pressant contre lui. Puis il la retourna, la poussa à plat ventre sur la paille et la douceur cessa. Des brins dans son nez la firent éternuer, mais cela lui faisait mal au cou de relever la tête. Elle s'allongea, le visage tourné sur le côté contre le couchage rêche, essayant de parler, mais trop étouffée pour y parvenir. Qu'aurait-elle dit ? *Arrête, je t'en prie ?* N'était-ce pas ce qu'elle souhaitait ? Il était trop tard pour arracher la dague de ses jupons et défendre son honneur. Il était trop tard.

Elle sentit qu'il retroussait sa jupe, écartait ses dessous, puis le tissu frotta douloureusement d'un côté alors que le va-et-vient commençait, s'acharnait, cherchant aveuglément à se forcer un passage en elle. Croulant sous le poids, essayant de respirer, concentrée sur un brin de paille plié à un angle de quarante-cinq degrés exactement, ce qui évoquait les conversations du moulin à eau, elle était foudroyée par une douleur plus vive qu'elle ne l'avait imaginée, tandis que son cerveau criait : « Non, non, non, retire-toi ! »

Mais sa bouche restait obstinément silencieuse et, au lieu d'un soulagement, ce fut une douleur plus sourde et grandissante, qui culmina avec le sentiment qu'elle explosait en mille morceaux, un carreau d'arbalète fiché dans les entrailles.

Elle devina aux grognements de Peire et au changement dans sa respiration que c'était terminé et elle s'accrocha à cette pensée lorsque, après une dernière douleur intense, le poids quitta son dos et qu'elle sentit le garçon se redresser et s'éloigner pour s'appuyer en haletant contre le mur de l'écurie. Elle se vit soudain elle-même, allongée sur la paille, jupe et chemise relevées, sa dague dévoilée et neutralisée, la preuve misérable de son passage à l'âge adulte maculant ses dessous et sa peau. Elle ne s'était jamais sentie aussi seule, aussi orpheline. *Attention à ce que tu souhaites.* Elle articula les mots de sa mère. Remettant ses vêtements en place, elle se releva et observa l'inconnu en sueur, dont les yeux parcouraient la stalle, l'évitant soigneusement.

Estela redressa fièrement la tête. Elle jouerait cette scène jusqu'à son final. Elle s'empara d'une broche en émeraude sur le devant de sa robe, qui faisait partie de son trousseau de mariage. Elle souffla dessus pour en retirer la paille et la polit distraitement contre sa jupe avant de fixer le garçon d'un regard transparent et sans honte. Incapable de le soutenir, il resta aussi loin d'elle que l'étable le lui permettait. Lorsqu'elle s'approcha pour lui donner le bijou, il recula et elle eut soudain conscience de ce qu'il risquait.

— N'aie pas peur, lui dit-elle. Tu n'as fait qu'obéir aux ordres. Je ne te demanderai plus jamais un tel service.

Ses lèvres se retroussèrent et sa main trembla malgré elle.

— Prends ceci en guise de reconnaissance.

Elle avait presque dit « paiement », mais elle savait qu'il aurait accepté le mot avec la même réaction qu'à présent – de la gratitude – et cela, elle n'aurait pu le supporter.

— Je pense qu'il est l'heure du déjeuner. Tu dois avoir faim, continua-t-elle bêtement.

Feignant le dédain sans grand succès, elle quitta les lieux, s'arrêtant pour cligner des yeux à la lumière du soleil, retenant ses larmes lorsqu'elle découvrit la dernière personne au monde qu'elle aurait voulu voir.

Les yeux de Dragonetz balayèrent son visage, sombres et froids, pleins de colère. La main posée sur le pommeau de son épée, il déclara :

— Je vais le tuer.

— Non ! rétorqua-t-elle vivement.

Il se contenta de rester là, à la regarder, essayant de lire sur son visage. Elle observa la forme plane de ses pommettes, clairement définies sous le soleil implacable, la bouche narquoise qui décochait des mots d'esprit plus aisément que des insultes cinglantes, ou même des compliments. Elle sentit alors qu'elle allait s'évanouir pour la première fois de sa vie. Son expression changea, une fois de plus, et il la prit par le bras pour la soutenir.

— Ma Dame Estela, commença Dragonetz. Souffrez que je vous raccompagne à votre chambre. Si vous le permettez.

La dissimulant aux regards par sa grande stature, il lâcha son bras et se campa devant elle le temps d'enlever la paille de ses cheveux, qui n'étaient plus si élégamment enroulés, remettant en place quelques mèches folles. Si un puits menant tout droit aux brasiers de l'enfer s'était ouvert dans la cour, Estela y aurait plongé plutôt que d'avoir à affronter l'attention pleine de sollicitude dont elle bénéficiait en cet instant.

— Il semblerait, dit-il gentiment, que mon rôle dans votre vie soit celui d'une femme de chambre. Sancha me dit que vous avez des rumeurs intéressantes au sujet d'Henri d'Anjou.

Ses questions politiques l'accompagnèrent jusqu'au Palais. Elle était protégée des regards curieux par leur relation connue de tous et par le statut de Dragonetz lui-même, un homme irréprochable. Cependant, elle eut conscience, tout du long, du sang poisseux et de la semence du garçon qui souillaient son corps. Elle ne serait plus jamais la même. Elle souhaitait qu'il meure.

Ils étaient désormais seuls dans les couloirs menant à la chambre d'Estela et, comme s'il lisait dans ses pensées, Dragonetz exigea de savoir :

— Pourquoi, Estela ? Pourquoi coucher avec un garçon d'écurie, pour l'amour de Dieu ? Ce n'est pas ainsi que cela aurait dû se passer !

— Et comment cela aurait-il dû se passer ? Avec des timbales d'argent, des cheveux dorés et les bras splendides de Narbonne autour de vous, j'imagine !

Elle l'attaqua sans s'arrêter pour réfléchir.

— Que pouvez-vous bien savoir ? Au moins, vous trouverez que mon chant est plus mûr maintenant ! Oh, allez au diable !

Ils avaient atteint sa chambre et elle s'était déjà débarrassée de son bras, mais elle ne comptait pas se dérober. Elle avait déjà fait face à suffisamment de démons aujourd'hui pour tenir tête à un manieur d'épées habile aux chansonnettes. Avançant le menton, elle lui lança un regard furibond et ses yeux noirs, aussi insondables que le bassin des cascades de Montbrun, lui renvoyèrent sa propre image dupliquée.

— Il n'y a que vous, murmura-t-il mystérieusement.

Son exaspération visible cachait à peine quelque chose d'autre. Il s'agenouilla devant elle, prit sa main et l'embrassa dans un geste formel.

— Au diable j'irai, lui assura-t-il.

En partant, il marmonna à part lui :

— J'aurais dû le tuer.

Estela aurait voulu avoir un bain pour elle seule, mais elle rejoignit les bains communs à contrecœur, où elle frotta sa peau jusqu'à ce qu'elle soit rougie et à vif. Puis elle enfila des habits propres et envoya brûler l'intégralité des étoffes onéreuses qu'elle portait ce matin-là. Elle se dit que c'était terminé. Elle ne s'était jamais sentie aussi seule de sa vie, et si la perte de sa virginité faisait une différence, ce n'était pas pour le mieux.

CHAPITRE SEIZE

Le temps qu'un petit garçon juif hors d'haleine livre son message au capitaine de la garde de la ville, prenant soin de ne pas révéler que Dragonetz los Pros l'avait envoyé, ce qui eût coûté la vie à sa mère, Dragonetz lui-même se dirigeait déjà vers le quartier juif. À court de temps pour compléter son armure, il portait un haubert et une épée. Il avait déjà perdu de précieuses minutes en envoyant des messagers de confiance à Danton, sans doute le seul chevalier dans les parages et le mieux à même de réunir des hommes rapidement, ainsi qu'à Raoulf et à Arnaut.

Bien sûr, il avait encore perdu un temps précieux en menaçant la mère du messager qui ne lui inspirait pas confiance, afin d'encourager sa loyauté. La mine sombre, Dragonetz ressassa le message de Raavad, prononcé par le va-nu-pieds au souffle court dont la mère, à ce qu'il en savait, vivrait ou mourrait selon le bon vouloir de Dragonetz. Le principal problème de Dragonetz, c'était qu'il n'avait pas la moindre idée de ce qu'il pouvait faire pour empêcher une bataille à petite échelle entre chrétiens et juifs de se changer en un carnage de grande ampleur. Il doutait que cela soit aussi minime qu'il puisse se contenter de tous les tuer en hurlant : « Assassins ! » Pas cette fois. Le message de Raavad était fatalement succinct, résumé à : « Trois juifs. Dix chrétiens. Meurtre. Ma rue. Maintenant. Venez, je vous en prie. Avec des renforts. »

Alors que lui parvenait le vacarme familier d'une émeute, le fracas du fer et les cris, les hurlements et les coups, des éclats de voix masculines, féminines, et même enfantines, il entendit son serment de chevalier le railler, lui serinant son engagement vain à protéger et à défendre les innocents. C'était du suicide.

— Je suis venu en force, marmonna-t-il, tirant son épée avant d'emprunter le dernier virage d'une ruelle étroite.

Il priait le Dieu universel pour que son petit messager ait réussi sa mission et qu'il ait l'ombre d'une chance de lutter contre l'incendie. Il rejoignit alors l'ardeur du combat, renversant par-derrière un corps anonyme qui s'écroula sur les pavés, serrant encore dans sa main la pierre qui avait écrasé le visage d'un adversaire. Ce dernier ouvrit la bouche pour remercier Dragonetz, mais les mots se changèrent en borborygmes sanglants lorsque l'épée du chevalier toucha sa cible suivante, aussi précise et mortelle qu'à la guerre. Il ne les tuerait peut-être pas tous, mais il allait s'y employer.

Faisant tournoyer son épée tout en invectivant en cinq langues, regrettant son casque et son bouclier, Dragonetz fit le vide autour de lui en se ménageant le temps d'analyser la scène. Les femmes, Dieu merci, n'étaient pas dans la rue, mais penchées aux fenêtres à lancer des poêles et des pots de chambre sans se préoccuper de savoir s'ils étaient remplis ou vides. D'ailleurs, ces épouses et mères transformées en harpies déchaînées semblaient trouver plus de satisfaction quand c'était le contenu plutôt que le pot de chambre lui-même qui touchait une cible. Les hommes se battaient avec leurs poings et tous les objets de poids qui leur tombaient sous la main.

Ainsi, des marteaux, des cisailles, des paravents, des ciseaux, des truelles, des pinces, des paniers et, bien sûr, des couteaux s'affrontaient dans le fracas du métal, les claquements de bois et le bruit mat des pierres qui retentissait dans un écho assourdissant entre les murs de la rue étroite. Il y avait quelques épées, chrétiennes vraisemblablement, mais à part cela, la masse humaine furibonde était impossible à démêler, travailleurs révoltés que la raison avait abandonnés.

La pause de Dragonetz prit fin lorsqu'une douzaine d'hommes, certains armés d'épées, l'encerclèrent fébrilement. Deux d'entre eux tentèrent une diversion en hurlant à tue-tête, alors que cinq autres essayaient de se faufiler derrière lui. Il s'empressa de reculer contre la façade d'une maison, priant pour qu'aucun poignard ne jaillisse en douce de la porte ou de la fenêtre. Il espérait que le mur penchait suffisamment pour lui épargner le déplaisir de recevoir un pot de chambre sur la tête.

Il y eut une brève conversation entre ses aspirants agresseurs et Dragonetz se fit la remarque qu'ils semblaient organisés, qu'ils se connaissaient visiblement et coordonnaient peu ou prou leur action, malgré le chaos de l'émeute. Il se demanda s'il s'agissait des dix chrétiens de Raavad, mais il n'eut pas le temps de réfléchir plus longuement. Pas besoin d'être un génie pour comprendre qu'à douze contre un, les chances étaient de leur côté s'ils venaient à l'attaquer.

Dragonetz dut faire appel à toute son expérience pour résister au premier assaut, mais on l'avait bien formé et il avait été mis à l'épreuve contre l'épée et le cimeterre en Occitanie comme à Damas. Son véritable talent résidait en son caractère imprévisible. Les hommes armés en face de lui étaient gênés par leur nombre, seulement capables de coups de lame à l'horizontale de peur de se heurter les uns les autres s'ils l'approchaient ensemble. Quant à l'attaquer au compte-gouttes, ils eurent tôt fait de se rendre compte que c'était suicidaire.

Les ouvriers brutaux parmi eux étaient une plus grande menace, alors qu'un homme armé d'une épée revenait sans cesse à la charge, harcelant Dragonetz de sorte qu'il lui était difficile d'esquiver les pierres qui volaient ou encore le marteau qu'on lui lança à tout hasard et qui eut le malheur de toucher sa jambe gauche bien qu'il tente de le parer. En le voyant flancher, les troupes sentirent leur moral raviver et ses adversaires redoublèrent d'efforts. Une pierre vint frapper le front de Dragonetz et un filet de sang au goût métallique coula jusque dans sa bouche. Avec morgue, l'homme que Dragonetz avait identifié comme leur chef s'adressa à lui en vociférant, bien caché derrière quatre de ses voyous.

Des touffes rousses dépassaient tout autour de son camail et sa moustache flamboyante se hérissa au-dessus de sa bouche aux dents noircies lorsqu'il prit la parole.

— Ravi de vous rencontrer, Monsieur. Nous comptions sur votre venue ! Et sur votre prompt départ… Allez, hurla-t-il. Maintenant !

Ses hommes au complet se précipitèrent sur Dragonetz avec

l'intention d'utiliser leurs propres corps comme armes, sachant qu'il suffirait du cadavre d'un seul homme au fil de son épée pour le mettre hors combat. Lorsqu'il sentit la porte céder derrière son dos à l'instant même où ses assaillants se ruaient vers lui, Dragonetz crut qu'il allait être embroché des deux côtés, *comme un giton malmené,* songea-t-il en basculant en arrière sur le seuil avant que la porte ne se referme, verrou tiré, rempart contre le fracas assourdi des hommes et des épées.

Allongé par terre, sans couteau dans le dos, Dragonetz leva le regard vers le chapeau et les boucles reconnaissables de Makhir ben Habibi, l'expert de la Kabbale qui était avec la voyante.

— La porte ne tiendra pas longtemps, lui indiqua le juif. Suivez-moi.

Si les hommes dans la rue avaient levé le regard, ils auraient vu un homme passer par la fenêtre d'un grenier, à l'endroit où les maisons étaient penchées les unes vers les autres comme si elles tenaient un conciliabule. Ils auraient vu quelqu'un d'autre à la fenêtre d'en face, un entrelacs de draps noués ainsi que des hommes volants, expliquant la disparition totale du chevalier qu'ils s'évertuaient à pourchasser.

Lorsqu'ils vinrent enfin à bout, à coups de hache, des douze pouces de l'épaisse porte en chêne, il ne restait pas le moindre signe de Dragonetz los Pros ni de quiconque. Ils franchirent une porte de service pour déboucher dans une courette, puis dans une autre rue transversale de l'autre côté d'un mur. Lorsqu'ils se résignèrent à l'avoir perdu, Dragonetz était de retour au lieu exact où on l'avait attaqué. Cette fois, il apercevait Raoulf, Arnaut et cinquante soldats revêtus de leurs armures aux couleurs rouges d'Aliénor.

Il y avait environ le même nombre de gardes de la ville en armures, arborant le bleu relevé d'argent d'Ermengarda. Les deux armées se battaient, risquant d'occire par accident les civils qui s'aventuraient sur leur chemin. Exactement comme Dragonetz l'avait ordonné. Non que le commandant de la garde de la ville en ait conscience, toutefois. C'était probablement ce même commandant, au casque à aigrette et à la mine patibulaire, qui se dirigeait résolument vers Dragonetz avec toute la détermination de ses douze kilos d'armure, pourtant réduite à l'essentiel. La bête du Gévaudan argentée tendait ses griffes implacables vers Dragonetz sur l'océan de soie bleue qui ondulait par-dessus l'armure, mais il ne pouvait occulter la pointe d'acier braquée sur lui ni le visage cramoisi par la colère.

Heureusement, les aptitudes au maniement de l'épée du commandant étaient médiocres et amoindries par son humeur. Ainsi, Dragonetz parvint à parer la violence des coups malgré son épuisement. Les mots lancés à son encontre étaient tout aussi violents, insultant sa mère en particulier et ses origines au sens large, avec le souhait fervent qu'il y retourne sur-le-champ, mort de préférence. Manœuvrant toujours vers l'arrière jusqu'à se retrouver au fond de la rue, encerclé de tous côtés par la bataille qui faisait rage, Dragonetz riposta et esquiva patiemment, retenant son souffle jusqu'à ce que les attaques physiques et verbales décroissent toutes deux. Il saisit alors l'avantage offert par ce moment de répit pour donner un long coup de sifflet, soigneusement modulé. Si Sicres de Narbonne avait regardé derrière lui, il eût vu des silhouettes rouges détaler comme des souris quand s'ouvre la porte de la cuisine, mais il ne quittait pas Dragonetz du regard.

— La bataille est terminée. Rengainez votre épée, suggéra Dragonetz.

Il sauta sur le côté quand son flanc gauche fut visé en réaction. Son adversaire se redressa alors, hors d'haleine, les joues en sueur comme en témoignaient les rigoles de crasse écarlate.

— Pardieu ! Quel culot que le vôtre ! N'allez pas croire que les faveurs de ma Dame vous permettront de vous en tirer…

L'épée fut à nouveau brandie, mais sans grand enthousiasme, maintenant que la colère de Sicres s'était apaisée et qu'il voyait la résistance de son adversaire. La lame retomba.

— Mes hommes sont partis. Je peux difficilement me battre contre cent soldats à moi seul.

Dragonetz baissa sa propre garde et rangea son épée.

— Et m'attaquer par-derrière dès que j'aurai le dos tourné ! Je ne le crois pas, non.

Sicres lui lança un regard furieux, ignorant la feinte classique de son otage dont le regard se portait derrière son épaule gauche, comme si quelqu'un approchait par-derrière. Pourtant, il ne s'agissait pas d'une tactique.

— Ces lâches bâtards se sont enfuis, Messire, annonça l'un des gardes de la ville.

Le commandant sursauta, sans pour autant quitter Dragonetz des yeux.

— Avons-nous perdu des hommes ?

— Deux. Tibaut et Simo.

— Et eux ?

— Un seul.

Dragonetz sentit son cœur se serrer. Trois hommes de trop. Qui ? Qui était mort en soldat pour le bien de Narbonne ? Il chassa cette pensée avant qu'elle n'affecte son jugement – il y reviendrait plus tard.

Les yeux de Sicres se plissèrent, réduits à deux trous d'épingle emplis de haine.

— Les citoyens de Narbonne ?

Il lança la question à son homme par-dessus son épaule.

— Nous avons vu sept corps, pour l'instant. L'un d'entre eux portait une armure.

Son trouble était manifeste dans sa voix.

— J'estime pour les autres qu'il s'agissait de trois juifs et de trois chrétiens, à en juger par leurs vêtements.

Rectificatif, songea Dragonetz, neuf hommes de trop et l'un des voyous qui s'en étaient pris à lui, dont il était convaincu qu'il s'agissait de mercenaires payés pour enflammer la mèche de la guerre civile et le tuer dans la mêlée.

— Je suis désolé, Sicres.

Il croisa le regard de l'autre homme avec honnêteté.

— J'obéissais aux ordres. La reine avait l'impression que son armée s'empâtait à force de ripailles dans les tavernes de Narbonne et que nous avions besoin d'être mis à l'épreuve. Elle a insisté pour que nous aiguisions nos lames contre les plus fines de Narbonne.

Le troubadour haussa les épaules.

— Il semble qu'elle avait raison. Vos hommes ont eu le dessus sur les miens. Personne n'aurait dû périr, mais cela arrive, même lors des entraînements.

Un autre haussement d'épaules, d'un chef à un autre, d'un homme soumis aux ordres insensés d'une folle à un autre, dans le même cas.

Dragonetz était bel et bien désolé, mais il ne pouvait pas offrir à Sicres la vérité sur ce qu'ils avaient accompli sans gâcher cet accomplissement même.

— Il semble en effet que vos hommes soient rouillés, Messire Dragonetz.

Personne ne mentionna le décompte des morts, de deux contre un.

— Et qu'allez-vous faire à ce sujet ? Organiser une autre bataille rangée entre mes hommes et les vôtres dans les rues de Narbonne ? Dans les rues de *ma* ville.

— Ce ne sera pas nécessaire. Avec l'autorisation de ma Dame, nous quitterons la ville pour une semaine d'entraînement dans la nature. Mes hommes regretteront de ne pas avoir été vaincus par les vôtres d'ici la fin de la semaine.

— L'autorisation de votre Dame ? fit Sicres d'un ton moqueur.

Dragonetz imaginait sans peine les rumeurs qui circulaient en ville.

— Ma Dame Aliénor, précisa-t-il, qui ne bénéficiera plus que d'une poignée de mes hommes pour sa protection et qui doit pouvoir compter sur vos capacités, que vous avez prouvées aujourd'hui. Et comme vous le supposez si bien, votre Dame, qui devra pardonner notre attitude de rustres soldats et excuser notre absence.

— Je suis certain, Messire Dragonetz los Pros, que votre absence sera profondément… ressentie par ma Dame Ermengarda.

Il y eut un rire étouffé derrière Sicres, mais rien dans l'expression de Dragonetz ne lui permit de voir si le coup avait porté, aussi bas qu'il soit. Une autre pensée à écarter pour y revenir plus tard, afin qu'elle n'interfère pas avec la conclusion satisfaisante d'une affaire compliquée. Dragonetz priait le ciel que ses messages aient atteint leurs différents destinataires et respecté le sens qu'il avait voulu leur donner.

— Messieurs, fit Dragonetz en s'inclinant.

Il tourna le dos à la rue et à ses silhouettes bleu et argent, désormais rejointes par les maîtres de maison qui récupéraient pots de chambre et casseroles, nettoyaient les résidus brisés et pansaient les blessures mineures. Puis des lamentations s'élevèrent, annonçant que l'on avait découvert les morts.

La tête basse, Dragonetz retourna en solitaire vers le jardin devant le Palais, où cent quatre-vingt-douze hommes fatigués tout en rouge attendaient en formation, à cheval, une selle vide en tête. Avec un grognement approbateur, il sauta sur le destrier qu'Arnaut tenait pour lui, soulagé à son corps défendant qu'Arnaut, Raoulf et Danton soient tous là. Mères, épouses, enfants, plus d'un serait en deuil ce soir, atterré qu'un soldat puisse mourir de la main de ses pairs dans une ruelle de Narbonne, après avoir survécu aux cimeterres et aux roues à lames de l'*Oltra mar* sauvage. Il n'avait pas le droit d'éprouver un quelconque soulagement en voyant ses lieutenants, mais il n'avait pas le droit, non plus, d'avoir du chagrin pour qui que ce soit.

Il fit envoyer un message à Aliénor par l'un de ses hommes qui resterait pour lui servir de garde du corps. Il était trop risqué d'en envoyer un à Ermengarda, puisque Sicres risquait d'intercepter la missive, mais elle serait assez intelligente pour faire le rapprochement entre le message de Raavad et le rapport de son commandant. Il sourit en songeant à ce rapport. Puis il émit un autre sifflement, l'un de ces ordres perfectionnés dans les tempêtes de sable épais comme la fumée, alors que les hordes de Sarrazins surgissaient de nulle part, leurs yeux à peine visibles à travers les bandes de tissu enroulées autour de leurs têtes et devant leurs visages. Avec une coordination parfaite, ses hommes mirent leurs chevaux au pas et ils abandonnèrent la ville, donnant l'impression d'une procession victorieuse plus que d'une retraite honteuse à qui n'en savait pas plus long.

Une brise vint effleurer les joues de Dragonetz.

— De l'air frais, songea-t-il.

Son cœur rebelle s'envola à la pensée des camps de nuits et de l'entraînement. Il avait dit la vérité à Sicres sur un point : il allait faire vivre un véritable enfer à ses hommes. Et ils ne demandaient rien d'autre, semblables à des animaux de ménagerie lâchés en liberté au fond des bois. C'était le genre d'épreuves qui changeait les muscles en pierre, le pain en festin et les corps privés de sommeil en simple satisfaction.

Des heures plus tard, les feux de camp étaient éteints. Les grillons entonnaient leurs doux chants de nuit et les étoiles promettaient une nouvelle journée sèche et sans nuages. Dragonetz soulagea ses jambes, s'étirant sur l'herbe un instant avec ses adjoints avant qu'Arnaut ne prenne la première garde. Ils avaient patiemment attendu de connaître l'histoire, confiants que l'heure viendrait, et ils l'avaient bien mérité. Mais chaque chose en son temps.

— Comment deux gardes ont-ils été tués ? demanda-t-il à mi-voix.

Raoulf cracha un morceau d'herbe qu'il mâchait distraitement.

— Ne blâmez pas les hommes. Des animaux en armures anonymes distribuaient des coups d'épée à tout venant.

— C'est l'un d'eux qui a touché Bausas derrière la tête. Sans casque, il n'avait aucune chance, intervint Danton.

Dragonetz grommela. Il avait bien sûr deviné plus tôt dans la journée lequel de ses hommes était mort et il avait fait comprendre que l'honneur et la récompense qui en reviendraient à sa famille, en Aquitaine, ne seraient pas moindres que s'il était mort en se battant contre les Infidèles – ce qu'il avait fait, d'une certaine manière. Tout dépendait de la définition donnée aux « Infidèles », mais ce n'était pas une idée que Dragonetz était disposé à partager avec ses officiers, encore moins avec une troupe de fermiers transformés en soldats.

— Nous nous sommes occupés de lui, mais ses compagnons ont réussi leurs petits tours dans les coulisses de notre grand spectacle et ont expédié deux gardes avant de s'enfuir.

— Vous vous êtes occupés de lui… répéta Dragonetz.

Son timbre de voix les mit en garde. Ce fut Raoulf qui attisa le feu.

— Soyez donc raisonnable ! Vous étiez là ! Il a vu Bausas tomber à genoux et il a réglé son compte à cette pourriture de meurtrier avant qu'un autre de nos hommes ne périsse. Je sais que vous auriez aimé que l'on vous rapporte ce scélérat pour répondre à une ou deux questions, mais il y a une limite au sang-froid d'un homme !

— Non, répondit Dragonetz. Il n'y a pas de limites au sang-froid d'un homme, seulement à la confiance qu'il y porte. Qui est donc ce « il » ?

Seul le silence rebelle des trois hommes lui répondit. Dragonetz soupira.

— Allez au diable !

Ce fut une fois de plus Raoulf qui affronta le mépris glacial de son chef.

— C'était moi.

Dragonetz s'allongea sur l'herbe, les mains derrière la tête et les yeux fermés. Mais le soulagement de ses hommes fut de courte durée.

— Bien sûr, lâcha-t-il. Et quand je vous ferai remarquer que vous ne vous trouviez même pas dans cette rue, il s'avérera, ô miracle, qu'il s'agissait en fait d'Arnaut ou de Danton.

Il se redressa avec une grâce juvénile, toute en muscles parfaitement sculptés, et il rouvrit les paupières pour leur jeter un regard accusateur.

— Messieurs, nous avons perdu assez de temps. Cette petite démonstration d'esprit de corps vous a bien divertis, passons sur les dénis et la torture et supposons l'espace d'un instant que je sois un commandant compétent, et même *votre* commandant. Vous me ferez part de toutes les informations que vous détenez et je vous raconterai ce qui s'est réellement passé aujourd'hui. Maintenant, finissons-en. Raoulf ?

Raoulf lui confia le nom à contrecœur.

— Vous savez que je suis en faveur des sanctions pour les hommes, mais il ne s'agissait pas d'une bataille rangée, pour l'amour du ciel ! Le gars n'a fait que réagir de bonne foi à la situation. S'il venait à en souffrir, Dragonetz, je vous jure que…

Sa voix s'éteignit sous un regard dédaigneux.

— Je n'en doute pas, lui répondit froidement Dragonetz, mais je n'ai pas la moindre intention de vous faire part de mes projets le concernant. Un petit rappel, Raoulf.

Puis il changea d'intonation pour reprendre :

— Je tiens à m'excuser que le message ait été si succinct, mais chaque seconde comptait et vous avez été somptueux aujourd'hui. Sincèrement. Aucune autre troupe n'aurait pu réagir comme vous l'avez fait.

— Mais vous aimeriez que nous soyons meilleurs.

Le timbre de Raoulf était atone, l'échange précédent encore cuisant.

— J'aimerais que nous soyons meilleurs, convint Dragonetz.

Il s'était inclus dans cette remarque, ce qui y fut pour beaucoup dans l'apaisement d'une fierté froissée. Tous savaient qu'il était perfectionniste.

— Sans la vue d'ensemble, vous ignorez quels dégâts peut causer le manque de sang-froid d'un homme. J'ai ordonné qu'aucun garde ne soit tué. Je sais que c'était difficile. Deux gardes ont bel et bien péri, leurs morts mises à notre compte. Il y aura un jugement pour cela.

— Et vous êtes en colère contre l'ami de Bausas pour avoir tué son meurtrier ? Il a probablement sauvé la vie d'un autre garde ! Ou celle de l'un des nôtres !

Raoulf était désemparé devant son raisonnement.

— Je le sais, lui répondit Dragonetz. En fin de compte, j'aurais aimé vous avoir donné l'ordre de capturer ou de tuer un groupe de truands en armure sans en laisser un seul s'échapper. Mais je ne le savais pas, à ce moment, et il ne s'agissait pas de mes ordres.

Raoulf réfléchissait.

— Vous allez donc être clément envers lui, car il a réagi à une situation donnée en faisant de son mieux.

— Oui, maudit imbécile. Je serai clément envers lui ! Mais uniquement parce que j'en tirerai un meilleur parti de la sorte. Il n'y a eu qu'un seul mort, vous *savez* que nous ne pouvons pas nous permettre de nous en soucier. Les hommes doivent être remplaçables et leurs amis obéir aux ordres. Maintenant, souhaitez-vous savoir ce qu'il s'est passé ou non ?

— J'ai reçu votre message alors que je supervisais le contrôle des équipements et des exercices de routine, intervint Danton. Le garçon m'a dit de préparer les chevaux pour quitter la ville dès que possible et d'emmener tous les hommes à pied vers le quartier juif, de provoquer et d'attaquer la garde de la ville, mais de ne tuer personne. J'ai donc donné les ordres aux écuyers, rassemblé les hommes, et vous connaissez la suite.

— J'ai reçu un message très similaire, confirma Raoulf.

— Moi itou. Que faisait la garde là-bas ? Et pourquoi devions-nous nous battre contre eux ?

Dragonetz pesa ses mots.

— La raison officielle, et personne ne devra la mettre en doute, c'est que nous avons reçu l'ordre de la part d'Aliénor de confronter nos hommes à l'élite d'Ermengarda afin de nous exercer.

— Et la raison non officielle ?

— J'ai reçu un message de Raavad. Une rixe entre juifs et chrétiens, dont l'origine est vraisemblablement un litige sans importance, susceptible de provoquer une guerre civile. Il a envoyé le même message à Ermengarda.

— Alors, tu as appelé la garde, dit Arnaut, qui commençait à goûter la beauté de la chose. Non pour assurer la paix, mais pour couvrir la rixe civile avec notre bataille ciblée et tapageuse.

— Un citoyen anonyme a informé la garde de certains troubles dans le quartier juif, fit Dragonetz, incapable de rester impassible plus longtemps. Et puis, ce sont *eux* qui ont causé des troubles. Comment avez-vous provoqué leur attaque ? s'enquit-il avec intérêt.

— Méthodes traditionnelles, répondit Danton en souriant.

— Nous avons traité leurs mères et leurs sœurs de femmes de mauvaise vie, et nous les avons un peu titillés. Cela fonctionne toujours, continua Raoulf, un sourire aux lèvres.

— Pas toujours.

Dragonetz réfléchit aux coups qu'il avait lui-même reçus.

— Souvent, concéda-t-il.

— Et il faudrait être drôlement malchanceux pour passer une épée à travers une cotte de mailles alors qu'on essaie d'éviter de donner la mort. Cela aurait dû être facile, admit Raoulf, concession de mauvaise grâce à la fureur précédente de Dragonetz. Quelques vagues, et plus de peur que de mal.

— C'est ainsi que les choses auraient dû se passer, convint Dragonetz. Quelques citoyens tués de façon accidentelle et tragique au cours d'un exercice militaire, sans haine raciale, sans condamnation des juifs. Mais le litige initial n'était pas un accident. Il y avait un groupe de mercenaires prêts à déclencher une guerre civile en plein Narbonne, et la mort d'un soldat ou deux, c'était toujours cela de pris, de leur point de vue.

Il garda pour lui la tentative plus ciblée de l'assassiner.

— Il s'agit maintenant de savoir qui gagnerait à la destruction de Narbonne ? À la chute d'Ermengarda ?

— Toulouse. Ou les Baux, pour briser l'alliance après leur attaque contre la Provence.

— En effet, commenta Dragonetz. La sempiternelle rengaine. Je suggère que nous nous reposions. L'alerte d'une attaque surprise sera donnée à l'aube et nous verrons bien comment les hommes réagissent. À propos, la retraite était excellente.

— Elle aura fait plaisir à Sicres, je n'en doute pas !

— Elle m'aura fait plaisir aussi, ce qui est plus pertinent. Peut-être organiserons-nous un tournoi lors de notre retour à Narbonne entre les meilleurs hommes de Sicres et les nôtres. Émousser quelques lances, perdre quelques hommes de chaque côté, voilà qui exercera les uns et remontera le moral des autres.

Personne ne fut assez bête pour prendre la parole après cela.

— Arnaut ?

— Monsieur.

Ce dernier prit position pour le premier tour de garde, alors que ses compagnons improvisaient une couche sur les touffes d'herbes et entraient en communion inconsciente avec la terre.

Déterminée, Estela tressa ses cheveux en épaisses boucles rebelles et les enroula autour de sa tête, formant la couronne noire et brillante qui annonçait publiquement qu'elle était une femme mariée. Alors, c'était tout ? Pousser, bousculer et contraindre à l'aide d'un instrument contondant ? Sa bouche frémit alors qu'elle articulait tout bas les doux mensonges des chansons qu'elle avait apprises par cœur, à base de désir et de regret, de passion et de séparation, les comparant avec la réalité.

Elle essaya une nouvelle fois le couvre-chef austère, pour faire bonne mesure, mais elle cessa de tenter d'arranger ses nattes épaisses en dessous et elle remit la coiffe blanche dans le coffre. À la place, elle en retira un ruban de soie rouge, qu'elle attacha en bandeau autour de sa tête et noua sur le côté, laissant pendre les pointes. Peut-être y avait-il des avantages à vivre à la façon barbare d'*Oltra mar*, dissimulé par de longues robes à la seule exception des yeux, ainsi protégé des regards incisifs auxquels elle allait devoir faire face. S'armant à nouveau d'un manteau écarlate, attaché par la broche de l'éclaireur ornée d'une rune, un cotillon bordeaux par-dessus son jupon blanc, elle lissa sa jupe et se mit en chemin, prête à déjeuner et affronter les dames d'honneur de la reine.

Personne ne la pointa du doigt, personne ne chuchota ostensiblement : « Tu sais ce qu'on disait au sujet d'Estela, eh bien… », personne n'eut même un sourire narquois. Une aiguille à broder à la main, penchée sur de nouveaux atours pour la reine, Estela finit par accepter qu'elle était déjà de l'histoire ancienne. Elle avait tellement redouté que tout le monde puisse lire sur son visage ce qu'elle avait fait qu'elle fut déçue que personne ne le voie. Elle avait souhaité que tout change, elle avait détruit son monde et rien n'avait changé, personne ne l'avait remarqué. Elle se piqua le doigt et une fleur de sang rejoignit celles du tissage fin sous ses yeux. Elle soupira. Voilà autre chose qu'elle attendait, ses propres fleurs de sang d'ici quelques jours, et en tant que fille de la campagne, elle ne savait que trop bien ce que signifiait leur retard. Cela prouverait certainement quelque chose à quelqu'un ! Mais quoi exactement, elle n'en savait rien.

Peu à peu, la tête penchée sur son ouvrage, elle s'absorba dans les discussions environnantes, faisant le tri entre les médisances et les dernières nouvelles, les futilités et ce qui pouvait être utile. Ce fut pour Estela un soulagement, mêlé de quelque autre sentiment qu'elle choisit d'ignorer, d'entendre que Dragonetz avait emmené ses troupes hors de la ville pour un exercice d'entraînement. Les rapports confus au sujet d'un combat dans les rues entre les hommes d'Aliénor et ceux d'Ermengarda étaient, quant à eux, plus déroutants. D'après les rumeurs, Sicres, le commandant de la garde de la ville, avait vaincu Dragonetz lors d'un duel, le désarmant et le forçant à retirer ses hommes de la ville pour une durée inconnue.

D'après les rumeurs contradictoires, Dragonetz avait suivi les ordres d'Aliénor tout du long et n'avait pas tenté de combattre Sicres. Les spéculations sur la teneur de ces ordres variaient, qu'ils résultent d'un pari entre Aliénor et Ermengarda, à la faveur d'un moment d'ivresse, pour savoir laquelle des deux possédait la meilleure armée, ou que Dragonetz ait poursuivi sa croisade jusque dans les rues de Narbonne. Après tout, la bataille s'était déroulée dans le quartier juif et tout le monde savait que les juifs s'étaient battus main dans la main avec les Maures en Terre sainte. Et bien sûr, Ermengarda avait ordonné à ses hommes de protéger les citoyens de Narbonne. Il était de notoriété publique que les deux souveraines ne partageaient pas toujours le même avis sur les croisades. La passion d'Aliénor pour la conversion de la Terre sainte laissait froide la vicomtesse aux intérêts plus commerciaux.

Cependant, la plus grande distraction pour les dames, et qui les éloignait de l'appât tendu par Estela, semblait être le retour d'Alis de Carcassonne, livide et émaciée, les yeux rougis d'avoir pleuré la mort de son oncle. Les dames, telles des sangsues, se nourrissaient des émotions d'autrui, s'étendant en condoléances hypocrites devant les sujets d'horreur même les plus infimes sur lesquels elles pouvaient faire main basse et haletant de plaisir quand il était question du pire. On rebattit les oreilles d'Alis à grand renfort de « ma pauvre chérie » alors qu'elle narrait les désagréments concrets d'un enterrement en pleine chaleur estivale, comme les odeurs putrides et les mouches, mais l'assistance se mit à piaffer d'enthousiasme lorsqu'Alis se lança dans le récit des preuves publiques présentées par son père dans son besoin d'asseoir sa nouvelle autorité. Estela dérivait déjà dans ses propres pensées dès la troisième description de membre amputé. Cette fois, il s'agissait d'une main, remuant de sa propre initiative dans son agonie si peu naturelle et pointant du doigt son exécuteur avant de s'immobiliser.

Estela passait furieusement au fil de son aiguille, à défaut de son épée, un groupe de voleurs à la tire lorsqu'elle se rendit compte que c'était à elle que l'on s'adressait.

— Estela, que faites-vous donc ?

Distraitement, Estela suivit le regard de Sancha et aperçut le motif que son aiguille énergique avait tracé sur le tissu. Elle soupira.

— Allons, donnez-moi ça.

Sancha coupa le fil avec les dents et, armée de sa propre aiguille, elle entreprit de défaire délicatement le chaos en lieu et place d'un travail soigné. La tête penchée, Sancha ajouta sur le ton de la conversation :

— Une nouvelle coiffe ?

Enfin, quelqu'un l'avait remarqué.

— J'ai songé que c'était adapté.

Estela pouvait prononcer la réponse hautaine qu'elle avait préparée. N'était-ce pas à cette fin qu'elle s'était donné tout ce mal ?

L'autre femme dissimula son sourire dans sa broderie.

— C'est adapté, en effet, ajouta-t-elle avec prévenance. Et cela vous va bien. Vous n'avez rien à prouver, Estela.

Les larmes lui montèrent aux yeux pour toute réponse et elle étouffa un besoin soudain de se confesser, de recevoir l'absolution. Au lieu de quoi, elle renifla et lâcha :

— Vous feriez une bonne mère.

Alors même que blêmissait le visage de Sancha, Estela s'avança pour la toucher et murmura :

— Je suis désolée. J'avais oublié.

Les couleurs de Sancha lui revinrent tandis qu'elle se courbait davantage sur les points à corriger.

— Je prends ça pour un compliment, répondit-elle, la voix aussi éraillée que la couture d'Estela.

— Laissez-moi vous raconter les nouvelles de Provence.

Trop absorbée par sa propre vie privée, Estela avait oublié que Sancha venait tout juste de rentrer de sa province. Elle s'abîma bientôt dans la discussion sur l'équilibre de plus en plus précaire entre Raimon Berenguer, le comte de Barcelone, et les Baux, les ducs de Provence. Sancha était persuadée que ce ne serait plus très long avant qu'une guerre ouverte pour la Provence n'éclate, Narbonne piégée au milieu, à la fois en tant qu'alliée de Barcelone et prochain trésor couvé du regard par les Baux cupides.

— Voilà qui fait entrer en scène l'une des dames de Provence comme intermédiaire, une espionne contre Aliénor et Dragonetz.

— C'est possible, concéda Sancha. Mais je me suis renseignée sur les origines et les liens de toutes les suspectes possibles. Il leur faudrait être des espionnes hors du commun pour effacer toutes leurs traces. Comme moi, la plupart des Provençaux n'ont aucun désir de voir les Baux accroître leur pouvoir ni le sang couler pour un nom et les quelques hectares supplémentaires qui y sont rattachés. Cela n'a tout bonnement aucun sens.

— Et ça ne concorde pas vraiment avec une connaissance faite à Douzens. Cela désigne quelqu'un des Corbières.

— Comme vous, signala Sancha d'un ton sec, suscitant un sourire de sa part.

— Bien vu. Malheureusement, je n'ai pas vos relations ni votre statut pour réunir en Corbières les informations que vous pouvez glaner en Provence. En outre, la connaissance de Douzens pourrait avoir été faite par l'entremise des templiers ou de l'Église. Il s'agit, dans tous les cas, de commerçants et de voyageurs qui auraient pu rencontrer notre initiée en Aquitaine et la rejoindre à Douzens.

— C'est possible, répondit Sancha avec obstination. Mais vous pouvez désormais assembler plus d'éléments provenant des Corbières. Votre père n'est-il pas un homme de Toulouse ?

— De Carcassonne et de Toulouse, confirma Estela. Mais je ne sais rien de lui ni de ses affaires.

— Et vous n'avez pas envie de les connaître. Je comprends. Mais il est peut-être temps d'écouter l'histoire d'une sorcière pendue jusqu'à ce que ses pieds dansent et les prophéties miraculeuses qui sortirent de sa bouche morte.

— Ou celle de l'enfant aveugle qui toucha le nouveau dirigeant de Carcassonne et qui, après sa guérison miraculeuse, prétendit voir une auréole divine autour de Raimon. Je crois comprendre où vous voulez en venir, répondit froidement Estela.

— Nous pouvons lui poser des questions pertinentes, m'est avis. Surtout si son père ou si Alis elle-même ont rendu la visite attendue à leur ancien suzerain pour le rassurer, maintenant qu'il y en a un nouveau.

— Toulouse, souffla Estela.

Les deux femmes déplacèrent leurs sièges pour rejoindre le cercle autour d'Alis, qui racontait les présages merveilleux des dernières naissances de jumeaux parmi les moutons et des puits jaillis de la terre sèche pour accueillir Raimon Trencavel en tant que vicomte de Carcassonne.

Tout en s'extasiant poliment devant les miracles, les malformations et les simples anecdotes, Sancha et Estela réussirent à obtenir quelques renseignements. En effet, Toulouse avait convoqué non seulement le nouveau comte de Carcassonne, mais aussi plusieurs de ses vassaux. L'allégeance que devait Trencavel à Barcelone, dans son nouveau rôle, n'avait pas encore été officiellement prêtée. Autant qu'Estela puisse en juger, Raimon Trencavel était à la croisée des chemins, empiétant déjà sur le territoire de Toulouse. Carcassonne avait cessé d'être l'alliée de Narbonne et le choix de Raimon demeurait incertain dans l'éventualité d'une attaque au sujet de la Provence. Rester à la croisée des chemins aussi longtemps que possible, certainement. D'autant plus que Toulouse portait également son regard vers la Provence comme dessert, Narbonne constituant son plat de résistance.

Alis ne leur fut pas d'une très grande utilité. En réponse à une question sournoise posée par Sancha, elle exprima sa déception de ne pas avoir pu apercevoir les célèbres murs roses de Toulouse à cette occasion et de n'avoir que des rumeurs de seconde main sur la ville. Elle avait entendu que le jeune comte espérait éradiquer la corruption et ses suppôts hérétiques. D'après Alis, autrement dit d'après son père, Raymond de Toulouse plaçait la religion au-dessus de tout. Au-dessus, murmura Alis d'un ton hésitant, des relations humaines normales. À ce moment-là, Alis pâlit plus encore que pendant son récit de l'écorchement et de l'écartèlement en bonne et due forme d'un traître condamné. Poussée par les dames curieuses qui souhaitaient savoir ce qu'elle entendait par là, Alis déclara qu'elle n'en savait rien de plus que des ouï-dire et elle orienta la conversation sur un autre châtiment abject bien mérité.

Estela ressassait tout cela lorsque ses pensées furent interrompues une fois de plus, cette fois par une voix grave, mais non moins féminine. Elle n'avait pas remarqué que Bèatriz s'était jointe aux dames, abandonnant vraisemblablement Ermengarda et Aliénor à d'autres tâches. La jeune fille tira un siège à côté d'Estela, désormais flanquée de Bèatriz et de Sancha, et elle effleura ses propres cheveux bruns soyeux lâchés sur ses épaules, arrêtant son regard sur les tresses enroulées d'Estela.

— Cela fait quel effet d'être mariée ? demanda-t-elle, ses yeux ronds empreints de sérieux.

Estela ravala ses trois premières réponses et réfléchit longuement, désarmée par l'innocence évidente de ces yeux bruns cristallins. Peut-être quelque chose avait-il changé, après tout. Était-ce là ce qu'elle avait perdu ? Était-ce ce qu'ils voulaient dire en assurant qu'une fille perdait son innocence ? Qu'elle ne chérissait plus l'espoir d'une caresse aussi douce qu'une brise d'été à travers les feuillages, d'un baiser aussi suave qu'une saveur de fraise, de mots d'amour prononcés, peau chaude contre peau nue ? Des rêves bien puérils.

Son regard doré rencontra avec franchise le regard brun cristallin.

— Tous les mariages sont différents. Il y aura une fête dans tout Die lorsque vous vous marierez. Vos gens béniront l'union de leur future comtesse, espérant qu'elle sera féconde. L'élu sera un mari puissant, un homme avec lequel partager un royaume.

— Et avec lequel partager sa chambre, prononça Bèatriz d'une voix si basse qu'Estela put à peine l'entendre.

— Et avec lequel partager votre chambre, répéta résolument Estela. Il n'y a rien à en redouter. L'homme qui aura l'heur de vous épouser sera aussi reconnaissant dans votre lit que dans la grande salle. Vous régnerez ensemble avec sagesse et vous serez de bons dirigeants. C'est ce que vous êtes venue apprendre ici.

Elle lui adressa le sourire le plus rassurant possible, quoiqu'un peu forcé, et le visage de la jeune fille s'illumina.

— Je me suis posé des questions à ce sujet, déclara-t-elle avec hésitation. La reine et Ermengarda vont organiser une Cour d'amour et elles m'ont demandé de la présider avec elles et de prendre part à leurs jugements.

— Une Cour d'amour ? demanda Estela.

— Après la nuit de musique, vous savez, celle qui est prévue comme dernier hommage à Aliénor avant son retour à Paris, quand Dragonetz et vous, ainsi que des troubadours de moindre importance, démontrerez vos talents.

— Oui, je me suis entraînée avec al-Hisba.

Estela essayait de ne pas penser à la joute à venir, et elle n'était guère plus avancée au sujet de la Cour d'amour. Ce fut Sancha qui lui épargna l'étalage de toute son ignorance.

— C'est un caprice de nos grandes dames. Elles accordent une audience conformément à l'usage, mais cette fois, les questions ne doivent porter que sur des affaires de cœur. Plus la question est philosophique, plus elles apprécient le débat. Et leurs jugements constituent le dernier mot du raffinement en matière d'amour courtois.

— Eh bien, déclara Estela. Voilà exactement ce dont j'ai besoin.

— Moi aussi, murmura Bèatriz, transportée d'excitation.

Quelqu'un l'appela à la porte et elle abandonna sur le siège derrière elle la couture qu'elle n'avait pas touchée.

— Je dois m'en aller.

Comme un papillon folâtrant au printemps, elle s'éloigna en zigzags à travers la pièce et sortit. Estela la regarda partir, séparée d'elle par le gouffre de deux années.

Sancha effleura le bras d'Estela et, énigmatique, elle lui dit :

— Vous avez fait du bon travail.

Estela s'efforça d'ignorer son cœur qui tambourinait en cadence : « Retour à Paris, retour à Paris, retour à Paris… » Bien sûr, elle appartenait désormais à Ermengarda et elle n'irait nulle part. Avec qui que ce soit.

CHAPITRE DIX-SEPT

Endurci par le soleil et l'exercice, Dragonetz reconduisit ses hommes à Narbonne.. Leur formation serrée laissait entendre que la même rigueur avait été appliquée à l'extérieur que dans les rues tortueuses de la ville. La robe des chevaux reluisait, les armures rutilaient, et même les hommes avaient une allure impeccable. Nul ne doutait de la force de son épée. Il s'agissait d'une démonstration de force délibérée, de la poigne de fer exercée par le pouvoir délicat d'Aliénor, et personne ne devait oublier que c'était l'armée d'une reine qui défilait. Une reine rendant une visite amicale à une souveraine respectée, certes, une reine avec ses chiens de guerre en laisse, certes, mais une reine tout de même, dont les chiens montraient les crocs.

Une poignée d'hommes d'Ermengarda observait leur arrivée triomphale aux portes du Palais, mais Sicres ne se trouvait pas parmi eux, et la garde de la ville ne tenta pas d'égaler leur splendeur militaire. En soi, c'était suffisamment éloquent, nota avec satisfaction Dragonetz, qui descendit de cheval dans un mouvement fluide et lança ses rênes à un valet d'écurie anonyme. Il s'assura d'ailleurs que le valet reste anonyme, ne lui accordant pas même un regard. Ainsi, il n'aurait pas à le tuer si c'était le mauvais garçon d'écurie qui se trouvait à sa portée. Il laissa ses officiers disperser les hommes, organiser les fourrages, les cantonnements et les tours de service pour les bêtes et les hommes, se dirigeant à grandes enjambées vers le

Palais pour se prosterner devant la reine et la vicomtesse, dans cet ordre, selon les règles de préséance.

L'entretien fut plus long qu'il ne l'avait espéré, chacune des souveraines exigeant une explication détaillée des événements qui avaient eu lieu dans le quartier juif une semaine plus tôt. La version qu'Aliénor avait reçue était remarquablement similaire à la version donnée à Sicres : à savoir que les hommes de Dragonetz se relâchaient et qu'ils avaient besoin d'affiner leurs aptitudes face à un adversaire, que l'élément de surprise avait joué un rôle essentiel dans l'exercice et que, bien sûr, Dragonetz avait dû expliquer à la garde qu'il s'agissait des ordres d'Aliénor afin d'éviter toute conséquence néfaste. Oui, il avait conscience qu'il faisait preuve d'une certaine audace en demandant l'autorisation d'Aliénor seulement après la bataille. Oui, il se repentait sans retenue. Non, il ne recommencerait pas.

On aborda ensuite l'affaire qui l'avait véritablement exaspéré. Était-ce vrai que le capitaine d'Ermengarda avait vaincu Dragonetz en duel, comme tout le monde le disait ? En réponse, Dragonetz lui adressa son regard le plus inflexible. Qu'en pensait-elle ? Elle baissa les yeux. Le commun des mortels, lui expliqua-t-il, avait besoin d'imaginer de futiles victoires. Après cela, elle pouvait difficilement le réprimander, alors il vint à son secours. Avait-elle vu ses troupes arriver en ville ? En effet. En était-elle satisfaite ? Elle l'était. Oui, pleinement satisfaite. Ainsi, il avait eu raison de les mettre à l'épreuve afin qu'ils soient dignes de se battre de nouveau. Il avait eu raison. Mais il aurait dû en discuter avec elle au préalable. Bien sûr.

Après avoir quitté Aliénor, Dragonetz sourit. Cela n'aurait pu mieux se passer. La promesse de nouvelles chansons et du meilleur spectacle dont un troubadour ait jamais gratifié son public pour la soirée à venir avait scellé leur accord. Ils avaient convenu de concert qu'Ermengarda ne pouvait douter qu'Aliénor possédait les meilleurs gens d'armes, les meilleurs troubadours et, en un mot, la cour la plus sophistiquée d'Europe, et donc du monde. Aliénor rentrerait alors à Paris satisfaite en tout point de son séjour dans le sud.

Nul besoin de flatter de la sorte l'ego d'Ermengarda. Leur liaison avait créé entre eux une certaine liberté de parole et de pensée. Dragonetz savait qu'Ermengarda valorisait Narbonne et ses citoyens au-delà des différences de races ou de croyances. Comme il l'avait espéré, Raavad avait déjà discuté avec elle et lui avait exposé la situation, mais le groupe de mercenaires qui l'avait provoqué était un élément nouveau.

— Et vous n'avez pas la moindre idée de qui se cache derrière ?

Le front haut et pur d'Ermengarda était froncé par ses réflexions.

— Ce que je puis affirmer avec certitude, c'est que leur intention était de déclencher une guerre civile dans les rues de Narbonne, juifs contre chrétiens, et qu'ils furent drôlement près d'y arriver. Ils auraient été ravis d'ajouter mon cadavre à leur réussite. Il ne fait aucun doute qu'ils savaient qui j'étais et qu'ils espéraient une récompense bien grasse de la part de celui qui les envoyait. Ce qui nous ramène aux suspects habituels.

Ermengarda hocha la tête.

— Tout ce qui pourrait blesser Narbonne plaît à Toulouse. Et il est possible que Toulouse souhaite votre tête en tant que commandant d'Aliénor. Se pourrait-il qu'il y ait aussi des motifs personnels ?

— Je ne vois pas lesquels, ma Dame. Mais cela ne veut pas dire qu'il n'y en a pas.

— Vous n'avez pas été trop… amical avec sa mère ?

Dragonetz rit aux éclats.

— Dieu m'en garde ! Je m'en souviendrais.

— Bien sûr, répondit-elle.

Il la regarda et ajouta :

— Je m'en souviendrai toujours.

Elle accepta gracieusement ses propos, comme il se devait, un dernier présent entre anciens amants.

— Toulouse par-ci, Toulouse par-là, c'est la réponse facile et je suis certaine que c'est la bonne réponse pour plusieurs des problèmes de ma ville. Mais, hésita-t-elle, j'ai une autre préoccupation que j'ose à peine formuler.

Il attendit.

— Il y a quelqu'un qui conteste de plus en plus la légitimité de mes droits et qui essaie de déplacer des frontières, aussi bien territoriales que juridiques, à son avantage financier. Quelqu'un qui aimerait beaucoup purger Narbonne de ses hérétiques et de ses barbares. Je l'imagine aisément recruter votre groupe de truands afin de débarrasser Narbonne des juifs. Ce que je ne comprends pas, c'est la raison pour laquelle il s'intéresserait à vous, à moins d'imaginer tout un complot de l'Église contre Aliénor, contre vous, ou contre vous deux.

— Votre archevêque, confirma Dragonetz.

— L'archevêque de Narbonne, le corrigea Ermengarda. Il est évident qu'il préférerait que Narbonne soit différente. Il prêche les faiblesses d'une femme au pouvoir, et bien sûr, tous les péchés incarnés par notre sexe et qui ont entraîné la chute de nombreux hommes de bien. Il est en faveur de l'esprit des croisades et contre la corruption d'une vie au coude à coude avec des infidèles. Et bien sûr, il louvoie et use de tromperie dans tous les aspects de sa juridiction au sein de ma ville ! Mais il est nonce apostolique, il représente le pape en personne, le messager saint de Dieu, et je n'ose retourner contre lui ses propres méthodes ni attaquer sans preuve. Je dois me montrer meilleure chrétienne que lui !

— Pas compliqué, répondit Dragonetz, concis. Je ne puis dire s'il est impliqué, mais en effet, il a des raisons de me vouloir du mal. Un complot pour ma mort me semble un peu extrême, je dois l'avouer, mais je le garderai à l'esprit et je prendrai mes précautions.

— Nous nous comprenons.

C'était la deuxième fois de la matinée qu'une femme de pouvoir lui disait cela.

Cette fois, il ne lui cachait rien lorsqu'il acquiesça. L'entretien terminé, il prit à peine le temps d'emporter de l'eau et des rations pour une journée avant de demander un nouveau destrier, auprès d'un valet d'écurie dont il niait l'existence même. Il avait quitté de trop fraîche date la compagnie des étoiles, la brise nocturne et le travail physique épuisant pour apprécier les contraintes de la politique du Palais. Ce fut avec un sentiment d'évasion qu'il lança son destrier sur le chemin de la rivière en direction de son moulin à papier, où, espérait-il de tout cœur, il trouverait al-Hisba supervisant l'entreprise de ses rêves. Avec lui, il pouvait discuter papier et polyphonie, planifier une route d'export et préparer ses nouvelles chansons, tout en travaillant torse nu parmi d'autres hommes, et seulement des hommes. Peut-être l'archevêque avait-il raison dans ses sermons, après tout. Ah, si seulement ! La vie serait certainement plus simple.

L'odeur d'œuf pourri arriva aux narines de Dragonetz plusieurs lieues avant qu'il aperçoive les cuves, les poutres et la tour du moulin avec sa roue qui tournait. C'était l'odeur de la vase dans le bassin de retenue, l'odeur de l'avenir. Dragonetz sauta de sa selle et, abandonnant les rênes avec un hochement de tête aux travailleurs qui le saluèrent, il partit à la recherche d'al-Hisba. Par la porte ouverte, il identifia facilement la silhouette vêtue de pied en cap et enturbannée. L'homme guidait par gestes deux hommes affairés à sortir de la cuve un plateau métallique, le cadre, avec sa toile de fibres jaunes entremêlées.

Du papier, songea Dragonetz, son enthousiasme grandissant alors que les mots qu'al-Hisba lui avait enseignés lui revenaient en tête. La macération puis le raffinage de la pâte, le couchage sur feutre, puis le moulage avec le cadre en guise de couvercle, ainsi que la presse. Dragonetz fronça les sourcils. Il avait l'impression qu'une nouvelle étape avait été ajoutée au processus depuis sa dernière visite. Chaque nouvelle étape étant synonyme de temps et de coûts supplémentaires, il espérait que ce que faisait al-Hisba en valait la peine – et justifiait cette odeur d'œuf pourri.

— Une feuille à la fois, indiquait l'homme. Prenez quelques feuilles entre les baguettes en bois et plongez-les pour les calibrer, avant de les presser ici.

Il indiqua le châssis derrière le bac.

— Si vous vous relayez tous les deux, vous prendrez le rythme en travaillant.

Les deux hommes, en nage sous leurs tabliers de cuir, soulevèrent chacun deux bâtons de bois, les fixèrent autour de quelques feuilles de papier ébarbé et le premier plongea ses feuilles dans le liquide visqueux du bac, couleur de beurre rance. Il jura en étalant les feuilles sur la presse.

— Faites attention ! avertit al-Hisba, imperturbable.

Il haussa les épaules en se tournant vers Dragonetz.

— Il y aura des feuilles perdues. Il y en a toujours. C'est pour ça que l'endroit de la coupe est appelé l'abattoir.

— À quoi cela sert-il ? Qu'est-ce qui se trouve dans le bac ?

— Le papier brut absorbe l'eau comme une fleur sous la pluie. Dès l'instant où ta plume le touche, l'encre s'étale comme les ondulations d'une pierre dans l'eau et il est impossible d'écrire dessus. Alors, on calibre le papier et on l'enduit pour repousser suffisamment le liquide afin que l'encre puisse rester en surface sans s'étaler. La solution la plus simple est de le brosser avec de l'amidon de sucre.

— Mais ça, ce n'est pas de l'amidon de sucre. Alors ? Y a-t-il une raison pour que l'on utilise ceci ?

Al-Hisba hocha la tête.

— Le papier amidonné se détériore très vite. Il s'agit d'un mélange de gélatine et d'alun.

Dragonetz ne put retenir une exclamation et al-Hisba hocha la tête de plus belle.

— Je sais. C'est cher. Compliqué.

— Si le papier finit par être aussi cher que la production de parchemin, nous ferions aussi bien d'importer des peaux d'animaux et d'en finir avec tout ça ! De la gélatine et de l'alun ! Qui sont les fournisseurs ? demanda sèchement Dragonetz.

— La tannerie en aval de la rivière pour la gélatine, à bon prix. Les couleurs varient, alors les feuilles ressortent couleur crème, jaune, beige, selon ce que nous obtenons de la part du tanneur. Quant à l'alun…

Al-Hisba s'interrompit. Dragonetz savait très bien que les seules mines d'alun étaient contrôlées par l'Empire ottoman et Venise avait le monopole du commerce d'alun en Europe. Soit al-Hisba enfreignait les lois du commerce avec des mandataires mauresques directs, soit il l'avait acheté au prix des Médicis, car le marché de l'alun vénitien était détenu par cette famille puissante.

— Dis-moi le pire.

— Il n'existe pas meilleur calibrage. L'alun agit comme oxydant pour fixer la gélatine dans les fibres. Et j'ai un mandataire qui transporte directement l'alun de Venise à Narbonne, sans le prix d'un intermédiaire.

— Persuade-moi, lui intima Dragonetz.

Le reste de la matinée fut consacré à l'étude des comptes. À contrecœur, al-Hisba divulgua le nom de son mandataire pour l'alun à Narbonne et Dragonetz fut moins inquiet en découvrant la route que prenait son alun depuis le marchand du ghetto de Venise jusqu'au quartier juif de Narbonne. Il donna toute licence à son intendant pour agir selon son propre jugement, et en retour, la comptabilité devrait être rigoureuse et fiable. Al-Hisba inclina sa tête enturbannée sans donner prise à aucune critique.

En réalité, Dragonetz savait de source sûre que si les Parques n'avaient pas placé sur son chemin cet ingénieur de génie, avec toute la science orientale, son rêve de fabriquer du papier aurait pourri dans la première cuve. Et il ne faisait aucun doute qu'al-Hisba était fier de l'efficacité du moulin, alors qu'ils déambulaient d'un processus à l'autre, offrant un mot de félicitation discret s'il était de mise. Selon al-Hisba, rien n'aurait été possible sans les ouvriers, chacun d'entre eux nommé et reconnu à sa façon. Dragonetz admira chaudement tout ce qu'on lui montrait, depuis le mécanisme de l'arbre bien huilé jusqu'aux bords ébarbés du produit final.

Il peaufina les plans pour l'envoi du papier terminé, en liasses de quatorze par vingt pouces selon la taille du moule. Il se mit d'accord avec un marchand du quartier juif de Venise pour livrer une autre papeterie, où le papier serait marbré selon le savoir-faire inégalé de la ville, et qui le revendrait certainement cent fois le prix auquel elle l'aurait acheté. C'était le monde du commerce : prendre un produit et y ajouter de la valeur pour le revendre. Le nom des autres bénéficiaires du premier export de papier du moulin avait été dûment inscrit et une entrevue avait été organisée avec un relieur afin de discuter d'un projet personnel que Dragonetz avait à l'esprit.

Chaque fois qu'il se trouvait à proximité du papier, sous l'une ou l'autre de ses formes, les longs doigts effilés de Dragonetz touchaient le matériau, qu'il s'agisse du mélange pâteux de chiffons ou du tissage abouti afin d'en sentir le grain. Il devrait consulter al-Hisba sur la possibilité d'ajouter une sorte de marque au papier, quelque chose qui identifie leur moulin. Ainsi, même lorsque des moulins rivaux ouvriraient, son papier se démarquerait. Si l'on insérait un symbole avant le calibrage, la marque resterait peut-être intacte sur la page. Il devait y avoir un moyen, et s'il y en avait un, al-Hisba le trouverait.

Rompant le jeûne par une collation en milieu de journée,

Dragonetz embrocha une miche et y mordit à belles dents en compagnie de ses hommes, sans prendre conscience du silence.

Il contempla l'horloge hydraulique, songeur. S'il attachait de nouveaux anneaux à l'horloge, en y associant des chiffres par exemple, il pourrait faire en sorte que les chiffres se déplacent avec régularité. Ce serait une belle idée de présent. Peut-être s'y essaierait-il avec des oiseaux en fil de fer. Non qu'il songe à une personne à qui l'offrir en particulier. Son esprit dériva vers l'unique nuage dans son ciel bleu jusqu'à ce que les superviseurs désignent l'horloge hydraulique en question afin de rappeler les hommes à la tâche.

Les quelques paroles échangées ensuite entre les deux hommes assombrirent à elles seules la visite de Dragonetz.

— Il y a un problème avec Estela, commença al-Hisba, hésitant.

Il détournait le regard de Dragonetz, comme tantôt, quand il n'était pas certain de la réaction qu'il obtiendrait au sujet de l'alun.

— Nous avons répété pour le banquet. La reine souhaite que vous donniez le meilleur récital de votre vie.

— Je le sais, répondit sèchement Dragonetz.

— Estela a perdu sa musique. Oh, sa technique est meilleure que jamais. Et elle sera à la hauteur pour chanter des satires et des sottises religieuses. Mais ses chansons d'amour sont aussi arides que le désert. On n'y trouve aucune vie. Je ne peux pas lui dire qu'ils manquent de sentiment, autrement elle perdrait même les notes qu'elle réussit encore à atteindre. Je ne peux lui donner de sentiments, Messire. Je ne sais pas ce qui s'est passé, et j'ignore si quelqu'un sera en mesure de l'aider, mais vous pourriez essayer.

— C'était sans doute une mauvaise journée, rien de plus, répondit Dragonetz avec légèreté. Tout ira bien.

Son ventre se noua, dénonçant son mensonge, mais il ne voyait aucune issue possible. Malgré cela, ils devraient chanter ensemble au banquet.

— J'irai la voir.

Estela trépignait à la perspective du spectacle. En l'espace de quelques mois, elle avait obtenu tout ce qu'elle souhaitait. Elle était chanteuse à la cour la plus raffinée d'Occitanie, et la vicomtesse était sa généreuse bienfaitrice. Elle trouvait auprès d'al-Hisba une formation musicale alliant expertise et patience avec une touche d'inattendu. Elle disposait de la sécurité et de la liberté offertes par son mariage, sans les devoirs déplaisants qu'entraînait ce statut. Elle avait sa propre chambre, fait inédit ! Elle possédait de la soie, de la dentelle et des bijoux à la dernière mode. Elle savait même ce qui était à la mode. Son apparence lui convenait. Elle n'avait pas besoin de miroir pour savoir que ses sourcils noirs délicats formaient une voûte charmante. Sa peau présentait toujours le fâcheux teint doré de sa naissance, mais elle était lisse grâce à l'eau de rose et à la glycérine, parfumée aux huiles essentielles et au musc. Son corps s'était étoffé, un peu trop à son goût, mais au moins les courbes avaient cessé de s'arrondir et elle s'était habituée aux monts et aux vallées féminines. Son sourire prouvait qu'il était bon de se rincer la bouche tous les jours avant de se frotter les dents avec un chiffon et de mastiquer du fenouil, habitude que sa mère lui avait inculquée, avec d'autres soins à base de plantes.

Que manque-t-il ? se demanda Estela pour la énième fois. Une fois de plus, elle refusa de s'avouer la réponse. Elle avait cru que ce vide s'effacerait avec ses fleurs mensuelles, qui, après le soulagement initial, avaient entraîné des douleurs similaires aux ruades d'un cheval dans son ventre. Il n'était pas surprenant qu'elle ne soit pas au meilleur de sa forme pour ses leçons de musique. Elle avait même dû s'excuser et se retirer avec une décoction de citronnelle et de gingembre qu'elle avait vu al-Hisba utiliser contre les crampes d'estomac de Dragonetz après l'empoisonnement. Toutefois, à présent, cette période du mois était terminée et une douleur lancinante subsistait, presque un vide. L'inconfort redoubla lorsqu'elle fut convoquée pour un cours de musique en compagnie de ses deux tuteurs. Ce serait la première fois qu'elle reverrait Dragonetz depuis l'*incident des écuries,* comme elle désignait en pensée cet événement auquel elle voulait rester insensible. Ou, de préférence, ne plus jamais y penser. Aucun chevalier digne de ce nom ne ferait référence à une chose pareille alors tout ce qu'elle avait à faire, c'était surmonter sa gêne et trouver le terrain d'entente qu'avait toujours constitué pour eux la musique.

Le visage et les lèvres plus soigneusement fardés qu'à l'accoutumée, cachant toute rougeur intempestive de ses joues, Estela balaya le sol de ses vêtements de soie et fit claquer ses talons en direction de l'alcôve, dans la salle dédiée. Là, ses yeux s'arrêtèrent immédiatement sur la grande silhouette qui s'était levée à son arrivée, une simple silhouette à contre-jour devant la fenêtre, mais aisément reconnaissable. Elle salua courtoisement Dragonetz, acceptant la politesse légère de ses lèvres sur sa main, et elle se retourna rapidement vers al-Hisba qui s'inclina selon les traditions mauresques, les mains jointes comme dans des manchons en hiver. Estela évita résolument tout contact visuel avec Dragonetz et accorda sa mandore, babillant sans discontinuer au sujet du programme envisagé pour le banquet. Dans un gloussement artificiel qui n'aurait pas déparé parmi les dames de la reine, elle proposa que Dragonetz chante et qu'elle l'écoute, arguant qu'elle apprendrait certainement mieux ainsi.

— Je me suis entraînée aux gammes complètes depuis des semaines, avec les encouragements d'al-Hisba, alors je suis prête, et cela me serait plus utile de vous écouter et de m'adapter à votre interprétation.

Elle reprit sa respiration et Dragonetz en profita pour l'interrompre.

— Non. Nous chanterons le programme entier. Je commencerai par la chanson du rossignol, vous enchaînerez sur la gloire de notre Seigneur dans la nature, puis ce sera de nouveau à mon tour avec le voyage de la jeunesse. Nous pouvons essayer un *sirventès* pour aiguiser l'esprit, puis la *tençon*.

— Je connais le programme !

Évidemment. Al-Hisba lui avait fait répéter chaque vers jusqu'à ce que ses rêves soient remplis de jeux de mots spirituels et de couplets en rime.

— Nous terminerons avec l'aubade en duo.

— Bien sûr.

Sa voix était dénuée de toute intonation, impassible, jusqu'à ce qu'il lève son propre luth, pose un genou sur un tabouret et, debout, se transforme en rossignol. Estela s'était demandé pourquoi il ne lui avait pas confié la chanson du rossignol, de toute évidence plus adaptée à une voix féminine, mais à présent, elle avait sa réponse. La mélodie limpide s'infiltrait tel un nectar à travers toutes ses défenses, diluant le nœud qui étreignait son âme, se diffusant dans ses veines jusqu'à ce qu'elle ait l'impression de pouvoir voler s'il le lui demandait. Au lieu de quoi, les doigts de Dragonetz exécutèrent leur dernier pas de danse sur un accord du luth, et après qu'il eut hoché la tête, la musique virevolta avec légèreté vers elle avant de s'en revenir vers lui, jouant entre eux jusqu'à ce qu'elle puisse fermer les yeux et trouver les notes avec les mains et le cœur seulement, ressentant les mots comme autant de rires, lumières, larmes et ombres.

Estela ignorait depuis quand al-Hisba était parti. Il n'y avait eu personne d'autre que Dragonetz et elle dès l'instant où le rossignol avait chanté, quand elle s'était profondément immergée dans ce monde où un chevalier tenait sa promesse malgré la tentation et les épreuves, où les monstres marins et les démons terrestres arrachaient les jeunes femmes à leurs mères, et où l'amour était secret et éternel. Dragonetz *devenait* ce qu'il chantait, invitant Estela à le rejoindre dans le chant, à se pencher à la fenêtre de la tour où elle était prisonnière afin de mieux entendre le rossignol, à écraser de son pied le bouffon, à accepter l'amant agenouillé à ses pieds, ses doigts caressant encore les cordes tandis qu'il lui offrait ses belles paroles dans la *tençon*. Il attendait sa réponse, ses yeux dans les siens, d'un noir teinté d'espoir, emplis d'un besoin qui la transperça telle une flèche. Ils jouaient la comédie, murmura la voix dans sa tête alors que la fleur, aux tréfonds de son être, s'ouvrait de son propre chef aux doux murmures de

« *Dous' amor privada* ».
« *C'aisi vauc entrebescant*
Los motz e-l so afinant:
Lengu'entrebascada
Es en la baizad

Je mêle mots et mélodie
Comme deux langues dans un baiser. »

Telle était la chanson de Dragonetz, agenouillé devant elle. Sa bouche sur sa main n'était pas un geste galant, elle prolongeait la promesse du chant, langoureuse et oscillante, attendant la réponse qui ne se fit pas attendre un instant, grâce au dur travail accompli avec al-Hisba.

Le sourire de Dragonetz n'était que malice. Il nota avec approbation son rythme tranquille et sa maîtrise impeccable. Quant à lui, il interprétait le trépas et le rejet avec un pathos si exacerbé qu'elle en aurait pleuré de rire si elle n'avait pas eu les prochains vers à chanter et sa propre partie à jouer, tissant regret et chagrin dans les harmonies chaloupées du couplet.

Ressuscité à la vitesse de l'éclair, l'amant trépassé enchaîna d'un ton brusque :

— Passons directement à l'aubade.

L'instant d'après, ils émergeaient d'une nuit de passion sans sommeil, nus et alanguis dans un lit, intensément conscients de ce qui ne pourrait jamais être, à partager leurs derniers instants avant que l'aube ennemie ne vienne les séparer à jamais. Estela était tellement au diapason avec son partenaire que le baiser sur sa bouche lui parut aussi naturel que ses doigts sur le luth. Les lèvres de Dragonetz exprimaient la douceur de la nuit qu'ils avaient passée ensemble et la douleur de la séparation. Si elle s'y était raccrochée pour le garder contre son corps, pour le retenir un instant de plus, alors il aurait certainement cédé. Et si la bouche sur la sienne s'était affermie, se faisant plus exigeante, aventureuse, désireuse de replonger dans les plaisirs qu'ils avaient connu, alors cela aussi aurait été interprété dans l'aubade. Elle en avait le tournis lorsqu'il s'écarta précipitamment, détachant ses lèvres des siennes, les yeux aussi sombres que lorsqu'il avait été empoisonné.

— Nous allons trop loin.

Elle entendit à peine ses paroles. Elle n'en avait pas besoin pour ressentir ce qu'il sentait. Enfin, sans équivoque, elle comprenait son propre désir.

— Venez à moi cette nuit, lui ordonna-t-elle, fière, droite et impérieuse.

— Je ne peux pas.

Il semblait attaché par une corde, son luth oublié de côté, ses bras le long du corps. Il la suppliait du regard.

Elle sentit son assurance vaciller et l'Estela ordinaire remplacer cette dame magique qu'elle avait été, le temps d'un instant précieux, une parenthèse qu'elle n'oublierait jamais. Elle se refusait aux pleurs.

— Ermengarda, fit-elle, le regard vide.

Elle avait mal interprété les signes entre eux. Il jouait un rôle.

— Vous ne me désirez pas, ajouta-t-elle.

Les yeux de Dragonetz flamboyèrent et ses mains tressaillirent. Il ne dit rien, mais il ne pouvait pas cacher sa réaction, pas devant elle. Elle ne s'était pas trompée.

— Alors, venez à moi cette nuit. Sinon vous m'insulterez à jamais.

Elle se retourna, et avec toute la dignité dont elle était capable, elle détala jusque dans sa chambre, où ses jambes flageolantes se dérobèrent. Elle avait fui trop précipitamment pour entendre la réponse, émise d'une voix basse et déchirée :

— Je redoute autant l'un que l'autre, ma Dame, mais nous nous sommes aventurés trop loin.

Coûte que coûte, Dragonetz s'attarda dans la salle, étouffant les soupçons de quiconque aurait surpris la scène en déployant ses talents de comédien, offrant une parodie des visages familiers de la cour, prouvant son aisance à passer d'un rôle à l'autre. Une fois certain que son talent d'acteur et son humour outrancier avaient retenu l'attention plus que la répétition musicale avec son élève, Dragonetz s'isola à son tour dans le petit sanctuaire où il avait l'habitude de se replier et où il pourrait communier avec son Dieu.

À genoux sur la pierre froide, la tête penchée vers la croix de son épée, le chevalier sentit que la course de ses pensées était semblable au bief du moulin, brassant et broyant. Impossible d'ignorer la chaleur de la peau dorée contre sa bouche, la façon dont elle s'était ouverte à lui. Impossible pour un homme de son expérience de ne pas imaginer ce qui lui avait été offert librement, et qu'il devait pourtant refuser à tous deux. Depuis son initiation tendre, à l'âge de quinze ans, dans un pré de fauche, avec une fille de ferme joviale, il avait connu l'excès et l'abstinence, les paysannes et les princesses, la toile de jute et la soie. Il n'avait jamais forcé une femme, mais on ne l'avait jamais refusé. Il avait forniqué comme tous les guerriers et fait la cour à une reine. Dès qu'il avait perçu l'effet qu'il faisait aux femmes, il l'avait élevé au rang d'art, l'offrant généreusement pour le reprendre, une fois le moment passé, avec l'expression de regret courtois qui convenait. Comment pouvait-il en être autrement ? Les étincelles allumées par le contact de deux peaux devaient toujours se consumer, et il n'avait jamais attendu qu'il n'en reste que des cendres.

Et puis, il y avait eu Damas, une fille qui nourrissait pour lui des sentiments non partagés, une fille dont le père lui avait confié fièrement qu'elle avait résisté à toutes tortures, taisant ce qu'elle savait à son sujet, allant jusqu'à mourir pour lui. Dragonetz avait vu les larmes de cet homme, ne lui offrant qu'une indemnité sordide pour la mort de sa fille. Et pourquoi cela ? Pour une campagne condamnée par les caprices d'Aliénor ! L'Aquitaine serait plus riche d'hommes et de biens s'ils étaient tous restés chez eux, si la duchesse s'était contentée d'exécuter au hasard un guerrier sur dix ! Malgré la culpabilité qu'il faisait porter à Aliénor, Dragonetz connaissait son propre crime. Il avait murmuré des remerciements, bredouillé à ce père endeuillé quelques mots sur la fierté et l'importance du geste de son enfant, et il avait fouillé ses souvenirs pour y retrouver une image de la jeune fille.

Rien. Ni un nom, ni un visage, pas même un creux entre des cuisses ne lui restait en souvenir de son passage dans sa vie. Et pourtant, il avait mis fin à la sienne. La honte emplissait ses rêves, où se mêlaient des cheveux de toutes les teintes et de toutes les longueurs, et des yeux bleus, noisette ou verts, tous accusateurs, et il s'était refusé cette douceur qui signifiait si peu. Et tant à la fois. Son corps s'était éveillé avec Ermengarda, comme le désert sous la pluie, et il savait qu'il deviendrait dangereux s'il n'assouvissait pas ses besoins comme Raoulf l'estimait nécessaire. Sans Ermengarda, il n'aurait pas pu rester loin d'Estela, pas plus que vivre sans eau. Peut-être son père avait-il raison, il aurait dû se marier depuis longtemps. Mieux valait se marier que brûler. Peut-être, mais il était trop tard et il devrait brûler. Il n'avait pas le choix. Il savait ce que dirait Raoulf.

— Grattez ce qui vous démange et finissez-en.

Mais il n'y avait pas la moindre chance qu'il en finisse, ou que cela signifie si peu, pas cette fois.

S'il partait maintenant, comme l'ordonnait la bienséance, elle s'en remettrait rapidement, elle était jeune. Lui ne s'en remettrait jamais. Il se demanda depuis combien de temps il le savait, depuis combien de temps il le niait. Était-ce là depuis le début, avec cette chanson au bord d'un fossé, ou plus tard, dans le sang et les débris, avec un gage bleu, la paille d'une étable, dans un million de regards ? Il s'imagina s'en aller à cheval. Il ne pouvait pas rester à Narbonne et garder ses distances. Il devait retourner avec Aliénor en Aquitaine, abandonner le moulin à papier. Non, il ferait d'al-Hisba son superviseur. Il l'imagina, allongée dans son lit cette nuit, à l'attendre en s'épuisant, avec des larmes peut-être, avant de s'endormir enfin en sachant qu'il n'était pas venu, en pensant qu'il ne voulait pas d'elle. Il les imagina vieillir tous deux, séparément, se remémorant ce qui aurait pu être avec une tendre nostalgie. Ses genoux craquèrent lorsqu'il se releva en soupirant, soudain saisi par le froid dans l'obscurité de la chapelle. Il alluma deux bougies, une pour chaque âme qui devrait souffrir cette nuit, puis il se signa et partit. Sa décision était prise. Il devait en être ainsi, dans un esprit chevaleresque.

Ainsi, Dragonetz lui-même ne parvint jamais à s'expliquer comment, dès les premières heures de la nuit, le scintillement des bougeoirs sur les murs du Palais le trouva à toquer doucement à la porte de la chambre d'Estela. On lui répondit par un grognement et un chuchotement, puis la porte s'ouvrit. Suivant les instructions, il enjamba le chien imposant qui bloquait l'entrée et l'observa avec méfiance, sans le moindre commentaire.

Machinalement, Dragonetz se pencha et laissa la bête renifler sa main, puis il reporta son attention sur la maîtresse. Elle brillait à la lueur des bougies, le lin blanc et fin de sa robe de nuit soulignant les courbes de son corps plus qu'il ne les cachait, malgré les lacets du décolleté croisés et noués avec modestie.

Cette nuit d'été était assez chaude pour qu'Estela reste pieds nus sur le sol en pierre, et pourtant elle tremblait.

Il prit délicatement sa main, la porta à ses lèvres.

— Je partirai, si vous le souhaitez.

Il plongea le regard dans les yeux posés sur lui, tout en profondeur et en ombres.

— Restez, je vous en prie, souffla-t-elle.

Elle lui offrit ses lèvres pour prolonger le baiser entrepris le matin, mais il la tint à distance un instant de plus.

— Estela, j'irai aussi lentement que j'en suis capable, et j'essaierai de m'arrêter si vous me le demandez, mais à un certain point je n'en serai plus capable.

— Je ne vous arrêterai pas, promit-elle avant de se retrouver dans ses bras.

— Boèce, lança-t-il, éperdu, en s'écartant sottement. L'harmonie entre les hommes.

Il devait lutter contre le désir de la posséder sur-le-champ, à moitié nue contre lui. Il eut recours à toute son expérience, à tout son sang-froid pour l'éloigner assez longtemps afin de calmer sa respiration. Boèce l'aiderait, l'espace d'un court instant. Elle lui rendit son sourire, ses cheveux flottant autour d'elle comme un nuage de soie noire par-dessus sa robe blanche.

— La musique des sphères, lui répondit-elle.

Bien sûr, elle avait passé du temps avec al-Hisba, à parler philosophie et musique. Du dos de la main, il caressa une mèche de ses cheveux.

— Retournez-vous, lui demanda-t-il doucement.

Ce fut la façon dont elle se figea, comme une biche devant un chasseur, qui lui mit la puce à l'oreille.

— J'aurais dû le tuer, cracha-t-il.

Son désir se mua en une rage blanche.

— Que vous a-t-il fait ? Que pensez-vous que j'allais vous faire ?

Soudain aussi méfiante qu'une créature des bois, les yeux ronds comme des soucoupes, elle l'observa, rigide, immobile. Se ressaisissant non sans mal, il lui parla avec précaution, s'éloignant lentement vers l'alcôve où se trouvait sa coiffeuse.

— Je voulais vous peigner les cheveux.

Il prit la brosse, son dos en écaille de tortue brillant de marron et d'or. Il aurait alors pu partir, il serait parti, mais elle hocha silencieusement la tête et s'assit à la coiffeuse, le dos tourné. Le grand chien blanc avait levé la tête, mais il la reposa en soupirant, désintéressé.

— La première, la musique de l'univers, s'intéresse au mouvement des cieux et aux cycles de la nature, commença-t-il sur le ton de la conversation.

Il plaça la brosse sur son cuir chevelu et la fit descendre jusqu'en dessous de sa taille, sous l'arrondi de sa poitrine. Il dut se pencher pour terminer par les pointes et il se redressa afin de recommencer à partir des racines. Sa voix vibrait en même temps que la brosse.

— La deuxième, c'est la musique humaine, l'harmonie entre le corps et l'esprit, celle qui règne entre les personnes.

Il avait trouvé son rythme et les coups de brosse habiles laissaient derrière eux un sillage d'étincelles.

— Enfin, la troisième est l'interprétation, la pratique d'un instrument ou l'interprétation vocale.

Sa voix avait le timbre qu'il employait dans ses ballades, chantant et hypnotique, un rythme modulé, musical. Les cheveux se transformaient en flèches ardentes à la lumière des bougies.

— Ne vous arrêtez pas, murmura-t-elle.

Il sentit ses épaules se détendre, son corps se cambrer à nouveau sous ses soins délicats.

— Comme le voudra ma Dame, chuchota-t-il, passant au peigne, sans relâche, les mèches noires chatoyantes. La Terre et tout ce qui s'y trouve doué d'une existence matérielle sont soumis au temps, et par là, au changement. On ne trouve de stabilité nulle part. Les quatre éléments s'assemblent et se séparent en un flux continu.

Les cheveux crépitaient sous les coups de brosse. Il les toucha délicatement de sa main libre et il ressentit un picotement qui alla se perdre dans son corps. À présent, sa main gauche descendait à contretemps de la droite, qui n'avait pas interrompu son ouvrage.

— Notre monde se situe au centre de l'univers, entouré de sphères de cristal qui s'emboîtent parfaitement et qui tournent, chacune renfermant un corps divin.

Sa main caressait ses cheveux sur toute leur longueur et il pouvait sentir la chaleur du corps d'Estela à travers la finesse du tissu.

— À l'extérieur, c'est le firmament d'étoiles fixes qui ne sont pas soumises au temps ni au changement.

Il sépara ses cheveux sur son cou, embrassant son os ainsi dévoilé. Il se pressa contre elle, et de la main, suivit la pente naturelle le long de son épaule pour tracer une courbe sous son bras et venir étreindre son sein avec douceur. Il patienta.

— Encore, soupira-t-elle.

— Le firmament ne contient pas d'objets matériels, mais plutôt des formes parfaites.

Ses doigts effleurèrent le contour du bourgeon qui durcissait à son contact.

— Sans existence matérielle, susurra-t-il, elles existent pour l'éternité. Par la raison ou dans son âme, un être humain peut contempler et observer l'éternel. Estela.

Il remit la brosse à sa place et il la souleva, la retournant vers lui.

— Déshabillez-moi.

Avec son aide, elle lui retira sa tunique et desserra les lacets afin que les chausses tombent à ses pieds. Elle s'avança, curieuse, et il la laissa explorer, ses mains timides et hésitantes. Puis ce fut son tour. Il défit les lacets sur ses seins, desserra la chemise, s'arrêta et s'enquit :

— La dague ?

Cela lui valut un rire.

Puis la robe de nuit vint rejoindre les chausses en tas dans un coin. Sa bouche rencontra la cicatrice qu'il avait découverte si longtemps auparavant, mais l'heure n'était pas aux questions. Il aurait le temps, plus tard, de tout savoir. Maintenant, cela devenait douloureux de se retenir et il ne pouvait le supporter plus longtemps. Elle allait souffler la bougie, mais il l'arrêta et la hissa sur le lit, ses yeux rivés aux siens. Une fois certain qu'il serait le bienvenu entre ses cuisses, il murmura :

— Guidez-moi, Estela. Ce doit être votre choix de m'accueillir en vous.

Enfin, la grande musique qui compose le monde l'emporta, au-delà de toute pensée, de tout contrôle, jusqu'à ce qu'il l'entende crier son nom et qu'ils basculent ensemble au bout du monde.

Il la tint entre ses bras comme une enfant jusqu'à ce qu'elle s'endorme, les larmes séchant sur ses joues, « jouissance » le dernier mot prononcé par ses lèvres.

Il se retira alors soigneusement, s'habilla en silence et resta debout, silhouette silencieuse devant la fenêtre, gardien de son sommeil comme la fourrure blanche qui ronflait dans l'entrée. Qu'importe le sort qui leur était réservé, ils avaient vécu cette nuit et, lorsque les premières lueurs du jour apparurent, il se leva et lui caressa la joue pour la réveiller.

— J'ai un présent à vous faire, et ensuite, je devrai partir, chuchota-t-il.

Il vit son regard émerger de rêves qu'il ne pouvait qu'imaginer, d'abord confus par sa présence, puis envahi d'un torrent d'émotions. Il s'écarta pour qu'elle puisse voir la fenêtre avant de la désigner.

— Mon présent.

À travers le fenestron, l'aube parfaite teintait le ciel de crème, d'or et de rouge sous les premiers rayons du soleil. Le visage d'Estrela s'illumina, animé par son éveil, et il s'amusa d'y déceler le retour du désir.

— Je dois partir, vraiment. On ne devrait pas me voir ici.

En douceur et à contrecœur, il s'éloigna de sa main en demande.

— Je n'ai que faire des qu'en-dira-t-on ! lança-t-elle.

— Vous devez vous en soucier, ma Dame.

Mettant plus d'espace entre le lit et lui, il lui offrit son sourire le plus charmeur.

— Sinon, il sera difficile pour moi de revenir vous voir.

Sur ce, il enjamba le chien et partit tant qu'il pouvait encore se forcer à passer la porte, chassant de son esprit ses mamelons couleur framboise, la courbe de ses hanches et de ses cuisses, les plis qui s'ouvraient pour lui et les secrets de cette offrande sans fin, l'endroit le plus doux de tout l'univers.

CHAPITRE DIX-HUIT

Les yeux embués de sommeil, Estela vécut les tâches quotidiennes des jours suivants dans un état d'hébétude bienheureuse, ne s'animant que dans les bras de son amant la nuit. À chaque rencontre, les rires et l'expérience venaient agrémenter un mélange déjà étourdissant, les laissant tous deux enivrés. La géographie de son propre corps nu était devenue l'étude d'un cartographe aussi méticuleux que les navigateurs qui tenaient les registres d'Ermengarda. Il voulait connaître l'histoire de la petite marque de brûlure sur son mollet – accident d'enfance avec un feu de jardin – et celle de la cicatrice qu'il embrassait sur son épaule gauche, écartant une mèche de cheveux pour en suivre le dessin avec la bouche.

Dans les bras de cet homme, elle pouvait tout dire, tout faire. Elle lui raconta donc comment la nouvelle femme de son père l'avait éblouie lorsqu'elle avait quatorze ans avec ses beaux cheveux blonds et ses manières délicates. Comment elle avait encouragé la jeune fille à devenir une femme et à abandonner la forge et les jeux de couteaux dans lesquels elle s'était réfugiée en tant qu'enfant. Tout aussi entiché, son frère était incité, par un sourire ou un compliment, à adopter une attitude plus mesurée et à prendre ses devoirs de châtelain au sérieux. Jusqu'à ce que le piège se déclenche, le jour où l'épouse de son père avait invité Estela à regarder la grande salle à travers l'œilleton, depuis le sanctuaire de la nouvelle chambre privée. Alors qu'Estela, aux aguets, observait l'agitation en contrebas sans que les hommes et les servantes se doutent de la présence de la jeune espionne, on envoya chercher son père. L'épouse se mit alors à hurler sur Estela, la traitant de vipère et de voleuse en devenir. Abasourdie, Estela vit son père surgir et réconforter sa femme désemparée, qui entreprit de lui expliquer qu'elle avait trouvé la jeune fille en train de fureter dans leur chambre, où elle n'avait pas le droit d'aller, et que ses pires craintes s'étaient réalisées. Bien sûr, le bracelet disparu de son épouse fut retrouvé sous l'oreiller d'Estela et, le visage livide, son père la fouetta.

— Ce n'est pas tout, raconta Estela à Dragonetz. Tout a été retourné contre moi et j'ai fini par comprendre qu'elle ne serait pas satisfaite tant que je ne serais pas morte. Alors, je suis partie.

— Et votre frère ?

— Il ne me croyait pas, lui non plus, répondit-elle succinctement. Mais son tour viendra. Elle assurera son propre avenir et celui de ses enfants, s'ils ont la chance de naître, en le tuant ou en l'épousant. Les deux sont possibles. Tout est possible. Si elle vous parlait, vous la croiriez en quelques secondes, vous aussi.

Il lui prit la tête entre ses deux mains.

— Jamais.

Puis il se fit fort de balayer son passé avec une fougue qui les emporta tous deux vers de nouveaux sommets. Il y avait quelque chose de sauvage chez lui, une imprévisibilité qui allumait un brasier entre eux. Alors qu'elle pensait que les flammes se tempéraient, ne fût-ce qu'un moment, il lui confia :

— L'Église a un décret fort utile qui détaille tout ce qui est interdit.

— Je le connais, répondit-elle, baissant modestement les yeux.

— Je vous propose d'accomplir tout ce qui figure sur cette liste afin de mieux connaître le péché et de mieux nous en repentir, sauf si, bien sûr, vous y trouvez quelque chose de déplaisant ou douloureux.

Alors qu'il s'engageait déjà dans une activité ô combien agréable, assurément interdite par l'Église, Estela lui répondit par un gémissement qui tenait lieu d'assentiment.

Plus tard, il murmura, couché à ses côtés :

— Eh bien, je crois que je suis repentant, après tout. Je n'ai jamais été aussi fatigué de ma vie. Comme c'est vous à qui l'on a fait du tort, vous devez choisir un châtiment à m'infliger.

Elle se fit un plaisir d'émettre une suggestion.

— Lorsque je serai remis, chuchota-t-il, et il tint parole.

Elle apprit à faire de son corps son terrain de jeu, passant d'une cicatrice à l'autre, découvrant les périls par lesquels il avait frôlé la mort gravés dans sa chair de guerrier. Les yeux fermés, elle pouvait distinguer chaque type de poils sur son corps élancé, soyeux sous les bras et plus fins dans son dos, en touffes épaisses sur son torse. Elle savait à combien de paumes de main équivalait la longueur de son dos ou la distance entre ses omoplates. Elle connaissait la tension exacte des muscles de ses cuisses contre les siennes et la façon dont il s'emboîtait en elle, dans le refuge de ses bras, selon la courbe de deux cuillères s'épousant étroitement, la main sur son sein, toujours dans la passion.

Ils s'épuisaient mutuellement. Elle sentait son corps dolent à l'intérieur comme à l'extérieur et elle ne pensait à rien d'autre. Ils ne pouvaient pas continuer à ce rythme. Ils ne pouvaient pas s'arrêter. Ils devaient rester éveillés pour chanter ensemble lors du banquet.

Arnaut n'avait jamais assisté à un tel banquet. Il était déjà repu à la fin du deuxième service, gavé de hareng, de mouton en sauce au vin, de poulet à l'amande, le tout aromatisé d'un mélange de gingembre, sucre, vinaigre, vin, raisins secs, macis, clous de girofle, cumin, cardamome, cannelle, poivre et miel. S'il n'avait visité les cuisines plus tôt, il n'aurait pas reconnu une seule des viandes, ni par le goût ni par l'aspect, tant les épices indigo, rouges et jaunes les avaient altérées.

Il n'y avait pas d'erreur possible quant aux viandes du troisième service, cependant, et même les plus habitués aux raffinements de la cour française poussèrent des cris de surprise en voyant les serviteurs apporter les plateaux, quinze nouveaux plats destins à régaler les yeux comme les papilles. Le sanglier aux longues défenses fut déposé solennellement sur la table, étrangement banal jusqu'à ce qu'on l'ouvre pour dévoiler le coquelet grillé à l'intérieur, qui révéla à son tour des gourmandises dans ses cavités sous les applaudissements de l'assistance, tandis que les autres plats étaient exposés en multiples exemplaires sur les tables bondées.

Arnaut découvrit que l'appétit d'un homme pouvait être ravivé si l'on éveillait suffisamment ses sens et, pour lui, ce fut le brochet pèlerin qui enchanta son estomac au point qu'il en redemande. C'était le plus grand poisson qu'il ait jamais vu, la tête bouillie, le centre frit et la queue rôtie, disposé comme sur un blason, avec de l'anguille rôtie et un accompagnement aux couleurs de Narbonne, soulignées par le noir des miettes de pain carbonisées. Les cuisiniers d'Ermengarda devaient œuvrer à ce banquet depuis des semaines, commandant de pleines charrettes de poulets, de harengs, de lapins, de gibiers à plumes et de moutons. Et cinq mille œufs, au bas mot.

Arnaut accompagna le sanglier, le brochet et le chevreuil avec l'un des plats à base de fruits, prunes cuites au vin et épicées avec de la cannelle, laissant les conversations se dérouler. À mesure que les estomacs se réchauffaient, on se mit à attendre avec impatience les divertissements de la soirée. Entre deux commentaires sur la bonne chère, on comparait tous les troubadours qui s'étaient déjà produits. Les honneurs revenaient toujours aux deux mêmes hommes. Marcabru avait ses adeptes, mais on admettait unanimement que Dragonetz était son égal en tant que parolier et qu'il le dépassait par sa portée et son sens du spectacle. Ce serait un événement à raconter à ses enfants. Et bien sûr, ce serait sa dernière représentation, puisqu'il rentrerait à Paris avec la reine. Quant à la protégée d'Aliénor, dont Dragonetz était le tuteur, c'était un délice pour les yeux comme pour les oreilles, bien que la qualité ne soit pas comparable. Après tout, on ne pouvait pas en attendre autant d'une femme.

À côté d'Arnaut, al-Hisba appliquait la même discipline à ses pensées qu'à ses habitudes alimentaires, dissimulant ses émotions sous les étoffes étrangères qui le différenciaient de ses voisins. Comme à l'accoutumée, il n'avait pas touché au vin et il avait même fait preuve de sobriété devant le glorieux festin qui s'étendait sous ses yeux. Arnaut ressentit une pointe d'agacement envers al-Hisba, imperturbable devant l'ultime délicatesse, après que chaque service eut été suivi de délices au massepain.

Le dernier, aussi imposant que la table, était sculpté comme un bateau marchand avec une proue à l'effigie d'Ermengarda. Elle tendait le blason de Narbonne à une silhouette couronnée qui flottait de façon improbable, uniquement rattachée à l'ensemble par la main d'Ermengarda. Le symbole de l'amitié et de l'alliance était évident, mais Arnaut eut l'impression qu'Ermengarda s'en sortait mieux qu'Aliénor, dont le vol vertigineux n'était que trop réel. En suivant Dragonetz, il avait suivi Aliénor dans toutes ses folies à travers les cours et les croisades.

Quelqu'un eut le courage de dissocier les deux souveraines et le massepain fut distribué. Arnaut mâcha distraitement le doigt d'Ermengarda en pâte d'amande. Il avait toujours accompagné Dragonetz et il avait le sentiment de faire partie de son cercle restreint. Ces derniers temps, toutefois, il se sentait mis à l'écart. Au début, au moulin, il s'était trouvé au même niveau que les autres, mais l'expertise évidente d'al-Hisba avait rendu Arnaut superflu et il avait cessé de s'y rendre, excepté lorsqu'on lui en donnait l'ordre.

En se battant dans le quartier juif, en s'exerçant dans les bois ou encore en dormant à la belle étoile, Arnaut avait pris conscience de ce qu'il perdait peu à peu. Il fit passer le goût sucré avec un autre verre de vin. Qui était cet al-Hisba, d'ailleurs ? En temps normal, Dragonetz n'était pas homme à laisser n'importe qui entrer dans sa vie. Il avait fallu à Arnaut des années pour gagner sa place, des campagnes communes à se battre dos à dos. Il espérait que Dragonetz ne le regretterait pas. Les Maures n'étaient pas comme les chrétiens, quels que soient leurs talents pour canaliser l'eau. Décrétant qu'il avait fini d'utiliser son tranchoir, et il fit passer un gros morceau de pain sec sous la table à un chien aux aguets.

Les tables furent débarrassées, les rumeurs s'amplifièrent et l'heure du spectacle arriva. Arnaut vit Dragonetz et Estela se lever de la table d'honneur, prendre place sur la scène et accorder leurs instruments. Dès la première note, il ne fit aucun doute que ce serait une performance de virtuose de la part du maître, capable de susciter les larmes et les rires de son public à sa guise. Ce à quoi l'on pouvait s'attendre, à en juger par les mines réjouies dans le public.

Ce à quoi personne ne s'était attendu, en revanche, ce fut la qualité de sa petite protégée, qui incarnait son antithèse, son contrepoint, sa muse, sa disciple, son guide, sa dame, son étoile et son égale. Chacun d'eux était exceptionnel seul, mais en duo, leur connexion emplissait la grande salle de magie. Au début, Arnaut se laissa emporter par la musique dans un monde d'amour et de deuil, de courtoisie et de conflits, les deux voix s'entremêlant pour le toucher jusque dans son âme.

— Je ne sais pas ce qu'il a fait, mais c'est réussi, murmura al-Hisba. Elle est superbe.

— Je sais ce qu'il a fait !

Ce furent peut-être les mots d'al-Hisba ou l'intensité accrue entre les chanteurs qui dessillèrent Arnaut, toujours est-il qu'il comprit soudain ce qui s'était passé. Le brochet, le vison, le sanglier, les prunes et le massepain remontèrent presque sur la table alors qu'il essayait de garder contenance. S'il avait regardé dans sa direction, il aurait vu la vicomtesse de Narbonne aussi blême que lui en dépit du plaisir et de la satisfaction de rigueur sur son visage, et pour la même raison, mais toute l'attention d'Arnaut était concentrée sur son besoin de fuir. Il s'extirpa maladroitement du banc, jouant des coudes pour rejoindre en hâte le fond de la grande salle. Il y trouva son père qui bloquait la sortie, montant la garde. Instinctivement, la main d'Arnaut se porta à sa poitrine, où le gage de chevalier offert par Estela, caché sous sa tunique, lui pesait sur le cœur.

— Je vais à la taverne, dit-il à Raoulf. Je suis de trop ici.

— Quand grandiras-tu ?

Son regard se posa sur la main d'Arnaut et il comprit ce qui se trouvait dessous.

— Toute une histoire pour une femme !

— Il aurait pu avoir n'importe qui.

Le sentiment d'injustice éprouvé par Arnaut brûlait de toute l'ardeur de ses jeunes flammes.

— Pourquoi fallait-il qu'il la prenne, elle ?

Son père haussa ses épaules carrées.

— Qu'est-ce que ça peut bien faire ? Ce n'est qu'une femme. C'est ton suzerain, mon garçon, et si c'était toi qu'il avait préféré, à la façon des Vikings, eh bien ! Tu n'aurais qu'à te pencher et l'accepter.

Il plissa les yeux en donnant à son fils une bourrade dans la poitrine.

— Ne serait-ce pas plutôt ça, le problème ? *Elle* aurait pu avoir n'importe quel homme et c'est *lui* qu'elle a choisi.

Arnaut sentit la bile remonter.

— Laisse-moi passer.

Il le repoussa alors que deux voix entonnaient leur mélopée plaintive derrière lui.

« *Aissi-m te amors franc*

Qu'alor mon cor no-s vire…

Mon cœur est étreint par un tel amour

Que je ne vois nul autre que vous. »

Le colosse fit un pas de côté et regarda Arnaut s'éloigner en titubant dans la nuit.

— Ce n'est pas réel ! cria-t-il derrière lui.

Mais son fils était déjà parti.

Ignorant l'absence d'Arnaut, Dragonetz et Estela se prosternèrent devant la reine et la vicomtesse, recevant à bon droit les somptueux présents de la soirée, armures et bijoux, ainsi que des applaudissements. Visiblement, la soirée était venue à bout des bonnes manières de la jeune femme, qui réussit à faire tomber le gobelet de la main de la reine ainsi qu'une cruche à côté, alors qu'elle recevait l'un des présents. Une palanquée de serviteurs accourut pour nettoyer, et quelques mots gracieux d'Aliénor vinrent arranger cette maladresse. Tout allait pour le mieux. Une soirée à marquer d'une pierre blanche. Seuls Dragonetz et Ermengarda étaient assez proches pour entendre les mots qu'Estela adressa tout bas à Aliénor en guise d'explication.

— L'infusion empeste la menthe pouliot, ma Dame.

Elle baissa encore la voix en poursuivant :

— Il s'agit d'un abortif susceptible d'empoisonner la mère également.

— Je n'ai bu qu'une gorgée. J'ai demandé une tisane digestive, elle sent la menthe.

— La fraîcheur est semblable, convint Estela. La menthe ne vous ferait pas de mal, mais il ne s'agit pas de menthe, et celui qui l'a utilisée savait parfaitement ce qu'il faisait. Ne vous inquiétez pas, vous irez bien, la rassura Estela. Tous les deux. De toute façon, à ce stade, il est encore difficile de causer des dégâts.

— Il y a des centaines de serviteurs ! Nous ne pourrons jamais retrouver sa trace ! Vous auriez dû être en sécurité ici, Aliénor. Je suis tellement désolée !

Ermengarda était aussi impuissante qu'angoissée, et ce fut Dragonetz qui reprit les rênes.

— Faites semblant, leur ordonna-t-il. Nous n'avons pas besoin de la marionnette, nous avons besoin du marionnettiste, et nous le trouverons avant votre départ pour Paris !

Ce fut donc ce qu'elles firent. Tout comme Dragonetz et Estela, prenant congé pour la nuit sur des louanges mutuelles en public – et, peu après, réunis par des plaisirs mutuels en privé. Aucun d'entre eux n'accorda une pensée à Arnaut, le nez plongé dans son verre, qui essayait de faire la sourde oreille au valet d'écurie braillard tout près de lui. Aussi ivre qu'Arnaut, le garçon espérait gagner une fortune en vendant le gage d'amour d'une fille sans intérêt qu'il avait déflorée. La gratitude d'une fille facile. Arnaut ricana dans son vin. Le valet serait chanceux si son gage valait un autre pichet de vin et il le regretterait certainement au matin. Tout comme Arnaut lui-même, sans doute. Il attrapa une hanche féminine qui passait par là, la serra avec chaleur et commanda plus de vin.

Chaque fois, les séparations au point du jour étaient plus difficiles et non plus simples, et ce matin-là fut pire encore.

— Bien sûr que vous devez partir, dit Estela à l'homme agenouillé à ses pieds.

Ses lèvres sur sa main, il lui demandait la permission de quitter Narbonne. Il l'attira à lui et l'embrassa plus intimement. Elle frissonna, mais pas de froid, bien qu'elle soit nue. Cela devenait bel et bien de plus en plus difficile de se séparer. Mais il le fallait.

— Seulement quelques jours, lui assura Dragonetz. Je dois trouver cet assassin avant que la reine ne retourne à Paris.

— Avant que vous ne retourniez à Paris, dit-elle.

Elle chassa toute émotion de ses propos.

Il la regarda aussitôt.

— Je pensais que vous étiez au courant.

À ces mots, Estela haussa les sourcils, perplexe.

— J'ai annoncé à la reine que je restais à Narbonne.

À cause d'elle ? La pensée fut écartée aussi vite qu'elle avait fait naître ses espoirs. Pourquoi, alors ? De la même voix inexpressive, elle demanda :

— Comment le saurais-je ?

— Par les rumeurs habituelles, je suppose. Je suis désolé.

Il considéra ce qu'elle ignorait jusqu'alors.

— Et pourtant, vous m'avez demandé de venir, observa-t-il. N'en était-ce pas la raison ? Parce que j'allais partir ?

Son intonation reflétait la sienne et elle eut l'impression de cheminer le long d'un pont, dans le brouillard, des précipices de chaque côté avec seulement le contact d'une main pour la guider. Jusqu'où ferait-elle confiance à sa main ?

— Si vous ne connaissez pas la réponse à cette question, rien de ce que je dirai ne pourra vous convaincre.

Elle caressa sa joue pour adoucir les mots, pour le lui rappeler. Était-ce là ce que faisait l'amour ? Transpercer toutes les armures, rendre l'acier vulnérable et faire fondre la glace ? Bien sûr. Il restait pour Ermengarda. Cela n'avait aucun sens, mais c'était la vérité. Elle laissa les mots se poser sur sa langue pour goûter leur effet. Ils étaient amers.

— Vous restez pour Ermengarda.

Il soutint son regard. Ses yeux étaient comme des abysses insondables, et pourtant elle ressentait ces ondoiements qui les obscurcissaient.

— D'une certaine façon, déclara-t-il, mais pas comme vous le croyez. Le moulin à papier est important pour moi, il fait partie d'une entreprise plus grande, quelque chose que je peux mener à bien sur les terres d'Ermengarda.

— Et comment Aliénor l'a-t-elle pris ?

Contre toute attente, il éclata de rire.

— Très mal. Mais la plupart des dégâts ont été réparés. Je reste son chevalier, bien sûr.

— Bien sûr. Et l'homme d'Ermengarda.

— Oui.

— Vous menez une vie compliquée.

— Vous ne demandez pas quelle y est votre place ?

— Si je dois le demander, c'est que je ne la mérite pas.

Elle sourit, rassemblant les mots d'amour qu'il dispersait autour d'elle comme des feuilles d'automne. L'été avait toujours une fin.

— Vous commencez donc par Douzens ?

Elle ramenait la conversation sur les aspects pratiques.

— La première tentative a eu lieu après Douzens. Je pourrais y trouver une piste. Si Raymond est impliqué, Carcassonne connaîtra probablement les rumeurs. Je m'absente pendant six jours environ. La route est plus rapide sans les chariots et les bagages, même sur des montures d'emprunt.

— Vous raterez la Cour d'amour.

— Je connais toutes les réponses.

Il lui offrit son sourire en coin et elle rendit les armes.

— Six jours, ce n'est rien, le rassura-t-elle en même temps qu'elle-même.

Elle l'encouragea à partir. Le soleil était déjà plus haut qu'il ne le fallait pour leur sécurité, avec l'agitation des servants qui commençaient leur travail dans les venelles et les couloirs. Qu'était-ce qu'une semaine ?

Faute de mieux, l'absence de Dragonetz donna au moins à Estela le courage d'affronter l'un de ses propres démons. Si elle devait échapper à la ville pour quelques heures, en compagnie sûre, par exemple celle d'Arnaut, elle aurait besoin d'une monture, et il était ridicule de continuer à éviter les écuries. Il devait y avoir une première rencontre, après… après ce qui s'était passé – et elle lui ferait comprendre qu'en réalité, il ne s'était rien passé du tout. Elle agirait tout à fait normalement. Elle sourirait, même, et se montrerait gracieuse. Si elle venait à le croiser, bien sûr. Il était toujours possible qu'il soit ailleurs et qu'un autre valet d'écurie l'aide à monter. Elle rougit à la seule pensée d'un tel contact avec lui. Ce n'était pas possible. Les journées passées en compagnie des dames n'avaient pas été perdues, après tout, pensa-t-elle en s'appliquant une couche de poudre de talc, qu'elle estompa délicatement avec de l'eau et à laquelle elle ajouta de l'indigo dilué pour venir tracer les veines bleu pâle à la mode du moment, et que bien sûr l'Église avait en horreur. Aujourd'hui, Estela n'avait aucun scrupule à porter un masque et, si elle devait choisir soigneusement son confesseur ensuite, qu'à cela ne tienne ! elle suivrait les pas de la reine Aliénor dans cette voie aussi.

Convenablement maquillée, emmitouflée et chaussée de sabots, Estela quitta le Palais et traversa la cour qui baignait déjà dans la chaleur du soleil d'été. Dans sa tête, elle s'exerçait à demander que Tou soit sellée et prête pour elle dans l'après-midi. D'ici là, elle aurait trouvé Arnaut pour qu'il l'accompagne ou lui propose un remplaçant. Mais elle remarqua alors son ami en personne, avec un détachement de ses hommes en armure, affairés devant les stalles. En approchant, elle remarqua son teint verdâtre, ses yeux injectés de sang et ses mouvements nerveux. Quand il la vit, toutefois, ce fut avec vivacité qu'il l'interpella :

— Estela ! Vous ne pouvez pas entrer. Vous ne devez pas voir le garçon.

Elle tressaillit en entendant cet ordre, momentanément terrassée par la honte. Une seule personne avait pu demander à Arnaut de monter la garde devant les écuries et de l'empêcher de les approcher. Comment avait-il osé ? Que pensait-il qu'elle y ferait ? Comment pouvait-il faire d'une question si intime le sujet de discussion de tout un régiment ? Comme Dragonetz n'était pas là pour subir ses foudres, elle fusilla du regard le jeune homme qui bloquait l'entrée de l'écurie.

Bien trop rapide pour Arnaut, elle plongea sous son bras et rassembla sa jupe, faisant claquer ses talons sur la pierre, puis la terre poussiéreuse et la paille, dans l'odeur forte de cuir, de cire et de vieux fourrage. C'était étrangement vide, sans bruit de sabots, sans hennissements ni mouvement. Pas de chevaux. Il régnait là une immobilité, une atmosphère malsaine qui évoquait les milliers de châtiments qu'Estela avait vu infliger aux criminels emprisonnés par son père. L'odeur de fer, signe implacable d'un jugement sanglant. Estela recula, trop tard pour ignorer ce que ses yeux avaient vu, retenue par les bras d'Arnaut. Il était trop tard pour revenir en arrière lorsqu'il murmura, exaspéré :

— J'ai essayé de vous avertir, de vous arrêter. Allons, partez, retournez d'où vous venez.

Elle obéit machinalement, mais le réconfort qu'il avait tenté de lui apporter avait suscité une répulsion instinctive qui n'était pas de son fait. Elle perçut la douleur dans ses yeux et dans sa voix. Elle aurait dû dire quelque chose pour arranger les choses, mais Arnaut la devança :

— Je suis certain que vous auriez préféré qu'*il* soit là.

Sur ce, il quitta l'écurie. Elle le suivit d'un pas chancelant, sans voix, clignant des paupières dans la lumière. Elle ne voyait rien d'autre devant ses yeux qu'un corps humain suspendu à la poutre en bois au-dessus de la cloison séparant la première stalle de la deuxième. Comment était-il possible d'imprimer tant de détails en quelques secondes ? Les cheveux bruns de Peire n'avaient subi aucun dommage, retombant comme ceux d'une marionnette autour du visage fracassé, dont les orbites creuses accusaient Estela de Dieu sait quoi. La tête était tordue à un angle qui n'appartenait pas aux vivants et qu'Estela connaissait bien, après toutes les morts par pendaison auxquelles elle avait assisté sur la route. Pourtant jamais auparavant elle n'avait vu les mains d'un homme, attachées en une supplication ironique alors qu'il se balançait, avec cinq objets entre les doigts. À ses orbites creuses, elle comprenait ce qu'étaient les deux boules, visqueuses comme du vieux poisson. Ce furent les entailles ouvertes dans son pourpoint taché de sang, au niveau de l'aine, comme une carcasse chez un boucher, qui indiquèrent à Estela ce qu'il tenait d'autre. Mais le pire, entre la chair et les mouches déjà massées pour le festin, ce fut le scintillement d'or et d'émeraude.

La nausée lui souilla la bouche et elle s'effondra au sol, la tête enfouie dans sa robe, entre ses genoux, alors qu'elle peinait à retrouver ses esprits.

— Dites-moi ce qu'il s'est passé, exigea-t-elle, les dents serrées.

Tout pourvu qu'elle parvienne à distraire son cerveau, à atténuer cette image qui se répétait sans cesse.

Rigide et froid, Arnaut répondit néanmoins :

— On l'ignore. L'un de mes hommes a trouvé le garçon comme ça.

Il hésita.

— Je pense l'avoir vu hier soir dans une taverne.

Arnaut n'était-il pas resté au banquet ?

— On suppose qu'il essayait de vendre un bijou…

Il n'eut pas à terminer sa phrase. Ils savaient tous deux où se trouvait désormais ce bijou et que le vol n'était pas la raison de son assassinat.

— À le croire, il avait obtenu le bijou d'une demoiselle, on peut imaginer qu'il s'agit du paiement de ses parents.

Estela leva alors la tête pour dévisager Arnaut, mais elle ne décela aucune ironie. Manifestement, il ne savait pas. Et si ce n'était pas à Peire qu'il faisait référence, alors à qui ? Son estomac se noua.

— Le bijou et les circonstances de sa mort suggèrent qu'il a payé pour avoir fricoté avec un rang supérieur au sien.

Arnaut haussa les épaules.

— Ma Dame, il est vrai que c'est déplaisant, et j'aurais préféré que vous n'alliez pas à mon encontre. Mais ce n'était qu'un valet d'écurie. Vous devez le chasser de vos pensées et ne pas le laisser gâcher votre journée.

Il lui tendit un bras hésitant et elle l'accepta, secouant sa jupe en se levant.

— Je pense qu'un homme mort ainsi mérite mes pensées le temps d'une journée gâchée, répondit-elle doucement. N'importe quel homme.

— On a déjà connu pire lors des croisades, subi ou causé par nos hommes.

Ses yeux se détournèrent.

— Comme Dragonetz pourrait vous le raconter.

Ce nom était comme une lame à double tranchant, qu'Estela laissa passer.

— Ce n'est pas un endroit pour une dame. Deux de mes hommes vont vous raccompagner en sûreté au Palais.

Estela n'émit aucune objection alors qu'il lui donnait ses instructions.

— Et informez-en Dragonetz, ajouta Arnaut à ses gardes du corps.

Estela ouvrit la bouche, mais le soldat grisonnant aux dents plus rares encore que ses cheveux lui coupa la parole :

— Messire, il a laissé un mot pour vous ce matin. Il est parti une semaine en mission pour le compte de la reine.

La bouche d'Estela demeura close, mais ses yeux trahirent la vérité, à savoir que ce n'était pas une surprise pour elle. Arnaut pinça les lèvres.

— Veillez à ce que l'on prenne soin de ma Dame, déclara-t-il sèchement.

Puis il tourna les talons pour aller s'occuper de la dépouille dans l'écurie.

CHAPITRE DIX-NEUF

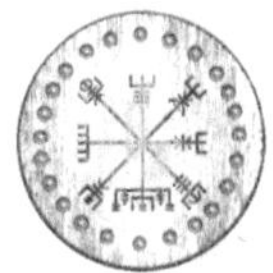

Le chien était couché à sa place habituelle contre la porte, ravi de pouvoir s'y prélasser à la lumière du jour, et encore plus heureux d'avoir sa maîtresse auprès de lui, allongée contre son ventre, entre ses pattes avant et arrière. Qu'elle soit silencieuse et tremblante par l'une des plus chaudes journées de l'année, ce n'était qu'une bizarrerie humaine de plus, et cela ne l'empêcherait pas de dormir. L'oreille tendue, sait-on jamais.

Estela sentait contre son dos la respiration égale de Nici, le rythme de la vie elle-même, calme et régulier. Ils avaient dormi ainsi dans un fossé ensemble, mais cette fois-là, elle aussi sommeillait. Elle se demanda si elle dormirait un jour à nouveau, elle qui avait souhaité perdre son innocence. Rien n'avait de sens.

Elle n'avait aucune raison de voir un lien entre elle et le meurtre de Peire, pas plus qu'une quelconque menace, mais le bijou dans son écrin sanglant créait un lien, ainsi que ce qui s'était passé précédemment dans l'écurie. Ce qu'elle avait provoqué. Et qu'une seule autre personne savait. *J'aurais dû le tuer*, songea-t-elle. Aussitôt, elle s'imposa un examen de conscience. Dragonetz avait-il tenu parole ? Elle était bien placée pour connaître le brasier sous la glace. Si Arnaut pouvait devenir un inconnu, capable de jeter un œil aguerri sur la dépouille sanglante d'un homme pour la qualifier de simple « valet d'écurie », alors certainement son chef, un guerrier lui aussi, était-il capable d'ôter la vie quand il le désirait. Estela l'avait vu faire.

L'aimait-il assez pour tuer pour elle ? Elle connaissait la réponse sans l'ombre d'un doute. Mais de la sorte ? Elle était tout aussi convaincue de la réponse inverse. Non, mille fois non. Et cette fois, sa tête et son cœur étaient d'accord. Même s'il était homme à accomplir un tel crime – et son instinct lui indiquait que ce n'était pas le pas –, il n'aurait jamais tué Peire en laissant exposé à la vue de tous le seul lien qui la reliait au garçon. Le bijou ne s'était pas retrouvé là par hasard.

Mais si ce n'était pas Dragonetz, alors qui donc ? Pourquoi ? Y avait-il un lien avec elle ou se sentait-elle coupable pour d'autres raisons ? Si Arnaut se lançait dans une chasse au dahu pour retrouver de quelconques parents offensés, se pourrait-il qu'il découvre le lien avec elle ? Certainement tout dépendait de ce que Peire avait dit à la taverne et de qui l'avait écouté. Mais Arnaut était là, il l'avait entendu, et pourtant il n'avait aucune idée de sa proximité avec la jeune fille dont Peire s'était vanté d'avoir ravi la virginité. Son jeune corps retrouvait déjà son calme, les tremblements avaient presque cessé, lorsque Nici poussa un grognement grave. Au même instant, des pas s'arrêtèrent devant sa porte.

— Estela, fit la voix rauque de Sancha. Laissez-moi entrer. Al-Hisba m'accompagne. Arnaut pense que vous pourriez avoir besoin de quelque chose après le choc.

Estela se remit sur pied, lissa ses vêtements froissés et passa sur son visage une main soigneusement léchée. Son maquillage avait dû couler, mais elle allait faire avec.

— Des amis, indiqua-t-elle à la grande bête.

Cette dernière s'écarta du chemin pour permettre à la porte de s'ouvrir, un œil paresseux sur les nouveaux venus.

Estela s'assit sur le lit et ses visiteurs prirent place à leur tour. Elle ne voulait pas parler de ce qu'elle avait vu.

— Dragonetz est reparti à la recherche de quelque indice qui lui aurait échappé sur l'identité du meurtrier.

Maintenant qu'elle avait été informée de façon officielle par l'homme d'Arnaut, il n'y avait pas de mal à aborder le sujet.

— Apparemment, ajouta al-Hisba.

Il hocha la tête en produisant son attirail de médecin et une flasque d'eau. En bon physicien, il ne se laissa pas déconcentrer et coupa le mal à la racine.

— Arnaut nous a expliqué ce qu'il s'est passé et il regrette que vous ayez été sur les lieux. Il dit qu'il a oublié la faiblesse de votre sexe en discutant de la situation avec vous et que vous avez besoin de l'une de mes potions pour vous calmer.

La vérité de ce discours ne fit qu'attiser l'indignation d'Estela. Peut-être avait-elle envie de parler, après tout.

— Je suis habituée à voir les taureaux et les chevaux castrés et à trouver leurs abats dans mon assiette, mais pas à voir un homme mort tenir ses propres viscères devant la plaie béante qui l'a châtré. Il avait les yeux bleus, le saviez-vous ? Bleus ! Et savez-vous ce qu'il en reste ?

— Estela ! l'interrompit al-Hisba. Il y a au moins *une* dame présente !

Sancha était assurément plus blême et Estela songea avec une pointe de regret à ce qu'elle avait dû endurer *Oltra mar*. Peut-être que la souffrance n'endurcissait pas toujours

— Je suis désolée, mais n'importe qui aurait eu le cœur au bord des lèvres sur le moment. Arnaut s'est trompé et je ne veux pas que l'on s'inquiète pour moi. Je vais bien, maintenant. En fait, j'y ai réfléchi et je commence à me demander s'il n'y aurait pas un lien entre cette mort et les tentatives d'assassinat.

— Un garçon d'écurie ?

Ils la regardèrent tous deux avec scepticisme.

— Pourquoi ?

— Je ne sais pas, reconnut-elle. C'est simplement cette prémonition. Arnaut se trouvait dans la même taverne que ce garçon hier soir.

Elle feignait d'ignorer son nom, que Dieu lui pardonne !

— Peut-être a-t-on pris le valet d'écurie pour Arnaut ou quelqu'un d'autre, s'il portait un bijou de valeur.

Elle s'enthousiasma pour sa propre histoire.

— Je suis certaine que c'est ça. Quelqu'un a cru qu'il s'agissait de l'un des nôtres.

— Avec un tablier de cuir et une odeur de cheval ?

— Ce ne serait pas le premier homme de Dragonetz à sentir l'écurie, rétorqua-t-elle.

— Peut-être avez-vous raison, convint Sancha. Mais il n'y a rien que nous puissions faire pour l'instant et nous ne pouvons rien dire à Dragonetz avant son retour, la semaine prochaine. Nous ferions aussi bien d'oublier cette histoire pour l'instant. J'ai un message de la reine pour vous ; elle espère que vous serez suffisamment remise pour vous rendre à la Cour d'amour demain.

— Bien sûr que je le serai.

Une vague d'épuisement fit soudain frissonner Estela.

— Prenez de l'eau, lui dit al-Hisba en lui tendant une flasque.

Elle en but une grande gorgée, puis une autre.

— Que m'avez-vous donné ? demanda-t-elle. Pas de pavot blanc, j'ose espérer.

Il sourit.

— Non, ma Dame. Ce serait bien trop fort pour vous, dangereux, même. Il s'agit juste de valériane, de houblon avec du millepertuis.

— Pour prévenir la mélancolie provoquée par certaines plantes somnifères, ajouta machinalement Estela. S'il s'agit vraiment de somnifères doux uniquement, ils ne feront pas effet avant deux heures.

— J'y ai ajouté un petit quelque chose.

Les dents blanches d'al-Hisba luisaient, dansant comme la lessive dans l'eau de la rivière, alors qu'Estela, allongée sur son lit, se laissait emporter par le courant.

— Pas sommeil.

Tels furent les derniers mots qu'Estela prononça.

Dans la grande salle où Ermengarda tenait les audiences publiques, on avait ajouté des bancs supplémentaires sur les côtés pour y installer les chevaliers et les dames présents au spectacle. Comme toujours, le trône finement ouvragé d'Ermengarda se trouvait sur le dais surélevé, face à la grande porte au fond de la salle. Pour l'occasion, deux chaises aux dossiers et aux accoudoirs tout aussi ornementés flanquaient le trône de Narbonne. Deux ? se demanda

Estela, depuis son banc parmi les dames d'Aliénor. Elle avait observé assez souvent les jugements d'Ermengarda, conformément à son rang, pour savoir que les requérants patientaient dans l'antichambre, les plus chanceux sur un banc, la majorité debout dans une file tranquille le long du mur, prêts à attendre des heures pour voir leur souveraine. Ils étaient souvent renvoyés par manque de temps, pour tenter à nouveau leur chance le jour suivant. Habituellement, les jugements concernaient des terrains, des titres, des vols présumés et des litiges entre voisins, aussi ennuyeux pour Estela – et certainement Ermengarda – que cruciaux pour les solliciteurs eux-mêmes. Dans sa naïveté, à son arrivée à la cour, Estela s'était demandé pourquoi Ermengarda se battait avec l'archevêque afin de garder sa voix dans des affaires aussi futiles. Elle s'était vite rendu compte que cela lui servait non seulement à asseoir son autorité, mais également à alimenter régulièrement les coffres du Palais lorsque la grâce était donnée – autant de moins pour ceux de l'archevêque.

Les jugements du jour seraient cependant très différents, et la grande salle elle-même était témoin de ce changement. Des étoffes de satin rouge ornaient les murs de somptueux drapés, retenus par des nœuds dorés en brocart extravagant. Bien que les roses sur les murs aient de quoi impressionner, elles faisaient pâle figure au regard de l'allée pourpre conduisant de l'entrée jusqu'au dais. Le velours du tapis était tout en rose, en effet, ou plutôt en pétales de rose, dans tous les tons de rouge, du brasier jusqu'au coucher de soleil, en passant par la passion et le sang, le carmin, le vermillon, l'écarlate et le bordeaux, l'orange et la terre cuite. Jamais, pas même dans les bains parfumés de fleurs et d'huiles orientales, des senteurs aussi enivrantes n'avaient fait tourner la tête au Palais de Narbonne.

Les murs eux-mêmes, en vieille pierre d'un mètre d'épaisseur, étaient si saturés de roses qu'ils respiraient la douceur. Comme si ces brassées de roses ne déployaient pas suffisamment de richesses, le chemin était bordé d'arbrisseaux, chacun dans un grand pot, à la façon d'al-Andalus. Alternant buissons rouges et blancs, l'amour et la pureté, l'humain et le divin, les fleurs plates en grappes soyeuses étaient plus proches cousines des ronces que les grands pétales sous les pieds. C'était véritablement la saison des roses, dans toute leur gloire.

— De l'essence de rose contre un chagrin d'amour, murmura Estela, citant son remède naturel.

La difficulté tenait bien sûr à l'impressionnant volume de roses requis pour une infime quantité d'huile.

— Pour le bonheur et l'amour.

Il y avait là, assurément, suffisamment de fleurs pour mettre ce remède à l'essai.

Enfin, la musique commença. Cette fois, pas d'éclats de trompettes pour une entrée triomphale, mais le psaltérion, l'instrument des saints et des anges, accompagnée du rebec, de la flûte et de la viole, reprenant la même gamme que le symbolisme des roses, l'association de l'humain et du divin. Telles des nymphes sylvestres flottant au-dessus de leur tapis de fleurs, Ermengarda, Aliénor et – bien sûr, le troisième trône – Bèatriz, entrèrent dans la grande salle.

La jeune comtesse de Die arriva la première, vêtue du bleu de la Vierge Marie, vision de spiritualité, suivie par la rose blanche et la rose rouge incarnées. Aliénor était incandescente dans un rouge des plus profonds et Ermengarda, à ses côtés, éthérée en blanc et or. Elles brillaient toutes trois des bijoux assortis à leurs robes : saphirs, rubis et perles. Derrière elles, une escorte de trois jeunes gens, le fleuron de la chevalerie, se pavanait avec des ceinturons et des tuniques blanches rayées, dévoilant en dessous la soie aux couleurs de leur dame.

Chacun vint se camper à côté d'un trône pendant que les reines de la cour prenaient place pour la journée. Peut-être n'était-ce pas une mauvaise chose que Dragonetz soit absent. Estela l'imagina à sa place habituelle auprès d'Aliénor et un sentiment nouveau lui glaça le sang. Aurait-il balayé la salle des yeux à sa recherche, pour lui sourire en croisant son regard, leur lien aussi secret et puissant que celui qui entraînait les cames dans son cher moulin à papier ? Le chevalier aux cheveux bouclés qui avait pris sa place à côté d'Aliénor lança un grand sourire dans la direction d'Estela et elle aurait juré qu'il lui avait fait un clin œil.

— À quoi vous attendiez-vous en fixant cet homme de la sorte, aujourd'hui plus qu'un autre jour ? souffla Sancha, auprès d'elle.

Sa voix était émaillée d'un ricanement et Estela en fut mortifiée.

— Je rêvassais, s'excusa-t-elle.

— Je m'amuserai bien quand il s'agira de le lui expliquer, continua Sancha, narquoise.

Estela risqua un nouveau coup d'œil, mais baissa rapidement les yeux en constatant le regard de l'homme toujours posé sur elle.

— Qui est-ce ? s'enquit-elle.

Elle l'avait observé assez longtemps pour remarquer ses boucles couleur de miel. Elles étaient plus courtes que ne l'exigeait la mode et encadraient un visage malicieux, rayonnant de joie et d'intelligence.

Sancha soupira.

— Un jour, vous apprendrez à utiliser vos oreilles pour autre chose que la musique. Les trois cavaliers sont des invités d'Ermengarda, et je ne pense pas que ce soit une coïncidence si des hommes d'une telle envergure – ou leurs mécènes – vinrent à passer par Narbonne aujourd'hui. La vicomtesse attire les troubadours comme un pot de miel attire les mouches. Votre preux chevalier à côté d'Aliénor se nomme Peire Rogier.

— J'ai entendu parler de lui ! D'Auvergne ? Il n'est arrivé sur le devant de la scène que l'année dernière, mais les paroles de ses complaintes amoureuses sont remarquables.

Elle le cita :

— *Que joys m'a noirit pauc e gran ; e ses luy non seria res.* Joie m'a tant façonné que sans joie je ne serais rien. Le poète idéal pour aujourd'hui !

— Oui, de Clermont, en Auvergne, confirma Sancha. Il a quitté la vie monastique qui ne lui convenait pas.

— Je peux l'imaginer !

Estela n'avait pas été insensible à la chaleur du regard qu'il avait dardé sur elle.

— On dirait que les cheveux lui poussent encore.

Elle était désormais libre de s'adonner à sa curiosité, maintenant que Peire avait porté son attention sur le jeune homme à côté d'Ermengarda, dans une causerie qui fit rire autant les femmes que les hommes.

— Ils se connaissent, observa Estela.

— Tous les trois, acquiesça Sancha. À côté d'Ermengarda, c'est le jeune Guiraut de Bornelh, le protégé du vicomte de Limoges, qui laisse déjà sa marque et apprend vite auprès de Peire.

— Pourquoi n'étais-je pas informée de leur présence ? Pourquoi n'étais-je pas avec eux ?

Ces paroles franchirent les lèvres d'Estela sans qu'elle puisse penser à l'effet qu'elles produiraient. La bile verte de l'envie emplissait son cœur comme l'armoise.

— Vous chantez comme un ange, mais eux... eux... expliqua Sancha avec un mouvement de tête vers les brillants jeunes gens. Ce sont des troubadours.

Estela serra les poings. En cet instant, elle jura sur tout ce qu'elle possédait, de sa mère défunte à son espoir d'avoir des enfants un jour, qu'elle achèverait ses compositions secrètes et rejoindrait cette élite.

— Puis, continua Sancha, à côté de Bèatriz, vous avez le plus jeune des trois, Raimbaut d'Aurenja. Le plus jeune, mais pas de moindre talent pour autant.

Même Estela connaissait les origines de l'héritier d'Aurenja, qui devait avoir le même âge que la jeune fille qu'il accompagnait, portant le même poids, celui d'un futur royaume, avec la même grâce – né et éduqué pour cela, prêt pour le jour où il réunirait sa propre cour autour de lui dans le château de Courthézon, près de l'ancienne ville fondée par les Romains à Aurenja, tout comme Ermengarda ici à Narbonne. Au seuil de l'âge adulte, avec son menton et sa lèvre supérieure légèrement ombrés, ses manières de cour étaient parfaites, et pourtant, il semblait agile et ténébreux comme une créature de la forêt, toujours fuyant.

Des trois hommes, tous plus jeunes que Dragonetz, ce fut Raimbaut qui lui rappela son amant et lui ouvrit les yeux sur ce qui, autrement, aurait pu lui échapper. Estela avait vu Bèatriz rougir d'excitation devant sa musique, devant un marmouset domestique ou encore lors d'une occasion spéciale, or cette fois, la beauté inconsciente de son visage grave n'était pas imputable à l'occasion seulement. Ses yeux marron intense, immenses même sans l'artifice de la belladone, se tournaient poliment vers les autres lorsqu'ils parlaient, mais revenaient tel un chien en laisse vers son jeune chevalier, qui semblait prendre à cœur les affaires du jour.

Qu'est-ce que l'amour ? Est-ce la jouissance, les feux d'artifice après les étincelles ? La chaleur et la fusion après que l'épée ait rencontré l'enclume ? L'harmonie entre les chansons ? Un regard privé dans un lieu public ? Et, éternelle question, durait-il à jamais ? Estela se demandait tout cela et bien plus encore, son imagination fertile revenant sans cesse au même point, essayant d'ignorer les complications. Comment Sancha trouvait-elle sa place ? Si toutefois elle l'avait trouvée. Comment sa propre mère avait-elle aimé ? Si toutefois elle avait aimé. Hormis l'amour qu'elle portait à ses enfants, bien sûr. Et même cela, était-ce « bien sûr » ?

Elle sursauta lorsqu'Ermengarda sembla lire ses pensées d'une voix sereine, mais claire et retentissante. Les trois reines du jour étaient debout, Aliénor plus grande que les autres. Sa robe s'évasait légèrement, arrondie autour de l'espoir de la France. Bèatriz semblait encore une enfant, malgré son maintien étudié, acquis auprès de la cour, et son physique plus courtaud que la silhouette à côté d'elle. Malgré sa minceur, nul n'aurait ignoré la présence imposante de la vicomtesse de Narbonne, dont les terres faisaient corps avec elle depuis qu'elle avait quatre ans. Comment Estela pouvait-elle être jalouse du temps où cette créature avait fait sien Dragonetz ? Autant jalouser un rayon de soleil effleurant la peau de son homme avant de passer son chemin.

— Qu'est-ce que l'amour ? demandait justement Ermengarda.

Sans effort, sa voix portait jusqu'au fond de la salle.

— Et à quels préceptes devrions-nous obéir pour faire régner l'amour dans nos vies, laisser la courtoisie régir nos relations, choisissant le bien lors des alternatives difficiles ? En tant que représentants de Dieu sur Terre, nous autres souverains transmettons le jugement divin, et par sa Grâce, vous faisons part aujourd'hui de nos sentences quant aux affaires de cœur, dans cette Cour d'amour où nous cherchons tous le chemin véritable, entre les épines et les roses, sachant qu'un jour, il nous faudra répondre au jugement divin. En attendant, que le discernement soit notre guide et que les lois de l'amour, telles que décrétées en ces lieux aujourd'hui, dirigent notre conscience. Que l'amour soit le maître de cette journée !

Alors qu'elle ouvrait la séance sur ces mots, les trois cavaliers s'agenouillèrent devant leurs dames, leur offrant à chacune une rose rouge exquise.

C'était une envolée aussi magnifique qu'ironique sur le fil ténu entre le blasphème et la frivolité. On comprenait en l'écoutant pourquoi un archevêque aurait froncé les sourcils devant la Dame de Narbonne et sa cour raffinée. Aucun membre du clergé n'avait eu l'audace de se placer dans la position d'auditeur, et si l'archevêque eut les oreilles qui sifflèrent ce jour-là, il dut attendre son tour pour le trône le dimanche. Il y prêcherait sur les feux de l'enfer et la damnation de toutes les femmes, une doctrine pour laquelle il éprouvait une affection particulière. Nombre des courtisans qui auraient apprécié la Cour d'amour seraient également présents au sermon de l'archevêque, dont Ermengarda elle-même, ne fût-ce que pour le regarder de haut. Enfin, tout cela appartenait à la vie en ce monde. Et à la jeunesse. On aurait bien le temps de se repentir. En attendant avait lieu un spectacle dont il fallait profiter, riche en voltiges intellectuelles et offrant un millier d'occasions pour que le regard d'une femme croise celui d'un homme, empli de promesses.

Le premier solliciteur entra et l'audience commença. Estela soupçonnait les chevaliers et les dames qui s'agenouillaient devant les trônes de jouer un rôle sous l'œil du public plutôt que de dévoiler leurs véritables problèmes, ou même ceux de leurs amis, mais cela ne l'empêcha pas de se prendre au jeu et de se poser les questions : « Que ferais-je dans ce cas ? » ou « Quelle est la meilleure décision à prendre ? »

À genoux devant les reines, un chevalier posa la première question.

— Supposons qu'un chevalier ait obtenu la permission de son grand amour d'en épouser une autre et qu'après le mariage il garde ses distances pendant un mois. Il retourne alors à sa première amante, lui explique qu'il souhaitait mettre à l'épreuve sa fidélité et que sa loyauté le remplit de joie. Cependant, elle rejette désormais ses avances, prétextant que son amour n'est plus digne d'elle et qu'il possède désormais la liberté qu'il attendait de sa part. A-t-elle raison ?

Il y eut une conversation entre les trois femmes, puis Aliénor fut choisie pour délivrer son jugement. Elle se leva et énonça gravement :

— Il est bien connu que de véritables amants se mettent souvent à l'épreuve en feignant d'avoir trouvé un autre amour. Cela constitue une offense envers l'amour même que de refuser les caresses d'un amant pour une telle raison. À moins qu'il n'y ait un autre motif caché, cette dame manque de courtoisie. Sans jalousie, il n'y a point d'amour.

Une vague de commentaires et d'applaudissements polis accueillit le verdict alors que le chevalier s'inclinait en remerciement avant de se retirer. À son tour, une dame foula l'allée de roses.

— Deux hommes sont égaux en naissance et en honneur, ne présentant qu'une seule différence, déclara la requérante.

Les deux malheureux décrits ainsi semblaient à la fois convenablement pleins d'espoirs et d'inquiétude.

— Leur richesse. Et je ne sais pas s'il est plus courtois de choisir le plus riche ou le plus pauvre.

Elle haussa ses épaules délicates.

Solennellement, les trois reines échangèrent des messes basses, puis Ermengarda se chargea du jugement.

— Dans le cas où les deux hommes seraient nobles et instruits, il faudrait une excellente raison pour choisir le riche plutôt que le pauvre, qui aurait besoin de l'argent apporté par cette dame. En effet, une dame qui a la chance de jouir de tous les attributs, dont la richesse, peut prendre l'homme pauvre pour amant. Rien n'étant plus douloureux aux âmes bien nées que de voir d'honnêtes gens dans le besoin, il serait louable de la part d'une dame riche de rechercher un amant pauvre, mais noble. L'un des plus grands plaisirs de l'amour est de subvenir aux besoins de son amant. Si la dame elle-même manque de richesse, elle ferait bien mieux de choisir l'amant fortuné. Sinon, si les deux venaient à se retrouver dans le besoin, leur fidélité serait mise à rude épreuve, au-delà du supportable. La pauvreté est un sujet de honte pour toute honnête personne. Elle obsède, et les nuits de tourment ont tôt fait de chasser l'amour.

La requérante répondit :

— Je remercie ma Dame pour sa sagesse. Et si les deux hommes étaient égaux sur tous les points, y compris dans la présentation de leurs hommages et dans leurs espoirs de devenir l'amant de la dame ? Lequel devrait être choisi ?

Ermengarda n'hésita pas.

— Alors, le premier à faire sa demande remporterait la dame. Et s'ils venaient à agir au même moment, elle serait libre de prendre celui des deux que son cœur désire le plus.

Ensuite, ce fut le tour d'une jeune fille, qui demanda :

— Supposons qu'une dame quitte son amant, car elle s'est mariée, et qu'il estime qu'elle se comporte de façon déshonorante envers lui.

Aliénor répondit.

— Le mariage n'interrompt et n'interfère en aucune façon avec le droit d'aimer et d'être aimé. L'amant a donc raison. À moins que sa dame n'abandonne l'amour lui-même, elle n'a aucun droit de le quitter.

— Mais alors, continua la même jeune fille, l'amour est-il plus fort entre des amants ou des époux ?

Des chuchotements s'élevèrent derrière Aliénor, auxquels elle répondit avant de s'asseoir gracieusement pour permettre à Bèatriz, silencieuse, mais sûre d'elle du haut de ses douze ans et de son statut de jeune fille, de montrer ce qu'elle avait appris.

— L'affection entre des époux et l'amour véritable sont deux choses entièrement différentes et opposées par nature. Le mot « amour » ne devrait donc pas être employé pour les deux relations, car il prête à confusion. Aucune comparaison n'est possible entre une situation où chacun a un devoir physique à remplir envers l'autre et une situation à laquelle préside le libre don du plaisir et où chacun cherche à se montrer digne de l'autre. En revanche, on ne devrait pas chercher l'amour de quelqu'un que l'on aurait honte d'épouser. Cela serait déshonorant.

Bèatriz se rassit avec un soupir de soulagement presque audible, aussitôt récompensée par une main rassurante sur son épaule. Elle y posa la sienne avec douceur, simple reconnaissance polie envers les services d'un gentilhomme – le genre de contact autorisé, le genre de contact qui marquait l'éveil de la femme, traçant son chemin vers la lumière, parfois en une heure, parfois plus lentement, à la faveur des années.

Ce fut le tour d'une autre dame, plus âgée.

— L'amant d'une dame est parti depuis longtemps, pour une expédition *Oltra mar*. Elle a abandonné tout espoir de le revoir un jour, tout comme ceux qui l'entourent, et elle recherche un nouvel amant. Mais un ami de son premier amant réagit violemment à ce qu'il considère comme une trahison. Elle se dispute avec lui, soulignant qu'à la mort d'un homme, sa Dame est autorisée à aimer de nouveau après deux années. Pourquoi donc ne pourrait-il pas en être ainsi dans son cas, après qu'elle eut passé plus d'années encore sans nouvelles ? Lequel d'entre eux a raison ?

Une fois de plus, Aliénor répondit :

— Une dame n'a pas le droit de rompre avec son amant s'il ne lui a pas été infidèle. Cela est d'autant plus important lorsque l'amant est absent par nécessité ou pour une raison qui lui fait honneur. Rien ne devrait rendre la dame plus heureuse que de recevoir des nouvelles de pays lointains sur les prouesses de son amant au combat. Qu'il n'ait envoyé aucun message est futile au regard de la noble mission qu'il accomplit, et cela démontre également sa discrétion, car il n'est pas enclin à faire connaître leur amour à un tiers. Le véritable amour est secret et privé, par sa nature même, et il ne doit jamais en être mentionné auprès d'autrui.

Estela s'amusait des chuchotements et des œillades échangés dans la grande salle pendant que des liaisons notoires étaient évoquées par de brèves allusions et des regards en coulisse. Puis elle rougit en se demandant si certains de ces sous-entendus et de ces coups d'œil en coin la visaient.

Un homme arriva ensuite, la patte folle – infirmité réelle ou affectée, Estela n'aurait su le dire.

— Un amant a perdu un œil ou une jambe dans un combat courageux. Sa dame a-t-elle raison de le repousser parce qu'elle le trouve désormais enlaidi ?

— Une telle dame n'a aucun honneur si elle rejette ce qui, pourtant, témoigne de bravoure, répondit Ermengarda. En réalité, les dames dignes de ce nom trouveraient un tel homme plus désirable encore !

Parmi le brouhaha qui suivait chaque intervention, alors que la souveraine se rasseyait, Estela vit Peire se pencher par-dessus l'épaule d'Aliénor. Elle lut sur ses lèvres plus qu'elle ne l'entendit avant qu'il ne se penche pour embrasser la main d'Ermengarda.

— Je n'aurais jamais pensé que je regretterais de posséder mes deux jambes et mes deux yeux, ma Dame.

Les mots suivants furent dissimulés par le baiser, mais Aliénor rit tout haut et Ermengarda eut soudain l'air aussi juvénile que Bèatriz, son visage tourné comme une fleur vers celui de l'homme, débordant de malice. Croisant son regard, Guiraut troqua discrètement sa place avec Peire. Il faisait la cour à Aliénor, qui semblait apprécier tout autant la comédie qui se jouait sur l'estrade que les questions dans la salle.

— Quels présents conviennent à des amants ? fut demandé ensuite.

Une fois de plus, Bèatriz prit son courage à deux mains et récita :

— Un mouchoir, des rubans pour les cheveux, un diadème en or ou en argent, un plateau, un miroir, une ceinture, une bourse, des lacets, un peigne, des manches brodées, des gants, un anneau, du parfum, des nœuds, voilà autant d'exemples de présents appropriés.

— Et si le présent est précieux, disons un destrier ou une armure, qu'il provienne d'un seigneur, et qu'un chevalier n'en ait nul besoin, comment pourra-t-il le refuser sans l'offenser ?

Cela dépassait Bèatriz et elle laissa à Aliénor le soin de la remplacer.

— Dans un tel cas, le chevalier ou la dame peuvent remercier le seigneur en lui demandant de conserver son présent jusqu'au moment où elle ou il en aurait l'usage.

Une autre dame s'avança.

— Supposons qu'un chevalier dont l'honneur ne puisse être remis en cause, vaillant à la guerre, chevaleresque à la cour, sans pareil dans les arts musicaux, chante le soir des duos qui manquent d'harmonie. Supposons encore que son amante soit une fille sans éclat trouvée dans un fossé. Certainement est-il du devoir de n'importe quel ami honorable de renvoyer cette fille à son fossé et de préserver le chevalier de cette fausse note. L'amante pense bien sûr pouvoir devenir une dame en montant sur le destrier d'un homme et en le chevauchant jusqu'à sa mort.

Estela devint livide, puis s'empourpra de colère, retenue au bras par la poigne de Sancha et un murmure à son oreille :

— Ne la laissez pas gagner. Cette femme, ce n'est personne. Il y a quelqu'un derrière cela.

Estela dégagea son bras, mais elle avait déjà recouvré son sang-froid. Elle réfléchissait rapidement, une main sur l'acier rassurant qui reposait sous ses jupes. Sancha avait raison, cette femme ne différait en rien de tous ceux qui l'avaient précédée, humble et bien vêtue, avec une question préparée par quelqu'un dont la cible était différente et bien particulière. Des allusions plaisantes, passe encore, mais il s'agissait là d'une attaque froide et directe. Estela se leva en même temps qu'Ermengarda. Les deux femmes, unies par l'absence d'un homme cher à leur cœur, se regardèrent fixement par-dessus la tête de la prétendue solliciteuse. Le silence dans la salle avait changé, à présent imprégné de sang.

Aussi fraîche que la rosée de printemps, Ermengarda prit la parole :

— Nous autres, reines, avons prononcé de nombreux jugements, et nous en avons davantage à rendre, mais vous parlez là de musique. Je possède trois des meilleurs troubadours qui nous ont fait grâce de leur présence aujourd'hui.

Elle désigna les trois jeunes gens derrière elle. Leurs visages avaient perdu toute gaîté.

— Mais ils me pardonneront si je demande le point de vue de quelqu'un d'autre, car en tant que musicien, je ne connais personne de mieux qualifié pour vous répondre, en l'absence de Messires Dragonetz et Marcabru.

Lorsque le nom de Dragonetz fut prononcé, la raison du murmure qui parcourut l'assistance fut claire et limpide pour Estela. Elle savait parfaitement ce qui se disait. Elle fit appel au souvenir de sa mère pour garder le dos rigide comme l'acier et résister à l'envie de saisir l'arme du même métal sous ses jupons. Était-ce un hommage ou une exécution ? se demanda-t-elle brièvement avec une révérence. Elle sentit trois cents yeux la percer comme une pelote à épingles. Ermengarda attendait-elle qu'elle apaise elle-même les esprits ou comptait-elle parmi les « amis d'honneur » qui souhaitaient voir chasser la fille du fossé ?

— Messires, mes Dames, ma noble Dame, commença Estela.

Elle espérait modérer le vitriol de son intonation.

— Je pense que la solliciteuse confond ici deux problèmes en un seul. Pour répondre à une question à la fois : il semble y avoir une plainte concernant la dissonance dans la musique du soir, et cependant, on nous dit que le chevalier est un musicien accompli, comment cela est-il donc possible ? La seule réponse est que les connaissances de la plaignante sont insuffisantes et qu'elle… Puis-je supposer que vous représentez une femme ?

La silhouette tressaillit sans le vouloir et Estela sourit discrètement. Elle avait sa réponse.

— … et qu'elle, donc, a interprété comme une erreur des quartes pourtant parfaites. N'est-ce pas le cas ?

— Je l'ignore, marmonna la femme.

Ermengarda esquissa un sourire, mais ce fut suffisant pour encourager Estela. Elle avait raison, il ne s'agissait que d'une simple messagère, recrachant là une fange bien indigeste. Elle ne comprenait rien à la musique ni au message, bien qu'elle sache pertinemment qui en était la destinataire. Quel que soit son prix, ce n'était pas assez.

— Et nous avons déjà répondu à la deuxième question ici aujourd'hui. Je vais donc brièvement citer ma Dame Ermengarda. Si la dame que vous décrivez comme une fille sans intérêt tirée du fossé est uniquement pauvre, mais qu'elle est de bonne naissance et bien éduquée, de toutes les façons convenables pour un mari, *il est louable de la part d'un chevalier aisé de rechercher une amante pauvre, mais noble. L'un des plus grands plaisirs de l'amour est de subvenir aux besoins de son amante.*

Sur ce, elle inclina la tête en direction d'Ermengarda en signe de reconnaissance pour son jugement précédent.

Maussade devant la défaite, la femme tenta un nouveau défi.

— Mais est-elle de bonne naissance, bien éduquée et digne d'être mariée ?

Estela sourit alors sans retenue à Ermengarda, qui lança d'une voix claire, afin que toute la salle puisse l'entendre :

— Oui, elle est tout cela à la fois, et bien plus encore.

La vicomtesse adressa ensuite un sourire moins charitable à la femme agenouillée devant elle.

— *Tort-n'avetz,* vous avez tort, dit-elle, articulant chaque mot comme s'il s'agissait d'une condamnation à mort.

Puis, contre toute attente, elle se tourna vers Peire derrière elle.

— Que pensez-vous de la question sur la musique ?

Pétillant de malice, il s'avança pour se tenir auprès de la souveraine. Il porta une main à son menton, mimant une réflexion intense, se tenant la tête comme s'il était en proie à un épineux dilemme, avant de pointer du doigt la solliciteuse. Soulignant chaque mot, contrefaisant à la perfection le timbre grave d'Ermengarda, il répéta :

— Vous avez tort !

Le silence retomba dans la grande salle, nul n'osant réagir. Enfin, un son que peu de gens pouvaient se targuer d'avoir entendu retentit. C'était Ermengarda qui riait tout haut.

— Rentrez chez vous, vieille chouette, dit Peire, goguenard, à la femme agenouillée.

Des rires embarrassés, mais soulagés s'élevèrent dans l'assemblée.

— Soyez reconnaissante que je ne vous arrache pas chacune de vos plumes pour en faire une chanson.

Alors que la femme détalait vers la sortie, Estela remarqua distraitement que Sancha aussi avait disparu. Mais son attention se reporta aussitôt sur le débat public qui s'amorçait. Les trois troubadours mesuraient leur esprit à celui des trois reines pour le divertissement de tous. Alors qu'ils établissaient les lois de l'amour, chacun surpassait l'autre, sous les cris d'acclamation de leur public.

— On peut être aimé par deux personnes, prononça Aliénor.

Guimaut objecta :

— Mais on ne peut avoir une liaison avec deux personnes en même temps.

Si Estela n'était pas sûre de souhaiter que Dragonetz soit là avec elle, elle était assurément heureuse qu'Arnaut soit absent ! Il était de garde et elle n'avait pas à contrôler les réactions de son visage devant les jugements débités par la cour. Elle aussi riait aux éclats. Et si les rires semblaient faiblir, Peire n'avait qu'à dire : « Tort-n'avetz » en agitant le doigt vers Ermengarda pour que toute la salle s'esclaffe de plus belle. Tout le monde savait que la dame affectionnait cette phrase et personne ne l'avait jamais entendue retournée contre elle à de telles fins. D'ailleurs, elle était la première à s'en amuser.

Le souvenir qui avait tracassé Estela remonta enfin à la surface.

La morosité du cœur, la nuit, une maison à plafond bas dans le quartier juif, et Aliénor hilare comme un bambin dans une flaque de boue. La gitane et ses cartes. Qu'avait-elle dit à Ermengarda ? Des paroles troublantes à propos d'un enfant. Puis autre chose, au sujet d'un amant. Estela avait pensé que cela faisait référence à Dragonetz.

Le cœur lourd, elle avait secrètement maudit la gitane. Qu'avait répondu cette femme ? Ce furent les mots *Tort-n'avetz* qui avaient fait resurgir le souvenir. Oui, c'était bien cela.

— Mais soyez heureuse, vous connaîtrez l'amour d'un homme qui chante et joue pour vous, ma Dame *Tort-n'avetz,* ma Dame « Vous-avez-tort ».

Ce n'était pas Dragonetz, après tout, mais Peire Rogier, qui partirait bientôt, songea Estela avec étonnement. Impossible, n'est-ce pas ? Elle essaya alors de se rappeler ce qui avait été dit autour de ces mêmes cartes. Que lui avait-on prédit, à elle ? Elle se souvint de la broche de l'éclaireur qui avait intercepté la magie de la femme – ou tout du moins était-ce ce qu'elle avait prétendu.

À ce moment, la salle s'agita et un homme se fraya un passage, courant sur le chemin de roses, des gardes sur ses talons. Tout le monde pensa que cela faisait partie du spectacle et la bonne humeur en fut à peine amoindrie. Il ne semblait pourtant pas très joyeux. Deux gardes l'attrapèrent violemment. Ils étaient sur le point de le chasser lorsqu'Ermengarda leur fit signe de patienter et de se retirer. À la différence de tous les autres postulants du jour, l'homme était vêtu comme un paysan, une tunique de toile rugueuse par-dessus des chausses de laine probablement tissées et tout aussi mal raccommodées par son épouse. Ses habits étaient troués et sales, son visage barbu souillé par le voyage. Ce qui attirait le regard en premier, c'était un moignon récemment cautérisé là où s'était trouvée sa main droite, la marque d'un voleur.

— Présentez-nous votre requête et nous verrons si nous pouvons accorder le pardon en ce jour faste, ordonna Ermengarda.

Son plaisir la rendait généreuse. Estela comprit qui il était lorsque le paysan ouvrit la bouche.

— Gilles, haleta-t-elle.

D'une démarche de plomb, elle s'avança vers lui, bousculant qui se trouvait sur son chemin, tandis que ses paroles effaçaient tous les rires de la journée.

— Je recherche Roxane de Montbrun, commença-t-il d'une voix grave dont le léger accent campagnard de sa région avait égayé son enfance. On m'a dit de venir ici, qu'elle se faisait appeler Estela…

— … de Matin, conclut l'intéressée.

Elle lança à Ermengarda un regard contrit avant de l'aider à se relever. Ce jour-là, elle avait gagné le droit d'agir ainsi sans en demander la permission. De près, le moignon sentait la cendre et la viande rôtie. Elle eut envie de vomir. La dernière fois qu'elle l'avait vu, son bras droit était un véritable tronc d'arbre.

— Gilles est l'un de mes hommes, déclara-t-elle, optant pour la voie la plus proche de la vérité. Il m'a sauvé la vie. Que s'est-il passé ? lui demanda-t-elle alors.

Une dame n'a aucun honneur si elle rejette ce qui, pourtant, témoigne de bravoure.

— Après ton départ, j'ai fait profil bas, j'ai travaillé dur, mais la dame, l'épouse de ton père, ne faisait qu'attendre le bon moment. Elle m'a accusé de vol et…

Il leva ce qu'il restait de son avant-bras droit. Il n'y avait besoin d'aucune autre explication. Ermengarda écoutait sans mot dire.

— J'ai été chassé.

Tout le monde savait que c'était une condamnation à mort pour un homme infirme portant le sceau d'un voleur.

— On m'a dit où te trouver et on m'a demandé de te faire parvenir deux messages. Voici le premier.

Il leva de nouveau le bras.

— Elle dit que tu devrais déjà avoir reçu l'autre message.

Ses yeux étaient emplis de fierté, comme si elle avait encore douze ans et qu'il assistait à son entraînement à l'arc.

— Je ne t'avais pas reconnue avec tes cheveux relevés et tes beaux atours. Cela me réconforte de voir que la fortune te sourit. Je voulais seulement te voir une fois, maintenant je vais m'en aller.

— Non.

Estela regarda Ermengarda, sa suzeraine, sans trop savoir que lui demander. Ce fut Peire qui prit la parole.

— Par une telle journée, *quelqu'un* doit recevoir le pardon, ma Dame.

Moi, songea Estela, que Dieu me pardonne pour le prix que cet homme a payé par ma faute. Déjà, elle entrevoyait quel avait été l'autre message, celui qu'elle était censée avoir déjà reçu. Nul besoin de chercher à se remémorer la prédiction de la gitane à son sujet. La vue du bras de Gilles avait suffi à lui rappeler les mots qu'elle aurait aimé pouvoir oublier à jamais.

Vous en entraînez d'autres dans votre sillage, nobles et roturiers. L'un d'eux ne survivra pas à votre rencontre. Oui, elle avait une bonne idée de ce qu'avait été l'autre message. *Rentrez vite, Dragonetz, et restez en sûreté,* pria-t-elle.

Ermengarda déclara :

— Votre homme peut prendre sa place parmi les serviteurs de la salle basse. Les gardes l'accompagneront.

— Ma Dame.

Estela reconnut l'intonation et ne dit rien de plus.

— Gilles, reprit-elle. Je suis heureuse que vous soyez là. J'ai besoin d'un homme de confiance, nous parlerons demain.

— À quoi sert un serviteur sans main droite ? lança un plaisantin.

Gilles se releva, grand et patient.

— C'est tout aussi bien qu'il soit gaucher, ce serviteur inutile, déclara-t-il à la cantonade. Ma Dame.

Après une révérence adressée à toute l'assemblée, il repartit en boitant entre les gardes du Palais. Était-ce de la pitié qu'Estela vit dans les yeux d'Ermengarda au moment de prendre congé, se retirant à son tour ?

Quelqu'un ne survivra pas à votre rencontre.

Un message qu'elle avait déjà reçu et qu'elle n'avait pas compris. Maintenant, pourtant, elle savait.

CHAPITRE VINGT

Estela déplia l'étoffe, en sortit une miche et deux petits fromages de chèvre ronds. Elle dégaina sa dague, trancha la miche en deux et donna un morceau à Gilles du bout de sa lame, avant de poser un fromage sur une large feuille à côté de lui. Assis à l'ombre d'un chêne sculpté par le vent, le dos contre le tronc, il mangea le repas qui lui était offert. Estela déploya avec insouciance sa jupe délicate sur le sol craquelé et en fit de même.

— Non ! dit-elle au grand chien blanc attiré par la gourmandise.

Nici s'était attaché à Gilles avec une reconnaissance frénétique, obtenant l'autorisation de les accompagner en dehors de la ville, dans la sérénité des champs. On n'entendait que le bruit des cigales qui accordaient leurs instruments. L'azur du ciel brillait à travers les branches qui les abritaient. Tout en mâchant, Estela marmonna :

— Cela faisait combien de temps que nous ne l'avions pas fait ?

Gilles prit le temps de réfléchir.

— Probablement depuis le jour du mariage de ton père.

Un creux derrière un mur. La promesse de beaux atours et de bonnes manières, de coiffures élaborées et de cœur éploré. La femme qui allait être sa nouvelle mère. Et Gilles, toujours là pour qu'elle puisse se réfugier auprès de lui, jusqu'à ce qu'il soit à son tour expulsé de la cage qu'était devenue sa vie. « *Tu es trop grande pour ça. Une dame doit… bla bla bla.* »

— Et si nous l'avions tuée à ce moment-là ? dit-elle.

— Costansa ?

Gilles y réfléchit.

— Elle était belle.

Estela fit la grimace.

— Qu'est-ce que tu en sais, c'était peut-être la meilleure chose qui te serait arrivée depuis la mort de ta mère. Tibau avait besoin de quelqu'un.

Tibau, son père. Un ours brun hirsute dont les rares étreintes coupaient la respiration de son petit merle, dont les mains étaient aussi dures que les planches d'un lit, et qui ne revit personne d'autre que Costansa à partir de ce jour.

— Ton père a choisi le mauvais couteau, Roxie.

— Scintillant, mais mal forgé, reconnut Estela.

Elle le vit poser son croûton de pain pour s'emparer de la flasque, de son unique main, et boire à longs traits. Il dut la reposer pour s'essuyer la bouche. Cet homme avait appris à son frère tout ce qu'il savait sur le tir à l'arc, la lutte à mains nues et le maniement de l'épée, sur l'attitude d'un chevalier. Et pas seulement à son frère. Grâce à Gilles, elle possédait une dague, mais surtout, elle savait s'en servir. Tout comme lui. Il y eut un bruissement lorsqu'il sortit sa propre lame et la planta dans le tronc d'arbre.

— Pendu pour meurtre plutôt que ça ? fit-il en levant son bras tronqué. Non. Mais elle rendra bien l'âme un jour et cela ne me gênerait pas de l'y aider.

Il récupéra son couteau et l'enfonça de nouveau avec rage.

— Plus tu seras loin d'elle, mieux ça vaudra.

— Comment va Miquel ?

Estela saisit la flasque et, à son tour, prit une gorgée de vin dilué à l'eau.

— Tu connais ton frère.

Le visage de Gilles, creusé de rides profondes, était sombre.

— Il n'a jamais été capable de choisir. Si un beau couteau se brisait, il se contentait de choisir le plus beau qui suivait, et ainsi de suite, jusqu'à en trouver un qui ne se casse pas. Ce qu'il a fait, bien sûr. Il n'a donc jamais compris que l'on pouvait tester le beau couteau et prévenir ainsi les erreurs.

— Vous ne l'avez pas prévenu ? demanda-t-elle sur un ton de défi.

— Ni des couteaux ni de Costansa. Il n'y aurait pas cru, et s'il était venu à m'en vouloir, c'en aurait été fini de moi.

— J'allais vous demander pourquoi vous n'étiez pas parti. Après mon départ.

— Comme un serf en fuite ? Ce n'est pas une vie. Certes, j'ai pensé pouvoir protéger Miquel, mais Costansa l'avait trop attiré dans ses filets.

— Suffisamment pour que ce soit mon père qui ait besoin de protection ?

Chante pour moi, petit merle. Le sourire encourageant de sa mère. Temps heureux, époque révolue.

— Peut-être.

Ils se partageaient la flasque.

— Il a sa place dans le lit de ton père. Pardonne ma grossièreté.

— Entre nous, il n'y a pas de grossièreté. Seulement de l'honnêteté. Que s'est-il passé, Gilles, après mon départ ?

— Les choses se sont déroulées comme prévu. Mada m'a dit qu'elle avait entendu la maîtresse payer quelqu'un pour manigancer ton « accident » et je te l'ai répété, puis nous avons fait l'échange. J'ai pris un peu de cette eau de lavande que tu utilisais, je l'ai étalée sur les habits que tu m'avais donnés et je les ai frottés contre le sol çà et là, laissant une piste pour les chiens. J'ai traîné une chaussure au début pour faire bonne mesure, puis j'ai marché à pas lourds, comme si j'étais un rôdeur portant ton corps par-dessus son épaule.

Elle tendit la main et caressa l'oreille douce du chien qui se prélassait à côté d'elle.

— Ensuite, j'ai enterré les vêtements, avec quelques restes de chez le boucher à l'intérieur.

Estela grimaça.

— Et j'ai assez raclé et retourné la terre fraîche pour suggérer qu'une douzaine de sangliers ou pire était passée par là, pour ceux qui auraient recherché un corps enseveli. J'ai ensuite piétiné un peu en m'éloignant de la scène, retiré mes chaussures, marché un instant pieds nus, et j'ai couru à la maison. Ton père n'était pas capable de suivre l'armée de Toulouse, encore moins une gamine. Le lendemain matin, comme on s'y attendait, il y a eu du raffut et je me suis agité à ta recherche avec tout le monde. Sans compter qu'il était facile pour moi de faire comme si je m'inquiétais pour toi, car j'étais véritablement inquiet. D'après son visage, Costansa semblait partagée entre la crainte que quelque chose ait mal tourné et qu'on l'accuse d'avoir planifié ton meurtre, et l'espoir que son homme soit passé à l'action conformément au plan. Elle lui avait dit qu'elle ne voulait pas de détails pour être plus convaincante lorsque cela se produirait. Elle nous a même accompagnés, suivant la piste avec les chiens. Bien sûr, cela m'a pris un peu de temps, mais avec l'aide des chiens, j'ai réussi à trouver le chemin que la pauvre petite Roxie avait dû emprunter.

— Pour la première partie, c'est la route que j'ai prise !

— C'était là l'un des points les plus dangereux, s'assurer que les chiens suivent la mauvaise piste avec moi. Mais avec quelques restes de porc séché et beaucoup d'enthousiasme, ils étaient étonnamment certains de la bonne route. J'ai donc raconté l'histoire en étudiant la piste, et nous l'avons suivie jusqu'à trouver le tas de terre retournée. Les chiens ont commencé à gratter et j'ai laissé aux autres le soin de crier : « Il y a quelque chose par ici ! » Le reste est évident. Je me suis senti un peu mal pour ton père, alors. Je me suis demandé ce qu'il a ressenti en pensant que le corps sans vie de son enfant allait être découvert.

Il secoua la tête.

— Vous n'avez pas à me le dire, dit Estela d'une voix qui trahissait son émotion. Lorsqu'il m'a fouettée avec sa ceinture, il a mis fin à tout sentiment. Il voit une Roxie sortie de l'imagination de sa femme, et moi, je ne vois rien. Le jouet de Costansa.

— Costansa s'est lamentée, elle a crié et s'est presque évanouie à la vue des restes sanguinolents, mais je pense qu'elle était déçue qu'il n'y en ait pas plus. Elle avait encore un petit doute. Ton père et Miquel se sont affairés autour de Costansa et tout le monde a conclu à ta mort : ta dépouille déterrée avait été dépecée par des animaux sauvages, et nous ne trouverions pas davantage de preuves. Les gens remarquèrent à peine Miquel qui ne cessait de répéter que sa dague avait été volée. Quand on lui a enfin prêté attention, il a semblé évident que c'était l'œuvre du criminel qui avait emporté Roxie. Jusque-là, tout allait bien. D'après Mada, Costansa avait une certaine emprise sur le meurtrier. En guise de paiement, elle le laisserait en paix. Elle ne voulut pas le revoir après cela. Ainsi, tout allait bien. Elle pensa qu'il avait tenu parole. Après tout, il pouvait difficilement venir se plaindre que ce n'était pas lui qui vous avait tuée, n'est-ce pas ? Tout continua selon la routine de cruauté dont nous avions l'habitude, jusqu'à ce que les choses changent, il y a trois semaines environ. Ton père était redevenu plus sombre, et je voyais Costansa me regarder tout le temps, comme si elle avait découvert quelque chose. Comme s'ils avaient appris que tu étais en vie.

La culpabilité la submergea de nouveau, bien qu'elle sache pertinemment que c'était sa faute.

— Je sais ce qu'il s'est passé. J'ai donné mon vrai nom pour me marier. La nouvelle a dû leur parvenir.

Ainsi, après en avoir eu vent, Costansa avait envoyé quelqu'un à Narbonne, quelqu'un qui avait parlé à un jeune homme dans une taverne, l'avait abruti d'alcool et avait découvert le nom de la fille qui lui avait offert un tel bijou. Quelqu'un qui avait cru qu'elle tenait vraiment à ce jeune homme et qui lui avait fait parvenir un message par son entremise malheureuse. Un cadavre mutilé, les bijoux de famille entre ses mains mortes. Quelqu'un qui obéissait à Costansa, mais qui était néanmoins capable de prendre ce genre d'initiative. Son estomac se retourna lorsqu'elle comprit, d'après les dires de Gilles, l'identité du coupable le plus probable.

— Mariée, constata-t-il platement.

Comme si l'annonce de son mariage était aussi ordinaire que la tradition du poisson le vendredi. Tout compte fait, c'était probablement le cas.

— Je vous raconterai plus tard. Vous d'abord.

— Tu connais la suite. Le tour habituel de Costansa : dissimuler quelque chose, accuser de vol. Et ce résultat de la part de ton père.

Gilles montra à nouveau son moignon et Estela toucha instinctivement la cicatrice sur sa propre épaule. Marqués comme des voleurs, tous les deux, par la même injustice.

— Et j'ai été congédié, avec un message pour toi.

— Ils espéraient que vous me feriez peur, que je m'échapperais et que vous péririez dans un fossé.

Comme il aurait pu advenir d'elle, aussi infirme que Gilles, si elle n'avait pas interprété une aubade pour Dragonetz.

— Mais je ne suis pas la Roxie de l'imagination de Costansa.

— Tu es la fille de ta mère, lui dit Gilles.

Ces mots lui nouèrent la gorge.

— Mais c'est ton tour maintenant. Comment mon petit garçon manqué est-il devenu une grande dame et une artiste, autorisée à se promener à la campagne avec des vauriens quand elle en a envie ? Mariée...

Il secoua la tête, avec incrédulité cette fois.

— Et, pour l'amour de Dieu, que fait ce chien ici ?!

Elle se lança alors dans son récit de tous les événements. Ou presque. Comme la Cour d'amour l'avait décrété : *Personne ne devait être au courant de l'amour d'un autre sans qu'il y ait une raison des plus urgentes.*

Sancha l'attendait au Palais. Dès l'instant où Estela lui confirma que Gilles était digne de confiance, elle partagea sa découverte avec eux deux. Estela avait presque oublié la demande venimeuse qui l'avait ciblée à la Cour d'amour jusqu'à ce que Sancha lui annonce, avec une profonde fierté :

— J'ai suivi cette femme jusqu'à l'un des petits magasins dans les ruelles du quartier des tanneurs. Le mari est un cordonnier et la femme une couturière, prête à varier son commerce, j'imagine, en y incluant de petites missions entre dames et chevaliers. C'est une assez bonne couturière pour donner une image d'honnête femme et son travail lui donne accès à toutes les classes sociales. Elle a réagi de façon très positive quand je lui ai suggéré que cela aiderait son commerce de me confier tous les détails de sa dernière commission.

— Aiderait son commerce, c'est-à-dire qu'il continuerait d'exister.

Estela commençait à s'habituer au sens des mesures de Sancha.

— En effet, confirma la femme plus âgée. Une bourse et une menace, et cette femme s'achète et se vend au premier venu. Elle ne connaît pas la teneur des messages qu'elle délivre et ne s'en soucie pas, mais nous sommes arrivées à un très bon accord. Toi et moi sommes attendues demain après-midi chez notre amie la couturière, où nous pourrons nous enquérir directement auprès de sa cliente des raisons pour lesquelles elle a essayé de vous blesser. Nous allons certainement découvrir qu'il s'agit aussi de la personne qui est à l'origine des débris de verre. Qui sait ? Peut-être aurons-nous trouvé notre espionne également, l'informatrice qui se cache derrière les tentatives d'assassinat.

— Avez-vous un nom ?

Estela retint son souffle.

— Oh, oui, fit Sancha, la mine sinistre. J'ai un nom.

Agenouillé seul dans la chapelle, la tête sur ses mains, Dragonetz cherchait conseil auprès de la silhouette à l'autel. Il avait perdu quatre jours précieux à manger, boire et discuter de la politique des templiers, et cela ne l'avait en rien aidé dans ses recherches. Pierre Radels avait essayé une nouvelle fois de le recruter et les deux commandeurs adjoints avaient tenté de le faire parler de la prochaine croisade, mais il n'avait vu aucune dérobade de leur part, aucun signe de mauvaise conscience. Les chefs évitaient de faire référence au moulin de Dragonetz. À l'évidence, ils savaient qu'il s'agissait d'un moulin à papier, ce qu'ils désapprouvaient, et ils étaient trop polis pour le dire. Pas vraiment l'attitude qu'auraient eue des hommes impliqués dans un complot pour le tuer ! Ils étaient bien plus préoccupés par la situation précaire du Pape, sa relation avec Clairvaux, et la façon dont cela affecterait la stabilité de leurs accords financiers. Aussi intéressant que ce soit, cela n'aidait pas du tout Dragonetz.

Il était malheureusement conscient d'abandonner Aliénor et Estela au meurtrier même dont il espérait retrouver la trace, mais il ne parvenait pas, malgré tous ses efforts, à comprendre pourquoi Estela avait été visée. Aliénor et lui comptaient de nombreux ennemis politiques, mais le verre brisé dans la salle de bains n'avait aucun sens. C'était un acte vicieux qui ne visait pas à tuer. Sans relâche, il analysait les faits, revenant sur la première atteinte à sa vie. Un message à Arnaut avec son mot de passe de commandant, lui indiquant d'ignorer l'arbalétrier sur la route entre Douzens et l'Abbaye de Fontfroid. L'assassin, seul avec son arbalète, qui essayait de tuer Dragonetz lui-même, supposément, ou peut-être Estela, ou, moins vraisemblablement, al-Hisba, et qui possédait un laissez-passer d'Aliénor. Quelqu'un de leur entourage susceptible d'entendre son mot de passe et d'obtenir un gage de survie de la part de la souveraine. Quelqu'un d'anodin. Quelqu'un que l'on avait tant tenu pour acquis qu'il – ou elle – était invisible. Il en revenait toujours à l'une des dames, mais pour l'instant, Sancha et Estela n'avaient rien trouvé. Qui que ce soit, c'était forcément une marionnette, et celui qui tirait les ficelles, c'était Toulouse. Quel était donc le lien entre Toulouse et l'une des dames ? Dragonetz était proche de Carcassonne, sur des terres fidèles à Toulouse. Peut-être qu'une visite en personne à Raimon dans la ville fortifiée apporterait de nouvelles informations. Il avait le sentiment qu'il toucherait du doigt le fin mot de l'énigme si seulement il arrivait à poser les bonnes questions.

— Puis-je vous aider, mon enfant ? l'interrompit un moine avec douceur.

Ses cheveux étaient aussi blancs que son habit. Dragonetz sourit tristement en se relevant.

— J'ai bien peur que personne ne le puisse.

Un pli sérieux vint rider le visage rond et luisant de l'homme d'Église, qui s'assit sur le banc dur en faisant signe à Dragonetz de le rejoindre.

— Je ne suis rien moi-même, mais parfois, je suis le réceptacle d'une puissance plus grande. Cela ne fait pas de mal d'essayer.

— C'est plutôt de l'aide des mortels que j'ai besoin, lui répondit aimablement Dragonetz.

Il y avait quelque chose dans le calme de cet homme, dans ses mains jointes, dans son expression ouverte, qui interdisait toute moquerie. C'était peut-être de la simplicité, pourtant il n'était pas un simple d'esprit.

— Bien sûr. Frère Hugues, se présenta-t-il. Quant à vous, nul besoin de vous présenter. Toute la Commanderie s'agite dans l'espoir que vous preniez l'habit et rejoigniez l'ordre, afin de préparer les prochaines croisades. Vous êtes le légendaire Dragonetz los Pros.

— Je crois que la chanson a pris de l'ampleur à partir de rien, répondit Dragonetz en riant. Eh bien non, je ne suis pas ici pour devenir un templier.

— Mais vous avez bien des rêves ?

— Oui, j'ai des rêves.

Hugues hésita, le regard posé sur le Christ en croix plutôt que sur l'homme à côté de lui. Il était encore plus âgé que Dragonetz ne l'avait cru de prime abord, l'éclat de son visage fraîchement lavé induisant en erreur d'une décennie ou plus. Les rides autour de ses yeux et de sa bouche racontaient une autre histoire.

— J'étais un croisé. Cela vous choquera peut-être, mais je ne serais guère pressé de me battre de nouveau en Terre Sainte.

Étonné, Dragonetz observa son profil serein. Il n'avait pas à lui demander pourquoi. Tous ceux qui avaient participé à la deuxième croisade avaient un millier de raisons teintées de sang de ne pas vouloir la revivre.

— Mais c'est de l'hérésie, commenta-t-il.

— Peut-être.

Son intonation demeurait calme.

— Peut-être que l'hérésie d'aujourd'hui sera la raison de demain. Ce ne serait pas la première fois. Voyez-vous, Messire Dragonetz…

Il reporta son regard doux et impassible vers le visiteur.

— J'ai un rêve, moi aussi. J'ai vu Jérusalem. J'étais là quand nous l'avons revendiquée, et je n'ai pas pu trouver la Terre Sainte que je recherchais. J'ai combattu ces chiens de musulmans et de juifs, avec l'impression que nous nous battions tous pour le même os. Pire, car c'était plus fragile qu'un os. Nous détruisions ce pour quoi nous nous battions, au lieu de le reconquérir et de le purifier. Peut-être gagnerons-nous la prochaine fois, peut-être pas, mais j'aimerais construire notre Jérusalem ici, une terre digne de Notre Sauveur, un paradis dans le présent. Si notre Seigneur peut être ici avec nous, la Terre Sainte le peut aussi.

— Il y aura une autre croisade, dit Dragonetz, énonçant l'inéluctable

— Oui. Mais plaise à Dieu, je serai trop vieux pour tuer.

L'ambiguïté était palpable.

— Je vous ai raconté mon rêve, Messire Dragonetz. Quel est le vôtre ?

— Le papier, répondit-il succinctement, en toute honnêteté.

Comme s'il continuait un échange approfondi, Hugues commenta :

— Il y a des chansons qui viennent de Cymru, dans les terres galloises. Les avez-vous entendues ?

— Bleris, répondit Dragonetz en hochant la tête en signe d'assentiment. Je l'ai entendu à Poitiers. Un drôle d'accent, mais une voix sincère et douce. Et des histoires à briser le cœur. Aliénor l'a applaudi, et l'a renvoyé avec un gage dans ses voyages vers le nord et son retour au pays. Les histoires de roi passent mieux dans l'ouest et le nord.

— Arthur, confirma Hugues. Sa reine, et son chevalier Lancelot, un chevalier qui nourrissait des rêves.

Dragonetz ne dit rien.

— Un chevalier qui rêvait de trouver le Saint Graal, mais qui, en dépit de sa quête, n'obtint rien de plus qu'une vision. Parce que dans son cœur, plutôt que l'amour de Dieu, résidait l'amour d'une femme.

— Ma quête est plus matérielle, frère Hugues.

Dragonetz était encore affable, même s'il rechignait à cette conversation à sens unique.

— C'est ce que vous avez dit. Or il n'y a que deux certitudes en ce monde, et nous sommes seuls pour chacune d'elles sans notre foi. Entre la naissance et la mort, il n'est question que d'une quête, que nous en ayons conscience ou non.

Dragonetz garda le silence.

— Le Maure parlait de tout cela avec moi lorsqu'il venait soigner et cueillir des herbes pour ses médecines, reprit le prêtre.

Il fallut un instant à Dragonetz pour comprendre de qui il parlait.

— Je suppose qu'il est désormais de retour en al-Andalus ?

Confus, Dragonetz lui répondit :

— Comment pourrait-il rentrer ? C'est mon serf. Le commandeur l'a engagé pour moi.

Aussi posé et implacable que Dragonetz, Hugues le contredit :

— Non, mon garçon. Le commandeur l'a peut-être engagé pour vous, en toute bonne foi, mais c'est parce que le Maure l'a autorisé. C'était le troisième Maure à nous offrir ses talents, selon l'accord pour la renonciation à l'héritage d'Alfonso. Mais j'ai compris qu'il ne s'agissait pas d'un serf. Il a choisi de se placer ici et il nous a bien servis, mais il est toujours demeuré un homme libre, respecté parmi les siens, que les gens d'ici le sachent ou non.

— Mais vous le saviez.

Il hocha humblement la tête.

— Certaines informations me parviennent. C'est la nature de mon travail, mais je ne suis pas toujours libre de partager ce que je sais.

— Que faisait donc al-Hisba ici ?

Hugues eut un sourire empreint de tendresse.

— Est-ce ainsi que vous l'appelez ? Vous devriez demander la réponse à votre Maure lambda.

Il grimaça en se frottant les cuisses.

— La pierre et le bois ne m'épargnent pas, ces jours-ci.

Une semaine, Dragonetz avait dit qu'il prendrait. Ensuite, il retournerait à Narbonne et percerait l'énigme d'al-Hisba, qui comptait parmi ses mystères non résolus. Il lui restait donc deux jours. Suffisamment pour aller à Carcassonne.

— Frère Hugues, je me demandais si je devrais rendre visite au nouveau seigneur de Trencavel, profitant du fait que je me trouve à proximité. Mais je m'inquiète de l'accueil qui risque d'être réservé au commandant d'Aliénor. J'ai entendu dire que les choses avaient changé depuis la mort de Roger.

— Vous voulez dire que Carcassonne sous la gouverne de Raimon s'est pliée au suzerain le plus proche et que Toulouse a pris le dessus sur Barcelone.

— Exactement.

— Et que la maison de Toulouse ne porte pas Dragonetz los Pros dans son cœur.

— C'est ce qu'il paraît.

Dragonetz hésita, mais qu'avait-il à perdre ?

— Il semble que le comte de Toulouse soit prêt à aller jusqu'à vouloir ma mort, à moi, personnellement.

— Bien sûr, répondit-il contre toute attente.

— Bien sûr ?

— Je vous ai dit que je suis allé *Oltra mar*. Mon fils, n'y a-t-il rien que vous ayez accompli là-bas qui pèse sur votre conscience ? Qui pèse davantage sur votre conscience que d'avoir tué des Infidèles ?

Il sonda le regard de Dragonetz, cherchant à déceler ce qui se cachait dans ses tréfonds.

— Trop pour pouvoir le confesser, mon père, pas même si la semaine ne comptait que des dimanches. Comme vous, j'ai prêté allégeance. Et comme vous, j'ai fait ce qu'une plus haute autorité attendait de ma part.

— Aliénor, continua le prêtre.

Dragonetz resta de marbre, ses yeux ne reflétant rien d'autre que le visage bienveillant et perplexe qui le dévisageait d'un œil interrogateur.

Hugues baissa les bras en soupirant et en revint à la question que Dragonetz lui avait posée.

— Vous êtes en retard sur Trencavel. Lui et quelques autres vassaux sont allés prêter allégeance à Toulouse, il y a quelques semaines, et il s'y est passé quelque chose. Personne ne sait quoi, toujours est-il que Trencavel est revenu transformé. Il est prêt à tout pour rester à l'intérieur de ses nouvelles murailles et éviter tout contact avec Toulouse. Toutes les discussions au sujet du mariage de sa fille avec le jeune Raymond se sont arrêtées net. Il l'a ramenée avec lui, plutôt malade.

Les pensées de Dragonetz tournaient à plein régime. Voilà qui mettait Trencavel hors-jeu en tant que marionnettiste. Et même si cela rendait une visite à Carcassonne moins risquée, elle serait moins susceptible de produire des résultats. Pour gagner du temps et poursuivre sa réflexion, il demanda :

— La fille de Raimon ?

— Alis, répondit Hugues, surpris. Mais vous la connaissez. Elle a rejoint les dames d'Aliénor à Toulouse, où elle a passé quelques mois à la Cour. Et…

Il était patient, comme en présence d'un écolier insipide.

— Ce n'est pas officiel, mais elle était promise au jeune Raymond il y a quelques semaines encore.

— Alors, nul besoin que j'aille à Carcassonne !

Dragonetz aurait pu enfourcher le cheval le plus proche et partir au galop pour Narbonne afin d'y vérifier sa théorie.

Hugues prit sa réponse à la lettre.

— Sauf si vous souhaitez voir par vous-même les relations entre Carcassonne et Toulouse ?

— Non, je vous crois ! Cela m'a été extrêmement utile.

— Tout le plaisir est pour moi.

Le prêtre se leva, dégourdissant ses membres raides.

— Vous avez parlé de papier, énonça-t-il lentement.

— Oui.

— J'entends bien des choses dans mon office, en m'occupant des malades. Même les riches tombent malades. Même les serviteurs de Dieu tombent malades et parlent lorsqu'ils sont fiévreux. Abandonnez le papier, mon fils. Cette quête vous dépasse. Le papier est une tentation mahométane, l'œuvre du diable, venue corrompre la tradition chrétienne. Imaginez que les scribes ne soient pas nécessaires, que l'Église soit écartée et que chacun écrive comme il l'entend, quand il l'entend ! Cette route mène au chaos !

Des yeux bruns ardents fixaient Dragonetz.

— C'est ce que vous croyez ? répliqua-t-il.

Le regard ne flanchait pas.

— Ce que je crois a moins de valeur que les feuilles d'un épi de maïs. Je suis un petit homme qui discute herboristerie avec l'homme que vous appelez al-Hisba. Je relève de l'Église et j'ai prononcé mes vœux. Mon Église a un point de vue sur le développement récent du papier et les changements que cela entraînera, point de vue que j'épouse. Mais je vous avertis qu'il ne s'agit pas uniquement de commerce et de compétition. Il s'agit d'une haine profondément ancrée contre cette hérésie. Des hommes très puissants viendront à bout de vous, Messire Dragonetz. Des hommes très puissants protégeront cette terre contre l'hérésie du papier, et si vous vous trouvez sur leur chemin, ils ne réfléchiront pas à deux fois avant de protéger ce monde contre vous. Pensez à ce que j'ai dit. Trouvez une quête qui soit digne de vous.

— Vous ne verrez pas la construction de Jérusalem ici de votre vivant, observa Dragonetz. Abandonnerez-vous la pose des fondations ?

Hugues n'avait nul besoin de lui répondre.

— Je suis désolé. Vous portez un tel poids sur votre conscience.

— Vous avez essayé, lui assura Dragonetz. Et vous m'avez aidé bien plus que vous ne le croyez.

Dragonetz observa la silhouette anonyme voûtée s'éloigner en vacillant vers la sortie de la chapelle. Ce n'était pas un petit homme. Quant à l'homme que Dragonetz appelait al-Hisba… Hugues employait manifestement un autre nom pour lui. Si le Maure avait donné son nom à ce frère, ce n'était pas pour de banales conversations sur les plantes. Un autre mystère à rapporter à Narbonne. Passant à l'action, Dragonetz rassembla son escorte, organisa l'équipage et fit des adieux rapides avant de marteler la poussière sur le chemin du retour à Narbonne, maudissant la lenteur des vieux chevaux et regrettant la puissance de son Seda.

CHAPITRE VINGT-ET-UN

Estela ferma vigoureusement la porte derrière la jeune femme qui venait d'entrer dans un bruissement de soie, avant de s'y adosser.

— Alis, dit-elle.

Comment ne l'avait-elle pas deviné ?

Les couleurs quittèrent le visage de la jeune fille déjà pâle et Sancha hocha la tête avant de passer les mains autour de sa taille fine, vérifiant qu'elle ne portait pas d'arme. Estela avait conscience de sa propre dague, mais Alis ne dissimulait rien.

— Asseyez-vous, lui dit Sancha en indiquant un siège.

Alis s'assit.

— Vous pouvez partir, fit-elle à la couturière curieuse, mais docile, qui détala en dissimulant son visage aux regards malveillants lancés dans sa direction.

— Mes Dames, les accueillit Alis.

Elle était fine comme une tige et se tenait bien droite en dépit de son teint verdâtre.

La pensée instinctive qui vint à Estela fut de nature professionnelle : il fallait de la viande rouge pour faire revenir les couleurs et de l'ail pour chasser les démons. Sa compassion devait se percevoir, car elle reçut un regard cinglant de Sancha, qui se lança dans l'interrogatoire prévu.

— Ne perdons pas de temps. Nous savons que vous avez payé

cette femme pour traîner publiquement le nom de ma Dame Estela dans la boue.

Alis se leva, haussant ses épaules délicates d'où sa robe tombait en larges plis.

— Elle est habituée à être traînée dans la boue.

La petite voix sèche correspondait davantage à l'Alis qu'Estela avait entendue des centaines de fois raconter ses histoires de pendaisons et de prophéties. Sancha repoussa la jeune femme sur son siège. Elle eut à peine besoin de la toucher. De toute façon, on aurait dit qu'elle ne pouvait pas vraiment la toucher. Alis n'offrait pas plus de résistance qu'un coussin. Estela avait l'impression qu'on aurait pu donner des coups de poing ou de pied dans ce coussin de soie et qu'il aurait pris la forme que l'on souhaitait. Elle se sentit perdue. Était-ce là l'ennemi ?

Sancha semblait également se retenir, menant son interrogatoire avec calme.

— Nous savons tout.

— Alors, je peux partir.

Mais Alis restait immobile, dans l'expectative, son sarcasme seul témoignant de l'esprit qui lui restait. Une créature se raccrochant à un mépris fragile.

— Vous avez essayé de blesser Estela auparavant, avec du verre brisé.

Le sourire d'Alis suffit à le confirmer.

— Vous saviez que la reine attendait un enfant et vous, l'une de ses dames de confiance, avez fait mettre dans le verre de la reine des plantes mettant en danger son enfant. Ce n'est pas juste de la malice, il s'agit de trahison.

— Alis la Malice, chantonna la jeune femme d'une voix rêveuse. Pourquoi ferais-je une chose pareille ?

— Cela, répondit à nouveau Sancha avec sérieux, c'est ce que nous essayons de comprendre. Commençons par le plus simple. Pourquoi essayez-vous de blesser ma Dame Estela ? Elle ne vous a fait aucun mal.

Ses yeux bleus s'écarquillèrent, candides et vides. Du même ton chantant, Alis continua :

— Son père l'aimait tendrement, sa mère l'appelait « mon cœur ».

— Mais… l'interrompit Estela.

Sancha secoua la tête et murmura :

— Ce n'est pas à propos de vous.

— De longs cheveux, de longs cheveux dorés, le petit ange de son père, plein de promesses.

Soudain, ses yeux s'embrasèrent et, de la haine plein la voix, elle s'exclama :

— Des promesses !

Elle semblait se concentrer sur ce fait, ou plutôt sur Estela, et il était impossible d'ignorer la haine dans son regard. Pourquoi ?

Par réflexe, Estela ferma les yeux. Il était là, ce mélange précis de musc et de haine, la fausse contrition après lui avoir donné un coup de pied lorsqu'elle avait rejoint le cortège d'Aliénor ; la même odeur et le même mépris lors de son début triomphal au banquet.

— Je vais vous dire pourquoi.

Des perles de salive vinrent souiller la bouche en bouton de rose d'Alis alors qu'elle crachait ses paroles acerbes en direction d'Estela.

— Vous avez tout, n'est-ce pas ? Avec votre allure et votre talent ! Mariée ! Libre ! Qui ne vous détesterait pas ? Vous remettre à votre place aurait été un plaisir, mais non ! Votre preux chevalier est venu à la rescousse !

Son rire eut l'effet d'un coup de couteau dans une plaie à vif.

— Mais… tenta une nouvelle fois Estela.

Elle était incapable de décrire le terrible désert qu'était sa vie dénuée d'amour avant que Dragonetz n'y entre. Puis une idée la frappa.

— Mais comment ces sentiments ont-ils pu vous animer dès que vous m'avez rencontrée ?

Elle savait que c'était la vérité. La petite botte était une déclaration d'intentions, à l'encontre d'une inconnue trouvée dans un fossé. Cela n'avait aucun sens.

Elle darda sur elle ses yeux bleus moqueurs.

— Comme si vous ne le saviez pas. Comme si vous n'aviez pas vu la façon dont il vous regardait.

Le cœur d'Estela fit un bond. Elle ne l'avait pas vu. Elle ne l'avait pas su. Était-ce là aussi depuis le début ?

— Personne ne m'a jamais regardée de la sorte. Et personne ne le fera jamais.

Elle se retourna vers Sancha qui écoutait, impassible.

— Pourquoi devrait-elle l'avoir ? Il ne m'a même pas remarquée ! Le preux chevalier venu secourir sa demoiselle ! Eh bien ! on dirait que cela fonctionne uniquement pour certaines dames. Le genre de dame qu'elle est. Vous n'avez pas la moindre idée de ce que ça fait !

Estela grimaça, mais Sancha répondit simplement :

— Plus que vous ne le croyez. Et la reine ?

— Pourquoi ferais-je cela ? J'ai une place privilégiée parmi les dames d'honneur d'Aliénor. Pourquoi voudrais-je courir le risque de la perdre ?

Soudain, Estela en eut assez. Elle se sentait malade, comme si les vers de la jalousie grouillaient dans ses souvenirs les plus précieux, les dévorant peu à peu.

— Regardez-la, dit-elle à Sancha. Elle peut à peine tenir debout. Oubliez le reste. Elle n'en est pas capable. Elle dit certainement la vérité au sujet de la reine. Je ne vois ici nul complot d'envergure, seul un mépris mesquin aggravé avec le temps.

Elle s'adressa à Alis.

— Je suis désolée pour vous, et vous êtes malade. Je ne sais pas ce que vous avez pris, mais vous avez besoin d'aide. J'ai des herbes qui pourraient vous aider.

La jeune fille sursauta devant la pitié d'Estela comme si elle avait été fouettée.

— Gardez vos herbes. C'est probablement vous qui avez empoisonné la reine !

Enfin, se retirant à nouveau dans son propre monde, elle murmura à part elle :

— Il est trop tard maintenant, trop tard.

Sancha questionna Estela du regard et cette dernière hocha la tête.

— Laissez-la partir. Elle est elle-même sa pire ennemie maintenant. On ne peut l'aider si elle ne cherche pas à l'être.

Sancha fit un pas en arrière afin d'indiquer à Alis qu'elle était libre de partir, mais elle l'avertit :

— Le moindre geste à l'encontre Estela, une seule parole, et

Aliénor saura tout de cette histoire malencontreuse, et vous pourrez alors oublier votre place privilégiée.

Alis sourit en chantonnant avant de descendre en titubant les escaliers abrupts, ignorant la couturière et ignorant Gilles, qui avait bravé l'ordre d'attendre au bout de la rue et passait le temps avec le cordonnier, guettant l'étage d'un œil, une oreille tendue vers les bruits qui en provenaient, et son unique main toujours au service de sa maîtresse.

Personne ne suivit Alis, qui s'éloigna par les rues pavées en faisant claquer ses semelles, abandonnant le Palais d'Ermengarda pour celui de l'archevêque qui l'attendait.

Pierre d'Anduze, l'archevêque de Narbonne, était habitué à prendre des décisions complexes. En tant que nonce apostolique, il possédait l'autorité directe du Pape pour prendre ces décisions et, bien sûr, le Pape jouissait d'une autorité descendue du Ciel, Dieu lui-même étant appuyé par un soutien bien plus terrestre en la personne de Bernard de Clairvaux et tout l'ordre des Cisterciens. Le prêtre né à Pise, désormais connu sous le nom de Pape Eugène III, était le premier cistercien à atteindre un tel rang. En tant qu'ancien disciple de Bernard de Clairvaux, il n'était que trop enclin à user de ses fonctions pour le compte de Clairvaux.

La vétille qui occupait l'archevêque de Narbonne cet après-midi n'était qu'une simple source d'irritation en comparaison de ses délicates négociations avec le roi de Sicile, qui viendraient bouleverser le monde occidental et renvoyer le Pape à Rome, tout en rendant à l'archevêque un peu de son statut accaparé par ces maudits cisterciens. Il y avait évidemment des inconvénients à asseoir un innocent sur le trône du Pape, comme Clairvaux s'en était plaint lui-même à l'époque, mais la nécessité requérait l'utilisation de cette qualité même à son avantage — comme Clairvaux, une fois encore, l'avait décidé.

Les cisterciens devaient ronger leur frein face au soutien enthousiaste du Pape pour le mariage d'Aliénor. Sans Eugène, les accusations de consanguinité l'auraient emporté et Clairvaux aurait été débarrassé de la putain. Avoir une putain en tant que reine n'était pas un problème ; mais une putain puissante et intelligente, c'était une autre affaire. Il devrait le savoir. Il en avait un autre exemple dans le Palais voisin, qui le contrariait dans ses tâches quotidiennes, la putain à qui son frère avait vendu l'honneur de la famille dans un mariage qui se riait de Dieu chaque jour.

Une frêle silhouette fut introduite dans l'obscurité de la chapelle latérale où il patientait. Il était trop habitué à ce que les saints observent ses mouvements pour percevoir l'ironie de Sainte Brigitte qui, dans sa niche, rappelait la charité due à toutes les femmes. Il soupira derechef, songeant au message privé qu'il avait reçu ce matin même du comte de Toulouse, et fit signe à son jeune acolyte de lui amener la fille. Le désordre régnait, et bien qu'il n'en soit pas la cause, c'était à lui d'arranger la situation. Il s'était bien sûr assuré que l'on s'occupe du messager, mais il fulminait intérieurement contre tant d'inefficacité.

— Mon père, dit-elle avec une profonde révérence, j'ai péché.

Si l'acolyte fut surpris que le prélat écoute lui-même la confession d'une fidèle qui, d'après sa robe, était l'une des femmes du Palais régulièrement fustigées par le clergé, il n'en laissa rien paraître. Il s'inclina en silence et s'éclipsa. Après tout, il était d'usage qu'une confession soit reçue par le prêtre et la pénitence effectuée à côté de lui sur un banc d'église, plutôt qu'à travers un grillage. Personne n'eût été surpris de voir la jeune tête dorée penchée, les joues baignées de larmes, pendant que le vieil homme à côté d'elle opinait patiemment. Leurs mots, en revanche, auraient suscité une réaction différente.

— J'ai essayé de faire tout ce que m'a demandé le comte, dit Alis.

Sa voix vacilla légèrement sur le mot « tout ».

L'archevêque avait une bonne idée de ce que « tout » pouvait impliquer.

— Je suis certain que vous avez fait de votre mieux, la rassura-t-il.

— Ce n'est pas ma faute si quelqu'un a sauvé Dragonetz de l'arbalète. J'ai tout fait pour que cela réussisse. J'ai engagé l'homme à Toulouse avant notre départ, j'ai ajouté le gage de survie dans les documents qu'Aliénor a signés pour le Maître à Douzens, puis je les lui ai donnés. J'ai envoyé le message avec le mot de passe à Arnaut. Il a été facile à obtenir… J'aurais tout aussi bien pu être invisible dans le camp ! Et tout cela pour rien. Pour rien !

— Vous avez fait preuve d'une intelligence remarquable, ma chère. Je suis sûr que le jeune comte de Toulouse le comprend, l'apaisa-t-il.

À en juger par le message qu'il avait reçu ce matin, le jeune comte de Toulouse comprenait parfaitement. Et lui aussi.

— Vous ne le connaissez pas.

Alis exsudait la peur la plus rance et Anduze résista à l'envie de se couvrir le nez de son mouchoir en batiste délicate.

— J'ai ajouté de la belladone dans l'eau. Cela aurait dû le tuer !

— Un autre incident malencontreux a gâché votre bon travail. Je le sais, j'étais là, vous vous en souvenez.

— Oui, mon père, et sans vos encouragements, je me serais ôté la vie sur-le-champ. Mais Raimon m'a assuré que vous seriez là pour moi.

— En effet, en effet. Comme je le suis en ce moment.

Il parlait d'une voix grave, sur le ton d'un père offrant le réconfort de son épaule solide.

— J'ai essayé de tuer l'enfant, souffla Alis.

Telle la cloche de la grande chapelle, la voix de l'archevêque retentissait avec assurance lorsqu'il répondit :

— Nous vivons dans le monde, et nous devons parfois commettre des actes qui ne sont pas dignes de Dieu, pour le bien commun.

Le véritable péché, ma chère, c'est d'avoir échoué. Pas une fois, mais en tout.

Il lui sourit.

— Je ne sais pas quoi faire, confessa-t-elle. Deux des dames ont des soupçons, Sancha et la traînée de Dragonetz. Mais j'ai joué à l'ignorante chaque fois, sauf pour les tours.

— Quels tours ?

Constatant que sa brusquerie était une erreur, il la rectifia aussitôt en reformulant la question.

— Pendant un instant, j'ai cru que vous nous aviez trahis, mais bien sûr, vous parlez de tours entre femmes.

— Exactement.

Son soulagement était palpable.

— Cela dit, elles ont été intriguées à d'autres égards. Ce n'est plus sûr pour moi de faire une nouvelle tentative. Et de toute façon…

Sa voix était atone, frappée d'impuissance.

— Je ne sais plus quoi essayer.

— Eh bien, séchez vos larmes, car je détiens la réponse.

Elle tamponna ses mains humides sur son visage rouge, l'espoir dans le regard.

— Est-ce vrai ?

— Je le crois.

Il lui offrit son sourire le plus avenant.

— Je pense qu'il est temps pour moi de prendre le relais. On vous a confié un trop lourd fardeau et je ne peux vous regarder crouler sous son poids. Il est temps pour vous de lâcher prise. Je m'occuperai de tout. Tout ce que vous avez à faire, c'est d'oublier cela.

Il lui sourit une nouvelle fois et exécuta un geste de bénédiction, comme s'il prononçait la formule d'absolution.

— Puis-je garder espoir, mon père ?

Son visage tendu vers lui évoquait un perce-neige à la tige fragile. Lorsqu'elle ouvrit les yeux, leur éclat laissait transparaître la jeune fille qu'elle avait été.

— Bien sûr, mon enfant.

Il reçut sa gratitude, récompense bienvenue pour ses devoirs d'homme d'Église et, dès que le prêtre sollicité par la clochette l'eut escortée au-dehors, il ordonna que l'on diffuse de l'encens pour chasser l'odeur.

Il avait dit l'exacte vérité. Il s'occuperait désormais de tout et Alis oublierait ce qui s'était passé. De cela, il pouvait s'assurer. Il convoqua ensuite un mercenaire, à la tête d'un petit groupe ayant essuyé ses foudres après l'échec d'une mission et prêt à tous les efforts nécessaires pour le satisfaire cette fois. Et la fois d'après. L'archevêque pourrait lui donner la récompense promise pour le travail du matin en même temps.

Assombri par la poussière des chemins et couvert de sueur, Dragonetz attendait une audience privée avec Aliénor. Il remarqua l'effervescence des serviteurs qui transportaient des caisses et des paquets depuis les quartiers de la reine hors du Palais. Le retour à Paris était imminent et sa révélation d'autant plus urgente. S'il avait raison, Aliénor voyagerait avec une dame d'honneur de moins qu'à son arrivée. Deux de moins, en comptant Estela.

Le cœur serré par une panique irrationnelle, Dragonetz prit tout juste le temps d'une rapide révérence à la reine avant d'exiger :

— J'ai besoin de voir Dame Alis, la fille de Trencavel. Je pense que c'est elle qui a organisé les tentatives d'assassinat contre nous.

Le visage habituellement expressif d'Aliénor ne frémit pas. Il n'y eut pas la moindre trace d'émoi, pas même de surprise face à la trahison que Dragonetz lui dévoilait. Ses mots furent lents, mesurés, comme s'ils vivaient à un rythme différent, tous les deux. Là où Aliénor vivait, le temps ne comptait plus. Le poids qui oppressait la poitrine de Dragonetz s'accentua tandis qu'il écoutait la réponse d'Aliénor :

— Vous pouvez voir Dame Alis. Elle se trouve dans sa chambre. Et je crois que vous avez raison au sujet de ses manigances. Pour le compte de Toulouse, j'imagine ?

— Oui. Elle a passé un long moment là-bas avant de rejoindre votre cour. Selon les rumeurs, elle était son amante et elle aurait dû l'épouser, mais il la traitait avec désobligeance. Je me demande pourquoi je ne l'ai pas constaté plus tôt !

Aliénor haussa les épaules, lissant les plis du damas sur son ventre sans cesse plus arrondi.

— Son oncle a toujours été puissant contre Toulouse. Son père a demandé une place pour elle parmi nos dames et il vaut mieux garder ce genre de personnes près de soi. J'ai appris bien des choses utiles grâce à elle. Mais il semble que Toulouse l'ait attirée plus près de lui et que la loyauté du père ne soit pas celle de son frère.

— C'est un homme plus faible que ne l'était Roger. Il hérite avec reconnaissance des murs épais que lui a laissés son frère, mais point de sa défiance envers Toulouse. Au-delà, je crois que Toulouse exerce une emprise sur Trencavel et sa fille. Voilà pourquoi je désire m'entretenir avec elle.

Ainsi que pour découvrir pourquoi Toulouse souhaitait sa mort personnellement, et non pas simplement en tant que commandant d'Aliénor.

— Elle ne vous aidera pas, reprit-elle sur le même ton égal. Elle est morte. Elle s'est tuée hier. Elle est étendue dans sa chambre avant d'être enterrée, demain matin. Nous avons là ce qui correspond à un aveu de culpabilité, mais vous n'obtiendrez pas d'autres réponses.

Dragonetz sentit le temps ralentir pour lui aussi.

— Je la verrai tout de même, décida-t-il.

— Prenez garde. Dame Sancha et Dame Estela veillent auprès d'elle. Elles croient que c'est leur faute. Qu'elles ont poussé à bout un esprit fragile par leur interrogatoire. Elles l'ont vue hier, et l'ont forcée à admettre ses mauvais tours contre Estela. Elles pensent qu'elle redoutait qu'on lui impute de plus grands crimes. Elle les a quittées, s'est retirée dans sa chambre et s'est poignardée. Cela les a terriblement affectées. Allez-y doucement.

Les mâchoires contractées, Dragonetz se ressaisit, préparant son corps faible et son âme lasse pour cette tâche. À quoi bon observer un cadavre, affronter une nouvelle mort dont il était coupable ? Si Sancha et Estela n'avaient pas cherché le fameux espion pour son compte, elles n'auraient pas poussé l'inquisition aussi loin. Il pouvait partir et prendre son bain, changer de vêtements, apparaître après l'enterrement. Il suivit machinalement le page qui le mena jusqu'à la porte ouverte d'une chambre. Il s'arrêta sur le seuil, jetant un œil à l'intérieur.

Une chevelure blond clair aux reflets soyeux, soigneusement brossée, s'étalait sur un coussin de brocart. Le reste du lit disparaissait sous la fine étoffe bleue de la robe d'Alis. Une robe neuve qui ne laissait voir aucun accroc, mais sur la poitrine la tache rouge de la blessure. Alis avait été apprêtée avec délicatesse pour être vue, ses joues et ses lèvres fardées afin de dissimuler sa peau blanche comme de la craie. Dans un repos éternel, son visage était enfantin, trop fin pour les courbes de l'enfance, mais empreint d'innocence, une impression soulignée par sa tenue bleue. Un ange blanc aux couleurs de Marie.

Dragonetz entra dans la pièce. Dans le silence qui semblait émaner du cadavre lui-même, Estela et Sancha étaient assises, mains jointes, chacune absorbée dans ses pensées. Ni l'une ni l'autre ne se leva en voyant Dragonetz, mais leurs regards lui adressèrent une bienvenue silencieuse. La mort transforme les vivants en criminels, la vie elle-même en crime, et rend tous ses plaisirs coupables. Surtout une telle mort. Dragonetz se signa avant de briser le silence à mi-voix.

— J'ai parlé avec Aliénor. J'ai trouvé un lien entre Toulouse et Dame Alis.

Il semblait mettre un point d'honneur à l'appeler par son titre complet.

— Elle avait un poids trop lourd sur la conscience, paraît-il.

Où avait-il entendu cela récemment, sur un autre sujet que Dame Alis ?

— Vous n'avez rien à vous reprocher.

Estela tourna vers son amant de grands yeux injectés de sang.

— Nous ne nous reprochons rien, lui dit-elle.

Perplexe, il attendit, et ce fut Sancha qui lui donna des explications.

— Une servante l'a trouvée et l'a annoncé à Ermengarda et Aliénor. La reine a renoncé à l'idée de la jeter dans une fosse anonyme sur-le-champ, décrétant qu'il s'agissait encore d'une dame et que ses amis étaient en droit de la pleurer, au mépris des lois de l'Église sur le suicide. L'archevêque est furieux, mais Aliénor a gagné vingt-quatre heures. Nous avons demandé à préparer son corps. C'était le moins que nous puissions faire. Estela a pris de nouveaux vêtements, a retiré les anciens. Ils collaient déjà à son corps, là où le sang avait coulé, sur sa poitrine et dans le dos.

Dragonetz comprit rapidement.

— Dans le dos, confirma Estela. Je me demande bien pourquoi une femme emplie de désespoir se serait acheté de nouveaux rubans pour les cheveux.

Elle ouvrit les mains, révélant des rubans en satin écarlate.

— Elle ne les avait pas lors de notre entrevue. Elle se sera donc arrêtée pour les acheter avant de retourner au Palais.

Elle haussa les épaules.

— La robe dans laquelle elle est morte était verte. Elle ne prévoyait pas de porter les rubans avec pareille tenue. J'ai nettoyé le sang sur son corps et j'en ai eu la certitude. Il y avait une plaie aussi profonde dans son dos que sur sa poitrine. Elle n'avait pas de dague non plus lorsque nous l'avons vue.

— Nous l'avions fouillée, précisa succinctement Sancha.

— Je pense qu'elle a été lardée dans le dos, soit par une épée, soit par une dague, et que quelqu'un a voulu faire passer cela pour un suicide en la poignardant derechef dans la poitrine et plaçant l'arme entre ses mains.

— Pourquoi ? s'interrogea Dragonetz tout haut.

Il avait accepté sans hésiter les faits exposés par Estela.

— Et qui ? répondit Sancha. Nous sommes encore moins bien lotis que nous ne l'étions avant de comprendre ce qu'Alis avait fait.

— Elle a payé.

— Vous n'avez pas dit à Aliénor qu'il s'agissait d'un meurtre ? demanda Dragonetz.

— Nous en avons parlé pendant des heures. Vous n'avez pas entendu l'échange entre Aliénor et l'archevêque ! Il paraît qu'Alis est allée se confesser à l'un de ses prêtres après nous avoir quittées et, bien qu'il ne puisse briser le secret de la confession, il a précisé qu'elle était agitée et déprimée, et qu'il n'était pas surpris qu'elle ait accompli un acte contre Dieu, malgré ses conseils.

— Elle s'est donc confessée, au bord du suicide, puis elle a acheté des rubans pour ses cheveux !

— L'archevêque a déclaré qu'il s'agissait d'un suicide.

— Mais la plaie dans son dos est un fait !

— Un fait qui dresserait Aliénor contre l'archevêque, observa Sancha. Aliénor retourne à Paris, où elle est l'agaçante épouse du roi, non la duchesse d'Aquitaine tant appréciée. Suger et Clairvaux profiteront de la moindre occasion pour diminuer le peu de pouvoir dont elle bénéficie là-bas. Ajouter le nonce apostolique à ses ennemis ? Elle n'y pense pas ! Elle a déjà affronté sa fureur pour gagner un jour pour les adieux, un jour de respect.

— Et demain, la fosse s'ouvrira pour elle.

Les yeux d'Estela s'emplirent à nouveau de larmes.

— Elle jalousait même mon fossé. Et maintenant, c'est tout ce qu'elle aura.

Dragonetz connaissait les décrets de l'Église concernant le suicide. Tout le monde les connaissait. Un trou dans la terre en dehors des murailles de la ville avec, au mieux, une plaque de bois identifiant le pensionnaire impur, voué à la damnation.

— Son père ? demanda-t-il.

— Le message a été envoyé hier.

Sans doute s'étaient-ils croisés sur la route, songea Dragonetz.

— Mais l'archevêque est catégorique. Cette comédie, comme il l'appelle, devra se terminer demain matin, tant pis si ses proches ne sont pas venus. Et il leur interdit d'emporter son corps, de peur qu'ils ne lui offrent des funérailles chrétiennes.

— Vous devriez l'entendre ! Il doit avoir des mois de sermons en réserve sur les démons déguisés en femmes et la miséricorde de Dieu détournée. Il boit du petit lait.

— N'y a-t-il donc rien que nous puissions faire ?

Dragonetz était surpris d'entendre ses propres mots, connaissant leur triste vérité vibrante de désespoir.

— Nous pouvons prier pour elle, dit Sancha. Ensuite, nous chercherons qui l'a tuée.

En silence, Dragonetz prit sa place auprès d'elles pour se recueillir. S'il sombra dans le sommeil, les paupières lourdes, ses rêves convenaient parfaitement à l'atmosphère de la veillée funèbre.

Personne ne s'étonna de l'absence de la famille de Dame Alis le lendemain matin lorsqu'une poignée des partisans d'Aliénor vit le corps de la jeune fille jeté dans une fosse comme celui d'un chien enragé. Assister à cela, c'était se rendre coupable par association de l'un des pires crimes envers Dieu, celui de s'ôter la vie. Il était prévu que le nom d'Alis soit effacé du livre des Trencavel et banni de toutes les conversations à Carcassonne, comme si elle n'avait jamais existé.

Cela n'empêcha pas un chariot de s'arrêter hors des murs de Narbonne cette nuit-là, bien après le couvre-feu, près du monticule de terre fraîche. Deux hommes munis de pelles déterrèrent le corps, puis l'homme qui les dirigeait sauta à bas de sa monture, emmaillota la morte dans du lin blanc comme un nouveau-né et la porta sous le couvert du véhicule. Un garde bien payé, omettant de sonner l'alarme dans la tour de guet, vit le chariot repartir vers

Carcassonne sur la route par laquelle il était venu, loin de Narbonne.

Raimon Trencavel se jura dans un flot de larmes qu'il en avait fini de jouer les insectes sous les pieds de grands seigneurs. Toulouse n'écraserait pas un autre de ses enfants dans son jeu des royaumes, et Barcelone ne le mettrait pas dos au mur. Il serait plus rusé qu'eux aussi longtemps que possible, mais en désespoir de cause, il dirait non et mourrait en homme digne. Il ne serait plus jamais ce qu'il avait été dans cette salle de torture où il n'avait rien dit, alors que la vie d'une douce jeune fille était suspendue, aussi fragile que son corps. Il avait pris la mauvaise décision. Trencavel essuya ses larmes tout en chevauchant dans la nuit, ralenti par la charge qu'il tirait derrière lui.

Maintenant qu'elle savait que Dragonetz restait à Narbonne, Estela pouvait observer les préparatifs du départ d'Aliénor avec sérénité. Leurs retrouvailles, le soir de l'enterrement d'Alis, avaient commencé par un somme dans les bras épuisés l'un de l'autre avant de les réveiller pour des plaisirs revigorants. Heureusement, le jour apporta d'autres impératifs et le temps de la discussion, entre les nouvelles de Douzens, le récit du meurtre de Peire et de l'arrivée de Gilles.

— Vous ne savez pas ce que c'est que d'être responsable d'une chose aussi affreuse ! lui dit-elle.

— Si, je le sais.

Il l'entoura de ses bras, lui offrant l'absolution de l'amour. Alis avait eu raison de la détester. Elle avait mal agi, et en lieu et place d'un châtiment, cet homme était entré dans sa vie, ce miracle. C'était injuste.

Entre les baisers et le sommeil, Dragonetz se rappela quelque chose, un mystère concernant al-Hisba sur lequel il avait voulu enquêter.

— Il est resté au moulin, lui apprit Estela. Il a dit qu'il serait indisponible pour la musique pendant quelques jours.

Comme il était trop compliqué de quitter le Palais pour se rendre au moulin, Dragonetz n'y songea plus sur l'instant – instant extrêmement dévorant. Entre les baisers et le sommeil, Estela se souvint de l'étrange comportement d'Arnaut et se demanda si elle devait en toucher un mot à Dragonetz. Mais elle décida que ce serait gênant pour son ami et qu'elle ferait mieux de le laisser panser ses propres blessures. Ils discutèrent de Toulouse et du complot, mais ils n'eurent pas de nouvelles idées et il n'en ressortit rien.

À présent, Estela et Dragonetz se trouvaient tous deux dans la grande salle, parmi les courtisans d'Ermengarda pour le départ officiel d'Aliénor et de sa cour. Avec une grâce exceptionnelle, Aliénor avait informé ses troupes que Dragonetz resterait à Narbonne. Elle chargea Arnaut de continuer à tenir les rênes jusqu'à ce que son nouveau commandant arrive et prenne la relève. Sa seule petite revanche après avoir été délaissée fut de cacher le nom de son remplaçant à Dragonetz, qui se tenait immobile aux côtés d'Estela, prêt à commencer officiellement sa nouvelle vie de propriétaire terrien à Narbonne. Désormais, il ne tentait plus de cacher sa relation avec Estela, mais il ne l'exhibait pas non plus. Leur relation était simplement admise et manifeste, bien qu'ils ne se touchent jamais en public. Ayant vite compris ce qu'Estela lui avait tu durant leur repas au grand air, Gilles gardait le silence depuis le retour de Dragonetz. Il suivait tout de même les pas d'Estela, ne se retirant dans les quartiers des serviteurs que lorsqu'il était absolument certain que sa maîtresse était entre de bonnes mains. Avec Nici, elle ne craignait rien, mais il fallut néanmoins quelques jours à Gilles, ainsi que des questions auprès des serviteurs autour d'un pichet de vin ou plus, pour se faire enfin un jugement sur Dragonetz.

— Un bon tempérament. Nul doute que vous le trouvez beau, également.

Estela s'était contentée d'un sourire, dans lequel transparaissait un vrai soulagement. Elle devait trop à Gilles pour se brouiller à propos de son amant, mais gare à qui eût cherché à les séparer désormais. Cela incluait Arnaut qui gardait toujours ses distances et ne manifestait pas la moindre intention de lui adresser ne fût-ce qu'un discours d'adieu poli. Ignorant toute culpabilité, elle décréta que cela valait mieux. Il serait sur la route bientôt, en direction de Paris.

Ce fut donc avec tranquillité qu'Estela assista à l'entrée dans la grande salle du nouveau commandant, avec la prestance et la stature de son rang, impressionnant dans ses jambières et sa cuirasse, sous un camail laissant voir des cheveux grisonnants et des yeux noirs, une peau tannée et un air renfrogné. S'inclinant devant Aliénor et Ermengarda du mieux que son armure le lui permettait, il les pria de l'excuser pour une affaire personnelle, et se dirigea résolument vers Estela, retirant ses gantelets. Il ne contourna personne, bousculant tout le monde, pour s'arrêter devant la jeune femme. Elle sentit l'air se déplacer lorsqu'un gant de maille s'écrasa contre la bouche de Dragonetz, entraînant un filet de sang. Le troubadour s'essuya la bouche, rigide et silencieux, comme il l'avait été tout du long.

— Pas même assez courageux pour relever le défi, railla l'étranger. Pas même un petit dragon, mais un chiot qui crie « assez » et qui abandonne son suzerain pour jouer à… à quoi joue le garçon cette fois ?

Puis, furieux, il regarda Estela.

— C'est la nouvelle traînée, n'est-ce pas ? Parmi une longue lignée, lui assena-t-il, et pas la dernière, croyez-moi.

Estela rougit et attendit de son chevalier une riposte qui ne vint pas. Blême, mais maître de lui, Dragonetz dit finalement :

— Ma Dame Estela, permettez-moi de vous présenter mon cher père, Dragon de Ruffec. Je suppose que ma mère le tanne à propos de mon refus de me marier. C'est sa façon de s'exprimer.

Cette fois, Dragonetz retint en plein élan la main lancée de nouveau vers sa bouche et la maintint fermement. Les muscles saillaient sur les bras des deux hommes. L'homme plus âgé respirait lourdement, aussi rouge que Dragonetz était pâle.

— Père, puis-je vous présenter la célèbre musicienne de la cour de Narbonne, ma Dame Estela de Matin, protégée de la reine Aliénor. Monsieur, souligna-t-il avec politesse, comme si leurs mains n'étaient pas prisonnières d'un bras de fer. Il est considéré comme malpoli à cette cour de frapper un père, ou une femme.

La main du baron retomba et Dragonetz la relâcha.

— Je n'allais pas la frapper !

— Votre charme auprès de la gent féminine est sans égal.

Dragonetz fit une révérence moqueuse à son géniteur.

— Tout simplement parce que je n'ai pas vos belles manières ni votre surnom.

Estela tressaillit, s'attendant presque à voir un poing surgir devant ses yeux alors que Dragon effectuait une révérence acceptable et déclarait de sa grosse voix :

— Un malentendu.

— C'est une excuse, traduisit Dragonetz.

— Pour elle, peut-être. Pour toi, j'aurais aimé utiliser le revers de ma main davantage lorsque tu étais petit pour ne pas avoir à te supporter maintenant.

— Et mère se porte bien, je suppose ?

La bouche de Dragonetz enflait déjà et Estela se demanda où se trouvait son baume d'arnica. Les conversations avaient repris dans l'assistance, maintenant qu'un véritable duel entre dragons cracheurs de feu semblait peu probable. L'agitation grandissait autour de la reine qui, après tout, attendait son départ cérémonieux de la cour de Narbonne.

Comme s'il en avait soudain conscience, Dragon répondit sèchement :

— Je t'aurais dit le contraire, avant de te frapper. Monte avec moi, nous discutcrons.

Il comprit le regard de son fils.

— Je sais. Tu restes là. Je suis sérieux quand je te demande de faire simplement avec moi une petite partie du trajet.

— Je vous rattraperai, accepta Dragonetz.

Son père retourna à ses devoirs et, solennellement, sous des fanfares discordantes, il escorta Aliénor hors de la grande salle avec tous ses courtisans. Assez grande pour que son tour de taille élargi se remarque à peine, Aliénor partagea une étreinte d'adieu avec sa sœur souveraine, une embrassade plus longue qu'elle n'était requise par le protocole. Estela n'avait qu'une vague idée du monde vers lequel se dirigeait Aliénor, pays franc où les femmes n'avaient aucun droit, où les hommes et le temps étaient tout aussi froids. En dépit des faiblesses de cette reine, elle était courageuse et c'était grâce à son jugement et à sa passion pour la musique qu'Estela était en vie et non pas morte dans un fossé. Grâce à Dieu ! Elle frissonna alors qu'un spectre tout sauf anonyme marchait sur sa tombe.

— Formidable, dit Dragonetz à voix basse.

— Je sais. Vous ferez une partie du chemin avec eux. Reviendrez-vous ?

Elle le regardait attentivement.

— Une demi-journée. Pas plus.

— Vous avez une relation intéressante avec votre père, observa-t-elle.

— Il s'inquiète pour moi.

Il sourit.

— C'est ma mère qui est difficile.

— Je m'inquiète pour vous, moi aussi, lui confia-t-elle.

— Ce n'est pas la peine, répondit-il. Vous faites le poids face à ma mère.

Sur ce, il lui embrassa la main et disparut, aussi habile que son père, mais bien plus subtil, pour se frayer un chemin à travers la foule.

CHAPITRE VINGT-DEUX

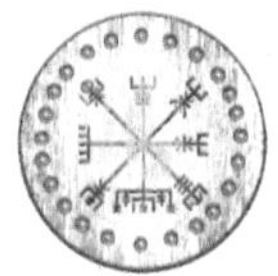

Pierre d'Anduze secoua la tête devant l'effronterie de l'homme que l'on reconduisait dans son antichambre. Il avait pensé l'intimider en le faisant passer devant les trésors chrétiens du palais de l'archevêque, le triptyque serti de joyaux et les peintures dorées de Byzance, le calice en argent assez grand pour que deux cents personnes y goûtent le sang du Seigneur, les encensoirs en étain volumineux et les socles de marbre. Aucun signe n'indiqua que l'homme estimait se trouver dans un lieu remarquable. Il conservait son calme coutumier, comme si ce monde était une illusion et que son environnement immédiat valait la hutte de boue dans laquelle, vraisemblablement, il était né.

Il était vrai que le bâtiment du palais n'était pas aussi impressionnant que ce qu'il recelait et l'archevêque se promit que la gloire de Dieu serait mieux servie à l'avenir. Il était content de la statue de Charlemagne dans le nouveau cloître, notamment parce que cette représentation du fondateur emblématique de Narbonne offrait une véritable ressemblance avec Anduze lui-même. Ses architectes lui proposaient déjà des plans pour le grand palais de l'archevêque qui honorerait un jour Narbonne grâce à la méticuleuse gestion des finances par Pierre d'Anduze.

Et ce serviteur en habit qui l'approchait, l'insultant par sa tête couverte, était nécessaire à cette gestion soigneuse et à l'éradication de l'œuvre du diable. Il soupira. Les moyens n'étaient pas toujours dignes de l'ouvrage de Dieu, mais il devait faire avec ce qu'il avait à sa disposition. Le commandant des templiers de Douzens lui avait assuré que cet homme leur avait rendu de loyaux services tout au long des années passées chez eux. Il chassa l'envie de couvrir son nez délicat contre l'odeur de la peau brune et il lui sourit avec bienveillance.

— Asseyez-vous, al-Hisba.

L'autre ne sourit pas en retour et l'archevêque n'était pas d'humeur à perdre du temps avec un moins que rien.

— Inutile d'en débattre longuement. Nous en avons assez souvent discuté et les templiers m'ont assuré de votre diligence à accomplir le travail de Dieu.

— J'accomplis en effet le travail de Dieu, répondit avec sérieux le Maure enturbanné.

D'une certaine façon, venant de sa bouche, les mots n'avaient pas l'air rassurants.

— Cela aurait été plus simple si vous aviez laissé notre problème disparaître.

Al-Hisba hocha la tête en signe de compréhension.

— Je suis médecin. Il ne m'est pas permis de tuer ni de laisser quelqu'un mourir.

L'archevêque grimaça face au prosaïsme de tels propos. Pour l'heure, il ne voulait pas d'un débat théologique à propos des dix commandements.

— Tout à fait. Mais vous convenez de la nécessité de résoudre notre problème d'une autre façon.

Al-Hisba croisa les bras, dissimulant ses mains dans ses manches. Il aurait aussi bien pu s'apprêter à en sortir douze couteaux et se mettre à jongler avec.

— S'il n'y a pas d'autre solution.

— Il n'y a pas d'autre solution.

Le silence retomba, chargé de méfiance. Surmontant son aversion, l'archevêque le brisa.

— Il faut agir maintenant. Aujourd'hui. Sur-le-champ. Nous avons attendu suffisamment longtemps.

— Soit. Je m'en irai directement d'ici pour mettre le feu au moulin à papier de Messire Dragonetz et le réduire en cendres, m'assurant qu'il ne reste rien de son entreprise. Vous indiquerez alors aux templiers que j'ai accompli une mission d'une importance capitale pour l'Église et que je suis libre, sur votre parole, de retourner en al-Andalus, en sécurité loin de Narbonne.

L'archevêque vira au rouge écarlate. Cet homme était un sauvage ! Comment osait-il lui parler de la sorte, à lui, l'archevêque ! Il valait mieux passer sous silence certaines affaires, comme le savait tout homme civilisé. Il se contint, se remémorant la raison pour laquelle il était important qu'al-Hisba suive ses instructions sur-le-champ, ainsi que les ordres confiés à ses mercenaires deux jours plus tôt.

— Oui, dit-il.

Cet homme ne savait pas tirer sa révérence au moment opportun, car il reprit :

— Et les hommes qui travaillent là-bas ? Et Messire Dragonetz lui-même ? Devrait-il être sur place ?

L'archevêque agita ses doigts boudinés chargés de bagues.

— Je suis certain que vous trouverez un moyen de rester dans le cadre de ce qui vous est permis.

Son ton était sarcastique, mais al-Hisba n'en fit pas cas. Le Maure joignit les mains et inclina la tête à la façon obséquieuse de son peuple. Il partit, laissant à peine à l'archevêque le temps d'appeler un disciple pour le raccompagner vers la sortie.

Pierre d'Anduze se sentit bien mieux après avoir envoyé deux messagers ; un au chef des mercenaires, et un à Messire Dragonetz los Pros. Il fit tourner sa grosse chevalière, réfléchissant à tout ce que Raymond de Toulouse lui devait et songeant combien il serait plaisant de récupérer son dû.

Le soleil de la fin d'après-midi brillait sur la broche de l'éclaireur d'Estela, qui changea de posture pour éviter le reflet, le regard tourné distraitement vers le jardin du Palais. Dragonetz devait rentrer, et son cœur s'arrêtait au moindre mouvement près du portail. Elle avait essayé de passer le temps de façon plus constructive, mais elle manquait de patience avec Bèatriz et prit congé avant de faire pleurer la jeune fille. Cela eût été particulièrement injuste, car la jeune héritière de Die était rapidement devenue son égale et ses paroles, à l'image de leur compositrice, avaient perdu leur maladresse enfantine, piquant la jalousie d'Estela. Cette dernière savait être capable de puiser en elle l'inspiration de ses chansons, mais jusque-là, qu'avait-elle accompli ? Elle avait seulement repris les chansons des autres. Lorsque la situation serait plus stable, les chansons viendraient, se promit-elle. Quand Dragonetz serait de retour pour de bon. Elle avait abandonné tout faux-semblant d'activité et s'était mise à attendre en observant les alentours.

Ses yeux remarquèrent l'anomalie avant son cerveau lorsqu'elle aperçut une silhouette couverte et enturbannée sortir à cheval par le portail. Al-Hisba avait dit qu'il serait au moulin à papier. Il avait été absent de la cérémonie de départ. Que faisait-il à Narbonne ? Quelque chose clochait au moulin à papier ? Était-il parti à la recherche de Dragonetz ? La rune de l'éclaireur étincela de nouveau, poussant son imagination imprévisible à l'action. Mieux valait découvrir quel était le problème, et peut-être aider à sa résolution, plutôt que de souffrir le martyre chaque minute qui passait. Pour autant qu'elle le sache, Dragonetz avait accompagné le cortège un peu plus loin et passerait la nuit avec son père, certain qu'elle comprendrait. Le temps d'enfiler des bottes d'équitation et de faire appeler Gilles, Estela se dirigeait vers les écuries, trop concentrée pour ressentir le pincement au cœur qu'elle associait habituellement à ce lieu.

Ce fut à ce moment qu'elle reçut une seconde secousse. Maussade et soucieux, Arnaut donnait des ordres à une poignée d'hommes de Dragonetz. Il se renfrogna un peu plus en apercevant Estela.

— Ma Dame, dit-il sèchement.

— Je pensais que vous étiez parti avec le cortège d'Aliénor, laissa-t-elle échapper.

Elle était trop surprise pour faire preuve de tact.

— Désolé de vous décevoir, mais Messire Dragon a sélectionné un groupe pour rester auprès de Messire Dragonetz los Pros. Malheureusement, j'en fais partie, tout comme mon père.

De l'herbe de grâce, songea Estela, et un bouquet de pensées, mais elle ne trouvait pas les mots propres à apaiser la blessure du jeune homme.

— Et Dragonetz dans tout ça ?

— Il n'a pas eu son mot à dire.

Elle hésita, mais elle se devait d'essayer.

— Je suis certaine qu'il prend vos intérêts à cœur.

— Comme toujours. Si vous m'excusez, ma Dame, j'ai du travail à faire pour réorganiser notre logement lorsque nous aurons installé les chevaux et les bagages. Vous faites une chevauchée, si je comprends bien ?

Elle le regarda dans les yeux, y cherchant les moments où ils avaient chevauché côte à côte, mais son regard se dérobait au sien. Elle était sur le point de lui raconter qu'elle avait vu al-Hisba lorsqu'elle eut soudain le sentiment que ses peurs étaient stupides.

— Je vais montrer à Gilles le moulin à papier.

— Je suis ravie que vous ayez un compagnon convenable.

Arnaut la quitta.

Gilles avait déjà trouvé deux montures parmi les chevaux encore sellés et il offrit sa main à Estela. Elle chassa Arnaut de ses pensées et se mit lestement en selle. Une inexplicable urgence s'empara d'elle et, dès qu'ils furent sortis de Narbonne, elle éperonna sa jument pour la lancer dans un petit galop convenable. Elle fut aussitôt rejointe par Gilles, dont le talent de cavalier, même avec une seule main, n'avait rien à lui envier.

Dans la cour du Palais, un gamin crasseux reprenait son souffle à côté d'un homme qui retirait son casque.

— S'il vous plaît, Monsieur, pouvez-vous me dire où trouver Messire Dragonetz los Pros ? J'ai un message pour lui.

— Apporte-le à cet homme, lui répondit le chevalier.

Comme Dragonetz n'était pas revenu de la route sur laquelle ils auraient eux-mêmes dû chevaucher, Arnaut aviserait. Connaissant leur seigneur, il s'agissait sans doute d'une mission.

Arnaut s'était occupé des chevaux et, d'humeur massacrante, il s'apprêtait à rentrer dans l'enceinte du Palais lorsque le garçon courut à sa rencontre.

— Monsieur, Monsieur, j'ai un message pour Messire Dragonetz los Pros. Est-ce vous ?

— Oui, répondit Arnaut d'un ton sec.

Le garçon ferma les yeux et fronça le visage, pour bien répéter mot pour mot ce qu'il s'était entraîné à dire.

— L'Infidèle va mettre le feu au moulin à papier.

Esquivant à la perfection le bras couvert de maille qui s'allongeait pour l'attraper, le garçon déguerpit vers le dédale de rues, rodé aux récompenses du travail qu'il avait choisi.

— Le bâtard !

Arnaut ne parlait pas du garçon lorsqu'il frappa le mur de l'étable. Et Estela qui était en route pour le moulin avec un manchot pour seule protection ! Il jura derechef, distribua de brefs messages aux hommes qu'il venait tout juste de congédier pour un repos mérité, y compris son propre père avec lequel il parlait à peine. Comme Estela, il trouva une monture déjà sellée, arracha ses rênes à un quidam qui protesta, et s'en alla au grand galop sur le chemin qui longeait la rivière.

Mieux connu sous le nom d'al-Hisba, Malik-al-Judhami, de l'ancienne lignée des Banû Hûd, l'émir déshérité de la taïfa de Saragosse, ne se pressa pas en versant de l'huile sur le bois du moulin, du bief, des arbres, des presses. Il avait renvoyé tous les hommes afin que le moulin ne soit peuplé que de fantômes, mais même ces derniers risquaient d'entamer son détachement froid, peut-être même sa volonté. Comme toute manipulation, celle-ci devait être effectuée avec précision, et cette fois, il n'était pas assez insensible. Sur cette pierre, il avait rompu le pain avec Dragonetz et résolu des problèmes de lubrification et de rotation, de mathématiques et de mécanique. Ils avaient parlé d'harmonies et de taxes d'exportation, de vérités absolues et de roues.

Le moulin était le monument qui témoignait de l'alliance entre deux cultures ennemies et entre deux amis. Dragonetz le pardonnerait-il un jour ? Un homme pouvait-il croire que son ami médecin avait amputé et cautérisé l'un de ses membres irrémédiablement condamnés ? Malik battit le briquet et les flammes se propagèrent. Il arracha des planches et utilisa des éclats de bois pour embraser les coins les plus éloignés. Son visage couvert de suie ruisselait de sueur pendant qu'il travaillait à la destruction du domaine, où il avait été le roi qu'il ne pourrait jamais être à Saragosse, pas tant qu'Aragon et que les chrétiens réclameraient son pays comme le leur.

Malik avait observé le vent avant d'allumer le grand brasier, se fiant à l'eau des canaux et de la rivière pour contenir le feu, et il ne s'était pas trompé dans ses calculs. Tout le papier fabriqué dans le moulin – *leur* moulin – avait été chargé et envoyé la semaine précédente, les reçus soigneusement gardés chez Raavad, mais bien sûr, Dragonetz ne devait pas être au courant, pas avant d'avoir été sauvé de lui-même. Au printemps, lorsque les paiements viendraient, il serait un homme riche.

En attendant, des feuilles symboliques se réduisaient en cendres, sombrant dans les cuves qui noircissaient et crépitaient elles aussi. Il avait différé le plus longtemps possible, poussant la production aussi durement et efficacement que le lui permettait son savoir, mais il avait perçu l'impatience dans la voix de l'archevêque au cours de leurs rendez-vous. Malik avait préparé Raavad. Tout était en ordre. Que Dragonetz le comprenne ou non, son ami singulier, si cher à son cœur, serait en vie, libre de suivre son destin.

Et lui, Malik, était libre de retourner auprès des siens en al-Andalus, avec tout ce qu'il avait appris et toutes les alliances secrètes qu'il avait forgées en Occitanie. Il était libre de retourner auprès de sa femme et de ses cinq enfants, ayant accompli son devoir. Si Dragonetz avait été un autre, Malik se serait échappé comme prévu, oublié des templiers une fois vendu, oublié de son nouveau maître après avoir disparu.

Il trouverait un bateau discret entre Narbonne et Barcelone, et il serait chez lui, afin de continuer à œuvrer pour son peuple, écrasé entre les chrétiens et les Almohades à l'intolérance fondamentale. Mais Dragonetz ne l'avait pas acheté. Il lui avait offert le choix, avait partagé ses rêves et, en retour, Malik-al-Judhami lui avait accordé un été et lui avait enseigné, à lui et à sa jeune protégée, tout ce qu'il pouvait. *Inch'Allah*. Si Dieu le veut.

Toutefois, Malik fut brutalement rappelé à lui, les actions d'Allah ne tenant pas compte des projets des hommes, si méticuleux soient-ils. Fonçant sur lui à cheval arrivaient Estela et son homme de main. La jeune fille sauta de cheval et courut vers lui, une dague à la main. Si elle avait choisi de la lancer plutôt que de le poignarder, elle l'aurait touché. Alerté assez tôt pour réagir, il tordit le poignet qui l'attaquait, rendant le geste inoffensif. Alors qu'il lui retenait les mains, elle lui donna des coups et le mordit, avec un langage indigne d'une dame. Il peinait à la contenir tout en gardant un œil sur l'homme qui approchait. Malik n'avait d'autre choix que de se servir d'Estela comme bouclier, récoltant de nouvelles insultes tandis qu'elle se débattait en s'époumonant.

À son effroi, un autre cavalier fit son apparition, faisant voler la poussière sous les sabots de sa monture. Celui-ci était en armure. Dragonetz ? Non. À première vue, peut-être, mais un ami pouvait faire la distinction : légèrement moins grand, un port différent. Malik eut à peine le temps de reconnaître Arnaut avant de voir le piège se refermer sur lui ; cinq hommes qui avaient dû se cacher dans les sous-bois, attendant le bon moment.

— Non ! lança Malik devant la traîtrise des cieux.

Il poussa Estela vers son homme, qui trébucha, perdant l'équilibre, laissant au Maure le temps de les dépasser et de dégainer son cimeterre. Il n'avait pas pensé l'utiliser en ce jour, mais il ne resterait pas là, en simple observateur, d'autant plus qu'il pouvait deviner qui avait organisé cette embuscade malencontreuse. Poussant le cri de guerre ancestral de son peuple, il chargea Arnaut, qui luttait déjà pour sa vie, cloué au sol après que son destrier eut été mis à genoux. Ses yeux s'écarquillèrent lorsqu'il vit Malik arriver en brandissant la grande lame incurvée, mais il comprit et lui tourna le dos, comme il l'avait fait des milliers de fois avec Dragonetz. Seulement, c'était alors contre les cimeterres qu'ils se battaient.

Malik était sur le point de rééquilibrer le combat à deux contre cinq, bientôt trois contre cinq, maintenant que l'homme d'Estela avait compris la situation. Il s'en fallut d'une seconde. L'une des cinq épées se glissa entre la coiffe et le haubert, au niveau de l'encolure, avant de libérer des bulles de sang sur son passage en se retirant. Arnaut tomba à genoux, puis de tout son long. Son travail accompli, la bande de rebelles s'enfuit.

Malik retira le heaume de la tête d'Arnaut et écarta les mailles du haubert. Il pressa la blessure pour contrôler l'hémorragie, mais il ne pouvait pas l'arrêter complètement. Estela se jeta sur le sol à côté de lui.

— Votre attirail de médecin est-il sur votre monture ? Puis-je aller le chercher ?

Il se contenta de secouer la tête, verdict sans appel.

Arnaut ouvrit les yeux, un spasme de douleur altérant son regard autrement lucide, où ne subsistait aucune trace d'amertume.

— Tout va bien, Estela, articula-t-il péniblement.

Estela dut se pencher pour le comprendre. Tous entendaient le martèlement de sabots en approche.

— Partez, al-Hisba, lui dit Arnaut. Dragonetz vous tuera.

Malik hésita, mais Estela répéta :

— Partez.

Elle posa la tête d'Arnaut sur ses genoux, éloignant la main du Maure, ses propres doigts contre la blessure pour gagner quelques minutes de plus.

— Je suis Malik-al-Judhami des Banû Hûd, leur expliqua-t-il, s'inclinant de façon respectueuse devant Arnaut. Que la paix soit avec vous, mon frère d'armes. Puissions-nous nous retrouver au Paradis.

— Allez-y, lui dit Estela, péremptoire.

Le Maure enfourcha son palefroi, passant au galop devant les nouveaux venus en adressant un hochement de tête à leur meneur. C'était en effet Dragonetz, accompagné de Raoulf et d'autres hommes.

— Messire, l'accueillit Arnaut. Ce coup t'était destiné.

Il fit un faible effort pour lever le bras, désignant sa blessure au cou.

— Cinq hommes armés, leur chef roux et vérolé, tous sans honneur.

— Je les connais, lui dit Dragonetz. Ils paieront.

Il prit les mains d'Arnaut entre les siennes.

— J'aurais aimé que *ce soit* moi !

Puis il s'écarta pour laisser place à l'homme dont le fils était à terre. Ce dernier, incapable de parler, frictionna les mains froides sans relâche, essayant de ranimer la vie.

Raoulf tira sur la cotte de mailles.

— Trop serré, dit-il, ahuri par le chagrin. C'est trop serré.

Par mégarde, il accrocha la chaîne sous le haubert, dévoilant le gage d'Estela, qu'Arnaut portait encore contre la peau.

Comme mû par un brusque rappel, Arnaut reprit la parole :

— Estela ?

— Je suis là.

Elle caressa le front exsangue balayé de cheveux blonds échappés du casque de fer.

— Je suis toujours là.

— Quelle sorte de chanson serais-je ?

— La meilleure sorte, lui répondit-elle. Une chanson d'amour, de courage et d'amitié.

— D'honneur, ajouta Dragonetz, d'adresse au combat et de lutte dos à dos.

— Vous aviez tort, souffla Arnaut, le regard obscur tourné vers son père.

— J'avais tort, confirma Raoulf d'une voix hachée.

Arnaut écrasa les mains d'Estela, mais ce fut le cœur de la jeune femme que cette poigne désespérée comprima. L'ampleur d'une telle perte l'oppressait, jusqu'à ce que, soudain, lui vint la Chanson d'Arnaut. Les mots scintillaient, aussi affûtés qu'une fine lame, la poésie riche aux accents sanglants de la vie et de la mort d'un homme, ainsi formée dans son cœur ouvert.

Ce sera ma première chanson, promit-elle à son ami en silence. *Vous ne serez jamais oublié. Là où les troubadours chanteront, en tout temps et en tout lieu, ils se souviendront d'Arnaut, qui a donné sa vie pour son ami.*

— Dégagez vos pieds des étriers, ordonna Dragonetz.

Il se pencha pour fermer les yeux désormais aveugles. Doucement, il détacha Estela d'Arnaut, la forçant à lâcher prise, la remettant sur pied. Elle ne pouvait pas comprendre que tout était terminé.

— Laissez-les, lui dit-il en la tenant par le bras.

Incapable de bouger de son propre chef, Estela se laissa conduire à l'écart du tableau composé par le père et son fils. Sans la lâcher, Dragonetz donna des ordres à ses hommes. Il leur expliqua qu'il devait rentrer à Narbonne aussi vite que possible pour s'assurer d'arrêter les assassins. Le feu commençait à manquer de combustible, s'éteignant peu à peu, réduit à un tas de cendres au milieu du moulin démoli. Jetant à peine un regard à ce qu'il restait de son rêve, Dragonetz hissa Estela devant lui. Gilles leur tint compagnie lors d'un sombre retour en ville, au cours duquel maints propos furent échangés au sujet d'un homme qu'ils n'avaient pas connu, et qu'ils avaient appelé al-Hisba.

CHAPITRE VINGT-TROIS

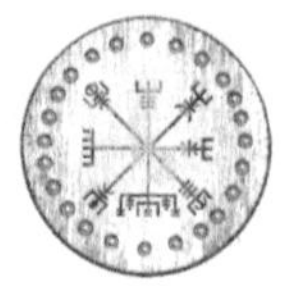

Ermengarda écoutait, le visage dur et impassible, ses questions aussi perspicaces qu'à l'accoutumée lorsque Dragonetz eut terminé ses accusations.

— Les cinq mêmes personnes qui ont tenté de provoquer une guerre civile en ville et de vous tuer dans le quartier juif ?

— Oui.

— Et vous soupçonnez quelqu'un à qui bénéficierait l'animosité envers les juifs au sein de ma ville, ainsi que toute entrave à l'invention du papier qui viendrait prendre la relève des fonctions et de l'argent de l'Église ?

— Oui. Je pense qu'il se cachait également derrière la tentative d'assassinat à mon encontre lors des jeux vikings. En employant Dame Alis et peut-être de mèche avec Toulouse.

— Mais il n'existe pas de preuve contre l'archevêque ?

— Rien qui ne puisse disparaître en soudoyant quelques témoins.

— Et le rôle de votre homme, al-Hisba, dans tout cela ?

— Je l'ignore, admit Dragonetz. Estela et Arnaut, vraisemblablement, l'ont vu mettre le feu au moulin, mais Estela et Gilles jurent qu'il n'attendait pas les assassins et qu'il aurait donné sa vie pour sauver celle d'Arnaut. Cela n'a aucun sens pour moi. Tout ce que je sais, c'est qu'il n'a jamais été mon homme. Qui il est vraiment, je dois encore le découvrir. Tout ce que je possède, c'est un nom, mais c'est plus que ce que nous savions auparavant.

Un silence songeur s'installa. Dragonetz savait qu'il ne valait mieux pas le troubler.

— Il vous faudra parler avec Raavad, commenta Ermengarda finalement. Vous ne pouvez rien faire d'autre que de renoncer à votre contrat, puisque vous ne possédez plus ni moulin ni marchandise. Il doit donc récolter son dû.

Dragonetz vit rouge.

— J'attends certains paiements pour des livraisons envoyées en mer, mais les incertitudes du climat et du voyage signifient que je ne possède aucune garantie. Je ne peux qu'espérer que Raavad soit disposé à attendre et que je tombe sur une source miraculeuse de bonne fortune.

Cette fois, le silence se fit plus lourd. Dragonetz était en train de demander à Ermengarda si elle acceptait de lui faire un prêt, sinon un don. Il connaissait la réponse. Ce que lui aurait donné la femme qui se trouvait en elle, la vicomtesse de Narbonne n'osait s'y risquer. Elle s'était clairement fait comprendre lors de leur premier pacte en privé.

Elle soutint son regard sans sourciller, sans s'excuser.

— J'espère également que Raavad sera généreux envers son emprunteur.

Dragonetz hocha la tête. C'était un refus. Ermengarda avait compris à quelles extrémités l'Église était prête à en arriver pour empêcher le papier de transformer le monde, or sa ville et son commerce constituaient sa priorité, contrairement à l'improbable richesse découlant à long terme de la vision d'un fou.

— Je crois que le commandant de ma garde pourra trouver vos mercenaires, avec votre description.

Dragonetz donna son accord silencieux, attendant la suite.

— Ils devront être questionnés, continua Ermengarda.

Ce qui voulait dire torturés et mutilés. Dragonetz attendait toujours.

— Ils lanceront probablement toutes sortes de fausses accusations contre un prélat respecté, un citoyen de Narbonne ; ce que nous lui rapporterons, tout comme notre incrédulité que des criminels puissent nous croire assez stupides pour le soupçonner de conspiration et de meurtre.

Anduze saurait donc qu'Ermengarda était bien au fait de ses

crimes, et elle détiendrait désormais cette emprise sur lui. Il lui devrait une faveur afin de ne pas subir de pénibles répercussions. Ermengarda aurait certainement pu les mettre en œuvre, même sans prouver sa complicité.

— Si nous avions réussi à le lier à l'attaque à l'arbalète, il aurait également enfreint le décret de l'Église interdisant l'usage de flèches contre les chrétiens.

Ermengarda hocha la tête.

— Cela lui sera également reproché. Après tout, c'est mon beau-frère et je dois agir avec précaution. Il est difficile de croire que j'aie soutenu sa charge !

Elle poursuivit sa réflexion.

— J'ai l'impression que les meurtriers sont des juifs.

Il ne comprenait plus.

— Des juifs ? s'enquit-il.

— Il sera impossible de les reconnaître une fois que l'interrogatoire aura produit ses effets inévitables, mais leurs confessions et nos rapports démontreront que ce sont les juifs qui se cachent derrière toutes les scélératesses récentes contre les bons citoyens chrétiens de Narbonne. Leurs frères juifs rejetteront bien sûr ces ignobles saboteurs et nous ne serons que trop heureux de les exhiber en exemple sur les potences de la colline d'Ad Fiurcas. Ce qu'il restera d'eux, j'entends. Tous nos bons citoyens juifs de Narbonne pourront ainsi continuer à mener paisiblement leur vie de commerce et d'échanges, la source de la maladie ayant été éradiquée.

La communauté chrétienne aurait donc ses boucs émissaires juifs, la communauté juive serait protégée, la paix serait rétablie, et un groupe de mercenaires périrait d'une mort déplaisante, avec, bien sûr, la bénédiction de leur propre employeur chrétien.

Dragonetz la regarda avec une admiration sincère. Voilà pourquoi elle était vicomtesse de Narbonne.

— Les mots me manquent, lui dit-il, honnêtement.

Elle lui offrit l'un de ses rares sourires.

— Je prendrai cela comme un compliment. Je vous saurai gré de présenter mes respects à Raavad et de l'informer qu'il devra communiquer tous les détails de la triste nouvelle à la communauté juive, afin de s'assurer que la mort de cinq de ses membres, qui ont malheureusement fait défaut à leur race, sera accueillie comme il se doit.

Une pensée vint à l'esprit de Dragonetz.

— Et les familles des cinq criminels ?

— Elles n'ont rien à se reprocher et si une telle famille se fait connaître, elle se verra généreusement offrir de quoi recommencer sa vie ailleurs.

— Ma Dame.

Dragonetz se prosterna et partit.

Dans le bureau sombre du philosophe et homme d'affaires connu sous le nom de Raavad, Dragonetz découvrit qu'on l'attendait. Comme les deux commerçants qu'ils étaient, ils échangèrent d'abord des banalités, puis Dragonetz lui transmit le message d'Ermengarda.

— Je vous prie de remercier la Dame Ermengarda, obtint-il pour toute réponse.

Ils en vinrent alors à la raison de la visite. Cependant, avant que Dragonetz ne puisse faire ses propositions, Raavad sortit des feuilles de parchemin noircies d'une écriture fluide et les tendit à Dragonetz.

— L'un de vos amis a déposé ceci chez moi en même temps que vous avez demandé votre emprunt. Il m'a donné pour instruction de ne vous le confier qu'en une telle occasion. Je vais vous laisser afin que vous preniez connaissance de son contenu en paix.

Les yeux de Dragonetz s'étaient déjà portés sur la signature, Malik-al-Judhami des Banû Hûd. Il savait lire la belle langue arabe, et si sa vision se brouilla de temps à autre, ce ne fut pas à cause de problèmes de langue ni de graphie.

Mon ami d'esprit,

Il était dans mon intention d'accompagner le premier voyageur de Douzens qui demanderait un serviteur, afin de quitter les Frères sans éveiller les soupçons. Ils n'ont aucune raison de se plaindre des années au cours desquelles je les ai servis, mais, comme vous le savez désormais, je n'étais pas sous leur emprise. Mon grand-père était le roi de Saragosse et j'espère un jour rendre à ce pays son ancienne grandeur. Vous auriez aimé ses bibliothèques et ses jardins, son architecture et, bien sûr, ses moulins à papier. L'époque est sombre pour nous, entre les chrétiens d'Aragon, qui restreignent un peu plus nos droits chaque jour, et les Almohades musulmans, qui n'ont aucune notion de droit, et qui sont encore pires que les Almoravides avant eux.

Mon peuple en al-Andalus a souffert des conséquences de vos croisades chrétiennes et j'avais besoin de découvrir vos plans et de savoir si notre dernière victoire avait diminué votre ardeur à envahir Oltra mar. Nous savons tous deux que tel est loin d'en être le cas et le cœur lourd, j'ai désormais appris tout ce que je pouvais. Je dois retourner auprès de mon peuple et le protéger dans la mesure de mes moyens. Je sais également, mon cher ami, que tous les chrétiens ne sont pas fiers de leurs actes en Terre sainte.

Lorsque vous m'avez offert la liberté de refuser, vous m'avez imposé une dette d'honneur. Lorsque vous avez été attaqué, je vous ai sauvé la vie, mais j'ai d'autant mieux ressenti cette dette que je savais qu'il y aurait d'autres attaques. Lorsque vous discutiez avec moi de musique et d'irrigation, je voyais une terre fertile et j'en tenais les graines dans la main. Comment pouvais-je les jeter dans le vent ? On trouve également chez ma Dame Estela un esprit et un talent rares. Cela me réjouit de vous voir créer de la musique. Je ne sais quoi, dans les accords que vous jouez ensemble, me fait languir de ma propre bien-aimée et de nos enfants, abandonnés les cinq dernières années dans ce monde incertain, sans ma présence. Mais je vais rester pour ensemencer les terres et j'espère que nous ferons une merveilleuse récolte avant la tempête. Contrairement à vous, je sais que la tempête doit venir, car l'archevêque m'a déjà trouvé. Il a cherché à savoir si je vous tuerais – ce que je ne ferai pas – et si je détruirais le moulin à papier, qui n'est pas constitué de plus de cinq planches pour l'instant ! Je le ferai, mon frère d'esprit, je détruirai le moulin à papier, car je ne vois aucune autre façon de protéger votre vie contre ces bâtards de chrétiens. Ils ne s'arrêteront devant rien. Je ferai de mon mieux pour que nous ayons la meilleure récolte possible d'ici là.

Inch'allah.

Malik-al-Judhami des Banû Hûd

Il y avait un long post-scriptum, visiblement écrit récemment, à la hâte.

Dans l'autre monde, vous et moi, nous parlerons de tout ce qui nous sépare dans celui-ci. Arnaut nous y attend. Que ses derniers mots aient montré plus de compréhension envers mes actes que je ne le mérite me donne foi. C'était un homme bon et un camarade courageux.

La récolte fut bonne mon ami, meilleure que vous ne pouvez le comprendre pour l'instant, alors que vous savez que vous ne pourrez pas remplir votre contrat auprès de Raavad d'ici deux mois et que votre terre vous sera confisquée. Lui et moi, nous avons passé un accord inébranlable. Il vous expliquera le nécessaire et vous n'aurez pas le choix. Je vous charge de ce fardeau par amitié. Vous devez partir jusqu'à ce que le monde évolue et qu'il existe un lieu pour vos rêves. Jusque-là, Narbonne équivaut pour vous à une condamnation à mort. Croyez-moi, s'il y avait eu une autre possibilité, je ne vous imposerais pas cela.

Je vous supplie d'accepter ce présent d'amitié que je vous confie.

« Apportez-moi un cheval, un arc
Un livre, des poèmes
Une plume, un luth, des dés, du vin,
Un échiquier aussi. »

Jusqu'à notre prochaine rencontre.

Malik

Le regard vide, Dragonetz fixait les feuillets, incapable d'en déceler le sens. La citation du vieux poète n'était guère plus énigmatique que le reste, qui bouleversait ce qu'il avait pensé savoir. Al-Hisba avait raison sur un point. Il n'y avait aucune chance qu'il puisse rembourser les quinze pour cent dus avant les calendes de novembre. D'après le contrat qu'il avait signé, sa terre serait confisquée et cela faisait de lui un homme ruiné. Il ne retournerait pas auprès de son père demander de l'aide, contraint à écouter, à tout le moins, la proposition qu'on lui ferait.

Il sursauta quand Raavad prit la parole.

— Je comprends que vous ayez besoin de temps pour assimiler tout cela, mais malheureusement…

Il ouvrit les mains, dans ce geste d'excuse juif rejetant la faute sur Dieu. Il se dirigea vers un grand coffre, y fouilla parmi des habits et en retira un objet emballé dans de la toile cirée.

— Vous ne pouvez payer vos redevances d'hypothèque, déclara-t-il. Les termes du contrat étaient très précis.

Dragonetz se mordit les lèvres. Il se rappelait très bien les termes du contrat et la confiance qu'il avait montrée au sujet du remboursement.

— Votre terre sera bien entendu confisquée. Mais comme Malik – al-Hisba – l'a dit, il a passé un arrangement avec moi au préalable. Je vous rendrai la somme exacte que vous m'avez empruntée pour acheter la terre, si vous réalisez une commission pour moi.

— Vous me rembourserez la valeur d'un terrain avec un moulin fonctionnel, alors que je vous dois cette terre dans tous les cas. Cela n'a aucun sens. Contre une commission !

Le ton de Dragonetz était ironique. Il semblait que tout le monde, mis à part lui, était responsable non pas de certaines personnes, mais d'un peuple.

— Malik était généreux. Et puis, c'est une commission dangereuse, admit Raavad. Ceci, commença-t-il en déroulant la toile cirée pour dévoiler un livre, ne se trouve plus en sécurité ici. J'ai besoin que quelqu'un l'emporte en Terre sainte et le dépose auprès d'un confrère.

— *Oltra mar.*

Dragonetz rit à gorge déployée.

— Jérusalem, clarifia Raavad. Il sera en sécurité là-bas.

Retourner sur la scène de ses plus grands échecs, de ses plus grands crimes et transporter un livre juif d'une valeur inestimable en territoire ennemi vers la Terre sainte. Cruelle ironie du sort !

— Entre la prochaine croisade qui rassemble ses forces et l'armée de Nûr ad-Dîn probablement déjà devant les murailles de la ville, attendant son heure pour s'emparer de nouveau de Jérusalem !

— Le livre ne restera pas à Jérusalem, mais d'ici là, cela ne vous concernera plus. Je vous en prie, Dragonetz. S'il y avait une autre solution, elle serait privilégiée.

Voilà une autre phrase que Dragonetz avait entendue trop souvent. Ce n'était pas la sécurité du livre qui l'inquiétait.

— Ai-je le choix ?

— Il y a toujours le choix, lui dit Raavad gentiment, mais c'est le seul choix honorable qui vous soit offert.

Il plaça soigneusement le livre sur la table et l'ouvrit, dévoilant d'anciennes pages de parchemin, chacune composée de trois colonnes de texte régulier, de notes de bas de page, et d'annotations soignées dans les marges.

Dragonetz étudia la page, qui paraissait rédigée à l'envers pour ses yeux de chrétien.

— Vous pouvez au moins me dire de quoi il s'agit, puisque je risque de mourir pour ce livre.

— Il s'agit de la Kéter Aram Tzová, répondit simplement Raavad.

Voyant que Dragonetz n'était guère plus avancé, il continua :

— C'est une Torah très ancienne, notre Bible, peut-être la plus ancienne en notre possession. Ceci…

Il désigna avec respect les griffonnages dans les marges.

— C'est l'œuvre d'Aaron Ben Asher, qui représente des années de travail et d'étude de la part d'un esprit brillant. Ces écrits ne nous indiquent pas uniquement comment lire la Torah, mais aussi comment la chanter.

Dragonetz observa avec un nouvel intérêt les marques qui devaient former une sorte de notation musicale. Al-Hisba aurait étudié avec minutie ce trésor.

— Ce manuscrit, continua Raavad, est le guide sacré de la Torah. Il doit être préservé. Il a été volé, et contre rançon, placé sous ma responsabilité. Il a nourri le savoir de mon peuple en Provence et j'ai bon espoir que quelque chose de spécial soit né ici, grâce à ce livre. Mais il ne se trouve plus en sécurité à Narbonne, ni même en Occitanie. Il s'agit peut-être de l'unique copie existante après les profanations de la dernière décennie en Terre Sainte, et elle doit y retourner. Ses quatre cent quatre-vingt-dix pages doivent être conservées intactes, en lieu sûr.

« Béni son gardien, maudit son voleur, maudit son vendeur, maudit celui qui le met en gage. Il ne se vendra pas et il ne se rachètera pas. »

Dragonetz s'inclina pour lui montrer qu'il comprenait et écouta ses instructions précises afin de savoir à qui le remettre, comment et où.

— Nous ne serons pas ingrats et nous n'oublierons pas le service rendu ni ce que cela vous coûtera, lui dit Raavad.

Ces mots donnèrent à Dragonetz une impression de déjà-vu. La Gitane diseuse de bonne aventure ? Non, pas elle, mais l'autre, le juif mystique. Raavad n'était alors pas présent, mais Makhir, oui. S'agissait-il du service que Makhir avait en tête ?

— En avez-vous parlé à quelqu'un d'autre ?

— Aux neuf membres du conseil, admit-il. Et à ceux qui cherchent la vérité. Le savoir ne doit pas être enterré.

— Dites cela à ceux qui ont réduit à néant mon moulin à papier !

— C'est précisément pour cela que ce doit être vous. Vous vous souciez de la sagesse. Vous comprenez pourquoi nous devons transmettre nos connaissances. Je vous ai dit que le livre n'est plus en sécurité ici. Je sais que des rumeurs grandissantes circulent selon lesquelles je détiens quelque chose de grande valeur. Certains le devinent. Vous devez partir sur-le-champ. Trouvez un prétexte à votre départ.

Dragonetz hocha la tête. Puis il passa la porte, cachant le livre dans son pourpoint.

— Si vous souhaitez faire parvenir quelque message à Malik, je peux le joindre, lui précisa Raavad. Et autre chose, Dragonetz. Le présent d'amitié vous attend à l'écurie. Que Yahweh vous guide et soit avec vous.

Qu'allait-il trouver à l'écurie ? C'était un cheval, ce qui, en soi, surprenait Dragonetz quand on songeait à l'effort que cela avait constitué de faire venir ce destrier à Narbonne. Mais ce qui l'émerveilla, cependant, ce fut la qualité du destrier, un étalon noir, pur-sang d'une lignée arabe. Il avait dû être envoyé d'al-Andalus. Il avait coûté une fortune, sans aucun doute.

Apportez-moi un cheval, un arc
Un livre, des poèmes
Une plume, un luth, des dés, du vin,
Un échiquier aussi.

— Sadeek, lui indiqua le valet d'écurie. C'est son nom, Messire. L'homme qui l'a laissé pour vous a dit que cela vous plairait.

— Oui, répondit Dragonetz. Sadeek.

Le mot arabe pour désigner un ami fidèle.

Et maintenant, il devait voir celle avec qui il souhaitait passer sa vie entière et à laquelle il ne pouvait offrir qu'une seule nuit.

— L'éternité ne serait pas suffisante, lui dit Estela.

Le rideau de ses cheveux caressait ses épaules nues. L'ombre d'Arnaut et celle de leur séparation rendaient plus intense leur rencontre, mêlant le désespoir au désir. Il y eut un moment où Dragonetz tourna son visage vers elle.

— Quoi ? lui demanda-t-elle.

— Des fantômes.

Une fois de plus, ils chassèrent les fantômes par une danse langoureuse de leurs mains, leurs lèvres et leur peau.

— Et si je venais avec vous ? offrit-elle.

— Ne croyez pas que je ne le souhaite pas ! Mais vous savez ce qui m'attend *Oltra mar*. Croyez-vous que je puisse supporter ce qui risquerait de vous arriver ? Vous savez ce que Sancha a vu. Et je ne pense pas que vous soyez en sécurité ici non plus. Partez avec Bèatriz lorsqu'elle retournera à Die. Vous serez hors de portée des habitants de Montbrun ou de son Éminence ici à Narbonne. Vous pourrez être la *trobairitz* que vous avez toujours voulu être. Et je vous trouverai là-bas. Je vous retrouverai, où que vous alliez.

Elle savait qu'il avait raison.

— Mais lorsque vous reviendrez…

Même pour elle-même, elle ne parvenait pas à dire « si vous revenez ».

— Nous serons âgés. Nous aurons peut-être trente ans, nous serons ridés et bedonnants, il nous manquera des dents. Comment pourrez-vous alors m'aimer ?

— Comme ceci, lui répondit-il. Fermez les yeux. C'est le toucher qui compte, et non pas les tours que nos yeux nous jouent.

Par quelques adroites caresses sur son corps, il lui montra ce qu'il voulait dire.

— Tant que nous pouvons nous toucher, nos corps pourront en profiter, peu importe ce que nos yeux nous diront. Mais il sera temps, quand nous serons âgés. Mes yeux sont parfaitement satisfaits de ce qu'ils voient maintenant.

Elle ouvrit les paupières pour rencontrer son regard noir et intense, qu'elle soutint, l'attirant jusqu'à en oublier où elle finissait et où son corps à lui commençait.

Le ciel se teintait du rose annonciateur de l'aube tant redoutée lorsqu'il se tourna vers elle, le visage grave.

— Je pourrais m'absenter pendant des années. Je ne vous demande pas de m'être fidèle. Je ne m'attends pas à ce que mon corps vous soit fidèle. Mais pour mon esprit, je ne vois aucune autre possibilité.

Essayant de chasser le nœud dans sa gorge, elle déclara pour le taquiner :

— Et lorsque vous reviendrez, si je n'ai pas envie d'abandonner mon nouvel amant pour vous ?

— Alors je le tuerai, lui répondit-il.

Ses yeux étaient ardents et elle le crut, nichée dans ses bras, alors que le soleil à son tour parait d'or les nuages.

Il s'agenouilla devant elle, lui embrassa la main en lui prêtant allégeance et il retira sa chevalière, sur laquelle son blason était gravé en or massif.

— Gardez cela pour moi et, si vous vous retrouvez dans le besoin, dites que vous êtes sous la protection de Dragonetz los Pros, ou envoyez-moi ceci et je viendrai à vous, où que je me trouve et quoi que je fasse.

Elle enfila la bague sur la chaîne que lui avait donnée le père d'Arnaut ; la chaîne qui avait autrefois porté son bracelet.

Ils prolongèrent les derniers instants de la nuit jusqu'à ce qu'aucun d'eux ne puisse plus ignorer le jour. Il était temps. Ils l'avaient chanté un millier de fois ensemble. L'Aubade. La Chanson de l'Aube, dont les mots portés par Dragonetz avaient flotté jusqu'à cette jeune fille élevée à Montbrun.

Il en répéta les paroles à voix basse, rien que pour elle :

Ma mie, ma douce, qu'allons-nous faire ?
Le jour approche, la nuit s'enfuit
L'heure vient d'aller chacun son chemin
Toute une journée votre cœur loin du mien.

Puis il l'embrassa et partit.

ÉPILOGUE

C'était le mois d'octobre et les feuilles commençaient à changer de couleur. La route vers le nord serait bloquée par la neige quelques semaines plus tard et le cortège avait reporté autant que possible son départ de Narbonne avant de prendre la *Via Domitia* pour Die dans le massif du Vercors.

Estela jouait avec la chaîne autour de son cou, dont la bague se balançait contre ses seins sous sa robe, tout en répondant distraitement à la conversation de Bèatriz, à cheval auprès d'elle, accompagnée de Gilles, Raoulf et d'un grand chien blanc qui semblait estimer que sa place était avec elle. Le moignon de l'un des hommes et la mine funèbre de l'autre l'accusaient de leurs pertes respectives, mais elle ne pouvait rien faire de plus que de veiller sur eux. En retour, par le moindre de leurs mots et de leurs gestes, ils veillaient sur elle.

Dans ses paniers, enveloppé dans du tissu pour empêcher que les cordes ne se rompent, se trouvait un présent envoyé depuis un port étranger, réalisé à bord par un mystérieux personnage faisant escale sur son chemin vers *Oltra mar*. C'était une invention merveilleuse qui consistait en une vasque bleue tout autour de laquelle étaient fixées des cordes. Une fois remplie d'eau et placée sur son socle, la vasque donnait l'heure, trois fois par jour : Tierce, Sexte et Vêpres. L'eau qui s'écoulait d'un petit orifice déclenchait le mouvement de chaque anneau de métal. Sur les premiers anneaux étaient fixées les planètes.

Sur le suivant, deux petites silhouettes humaines, dont les bouches s'ouvraient et se fermaient pendant que les cordes tournaient. Sur le troisième, enfin, les instruments de musique, une flûte à bec, un luth et un rebec, travaillés en détail.

— Boèce, avait murmuré Estela, souriant à travers ses larmes, en recevant le présent.

L'autre objet précieux caché dans son panier était un livre parfaitement relié, qui lui avait été offert par le relieur de Narbonne, dont le travail sur parchemin s'adressait habituellement aux scribes de l'archevêque et à la vicomtesse. Pourtant, les feuilles n'étaient pas du parchemin. C'était un livre en papier, beau et rare, relié en cuir avec des pages de garde marbrées importées spécialement de Venise.

— De la part de Malik-al-Judhami des Banû Hûd pour son amie Estela de Matin, lui avait indiqué le relieur.

Dès qu'elle avait vu le livre, Estela avait su que ce serait là qu'elle consignerait sa première chanson, la Chanson d'Arnaut, qui résonnait encore dans son cœur.

Dans le Palais de la Cité de Paris, abondamment redécoré dans une vaine tentative de plaire à sa reine, Aliénor était en train de hurler dans une chambre, accompagnée de son accoucheuse et de ses dames triées sur le volet. La déception se peignit sur les visages lorsque l'accoucheuse annonça enfin :

— C'est une fille.

Aliénor n'était pas déçue. Elle était folle de rage.

— Emportez-la ! ordonna-t-elle.

Le malheureux nouveau-né fut précipitamment emmené hors de sa vue. La reine fit appeler son mari, qui essaya de lui prendre la main et de l'apaiser.

— Ne vous inquiétez pas, lui dit-il.

— Je veux divorcer, répondit-elle avant de lui tourner le dos.

Elle avait déjà décidé qui serait son prochain époux.

NOTES HISTORIQUES

Quand des personnages historiques réels apparaissent dans le récit, j'ai employé des faits historiques chaque fois que j'ai pu en trouver, ajoutant des détails en conformité avec les recherches des historiens. Le XIIe siècle n'a pas laissé beaucoup d'écrits, de sorte que les faits et les interprétations sont largement disputés par les historiens, laissant la place à une romancière d'explorer ce qui aurait pu se passer. Il n'existe aucune trace de la visite d'Aliénor à Narbonne, mais c'est parfaitement possible aux dates que j'ai suggérées, et il semble vraisemblable qu'Ermengarda et elle aient formé une alliance. De même, l'idée qu'Aliénor ait rapporté du sucre des Croisades et qu'elle l'ait intégré au commerce de Narbonne ne manque pas de preuves, associant étroitement Aliénor à Narbonne.

Aliénor est connue en anglais sous le nom d'Eleanor, mais j'ai essayé de conserver la saveur particulière de cette époque en employant des noms français ou occitans, à moins qu'ils ne troublent la lecture. L'orthographe des noms était arbitraire, et comme la plupart des chefs occitans s'appelaient Raymond, j'ai utilisé les différentes orthographes pour essayer de faire le distinguo entre les nombreux Raymond, qui bénéficiaient de toutes les orthographes possibles à l'époque.

Bien qu'Estela et Dragonetz soient des personnages entièrement fictifs, ils vivent dans le monde et les événements réels du XIIe siècle, que j'ai restitués au mieux de mes capacités. Toutes les paroles de chansons dans ce livre sont tirées de véritables textes attribués à divers troubadours, mais chaque fois que des troubadours historiques apparaissent dans le récit, comme Marcabru, ses paroles sont conservées.

Une fois de plus, il est vraisemblable qu'il soit passé à Narbonne à cette période.

Chose étonnante, le prince d'Orkney s'est bel et bien arrêté à Narbonne et a écrit des vers héroïques pour Ermengarda à cette période.

En Occitanie (actuellement le Sud de la France et le Nord de l'Espagne), à cette époque, les musulmans et les juifs partageaient leurs connaissances incroyables en science, médecine, ingénierie, technologie et même philosophie. Certains chrétiens, comme Dragonetz, y voyaient l'avenir ; d'autres prêchaient les feux de l'enfer et la damnation. Parmi les inventions païennes qui attirèrent les foudres de l'Église, menaçant ses coffres et son monopole sur le verbe, figure le papier.

L'Église médiévale parvint si bien à éradiquer la production de papier dans l'Europe chrétienne qu'il fallut attendre deux cents ans avant que les connaissances du XIIe siècle réapparaissent, conduisant à cette liberté de pensée à travers les âges que l'on appelle un livre.

PERSONNAGES HISTORIQUES FIGURANT DANS LE ROMAN

- Aliénor d'Aquitaine – duchesse d'Aquitaine et reine de France
- Abraham ben Isaac/Raavad II – chef juif et célèbre interprète de la Torah, père d'Abraham ben David, un chef juif de Nîmes
- Alphonse dit « Jourdain » – comte de Toulouse, père de Raymond, empoisonné à Césarée en 1148
- Alphonso, Roi de Castille – empereur d'Espagne, mort en 1144, léguant ses biens aux templiers
- Archevêque de Narbonne, Pierre d'Anduze, frère du mari d'Ermengarda
- Archevêque Suger – prélat royal à Paris, conseiller du roi Louis
- Bèatriz, future comtesse de Die et célèbre troubairitz
- Bernard de Clairvaux – abbé influent ayant conduit à la réforme de l'ordre cistercien, dont les prêches aidèrent à lancer et à bénir la désastreuse 2e Croisade.
- Bernard d'Anduze – mari officiel d'Ermengarda, frère de l'archevêque de Narbonne
- Ermengarda – vicomtesse de Narbonne dès l'âge de quatre ans
- Jarl Rognvaldr Kali Kolsson – prince d'Orkney
- Louis VI – roi de France, marié à Aliénor
- Pape Eugène III
- Raimon Trencavel – frère de Roger et comte de Carcassonne à la mort de son frère en 1150
- Ramon Berenguer – comte de Barcelone, prince d'Aragan et suzerain de Provence
- Raymond V – comte de Toulouse
- Raymon d'Antioche – oncle d'Aliénor et son amant selon les rumeurs, tué par les troupes sarrasines en 1148

- Raymond et Stéphanie des Baux – gouverneurs de Provence
- Roger Trencavel – comte de Carcassonne, mort en 1150
- Sicard de Lautrec – allié de Toulouse
- Troubadours – Marcabru, Cercamon, Peire Rogier d'Auvergne, Raimbaut d'Aurenja / Raymon d'Orange, Guiraut de Bornelh
- Responsable de la commanderie templière de Douzens – Pierre Radels, Maître ; Isarn de Molaria et Bernard de Roquefort, commandeurs adjoints.

REMERCIEMENTS

Un grand merci…

À Kaye pour sa relecture attentive et sa critique constructive, et John Green pour sa traduction impeccable du poème de Marcabru, *Pax in nomine Domini*. Je sais qu'il se mettra dans tous ses états quand il verra certaines de mes interprétations obstinées.

Au groupe d'écrivains de Dieulefit, merci d'exister, et surtout à Laurent pour sa critique constructive de la version originale, *Song at Dawn*.

À la communauté solidaire d'authonomy.com, merci pour leur soutien et leurs commentaires utiles.

À Marine Sander pour la traduction, Laure Valentin et Valérie Dubar pour la relecture, merci d'avoir donné vie aux Troubadours en français, m'aidant ainsi à réaliser l'un de mes rêves.

Sources historiques particulièrement utiles :

Troubadours et cours d'amour / J Lafitte-Houssat
Écrivains anticonformistes du Moyen-âge occitan / René Nelli
La Fleur Inverse / Jacques Roubaud
Voix de femmes au Moyen-âge / Danielle Régnier-Bohler
Les Troubadours / Henri Davenson
Ermengard of Narbonne and the World of the Troubadours / Frederic L. Cheyette
Eleanor of Aquitaine / Alison Weir
Blondel's Song / David Boyle
Holy Warriors / Jonathan Phillips
The Crusades / Thomas Asbridge

À PROPOS DE L'AUTEUR

Je suis une écrivaine et une photographe galloise. Je vis dans le sud de la France avec un gros chien blanc, un chien noir hirsute, un Nikon D700 et un homme. J'ai enseigné l'anglais au Pays de Galles pendant de nombreuses années et ma grande gloire, c'est d'avoir été la première femme proviseure d'école secondaire du comté de Carmarthenshire. Je suis la mère et la belle-mère de cinq enfants… ma vie ne manque pas d'animation !

J'ai publié toutes sortes de livres, à la fois par des maisons d'édition traditionnelles ainsi qu'en auto-édition. Vous trouverez toutes mes publications sous mon nom : poésie et romans primés, histoire militaire, traduction d'ouvrages sur l'éducation canine, et même un livre de recettes sur le fromage de chèvre. Mon travail avec l'éducateur canin de renom Michel Hasbrouck m'a immergée dans le monde des chiens à problèmes et m'a inspiré l'un de mes romans. Née en Angleterre de parents écossais et résidant en France, j'ai la chance d'avoir une équipe gagnante à encourager dans la majeure partie des rencontres sportives.

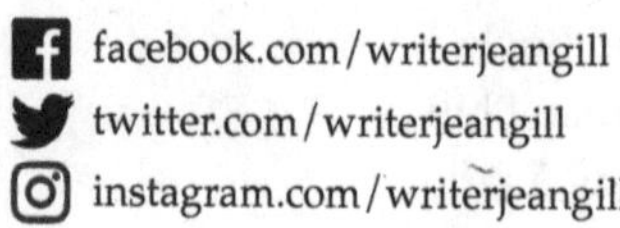

Les Troubadours
Nouvelle

Nici garde ses moutons

1157: Aquitaine

Jean Gill

QU'ELLE EST *bleue* *ma* VALLÉE

La vraie Provence

JEAN GILL

« *Jean Gill a su saisir les pensées les plus intimes de ce magnifique animal.* »
Les Ingham,
Pyr International

Toujours à tes côtés

Quand un chien suit son étoile...

Jean Gill

www.ingramcontent.com/pod-product-compliance
Ingram Content Group UK Ltd.
Pitfield, Milton Keynes, MK11 3LW, UK
UKHW012251290726
14090UKWH00016B/597

9 791096 459148